THEATERBIBLIOTHEK

Tom Lanoye & Luk Perceval

SCHLACHTEN !

Nach den Rosenkriegen von William Shakespeare
Aus dem Flämischen von Rainer Kersten und Klaus Reichert

Verlag der Autoren

Titel der Originalausgabe: TEN OORLOG

Wir danken dem Ministerium der Flämischen Gemeinschaft, Brüssel, für die freundliche Unterstützung der Übersetzung.

Die Deutsche Bibliothek – CIP-Einheitsaufnahme
Lanoye, Tom:
Schlachten: nach den Rosenkriegen von William Shakespeare / von Tom Lanoye und Luk Perceval. Aus dem Fläm. von Rainer Kersten und Klaus Reichert. – Frankfurt am Main : Verl. der Autoren, 1999
(Theaterbibliothek)
Einheitssacht.: Ten oorlog <dt.>
ISBN 3-88661-210-4

Satz und Gestaltung: Heinrich Kreyenberg, Hamburg
Druck: betz-druck gmbH, Darmstadt
Printed in Germany

Inhalt

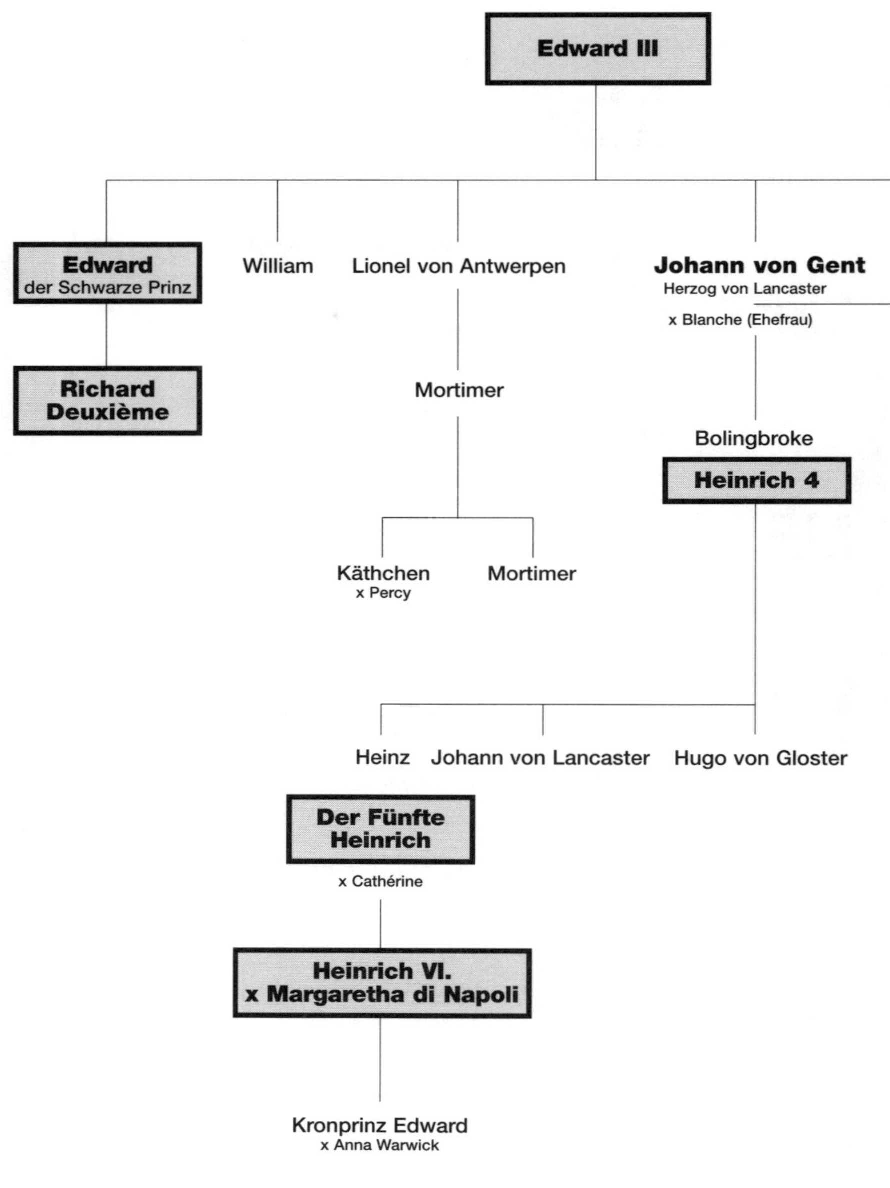

Edward III
Edward
der Schwarze Prinz
William
Lionel von Antwerpen
Johann von Gent
Herzog von Lancaster
x Blanche (Ehefrau)
Richard
Deuxième
Mortimer
Bolingbroke
Heinrich 4
Käthchen
x Percy
Mortimer
Heinz
Johann von Lancaster
Hugo von Gloster
Der Fünfte
Heinrich
x Cathérine
Heinrich VI.
x Margaretha di Napoli
Kronprinz Edward
x Anna Warwick

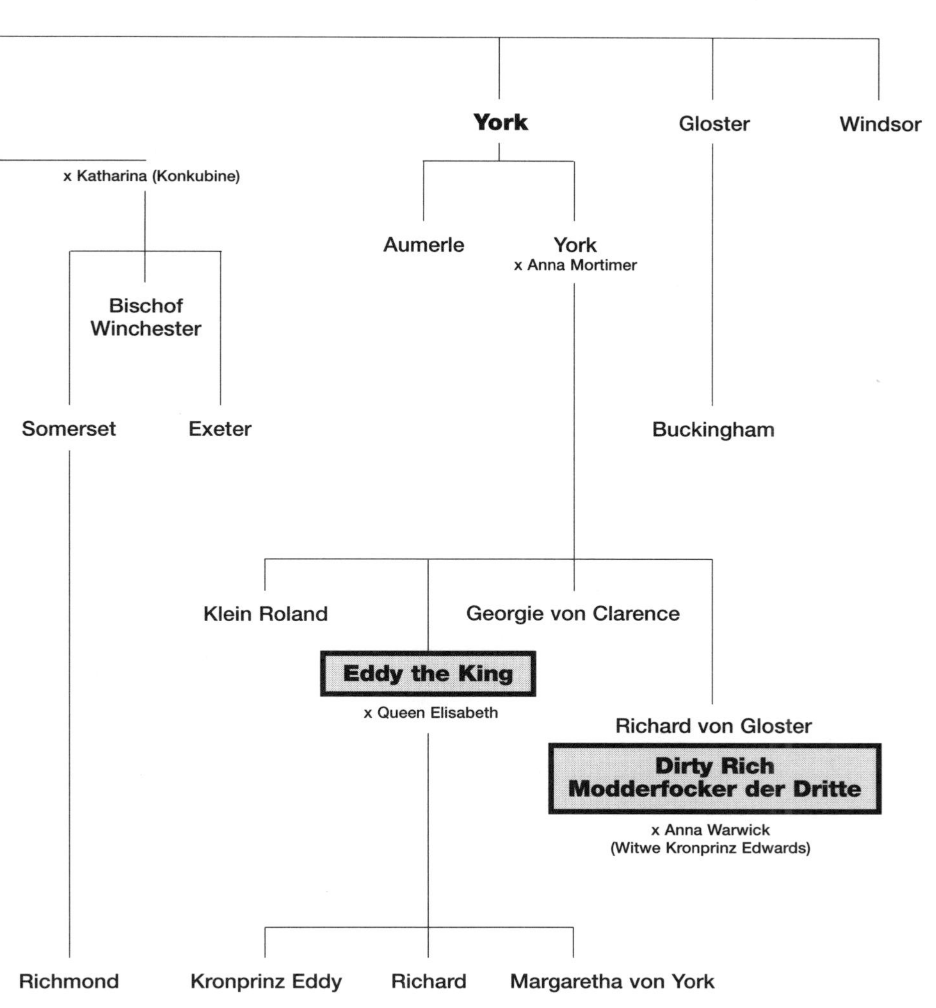

York
Gloster
Windsor
x Katharina (Konkubine)
Aumerle
York
x Anna Mortimer
Bischof Winchester
Somerset
Exeter
Buckingham
Klein Roland
Georgie von Clarence
Eddy the King
x Queen Elisabeth
Richard von Gloster
Dirty Rich Modderfocker der Dritte
x Anna Warwick
(Witwe Kronprinz Edwards)
Richmond
Kronprinz Eddy
Richard
Margaretha von York

SCHLACHTEN!

von Tom Lanoye und Luk Perceval
nach den Rosenkriegen von William Shakespeare
Übersetzung aus dem Niederländischen/Flämischen
von Rainer Kersten und Klaus Reichert

1.Teil

Im Namen des Vaters und des Sohnes

Richard Deuxième
Heinrich 4
Der Fünfte Heinrich

2.Teil

Siehe, die Magd des Herrn

Margaretha di Napoli

3.Teil

Und erlöse uns von dem Bösen

Eddy the King
Dirty Rich Modderfocker der Dritte

Vorbemerkung

TEN OORLOG, was ist das, ein Stück, eine Bearbeitung, ein Schauspielerprojekt? Letztlich wohl alles in einem, die Metamorphose eines Textes, der die Sprachen virtuos durcheinanderschüttelt, auch jetzt bei der Übertragung ins Deutsche noch einmal, eines Textes, der sich im Getümmel der Bühne und zwischen zwei Buchdeckeln immer wieder anders und eigen behauptet.

Die Fakten: 1993 entschloß sich Luk Perceval, Shakespeares Königsdramen zu inszenieren. Er begann, erste konzeptionelle Ideen zu entwickeln und seinen Weg durch das umfangreiche Material zu skizzieren. Später kam der flämische Autor Tom Lanoye hinzu, mit dem er fortan die Bearbeitung und Neuübersetzung erstellte. In mehrjähriger Arbeit entwarfen sie gemeinsam – in vielen Versuchen und mit großen Umwegen – eine Fassung, die den Titel TEN OORLOG (wörtlich: „Zum Krieg") bekam. Lanoye übersetzte, d.h. erfand eine Sprache für die Shakespeare-Vorlage und Luk Perceval erprobte den Text und setzte ihn in vielmonatiger Arbeit mit seiner „Blauwe Maandag Compagnie" in Szene. Premiere war am 22. November 1997 in Gent. Die Versuchung und die Lust, den Text und das Projekt auch in den deutschen Sprachraum zu bringen, war groß, schien anfangs aber unmöglich adäquat zu verwirklichen. Rainer Kersten, der junge Übersetzer, der schon die Prosa Lanoyes ins Deutsche übertragen hatte, und Klaus Reichert, Shakespeare-Spezialist, zudem ein virtuoser Sprachspieler, machten sich gemeinsam und getrennt an die Arbeit. Reichert übertrug die sprachlich strenger gefaßten Teile („Richard Deuxième", „Heinrich 4", „Der Fünfte Heinrich") und Kersten den immer stärker in unsere Sprachgegenwart drängenden Part („Margaretha di Napoli", „Eddy the King", „Dirty Rich Modderfocker der Dritte"). Wie Lanoye den Shakespeare „übermalt" hatte, so nahmen auch die Übersetzer jede Zeile der flämisch-niederländischen Vorlage ernst und suchten für die eng gebundene Sprache einen eigenen Weg in unsere sprachliche, soziale und politische Gegenwart. Eine umfangreiche gegenseitige Redaktion der Texte – gemeinsam mit Tom Lanoye und den Dramaturgen – folgte, um die Geschlossenheit gerade des gewollt Heterogenen zu gewährleisten. Dieser Text wurde die Grundlage für Luk Percevals Neu-Inszenierung der Deutschsprachigen Erstaufführung in Salzburg und Hamburg mit den Schauspielern des Deutschen Schauspielhauses in Hamburg, eine Inszenierung, die das Grundkonzept der flämischen Uraufführung aufnimmt und weiterführt: mit einer überarbeiteten Fassung, der Kreativität anderer

Schauspieler in neuen Rollenkombinationen und mit vielen neuen szenischen Setzungen. Damit findet eine wahrhaft europäische Odyssee eines Textes und einer Theaterarbeit – charakterisiert durch die Achtung vor dem schon Vorhandenen und dem Interesse an immer neuen Findungen und Überprüfungen – ihr vorläufiges Ende. Oder doch nur einen neuen Ausgangspunkt?

Der deutsche Stückabdruck folgt der flämischen Buchausgabe. Differenzen zur Spielfassung der Deutschsprachigen Erstaufführung sind gekennzeichnet: gestrichene Passagen mit Klammern; große Umstellungen von Texten und Szenen sind mit Fußnoten vermerkt.

SCHLACHTEN! war für alle Beteiligten – Künstler, Autoren und Übersetzer, Techniker und Organisatoren – eine Zeitreise mit doppelter Perspektive: ein Theaterabenteuer mit Blick auf die historischen Querelen der Königshäuser, gleichzeitig heutigen Slang und gegenwärtiges Leid im Ohr; eine Erinnerung an die Gegenwart unserer halbwegs demokratischen und vorläufig und oberflächlich humanisierten Gesellschaft. Kriege werden begonnen, damit die Aufmerksamkeit von internen Problemen abgelenkt wird, das kirchliche System verrottet durch die Teilhabe an der Macht, Recht und Moral werden zu Spielbällen politischer Interessen, Bürgerkriege erwachsen aus längst überwunden geglaubten Differenzen. SCHLACHTEN! ist eine niederschmetternde Analyse der Entwicklung von Macht, und die Richards, Heinrichs, Yorks und Lancasters sind nur zufällige Namen für diejenigen, die heute mit Macht umgehen und für die Fallgruben, die der Umgang mit ihr für uns alle bereithält: in der öffentlichen Auseinandersetzung, in der Familie und den Beziehungen der Geschlechter und Generationen, beim Sex und im eigenen Hirn. Einsicht kommt immer sehr spät bei Shakespeare, und so lernt nicht der eine vom anderen, sondern jeder neue König ertrinkt wieder im eigenen oder fremden Blut. Dichter und Bearbeiter stoßen uns in eine Blutlache, und doch können wir uns vor Ekel nicht abwenden, sondern flehen – bis über beide Ohren im Dreck der Geschichte steckend – um Reinigung von Körper, Geist und Seele.

Wilfried Schulz

Erster Teil

Im Namen des Vaters und des Sohnes

Indem wir die Klassiker auf's Korn nehmen und entstauben, können wir sie sowohl zerstören als auch befreien. Camille Paglia

Richard Deuxième
Heinrich 4
Der Fünfte Heinrich

Richard Deuxième

Übersetzt von Klaus Reichert

Gegen Entthronung habe ich nichts, nur für geisteskrank lasse ich mich nicht erklären.

Ludwig II. von Bayern bei seiner Entthronung auf Schloß Neuschwanstein, kurz vor seinem ungeklärten Tod

Dramatis Personae

Le Roi Richard Deuxième	der Fürst
La Reine	seine Kinderfürstin
Herzogin von Gloster	seine Tante, Witwe seines Onkels Gloster
Johann von Gent	sein Onkel und Ratgeber, Herzog von Lancaster
Heinrich Bolingbroke	dessen Sohn, Vetter des Fürsten
Herzog von York	Onkel des Fürsten und Bolingbrokes, Bruder Johanns von Gent
Aumerle	Sohn von York, Vetter des Fürsten
Thomas Mowbray	Handlanger des Fürsten
Bushy	Schmeichler des Fürsten
Greene	Schmeichler des Fürsten
Carlisle	Gottesmann und Schmeichler des Fürsten
Northumberland	Marschall und Mitstreiter Bolingbrokes
Roß	Mitstreiter Bolingbrokes
Stallknecht	

Erster Akt

I.1

Richard Deuxième, seine Fürstin La Reine, seine Schmeichler – der Neffe Aumerle, Bushy, Greene, der Gottesmann Carlisle – sein Oheim Johann von Gent, außerdem Marschall Northumberland und dessen Adjutant Roß.

Richard Deuxième Mein weiser greiser Ohm, Johann von Gent,
Des Adlerschwingen das erlauchte Nest
Von Lancaster wie einen Schatz beschirmen,
Erzählt mir: ist die Klage Eures Sohns –
Des hitzig helmbuschwehenden Cousins –
Begründet in beweisbarem Verrat
Oder vielmehr in vager, feiger Fehde?

Johann von Gent Mein bester Neffe, besser als ich selbst
Kennt Ihr ihn; wie ein Bruder ist er Euch.
Hab ich Euch nicht zusammen großgezogen,
Nach meines Bruders, Eures Vaters, Tod?
Was zieht Ihr seine Worte dann in Zweifel?

Richard Deuxième Au nom de Dieu... Du Roi... De la Patrie:
Holt beide hier vor uns ins Rampenlicht
Und laßt, von Mann zu Mann und Mund zu Ohr
Frei reden beide, Kläger und Beklagten –
Heißblütig sind die zwei zwar von jeher,
Wie Feuer braust, doch tauber als das Meer.

Bolingbroke *(tritt auf)*
Mein Fürst, mein Herrscher, meine Zuversicht,
Euer Reich ist groß, Eure Tage Sonnenlicht.

Mowbray *(tritt auf)*
Euer Glanz, mein Herr, strahlt endlos wider:
Die ältsten Götter stiegen in Euch nieder.

Richard Deuxième Mais quelle entrée! Verwegen, kategorisch,
Und gleichwohl unverschämt begabt rhetorisch...
Wir danken beiden Herren für ihr Lob,
Obwohl der Lobspruch eines dieser zwei
Doch notgedrungen schnöd und falsch sein muß,

Da sie des Hochverrats einander zeihn...
Mein Vetter Bolingbroke, fang du gleich an:
Was legst du Herzog Mowbray hier zur Last?

Bolingbroke Mein Fürst...
Zunächst – die Götter seien meine Zeugen –
Will ich – daß niemand mir mein Wort kann beugen –
Betonen, daß mich Euer Heil nur sorgt.
Mein Leib und Leben sind von Euch geborgt –
So fordre ich, ohn Mißgunst, Haß und Neid,
In Eurem Dienst, als Ankläger, Bescheid.
Zum zweiten: Mowbray... Nun zu uns –
Nur gegen Euch hab ich mich hier verschworen!
Schreibt meinen Gruß Euch hinter Eure Ohren:
Ihr seid ein Erzverräter, eine Mißgeburt,
Die aus Versehn am Leben ist geblieben –
Zu stinkig für den Kot, zu linkisch für den Tod.
Und brandmalend den Makel, Missetäter,
Sag ich nochmal: dein Name ist Verräter.
Mein Fürst, laßt meinen Spruch mich hier, im Schloß,
Beweisen mit gerechten Schwertes Stoß.

Mowbray *(zum König)*
Kalt ist mein Ton, doch brennend meine Treue.
Ich suche Abkühlung der Heißspornrede.
Denn das Geklapper eines Frauenkriegs,
Das grelle Schrillen zweier bißger Zungen,
Kann keine Sache schlichten unter Rittern.
Doch rühm ich mich so milder Duldung nicht,
Daß ich mich sänftigen, nichts sagen sollte;
Obschon die Achtung vor Euch, Fürst, verbietet,
Hier meinen Worten freien Lauf zu lassen.
Hélas, er ist von königlichem Blut,
Plus fort: er ist der Vetter meines Fürsten.
Sonst spuckte ich ihm auf den Kopf, ihn krönend
Zum Feigling und Verleumder und zum Lump.
Doch eh ich gegen meinen Treueeid verstoß,
Sag ich nur dies: Eur Vetter tut sich groß.

Bolingbroke Bang, bleich, bibbernd Scheißhaus! Mein Handschuh, peng.
Ich brauche keinen König als Couseng;
Ich achte nicht mein eigen blaues Blut,
Das du aus Angst, nicht Achtung, vorgeschützt.
Wenn du, vor Furcht und Schuld noch nicht gelähmt,

Mein Ehrenpfand zu nehmen wagst, so bück dich.
Was ich behauptete und du gefaselt hast?
Mein Schwert teilt dich dafür gleich in der Mitte,
Bei Gott und angestammter Rittersitte.

Mowbray *(hebt den Handschuh auf)*
Ich schwör beim Schwert, das mich zum Ritter schlug:
Ich steh dir Antwort, da du es so willst,
Und steig vom Pferd nicht lebend oder frei,
Wenn ich Verräter, feig und ehrlos sei.

Richard Deuxième Mon Dieu, neveu! Vous êtes un peu nerveux.
Was ist es denn, das Ihr so schroff Herrn Mowbray
Vorwerft – einem unsrer treusten Mannen?
Es muß was Ekelhaftes sein, etwas
Vor dem selbst Gott graut. Sonst fällt es doch schwer,
In ihm auch nur des Bösen Schein zu sehn.

Bolingbroke So hört gut zu, was ich Euch unterbreite:
Achttausend Münzen schafft' er auf die Seite!
Die Löhnung, Herr, für Eure eignen Leute,
Die er mißbraucht hat als private Beute
Für finstre Machenschaft und Niedertracht.
Er ist darin schon Meister, der Verräter!
Es gibt im schönen Lande unsrer Väter,
Wenn wir zurückschaun zwanzig Jahr – bei Gott! –
Nicht Aufstand, nicht Intrige, nicht Komplott,
Gekürt, geschnürt, geschürt mit Hinterlist,
Die nicht gewachsen warn auf Mowbrays Mist.
Er hat den Tod geplant von Herzog Gloster,
Meins Vaters Bruder! Oheim Euch und mir.
Er hat die Mörderbrut geführt nach hier!
Das Blut von Gloster schreit, in einem fort
Ein Schrei – wie Abel schrie: 's war Brudermord;
Es ruft, es heult uns zu um Recht und Strafe
Aus tiefstem Grund aus seinem Kummergrabe...
Bei meinen Ahnen schwör ich ihn zu rächen
Und sollt dabei ich selbst den Hals mir brechen.

Richard Deuxième Jetzt schwingt sein Prahlen sich zu hohem Flug.
Mowbray! Sagt, was Euch quer im Magen liegt
Sans gêne, mein Aug und Ohr sind unparteiisch!
Das ist für mich kein einfacher Parcour:
Heinrich und ich, nicht Brüder von Natur,
Wuchsen zusammen auf in einer Sippe,

Indem mein Onkel Johann Gent für mich –
Verwaist! – die teure Prinzenzucht bezahlte,
Weshalb sein eigner Sohn die Krone nicht erlangte.
Wär er mein echter Bruder, ja gar mon dauphin –
Anstatt nur bloß der Sohn von bloß dem Ohm –
So schwör ich doch, bei meines Szepters Macht:
Nicht mal das Band mit unserm heilgen Blut
Gäb ihm zu einem Vorrecht auch das Recht.
Ihr seid nur Untertanen, alle zwei,
Drum sagt, was Ihr zu sagen habt. Sprecht frei!

Mowbray Dann, Bolingbroke, wer durch den falschen Hals
Zu deinem Herzen dringt, der sieht: du lügst.
Die Löhnung für Calais hab ich getreu
An meines Herrn Soldaten ausgezahlt.
Es warn, beiläufig, nicht achttausend Münzen,
's warn siebentausendneunhundertundzwanzig,
Ein Teil davon hab ich, zu recht, behalten:
Der König stand bei mir noch in der Kreide.
Ein Restbetrag von einer andern Rechnung
Von allen Geldern, die ich ausgelegt,
Um ihm aus Frankreich eine Frau zu holen.
Die erste Lüge schlucke schon mal runter.
Was nun den Tod betrifft von Herzog Gloster…
Ich hab damit – direkt – selbst nichts zu schaffen,
Obwohl ich ihn – das drückt mich, geb ich zu –
Gewissenhafter hätte solln bewachen.
Ich hab die Pflicht versäumt, obzwar sie heilig,
Nun gut, das läßt sich nicht so leicht verzeihn…
Doch hab ich nicht vor aller Welt gebeichtet?
Und hat Gott selbst mir nicht dafür verziehn?
Wer bist du denn, daß du so niederträchtig
Das Sakrament der heiligen Vergebung schändest?
Aus nichts als Frustration stammt Eure Klage:
Ressentimentgewäsch eines Versagers
Von Adel, das Geleire und Geseire
Eines Gebetsmühlbruders durch und durch.
Ihr werft den Handschuh hin? Hier ist der meine.
Setzt fest nun – darum bitt ich Eure Hoheit –
Für unsern Kampf den Ort, den Tag, die Zeit.

Richard Deuxième Hitzkopf und Kampfhahn, hört auf unsern Rat:
Purgiert die Galle, nicht das teure Blut.

Vergebt, vergeßt – versöhnt Euch. Laßt das Hassen –
Dies ist ein schlechter Mond fürs Aderlassen…
Mein Ohm, sprecht Ihr, Ihr dürft mir jetzt nicht passen!
Versöhnung predgen paßt zu Euren Jahren.

Johann von Gent Sohn, werft den Handschuh weg, tuts uns ersparen
Und schenkt Eurer Gehorsamspflicht Gehör.

Richard Deuxième Und Euch halt ich das gleiche Beispiel vor.

Mowbray Ich werfe mich zu Euern Füßen nieder –
Das Sterben nicht, die Schmach ist mir zuwider.
Ich bin entehrt, besudelt und beschimpft.
[Der Giftpfeil der Verleumdung hat mein Herz
Durchbohrt; kein Gegengift gibts, das mich heilt,
Einzig das Blut des, der Verleumdung spie.]

Richard Deuxième Cousin, gebt Ihr das gute Beispiel dann.

Bolingbroke O Gott:
Die Sünde soll an meiner Seel vorübergehn!
Soll ich gedemütigt vor meinem Vater stehn?
Gleich wie ein Bettler bange mich verstecken?
Die hohe Abkunft selbst dadurch beflecken?
Im Staube kriechen vor dem schändlichen Patron,
Mich beugen vor dem feig gekauften Hurensohn?

Richard Deuxième Zum Bitten ist ein König nicht gesalbt.
Ihr wollt nicht Frieden? So erweis das Recht
Die Ritterschaft des Siegers im Gefecht.

(alle ab)

I.2

Johann von Gent und die verwitwete Herzogin von Gloster.

Herzogin von Gloster Mein weiser greiser Schwager Johann Gent!
Laßt Ihr Euch mir nichts, dir nichts überflügeln?
Eur Küken kräht und Ihr, der Adler, schweigt?
Mißratner Mensch! Ihr steht und dreht und wendet Euch –
Ihr schweigt? Seid Ihr es selbst, den man erschlug?

Johann von Gent Das Recht, seis rechtens oder nicht, liegt in der Hand,
Die tat, was niemand korrigieren kann.
So überlaßt die Sache nur dem Schöpfer.
Der läßt die Rachestund auf Erden reifen,
Wird schadenfreudig seine Sense schleifen.

Herzogin von Gloster Ist das ein Mann? Der ungeformte Kerl?
Das Nervenbündel, das in Puncto Schneid
Und hohem Sinn im Schlamm den Meister findet,
Der schlappe Blasbalg, der in Puncto Tatkraft
Und Mut im Schleim sein Höhres anerkennt?
Ist das ein Bruder dessen, den ich kannte,
An den mich fesselte mein ganzes Herz,
Des Kuß und Wort mir aufgedrückt sein Brandmal:
Mein Gloster, du mein Sein, mein Herr und Meister,
Mein Blütenzweig mit königlichen Wurzeln –
Jetzt weggehackt, vertan sein reiches Harz,
Sein Sommerflor zertreten und zerschnitten
Mit Hilfe dieses Messers, sprich, des Mords
Und von der Hand, geheißen Eifersucht…
Sein Blut? Eur Blut: Das Bett, der Schoß, der Lehm,
Woraus, der Leisten, drauf *Ihr* ward geformt,
Formte auch ihn. Obwohl *Ihr* lebt und atmet,
Seid Ihr in ihm getötet… Wo bleibt Eure Rache?

Johann von Gent Ein König hat gemordet. Rechtens oder nicht:
Ich kann doch Hand anlegen nicht an Gottes Knecht?

Herzogin von Gloster Der sieben Söhne Eures Vaters einer Ihr,
Der sieben Zweige eines starken Stamms,
Gehegt, gepflegt, geformt von unserm Boden,
Ihr streckt vor Vatermord die Waffen gar,
Wenn Euch des Bruders Tod nicht rührt, der einst

Der Spiegel war des Lebens Eures Vaters.
Verschleiert Eure Ohnmacht nicht als Langmut.
Geduld mag für den Plebs wohl Tugend heißen,
Für Euch und mich ist das bloß jämmerlich,
Daß Ihr Revanche nehmt, das fordre ich.

Johann von Gent Ach Schwester, für Vergeltung, groß und klein,
Muß man bei Gott dem Herrn allmächtig sein.

Herzogin von Gloster *(bricht zusammen)*
Dann wend ich mich an Ihn… Adieu, von Gent.
Sagt Eurem Bruder York, ich lasse grüßen.
Das wars dann. Oder nein, so wartet doch.
Das wars, je nun… Was wollt ich sagen noch?
O ja: Fragt Euren Bruder, ob er – was? –
Ob er, die Tage, mich nicht will besuchen.
Doch ach, was hat der alte York zu suchen
In kahlen Zimmern, zwischen nackten Mauern?
Ein leeres Schloß mit Moos auf jedem Stein,
Als einzige Begrüßung meine Pein?
Adieu, von Gent.
Lebt wohl, sagt Glosters Witwe, des Verklärten,
Es bleibt mir nur die Trauer zum Gefährten.

Johann von Gent Schwester, ich muß jetzt weg, und zwar sehr schnell
Haltet Euch tapfer, wie auch ich es will.

Herzogin von Gloster *(ruft ihm nach)*
Fürwahr, ich sag Euch: ist mein Leid auch schwer,
Nicht minder schwer wird einmal Eures wiegen.
Ihr, der gewagt hat, diese Tat zu dulden,
Ihr hackt den Schleichweg gegen Euer Leben frei.
Ich seh Euch tot, schon bald. Wohlan: Verschmachtet.
Ihr selbst seids, der Euch nach dem Leben trachtet.
Allein und einsam, bleibt nur Tod für mich:
So grüßt mein weinend Aug zum letzten Male dich.
(ab)

I.3

Richard Deuxième, La Reine, Aumerle, Johann von Gent, Bolingbroke, Mowbray, Northumberland, Roß, Carlisle, Bushy und Greene, Zuschauer.

[**Northumberland** Näher heran, Ihr alle! Seid bereit
Für dieses Jahrs gefahrenvollsten Streit!
Vielleicht das göttlichste von Gotts Gericht!
Ein zweitesmal sehn wir dergleichen nicht!
Die feinste, souveränste Keilerei!
Nie gab es majestätischeren Zwist!]

Richard Deuxième Mon Maréchal,
Erfragt von jenem Kämpfer dort den Grund,
Warum er hier gewappnet ist erschienen;
Fragt nach dem Namen, nehmt, nach altem Brauch,
Ihn unter Eid, daß seine Sache rechtens ist.

Northumberland Im Namen Gottes und des Fürsten, sprich:
Wer bist du und warum erscheinst du hier
In voller Ritterrüstung; wider wen
Trittst du zum Kampf und was ist euer Zwist?
Nichts als die Wahrheit sprich, beim Rittereid –
So schütze dich der Himmel und dein Mut!

Mowbray Amen. Ich heiße Mowbray Thomas und
Ich trete in die Schranken hier, durch Eid
Gebunden, den kein Ritter darf entehren.
Die Treu und Wahrheit komm ich zu verfechten
Vor Gott, dem König und vor meinen Erben.
Euch, Bolingbroke, der mich herausgefordert,
Werd ich, gestärkt durch Gott und diesen Arm,
Aus Selbstverteidigung entlarven dich
Als Judas und als elenden Verräter
An meinem Gott, am König und an mir.
Mein Streit ist lauter. Und so helf der Himmel.

Richard Deuxième Mon Maréchal,
Erfragt von jenem Ritter seinen Namen,
Desgleichen seinen Anlaß, um hierher
Zu kommen, so gepanzert in ein Kriegskleid;
Nehmt dann formell, wie das Gesetz es will,
Ihn unter Eid, daß seine Sache rechtens ist.

Northumberland Im Namen Gottes und des Fürsten, sprich:
Wer bist du und warum erscheinst du hier
In voller Ritterrüstung; wider wen
Trittst du zum Kampf und was ist euer Zwist?
Nichts als die Wahrheit sprich, beim Rittereid –
So schütze dich der Himmel und dein Mut!

Bolingbroke Amen. Ich heiße Heinrich Bolingbroke,
Der Sohn von Johann Gent, Herzog von Lancaster…
Ich steh gewappnet hier bis an die Zähne,
Angesichts Gottes und des Todes notabene,
In dem Gefecht zu zeigen, Thomas Mowbray,
Daß du aus Meuterei und Meuchelei
Gestrickt bist, gegen Gott, den Fürsten, mich.
Mein Streit ist lauter. *Mich* schützt der Himmel, *mich*.

Richard Deuxième Kein unverschämter Flegel soll es wagen,
Sei er nun niedrig, sei er hochgeboren,
Bei Todesstrafe dieses Hochgericht zu stören –
Einzig am Marschall ists, die Bahn zu prüfen,
Daß er den Streit in rechte Bahnen leite.

La Reine *(flüstert liebevoll in Richards Ohr)* Richard,
Je vous en prie, laissez-moi faire pipi.

Richard Deuxième *(flüstert zurück)* Ma chère enfant,
N'attends que pour un tout petit instant.
(küßt sie auf die Stirn)

Bolingbroke *(zu Northumberland)* Marschall: erlaubt,
Daß ich die Hand des Fürstenvetters küsse
Und beug das Knie vor seiner Majestät.
Ich selbst und Mowbray sehn dem Tod ins Auge.
Ein hoher Abschied sei uns doch vergönnt,
Sowie ein zart Adieu von jedem Freund.

Northumberland Der Bittsteller, gemäß dem Protokoll,
Schickt Euer Hoheit demutsvolle Grüße,
Doch wünscht zum Abschied, Euch die Hand zu küssen.

Richard Deuxième Es sei. Wir küssen ihn von Kopf bis Fuß.
So kommt in unsre Arme, Bolingbroke, Cousin!

Bolingbroke Von keiner Träne sei Eur edles Aug umflort,
Cousin, wenn Mowbrays Lanze mich durchbohrt.
Satisfaktion such ich, kein feiles Mitleid.
Lebt wohl, herrlichster Herrscher, weit und breit…
[Adieu, mein edler Vetter, Herr Aumerle…

Lebt wohl, Herr Marschall, seid bedankt für alles…
Und du, der irdsche Schöpfer meines Bluts:
Es brennt mein junges Herz mit deiner Glut.
Härtet den Harnisch mir, stärkt meinen Degen
Und stählt die Lanze mir mit Eurem Segen.
Sie muß durch Mowbrays wächsern Wämschen dringen,
Den Namen Johann Gents aufs Neu zu singen.]

Johann von Gent Gott soll dir beistehn in der guten Sache.
Schlag zu! Fall schneller als der Blitz ihn an
Und laß den Schlägehagel knüppeldick
Wie Donnerknallen ballern auf den Helm
Deines vermaledeiten feilen Feinds.
[Nur Mut! Erhitz dein junges Blut und lebe!

Bolingbroke Mich spornt mein Land und meine Unschuld an.]

Mowbray Mein Herrscher, meine Freunde, meinesgleichen:
Mein Abschiedswort soll sein der Liebe Zeichen.
Aus freiem Willen, mutig und zum zweitenmal
Bitt ich nun einzig um das Kampfsignal.

Richard Deuxième Lebwohl, Vasall. Unbeugsamkeit und Kraft –
Nur das ist, was Euch aus den Augen lacht.
(küßt auch ihn)
Marschall? Befehlt das Hochgericht! Beginnt!

Northumberland Ihr, Thomas Mowbray, Heinrich Bolingbroke:
Steht Ihr parat? Seid Ihr bereit, dem Recht,
Dem Gott obwaltet, Euch zu fügen?

Bolingbroke und Mowbray *(zusammen)*
Ich steh bewaffnet bis an meine Zähne, klar
Mit Gottes Hilfe und der eignen Leibeskraft,
Untrüglich meinem Gegner zu beweisen,
Daß er ein Ränkeschmied ist und ein Krebsgeschwür,
Vor Gott dem Herrn, dem Königtum und mir.
Mein Streit ist lauter. Und so helf der Himmel.

Northumberland Trompeten, schallt! Ihr Ritter, jetzt: Attacke!
Nein! Halt! Der König wirft den Stab aufs Feld…

Richard Deuxième Legt beide Helm und Hellebarde hin,
Ohm Johann Gent: gewährt einen Moment.
(er bespricht flüsternd etwas mit seinem Onkel)
Hört alle an, was wir hier jetzt verfügen.
Auf daß kein teures Blut, durch uns erweckt,
Den Boden unsres Königreichs befleckt;

Und weil mein Auge haßt die tiefen Wunden
Wodurch im Bürgerkrieg der Freund den Freund geschunden;
Und da uns dünkt, daß Euer blinder Stolz,
Der höher als der Adler reicht und kreist,
Euch trieb, um unsern Frieden, unsre Einigkeit
So aufzustören wie das Kindchen, das
In unsres Landes Wiege schlummernd lag –
Darum verbannen wir aus unsrem Land Euch beide.
Nur Tod erwartet hier Euch, Bolingbroke;
Zehn Sommer sollen unsre Felder schmücken,
Eh man Euch wieder wird willkommen heißen.
Solang sucht Euern Weg nun in der Fremde.

Bolingbroke Gesetz ist Euer Wort. Mir bleibt der Trost:
Die Sonn scheint überall, in West und Ost.
[Hier leucht ihr Licht nur meine Narrenkappe an,
Doch macht ihr Gold dort gülden meinen Bann.]

Richard Deuxième Euch, Mowbray, ist ein schwerer Los beschieden.
Ich sprech es aus nicht ohne Widerstreben.
Euer Verbannungsleid kennt keine Grenze.
Und keine zähe Stunde frißt die Frist.
Bei Todesstrafe: geht und kehrt nie wieder.
Adieu!

Mowbray Ein harter Spruch, mein hocherhabner Fürst,
Der unversehns aus Eurem Mund mich trifft.
Mich auszustoßen in die weite Welt?
Hab ich denn keinen Anspruch, Majestät,
Auf angemeßnern Lohn statt solcher Schmach?
Was tat ich, daß Ihr mich so hart bestraft?
Den süßen Mutterlaut soll ich entbehren,
Die Sprache, die ich sprach seit so viel Jahren?
In welchem Höllenpfuhl werd ich wohl landen
Als Beute fremder Worte und Gebärden?
Welch Nutzen wird hinfort noch meine Zunge haben?
[Sie ist eine Gitarre ohne Saiten –
Sie sitzt gefangen mir im Mund, dem Kerker,
Die Zähne, Lippen, wie zwei Fallgitter davor?]
Das Urteil ist ein wortlos-stummer Tod.
Laßt mir die Sprache, raubt mir ehr mein Brot.

Richard Deuxième Das Klagelied bringt Euch nun gar nichts mehr.
Zu spät nach dem Verdikt ist die Beschwer.

Mowbray Verirrn kann ich mich nicht, wohin ich geh:

Kein Ausland gibts mehr, außer meinem Land.
(will gehen)

Richard Deuxième Non, attendez! Schwört mir noch einen Eid.
Legt die verbannten Hände auf mein Schwert,
Empfangt das Brandmal seiner Heiligkeit:
Schwört, bei dem Band des göttlichen Gerichts,
Den Eid zu halten, den wir auferlegen.
Nie sollt Ihr jemals ins Gesicht Euch schaun,
Nie schreiben, grüßen, noch Versöhnung suchen
Für Euren Haßorkan, der hier entstand.
Nie sucht des andern Freundschaft in der Fremde,
Noch trefft Euch mit dem vorsätzlichen Plan
Zu Aufstand, Intrigieren, Klüngelei
Wider das Land und unsre Untertanen,
Den Thron, die Krone, unser Reich und uns.

Bolingbroke Ich schwör es.

Mowbray Herr, auch ich halt mich daran.
Leb wohl denn, Land – niemals vergeß ich deine Pracht.
Was mich erwartet nun ist ausländische Nacht. *(ab)*

Richard Deuxième Wie Spiegel, bester Ohm, sind deine Augen,
Darin ich dein betrübtes Herz seh bluten.
Der Anblick streicht von seinen zehn Verbannungsjahren
Gleich vier Stück weg – da warens nur noch sechs.

Johann von Gent Ich dank Euch, Fürst, daß Ihr, um meinetwillen,
Den Bann von meinem Sohn vier Jahre kürzt.
Der Nutzen, den ich davon hab, ist klein.
Mein Licht ist abgebrannt, viel eher schon,
Und blinder Tod läßt mich nicht sehn den Sohn.

Richard Deuxième Mon oncl', enfin! Ihr sollt noch Jahre leben.

Johann von Gent Keine Sekunde, Herr, könnt Ihr mir geben.
Die Tage kürzen könnt Ihr mir, durch Sorgen,
Doch nicht sie längen mit nur einem Morgen.

Richard Deuxième Ohm, die Verbannung kam nach weisem Rat.
Was macht Euch der Beschluß jetzt desperat?

Johann von Gent [Was süß schmeckt, ist nicht immer auch probat.
Ihr fragtet leider Gottes den Berater:]
Ich sprach als Ratgeber und nicht als Vater.
[Ging es um einen Fremden, nicht den Sohn,
Ich hätt sein Tun gerügt und ihn verschont.]
Doch um nach Unparteilichkeit zu streben,
Zerbrach der eine Rat mein ganzes Leben.

Richard Deuxième Er bleibt sechs Jahr verbannt, ich steh im Wort.
Adieu, Cousin. Jetzt macht Euch schleunigst fort. *(ab)*

Aumerle Adieu, Cousin. Seid Ihr mal oben auf, mal tief,
Schickt uns, von wos Euch hintreibt, mal nen Brief.
(ab, mit den anderen Schmeichlern)

Northumberland Nicht Abschied nehm ich, Herr, denn ich will reiten,
So weit die Krone zuläßt, Euch zur Seiten.

Johann von Gent In welcher Absicht, Sohn, sparst du mit Worten,
Läßt unerwidert du den Freundesgruß?

[**Bolingbroke** Mir reicht die Zeit ja nicht, um Euch zu grüßen.

Johann von Gent Was sind sechs Winter? Die sind schnell vorbei.

Bolingbroke Wenns einem gut geht. Mir sind sie wie sechzig.]

Johann von Gent Dich lehr dein Leid, die Dinge umgekehrt zu sehn.
Denk nicht: die Majestät hat mich verbannt –:
Vielmehr, ich banne *sie*. Leid wiegt nur schwerer,
Wo es gewahr wird, daß sein Träger schwach ist.
Geh. Sag, daß *ich* dich ausgesandt nach Ehre,
Nicht, daß der Fürst dich bannte. Oder denk,
Daß unsre Luft durch schwarze Pest verpestet
Und daß du fliehst zu reineren Gestaden.
Was dir auch teuer ist und nah am Herzen,
Es liegt nicht hier, es liegt wohin du gehst:
Die Amseln halt für Musiker. Sie müssen
Vom Mondlicht singen dir, vom Minnen, Küssen,
Ein Orientteppich seien dir die Auen,
Die Rosen Mädchen, Lilien schöne Frauen,
Ein jeder Tritt ist Schritt in einem Tanz
Und führt ins Licht, voll Freude, voller Glanz…

Bolingbroke Soll ich denn Durst und Hunger also zäumen,
Daß mirs genügt, von Festbanketts zu träumen?
Je mehr Ihr für mich phantasiert vom Guten,
Läßt doch die Wirklichkeit das Herz mir bluten.
Die Blut- und Eiterbeule wuchert fort,
Solange man sie leckt, doch nicht durchbohrt.
Leb wohl, du Erde. Du, mein Heimatland,
In dem ich Mutter stets und Amme fand.

(alle ab)

Zweiter Akt

II.1

Richard Deuxième, La Reine, Oheim York und die Schmeichler Aumerle,Carlisle, Bushy und Greene.[1]
La Reine spielt für sich.

Richard Deuxième *(als Kaiser Nero, Leier spielend)*
Ceci est mon poème. „Tabula Rasa.
Dies müßte sein das Leben einzig:
Ein übergoldner Mann, geschaffen seiner
Schönheit wegen und nichts sonst.
Ein Wunder wohlgeordneter Organe
Das seiner Muskeln Atem anhält
Wie ein Stier und wie kein andres Tier.
Ein Mann, der die finsteren Räume erhellt
Mit einem leider sterblichen Aug,
Doch der vor allem Zeugnis ablegt
Von seiner Schöpfung und von gar nichts sonst".

Carlisle und Bushy Bravo!

Aumerle Quelle éloquence, Majesté.

Greene Ich preise meines Fürsten Sprachtalent,
Erinnre aber leider, doch dezent,
Daß Aufruhr seinen Kopf erhebt in Irland.

Richard Deuxième Nein, nicht schon wieder! Immer dieses Irland!
Die Rebellion verpestet mir den Dichterton.
Dasselbe gilt für Euch, mein liebster Greene.
Da wir uns laben an den schönen Künsten,
Fangt Ihr von Irland ausgerechnet an.

Greene Die Liebe, die ich für Euch hege, Fürst,
Zwingt mich zu sagen, daß die Sache drängt.

Richard Deuxième Sie drängt, sie drängt – na und? Der König trinkt!
Und will, dieweil die Muse aus ihm klingt,
Daß man ein keckes, lüstern Liedchen singt!
(gespannte Stille)

Aumerle Ceci est mon poème: Ein Abendliedchen.
„Müde bin ich, geh zur Ruh,
Mach die Möse noch nicht zu,

Da kein Schwanz heut kam herein,
Tut es auch mein Fingerlein."

Richard Deuxième *(lacht, Beifall der Schmeichler)*
Mais quel mignon petit cochon! Ohm York,
Habt Ihr die Dichtung Eures Sohns gehört?
Cousin, tu es vraiment un amuse-bouche.
Ta gueule me plaît – komm her, daß ich dich abküß.
Setzt noch eins drauf: beschreibt noch mal
Euer Geleit, Cousin, für unsern Vetter,
Der sich da nennt: Herr Bolingbroke der Große.

Aumerle Bolingbroke der Große?
Sein Boller in der Hose ist ehr klein.
(Richard und die Schmeichler lachen)
Ich bracht den sogenannten Großen weg
Bis an den ersten besten größern Weg.

Richard Deuxième Die Abschiedstränen flossen sicher reichlich?

Aumerle Mein Rotz wars eher, der zu laufen anfing:
Der Nordwind blies mir grade ins Gesicht.

Richard Deuxième Was sagte er dann, unser Vetter, Vetter?

Aumerle „Leb wohl!"

Richard Deuxième Und du?

Aumerle Wenn ein „Lebwohl" von mir die kurze Zeit
Verdoppeln könnte der Verbannung, er
Bekäm ein Kama Sutra voll „Lebwohls"!

Richard Deuxième *(plötzlich angesäuert und heftig)*
Er bleibt unser Cousin, Cousin, doch wen
Von unsern Blutsverwandten wird er wählen,
Nach sechs Verbannungsjahren, als Verbündeten?
Sucht er in der Familie sich wohl Freunde?
(York ab)
Mit eignen Augen konnten wir es sehn:
Wie er den Pöbel um den Finger wickelt'.
Wie mühlos er in ihre Herzen glitt
Mit leeren, losen, lockern Komplimenten.
Die Ehr, die er erzeigte einem Bauernhaufen!
Sein schändliches Geschleime bei dem Plebs!
Die Mütze runter, selbst vor einem Muschelweib.
Und als Bierkutscher riefen: „Gott geleit Euch!" –
Bog er sogleich sein Knie: „Von Herzen Dank,
Ihr lieben Freunde, werte Volksgenossen…"
Als wäre unser Vaterland sein eigen!

Greene Er ist jetzt weg, und mit ihm solche Grillen.
Doch was die Meuterei in Irland angeht:
Ein Schlachtplan – drastisch! – ist jetzt dringend nötig!

Richard Deuxième Den Feldzug wolln wir höchstpersönlich leiten.
Doch weil der Schatz uns, durch zu großen Hof
Und schieres Schenken, etwas leer geworden,
Sind wir genötigt, unser Reich in Pacht zu geben.
Man schaue aus nach wohlgestellten Bürgern
Und konskribiere die für sehr viel Gold,
Das nach Bedarf uns dann wird nachgeschickt…
Noch heute rücken wir gen Irland aus.
(Roß tritt auf)
Was gibts denn, Roß, daß Ihr hier so hereinstürmt?

Roß Der alte Johann Gent ist schwer erkrankt,
Es sieht schlimm aus; er schickt mich eiligst her,
Daß Eure Majestät ihn noch besuche.

Richard Deuxième Mein Gott! Gib den Doktoren in den Sinn,
Daß sie ihm schleunigst in die Grube helfen.
Es soll das Futter seiner Truhen ausstaffieren,
Was wir für unsre Truppen noch entbehren.
Schnell! Laßt uns ihn mit dem Besuch beehren –
Und gebe Gott, wir eilen schon zu spät.

(alle ab)

[1] In der Spielfassung werden die Texte der Figuren Carlisle und Greene von Bushy und Aumerle übernommen.

II.2

Der sterbende Johann von Gent, gestützt von seinem Bruder, dem Herzog von York.

Johann von Gent Richard lieh nie sein Ohr, niemals im Leben.
Jetzt muß er endlich Audienz mir geben.

York Einzig ein Lob klingt seinem Ohr vertraut,
Die Speichelleckerei, daß einem graut.
[Dazu der geilen Lieder klingend Gift,
Nach dem die ganze Jugend süchtig ist –
Frivole Modetöne aus Italien!
Ihm zeigt Ihr nicht den Weg, der Weg wählt ihn.]

Johann von Gent Er muß doch kommen zur Vernunft! Zum Heil
Von unserm blut- und goldgekrönten Land –
Dies Bollwerk, das Natur uns frei geschenkt,
Dies zweite Eden, Zwillingsparadies,
Das Pest und Krieg mit seiner Flotte trotzt,
O Edelstein, der blinkt an Silberküsten,
O höchster Thron für magnifique Fürsten,
Mystische Macht du, o mein Vaterland,
Du Amme, Frauenbrust, du Schoß voll Prinzen:
Es gibt nur *ein* Land, das mein Land sein kann!
Das Land, das soviel Feinde hat erschlagen,
Erschlägt sich jetzt in Schmach und Schande selbst.
Es kommt in Pacht – ich sterbe, da ichs sag –
Wie ein Stück Land mit Hintersassenäckern!
Könnt ich die Schande mit dem Leben löschen,
Empfing ich jetzt den Tod mit offnen Armen.

(Auftritt Richard Deuxième, mit La Reine, Aumerle, Carlisle, Greene, Bushy, Roß und Northumberland.)

La Reine Du Armer, Onkelchen, was ist? Wehwehchen?

Richard Deuxième O Gott! Comment ça va, mein alter Gent? –
Du gibst uns doch noch nicht den Löffel ab?

Johann von Gent Mein Name Gent, der Ganter, stimmte selten so.
Ich bin gleichwie ein Vogel vor dem Tod.
Gestutzt die Flügel durch Verlust und Alter
Hab ich bis jetzt mein schlafend Land bewacht –

Das raubte mir mehr Haare noch als Federn.
[Sogar das Korn, von dem der Vater manchmal zehrt –
Der Anblick seiner Brut – wird mir verwehrt.]
Ich bin gerupft, geschröpft, weil alles an mir frißt.
Mein Grab wird bald mein letzter Vogelmist.

Richard Deuxième Zehn neue jeux de mots auf „Vogel“ und
Nicht eins von mir erdacht! Hm – quel culot,
Für jemand, der im Sterben liegt. Chapeau!

Johann von Gent Du stirbst, obwohl ich kränker bin als du.

Richard Deuxième Du liegst, ich lach; du seufzt, ich sing; du stinkst,
Ich strahl – wenn das mein Tod ist, sterb ich gern.

Johann von Gent Dein Totenbett ist groß, groß wie dein Reich.
Dein Kopfkissen, voll Schleim und Kotze, stinkt
Nach Schmeichlern, Flöhen, Läusen, Parasiten.
Sie scheißen in den Schutzwall deiner Krone;
Sie saufen dir vom Fieber deinen Schweiß, dein Blut;
Sie nagen dir am Balg und am Gehirn,
Dein Haar fällt träger aus als die Gedanken,
Die deinen Schädel lassen nackt und bloß,
Wenn du dein Reich erst hast verschweinen lassen…
Hätte dein Ahn in einem Traum gesehn,
Wie seines Sohnes Sohn die Söhne ihm vertilgt,
Er hätt, vor deiner Krönung noch, dich abgesetzt –
Der du die Krone noch absetzen wirst.
Und wärst du, Neffe, auch Regent der Welt:
Ne Schande ists, daß du das Land verpachtest.
Die Heimstatt lauter hoher, stolzer Seelen
Vermietst du jetzt – ich sterbe, da ichs sag –
Wie eine Hure voller Eiterschwären…
Was bist du mehr: Zuhälter oder König?

Richard Deuxième Und du? Ein Onkel, ein bekloppter Narr?
In Mißbrauch deines Fieberprivilegs
Wagst du, mit schauerlichen Vorhaltungen,
Die Wange mir zu bleichen – ja, mein Königsblut
Vor Wut aus meinem Königsantlitz zu verjagen.
Bei meines Thrones rechtmäßiger Macht:
Vous êtes le frère de notre père, nicht wahr?
Sonst schlüg die Zunge, die in deinem Kopf rundschlägt,
Den Kopf von deinen unverschämten Schultern ab.

Johann von Gent Mein Brudersohn, du wirst doch plötzlich *mich*
Nicht schonen, weil ich deines Vaters Bruder bin?

Mein Bruder Gloster – schlichte, brave Seele,
Die aufgenommen ist unter die Götter –
Ist gutes Beispiel und ein stummer Zeuge,
Daß du nicht zögern wirst, das Blut zu trinken
Ganz gleich von welchem Bruder deines Vaters.
Nicht eigenhändig, nein. Den Mietling Mowbray
Hast *du* bezahlt – wie er die Treue gegen dich
Bezahlte mit der ewigen Verbannung.
In Schande schwelgst du – sie soll dich verfolgen!
In Schande sollst, bei deinem Leben, du erbeben,
Die Schande soll dich ewig überleben!
Laß mich im Bett jetzt sterben kümmerlich –
Die Sonne, sprach der Bauer, sinkt, und er verblich.
(ab mit Northumberland)

Richard Deuxième *(ruft ihm hinterher)*
Krepier an Krebs, schnattriger Gänserich;
Die Tugend, Jugend, Lust und Last: geschaßt,
Beschissen, ausgekotzt und auf dem Mist!

York Ich bitt Euch, Majestät, schreibt, was er sagt,
Dem Alter und dem bösen Fieber zu.
Er liebt und hält Euch wert, auf meine Ehre,
Genau wie Bolingbroke, wenn der hier wäre.

Richard Deuxième *(bitter)*
Das stimmt: wie Bolingbroke so liebt er mich –
So liebe freilich alle zwei auch ich.

Northumberland *(tritt auf)*
Der alte Gent, Fürst, hat noch eine Botschaft.

Richard Deuxième Was jetzt noch?

Northumberland Daß er alles hat gesagt:
Sein Mund ist eine Laute ohne Saiten.
Kein Wort, kein Gruß von ihm solln uns begleiten.

Richard Deuxième Erst reif, dann wirr, dann irr – so läuft die Uhr.
Die Zeit war um, so will es die Natur.
Schwamm drüber also. Jetzt zum Irenaufstand:
Am besten ausrotten, die groben Bauernlümmel!
Hélas – wie immer mit den Parasiten –
Geht sowas nicht von selbst und braucht darum
Ein paar Manöver und die kosten Geld.
So legen wir Beschlag – uns auszuhelfen –
Auf Silber, Gold, beweglich Gut und Renten,
Auf alles im Besitz derer von Genten.

York Neffe!
Nicht die Ermordung Glosters, meines Bruders,
Nicht die Verbannung Bolingbrokes, des Neffen,
Nicht meine Schmach durch die Erniedrigung,
Nicht meines Landes unehrnhaftes Schmachten,
Hat mein geduldig Antlitz je gesäuert,
Die Stirne runzelnd Euch ins Angesicht –
Ich, Überlebender der sieben Söhne
Eures berühmten Großvaters. Dein Pa war
Der schwarze Prinz, mein erstgeborner Bruder;
Und du hast sein Gesicht, so sah er aus,
Als er im gleichen Alter stand wie du.
Er tobte gegen Frankreich allerdings,
Nie gegen die Familie. Er gab aus,
Das was er selbst verdiente, und verzehrte
Nicht einen Deut des, was sein Vater in der Fremde
Und nicht auf eignem Boden hatt' erkämpft.
Nie klebt' an seiner Hand das Blut von Brüdern –
Von unserm Erbfeind klebte Blut daran.

Richard Deuxième Mon oncl', enfin... Was fehlt dir?

York Fürst, Herr und Gebieter:
Ist Gent nicht tot und Bolingbroke am Leben?
Gent war gerecht, der Vetter schwor Euch Treue –
Verdiente nicht der Onkel einen Erben,
Verdient sein Sohn der Erbe nicht zu sein?
Du suchst die Hand zu legen auf das Lehen
Und des Verbannten hoheitliches Recht?
Laß Morgen dann auf Heute nicht mehr folgen;
Sei nicht du selbst. Denn wie bist du denn König
Als durch gesetzte Folg und Erblichkeit?
Wenn Ihr – was Gott verhüte – so unbillig
Die Rechte Vetter Bolingbrokes Euch anmaßt,
Dann reizt Ihr die Geduld nur zu Gedanken,
Die Ehr und Treue nicht zu denken wagt.

Richard Deuxième Denk was du willst, ich pack den vollen Satz,
Sein Grund und Boden, Gold- und Silberschatz.

York Lebt wohl, mein Fürst, ich will es nicht mitansehn.
Weiß niemand doch, was hieraus muß entstehn.
Doch haben wir gelernt bei schlimmen Wegen,
Daß sie am Ende nie gedeihn zum Segen. *(ab)*

Richard Deuxième Kein weitrer Aufschub – schreiten wir zur Tat!

Wir rücken morgen früh gen Irland aus,
Und wir bestimmen, uns zur Stellvertretung,
Ohm York, mit Blanco-Vollmacht, zum Regenten.
Er ist integer und er liebt uns sehr.
Ma Reine, du,
Du reine Königin, komm du mit mir.
Wir legen uns zusammen jetzt gleich hier.
Ich übergeb dich morgen seiner Obhut
Doch laß uns aneinander erst ergötzen:
Am süßesten ist allemal der Kuß
Im Augenblick, da man denn scheiden muß.

(alle ab, außer Roß und Northumberland)

[**Northumberland** Wer ist als nächster dran, nach Bolingbroke,
Daß ihn der Fürst um seine Güter prellt?]
Roß Wir sehn den Schiffbruch, den wir leiden müssen.
Was reißen wir das Ruder nicht herum?
Northumberland Wie durch die hohlen Augen eines Totenkopfs
Seh ich den Hoffnungsschein nach innen gleiten.
Roß Northumberland, ich bitt Euch, klärt mich auf.
Northumberland Ich hab aus einem Hafen der Bretagne
Bericht erhalten, daß Herr Bolingbroke,
Gut ausgerüstet, mit acht großen Schiffen,
Gestützt auf gut dreitausend Eisenfresser,
In großer Eil nach hierher unterwegs ist und
Im Norden unsre Küste bald erreicht.
Wollt Ihr das Joch von unsern Schultern schütteln,
Das arg gerupfte Land aufs neu befiedern,
Die Schandenkron aus dem Bordell befrein?
So reitet spornstreichs mit zu Bolingbroke.
Doch solltet Ihrs zu tun zu furchtsam sein –
Bleibt hier denn und seid still – ich geh allein.
Roß Zu Pferd! Wer Freiheit fürchtet, bleibe fort.
Northumberland Stürzt nicht mein Pferd, bin ich der erste dort.

(beide ab)

II.3

La Reine, im Hintergrund Bushy. [1]

[**La Reine** *(bekommt ihre erste Menstruation, summt ein französisches Kinderlied)*
Scharlachner Schmerz scheint auf mich zuzukommen.
Was Ungebornes, schwellend wie ein Windei,
In dem vom Schicksal schwanger gehnden Schoß.
Mein Innres bebt um was, das noch nicht lebt.
Obwohl es nichts ist, drückt es mich darnieder,
Viel mehr als meine Einsamkeit es tat.
Nichts hat dies Etwas ja geboren, noch hat
Etwas, das ich nicht kenn, dies Nichts gesäugt.
Was es auch ist, es ist noch nicht bekannt
Und hat als Name „Namenloses Elend".

Greene *(tritt auf)*
Ich hoffe, daß der Fürst noch nicht ins Feld zog!

Bushy Komische Hoffnung. Hofft das Gegenteil:
Sein Plan heischt Eile, dann erst hat er Hoffnung.

Greene Den Bann brach der verbannte Bolingbroke.
Er ist gelandet und steht kampfbereit,
Die Freunde haben sich um ihn geschart.

La Reine Mein Innres hat die Unheilsbrut geboren.
Und ich, taubstumme, kaum entbundne Mutter,
Hab Leid mit Last und Qual mit Pein gepaart.]

York *(tritt auf)*
Mich ließ er hier, als Felsen seines Reichs!
Alt, schwach, nicht einmal fähig, *mich* zu stützen.
Jetzt wird er das Gesicht sehn seiner Schmeichler!
Jetzt kommt nach seiner Prasserei das große Kotzen!
Ich weiß nicht, was zu tun – bei Gott ich wollt
Ich wäre tot wie meine Brüder alle…
Sind denn schon Boten unterwegs nach Irland?
Wie kommen wir zu Geld für diesen Krieg?
Kommt, Schwester – Nichte, mein ich, um Vergebung.
Folgt mir, ich bringe Euch in Sicherheit.
Bushy, Greene?
Herren, zieht Ihr gleich Mannschaften zusammen?
Eilt Ihr nach Haus, hebt Eure Truppen aus.

Geht! Schafft auf Eure Karren jetzt die Waffen
Und kommt mir hinterher auf meine Burg;
Da sehn wir, was noch sonst ist durcheinander.
Das ganze Land bricht, fürcht ich, auseinander.

(York und La Reine ab)

Bushy Wir sind Richard doch nah in unsrer Liebe?
Greene Beinah so nah gar, wie der Rest ihn haßt.
Bushy So geht es mit dem widerspenstgen Pöbel:
Die Liebe liegt in seiner Börse, wer die leert,
Füllt umgekehrt sein Herz mit heißem Haß.
Greene Kein Wunder, daß so viele ihn verfluchen.
Bushy Doch wenn sie ihn verfluchen, dann auch uns.
Greene Ich denk, ich geh mir eine Zuflucht suchen
In andrer Leute Burg. Und was denkt Ihr?
Bushy Ich denk, ich folge Euch. Denn wenig Ehre
Wird uns das Lumpenpack allhier erweisen,
Es wird wie eine Hundemeute uns zerreißen.

(beide ab)

1 In der Spielfassung übernimmt Bushy die Texte von Greene.

II.4

Bolingbroke, Northumberland, Roß und Soldaten.
York tritt auf; Bolingbroke kniet.

York Beugt Euren Sinn, Herr Neffe, nicht das Knie!
Leer ist die Ehrbezeugung! Parodie!
Bolingbroke Aber mein gnädger Oheim…
York Nichts da von gnädig und von Oheim nichts!
Was wagst du, unsern Boden zu besudeln
Mit den verbotenen, verbannten Füßen?
Wähnst du, dies Land sei schwach und ohne Fürst?
Du töricht Kind! Der König ist noch hier,
In meiner treuen Brust liegt seine Macht.
Wär ich nur immer noch der junge Heißsporn,
Der einst zusammen mit dei'm Vater Gent
Die Franzmänner zu Tausenden erschlug,
Wie schleunig sollte dann mein rechter Arm,
Den jetzt die Gicht verkrümmt, dich züchtigen.
Bolingbroke Worin soll mein Vergehen denn bestehn?
York Obwohl verbannt, bist du zurückgekehrt,
Lang eh die Zeit verstrichen, und noch mehr:
Du bist zum Kampf gerüstet gegen deinen Fürsten.
Bolingbroke [Ich ward als Heinrich Bolingbroke verbannt;
Wenn ich jetzt komm, komm ich als Lancaster!]
Ich bitt Euch, Ohm, im Namen unsres Grundrechts:
Seht unparteiisch an das große Unrecht.
Doch auch als Vater – denn mir ist, als wäre
Der Geist von Gent in Euch gefahren… Vater:
Laßt Ihrs geschehen, daß ich, wie ein Knecht,
Muß um das Meine betteln gehn? Mein Recht?
Es ist mir aus der Hand gezerrt. Die Rente
An Parvenus geschenkt als Alimente
Und Tagelohn. Gestohlen ist mein Geld,
Mein Grund und Gut geplündert, mit Gewalt –
Man schlug mein Wappenschild aus allen Rahmen!
Was soll ich tun? Wie andre Untertanen
Fordre ich Recht. Anwälte wehrt man mir,
So komm ich um mein Erbrecht in Person,
Um den Besitz, als Herzog und als Sohn.

Northumberland Der neue Herzog wurde sehr beleidigt.
Roß Auf seine Kosten wurden Niedrige erhöht.
Northumberland Mit Eurer Gnade wird ihm Recht verschafft.
York Ich dacht, Anwälte hättst du nicht? Hier stehn sie –
Drauf kannst du stolz sein: Winkeladvokaten!
Auch ich beklag, was schief ging mit dem Fürsten
Und strebte, was ich konnt, das Recht zu richten.
Doch daß Ihr herkommt, so in Waffenrüstung,
Wie mit der Axt Euch selbst den Weg zu hacken,
Unrecht mit Bösem zu bekämpfen – das geht nicht.
Wer Euch auch beisteht in der Freveltat,
Schürt Rebellion – ihr alle seid Verräter!
Northumberland Der Herzog schwor, er komme bloß um das,
Was sein ist; und da das sein Recht, so schworen
Wir feierlich, dazu ihm zu verhelfen.
Wer den Eid bricht, bezahlt mit seinem Kopf.
York Gut, gut, ich seh den Zweck von Eurem Aufmarsch.
Ich kanns nicht ändern, muß ich Euch bekennen:
Schwach sind die Truppen und noch nicht bereit,
Doch könnt ich es – o Schöpfer, der mich schuf –
Ich schlüg in Fesseln Euch, ließ beugen Euch das Knie
Vor der erhabnen Gnade unsres Fürsten!
Doch da ich das nicht kann, geb ich Euch kund,
Daß ich neutral zu bleiben denke. Drum:
Lebt wohl – wenns nicht beliebt ins Schloß zu kommen
Und da für diese Nacht Euch auszuruhn.
Bolingbroke Wir nehmen dankbar an, wir wollens tun.
York Nichts weiter bittet, denn ich bleib am Rand!
Ich brech nicht gern das Recht von unserm Land.
Als Freund, als Feind seid Ihr mir nicht willkommen –
Wo nichts zu retten ist, bin ich der Sorg entnommen!

(alle ab)

Dritter Akt

III.1

Die vaterländische Küste. Richard Deuxième und Aumerle kommen an.

Richard Deuxième Ich bin gerührt und ganz bestürzt zugleich,
Daß ich hier wieder steh vor meinem Reich.
Erst in der Fremde kommt der Mensch zum Schluß:
Man liebt am meisten, was man missen muß...
Amour fatal, o mon pays natal!
Ich grüß euch gern, aufs neu gefundne Auen;
Auch wenn sie euch verwunden, die Rebellen,
Der Pferde scharfe Hufschläg euch entstellen:
Komm, laß dich streicheln, meine liebe Erde.
Sag, daß dein Kuß nicht meinen Feind beehrte,
Du hast ihn aufgespart für den Begehrten: mich.
Du stillst nicht seine monstergleiche Gier
Mit deiner süßen Trauben Elixier.
Kredenz ihm Spinnen, die dein Gift einsaugten,
Leg ihm die trägsten Kröten in den Weg;
Und pflückt er sich von deinem Busen Blumen,
Laß eine Natter beißen ihn ins Maul.
[Lach nicht, Cousin! Du höhnst meine Mätresse.
Und sie wird beben, reißt die Haut sich auf,
Macht jeden Stein zu einem Waffenbruder,
Dann zeigt sich, ob ihr fürstlicher Geliebter
Wird weichen vor der Meuterer Gewalt.]

Aumerle Ich zweifle nicht daran, mein Fürst, und doch...
Durch unser übergroßes Selbstvertraun
Gewann der Feind viel Macht und viel Soldaten...

Richard Deuxième Mein mutloser Cousin, nichts kann verhindern,
Wenn das allsehend Himmelsaug entfleucht
Hinter den Erdball, seinem Rücken leuchtet,
Daß Diebsvolk geil sich suhlt im Schattendämmer –
Grausam und ungesehn in Mord und Totschlag...
Doch wenn das Aug – die Lüfte rötend – aufgeht,
Von Osten her auf Tannenspitzen glüht,

Sein Licht in jeden schuldgen Winkel schießt –
Dann stehn Komplotte, Mord und ekle Sünden,
Entkleidet von den Schutzmänteln der Nacht,
Ganz nackt und bloß und zittern vor sich selbst.
So auch der Dieb, der Judas, Bolingbroke –
Der so in Nacht und Nebel hat geschwelgt,
Da wir bei unsern Gegenfüßlern weilten.
Sieht er mich wieder meinen Thron besteigen,
Brennt säuregleich auf seiner Wange der Verrat,
Da schrumpft er ein im Salz von seiner Schande,
Verschleimt er schneckengleich, aus Schuldgefühl
Und kann das Licht des Tages nicht ertragen.
Das salzge Naß von sieben wilden Meeren
Wäscht nie das Öl von den Gesalbten ab,
Kein Odem eines Sterblichen entthront
Den auserkornen Stellvertreter Gottes.
Für jeden Lump, den Bolingbroke bezahlt, um
Mit rostgem Schwert der güldnen Kron zu schaden,
Hält glorreich einen Engel Gott bereit.
Für mich, Richard. Denn wo die Engel fechten,
Da fällt der Mensch. Bei Gott stehn meine Rechte.

(Carlisle tritt auf)

Voici mon homme-de-Dieu. Dites-moi, mon vieux:
Nun, wo sind meine Truppen? Weit von hier?

Carlisle Fürst,
Dreht um die Zeit, reitet zu Pferd nach Gestern:
Zwölftausend Männer hatte Eure Majestät.
Doch jetzt ist heut, ein dummer Tag zu spät.
Da Euer Tod gewiß schien, kein Gerücht,
Ist jedermann zu Bolingbroke geflücht.

Aumerle Getrost, mein Fürst, warum seid Ihr so bleich?

Richard Deuxième Grad glühte noch auf meinen heißen Wangen
Das Blut von Tausenden – sie sind geflücht...

Aumerle Getrost, mein Fürst; bedenkt doch, wer Ihr seid.

Richard Deuxième Ihr habt ja Recht. Ich ließ mich eben gehn.
Erwache, feige Majestät, du schläfst!
Mehr zählt Dein einer Name als die Tausenden.
Zum Kampf denn, Name, gegen diesen Winzling,
Der da auf Zehen deinen Rang ankratzt.

Um ein Insekt blick ich nicht auf den Boden.
D'ailleurs, Ohm York wird doch genügend Truppen
Und gleichfalls Arsenal versammelt haben!
[Nun, homme-de-Dieu: was habt Ihr noch in petto?
Mein Ohr ist offen und mein Herz ist rein.
Das schlimmste Unheil ist nur irdscher Tand.
Was ists? Verliere ich mein Reich vielleicht?
Was solls! Es war mir eine große Sorge –
Von der erlöst zu sein ist kein Verlust.
„Ordnung macht frei" – sag ich aus voller Brust.
Will Bolingbroke so groß sein wie ich selbst?
Er wird nie größer sein – wenn er Gott dient,
Dien ich Gott auch, so bleiben wir uns gleich.
Die Untertanen revoltieren? Bedauerlich.
Sie brechen ihren Eid mit Gott und mir.
Kräht den Verrat heraus! Tragödien, Verfall!
Der Tod ist schlimmer, er verschlingt sie alle.

Carlisle Ich bin erleichtert, daß doch Eure Hoheit
Gestärkt ist gegen Hiobsbotschaften.
Bon...] Fürst,
Die Bolingbrokesche Horde überschwemmt
Wie eine Sturmflut Euer ganzes Land,
Mit hartem Stahl und Herzen noch viel härter.
Selbst Greise, die die Kahlschädel behelmen
Gegen Euch; Knaben mit Frauenstimmen, die
Großsprecherisch den Mädchenleib verriegeln
In plumpem Harnisch, gegen Eure Krone. Hexen
Und Eingeweideleser lehren, gegen
Den Thron, die Schüler eine Armbrust spannen;
Selbst alte Jungfern tragen rostge Messer
Gegen den Thron; Jung und Alte rebellieren
Grimmer als ich es je kann formulieren.

Richard Deuxième Wie steht es denn mit Bushy und mit Greene,
Daß sie dem Erzfeind nicht einmal verwehren
Die Krondomäne, unser Erbteil, zu versehren?
Sie schlossen, wett ich, Frieden mit dem Feind!

Carlisle Sie sind mit ihm in Frieden, in der Tat.

Richard Deuxième O Schurken, Würmer, rettungslos verdammt.
Die Hunde, die vor jedem kriechen, der sie krault.
Schlangen, die beißen in die Mutterbrust.
Sie sind in Frieden? Satan in der Hölle:

Erklär den Krieg den anthrazitnen Seelen.

Carlisle Ich hab mich, fürcht ich, nicht gut ausgedrückt;
Den Frieden haben sie besiegelt, ja,
Doch nicht mit Hand und Herz – mit ihrem Haupt.
Der Tod verlieh ihnen die grimmste Wunde,
Sie liegen eingescharrt in kaltem Grunde.

Richard Deuxième Greene, Bushy – tot? Durch Zutun dieses Hunds?

Aumerle Wo ist mein Vater York mit seinem Heer?

Richard Deuxième Was macht das aus? Sprecht mir jetzt nicht von Trost.
Sprecht mir von Gräbern, Würmern, Abschiedsversen.
Macht Pergament aus all dem Sand und schreibt
Mit regennassen Augen meinen Jammer
Auf Mutter Erdes breitem Busen auf.
Bestellt Notare, sanktionierte Schreiber,
Diktiert dann herzerschütterliche Testamente.
Und doch auch nicht, denn was vererb ich noch
Als dieser Erde den entthronten Leib?
Mein Land, mein Leben, alles gehört ihm.
Nichts ist das Meine noch als nur mein Sterben –
O guter Gott. Setzt Euch mit uns ins Gras.
Das Stück ist aus; die Monarchie ist tot.

Aumerle Mein Fürst, der Weise setzt sich nicht
Um Elend und um Kummer zu beklagen.
Wißt was Ihr seid, mein Fürst: ein großer König.

Richard Deuxième Vergeßt die Achtung, Tradition, jedwede Form
Von Prunk und Pracht und Pflicht und Protokoll.
Ich leb von Brot, wie Ihr; was bin ich mehr
Als ein Gerippe, ausstaffiert mit Fleisch,
Ein Mensch! Die Macht und Kraft ein Trug – beschönigt:
Wie könnt Ihr mir noch sagen: Ihr seid König?

Aumerle Mein Vater hat noch Truppen. Nicht verzagen!

Carlisle Eur Vater hat sich Bolingbroke verbündet,
Im Norden sind die Burgen schon gefallen,
Im Süden steht der Adel in der Rüstung
Gegen uns…

Aumerle Vater, feiger Hund, Verräter!…

Richard Deuxième Seid beide still! Ihr habt genug gesagt.
Was mir an Truppen bleibt noch, sei entlassen;
Zerstreut sie. Laßt sie auf die Felder gehn,
In Hoffnung pflügend, etwas blühn zu sehn –
Ich hoffe nichts mehr. Rede keiner mehr,

Dies abzuändern: aller Rat ist leer.

Aumerle Mein Fürst, ein Wort?

Richard Deuxième Du kränkst mich doppelt jetzt,
Der du mit Schmeicheleien mich verletzt.
Was mir an Leuten noch steht zu Gebot,
Verlaß die Nacht Richards und seine Not,
Daß heller strahle Heinrichs Morgenrot.

(alle ab)

III.2

Bolingbroke, Northumberland, Roß und York treten auf, mit Truppen, Trommeln, Bannern.

[**Northumberland** Richard verkriecht sich in ner alten Burg,
Verfallenem Verhau aus Lehm und Stein,
Und traut sich nicht, den Kopf jemand zu zeigen.
York Es ziemte wohl dem Herrn Northumberland
Von *Fürst* Richard zu sprechen.
Northumberland Lieber Herr,
Versteht mich hier nicht falsch. Um kurz zu sein,
Ließ ich den Titel weg, und um nichts sonst.
York Es gab mal eine Zeit, daß er, der König,
Wenn Ihr mit ihm so kurz wärt wie soeben,
Euch seinerseits zu kurzgeschlossen hätte:
Für Eure Kürze wär der Kopf Euch kürzer.
Bolingbroke Sucht es nicht weiter, Ohm, als was es ist.]
York Treib es nicht weiter, Neffe, als es ist.
Bolingbroke Nicht weiter, nein. Zurück jedoch ist auch riskant.
Northumberland, geht Ihr, von mir gesandt,
Zu der verfallnen Burg, laßt die Trompete dröhnen
Und sorgt, daß so den Anspruch sie nicht höhnen:
„Der Sohn und Erbe Johann Gents ist da.
Er küßt auf Knien die Hand von Fürst Richard,
Dem er noch stets – so gut wie früher – dient,
Aufrecht und treu als Lehnsmann, Vetter, Freund.
Zu Füßen legt er Waffen Euch und Macht,
Vorausgesetzt, es wird gelöst die Acht,
Es wird sein Herzogtitel konfirmiert
Und ihm Besitz und Land restituiert.
Wenn nicht, wird Bolingbroke die Übermacht benützen,
Dann kann in aller Welt Euch nichts mehr schützen…“
Bringt ihm die Botschaft. [Wir marschieren vor
Zum Berg dort über jenem Blumenflor.
Da schlagt die Trommeln, drohend und bestimmt,
Auf daß mir keiner da am hohen Tor
Das redlich Angebot bloß übelnimmt.] *(beide ab)*

(Richard Deuxième, Aumerle und Carlisle treten auf)

Richard Deuxième Mon Dieu, mon Dieu! Daß einmal meine Zunge,
Die jenen pfauenstolzen Mann gesetzt
Unter den grimmen Richtspruch der Verbannung,
Den Fluch von ihm sollt wieder lösen müssen
Mit süßen Worten! O wäre ich so groß wie jetzt
Mein Leid ist, oder kleiner als mein Name!
O wüßte ich nicht mehr, wer einst ich war!
Vergäß ich nur, wer ich nun stets muß sein!
(Northumberland geht zu Richard Deuxième)

Aumerle Northumberland... Lakai von Bolingbroke!

Richard Deuxième Was soll der König tun? Auf seine Knie gehn?
Der König wird es tun. Der Kron entsagen?
Der König nickt. Verloren seine Titel,
Die Gott ihm gab, wie einem eignen Sohn –
Solch Todsünde begehn? Ainsi soit-il.
Ich tausche meine Perlen für Kastanienschalen;
Die Prachtpaläste für ein Regenfaß;
Die Berberhengste für ne wilde Gans;
Die Festbankette für ein Schälchen Suppe...
Ich tausche gern den Thron für eine Träne,
Und Mops und Windspiel für eine Hyäne;
Mein Szepter für ein hölzern Hirtenstab;
Mein weites Reich für nur ein kleines Grab:
Ein winzges Grab in ei'm verlornen Loch – oder
Unter dem königlichen Jagdpfad, ja,
Ein plattgetretner Pfad, so daß die Jäger
Mein Fürstenhaupt mit schmutzgen Füßen treten –
Mein Volk tritt, da ich lebe, auf mein Herz,
Warum dann nicht auf meinen toten Kopf?
[Vetter Aumerle, du weiches Herz – du weinst?
Laß uns aus deinen Tränen ein Gewitter braun.
Sie schlagen platt das Sommerkorn und nähren
Das Meutrerland mit bittrer Hungersnot.
Oder wir treiben Spaß mit unserm Leid –
Spielen das Spiel, wer weint die meisten Tränen?
Oder vergießen sie auf *einer* Stelle,
Bis sie ein Grab – zwei Gräber – in die Erde
Für uns gefressen haben, worauf steht:
„Hier liegen zwei Cousins, die nichts mehr taugen,
Sie gruben sich ihr Grab mit schreinden Augen..."
Erhabner Prinz Northumberland, was sagt

Nun unser König Bolingbroke? Gestattet
Seine Hoheit, daß Richard noch lebt,
Bis Richard stirbt? Ihr neigt den Kopf – dann: ja?]

Northumberland *(verdutzt)* Herr,
Euer Vetter möcht Euch doch bloß sprechen.

Richard Deuxième Will mein Cousin das Wort? Wer hindert ihn?
Wenn Judas schnippt, knick ich – der Fürst – entzwei:
Ich sink in Staub, bis ich ihn in mir habe.
Laßt reden ihn, er ist dazu geneigt:
Der Uhu krächzt, sobald die Lerche schweigt.

(Auftritt Bolingbroke und York)

Bolingbroke Ich grüß Euch, Majestät, wie sichs gehört. *(er kniet)*

Richard Deuxième Gehören, Vetter, braucht mir nicht Eur Knie.
Die platte Erde raubt sich süßen Kuß.
Mein Herz möcht lieber Eure tiefe Liebe fühlen,
Als daß mein Aug so tiefen Kniefall sieht.

Bolingbroke Ich bitt Euch, edler Herr, nur um das Meine.

Richard Deuxième Das ist ja Euer, wie auch ich, wie alles.

Bolingbroke Mein insofern, erhabner Fürst, seid Ihr,
Als meine Treue Eure Lieb verdient.

Richard Deuxième Ihr sagt es. Denn ein jeglicher verdient,
Was er denn stark und schlau zu fassen kriegt.
(zu York)
Gebt mir die Hand, Ohm, trocknet Eure Augen.
Zwar Liebe zeigt die Träne, aber löst
Nichts auf als Salz.
(zu Heinrich) [Eur Vater, Vetter, kann ich ja nicht sein,
Ich bin dafür zu jung. Doch Ihr seid alt
Genug, daß Ihr mein Erbe werden könnt.]
Was Ihr verlangt, das geb ich Euch und willig:
Der Übermacht ergibt der Mensch sich billig.
Jetzt nach der Hauptstadt: Soll es nicht so sein?

Bolingbroke Ihr sagt es, Herr. *(erstaunt)*

Richard Deuxième Ich darf nicht sagen: Nein.

(alle ab)

Vierter Akt

IV.1

Wie bei einer Parlamentssitzung.
Bolingbroke, Roß, Northumberland, Aumerle, Carlisle.

Bolingbroke Lord Roß, nun sagt uns frei und unerschrocken:
Was wißt Ihr von dem Mord an Oheim Gloster?
Wer hat den Mord beim König angestiftet?
Wer hat die sündge Arbeit dann verrichtet?
Roß Holt Lord Aumerle erst mir vor Augen her.
Bolingbroke Vetter, kommt vor und stellt Euch dem Begehr.
Aumerle Ihr edlen Herren, Prinzen, meinesgleichen…
Wie wehrt ein Mensch sich gegen böse Zungen?
Roß Ich hab es selbst gehört, wie stolz Ihr wart,
Daß Ihr Lord Glosters Tod veranlaßt habt!
Verneint es tausendmal, und Ihr lügt doch.
Mein Schwert wird gern in Eure Lügen stechen.
Aumerle Hier ist der Siegelring des Tods: mein Handschuh,
Das Freigeleit zur Hölle. Denn Ihr lügt,
Sag ich! Eur Blut soll Euren Trug erweisen.
Ihr seid zu feig, um soviel Mumm zu haben.
Northumberland Das Lob kommt mir zupaß: *ich* fordre Euch.
Aumerle Mein zweiter Handschuh: hier. Ich fordere *Euch*.
Roß *(lacht)* Northumberland, pardon, ich war zuerst.
Northumberland Ich hörte den Verbannten Mowbray sagen,
Daß Ihr, Aumerle, zwei Eurer Knechte schicktet,
Den Gloster in der Zelle umzubringen!
Aumerle Herr Mowbray lügt! Und wär sein Bann nicht ewig,
Ich stieß ihm, hier und jetzt, mein Schwert ins Herz!
Bolingbroke Schnell kommt die Sache und von selbst ins reine:
Mein Bann ist fort, warum nicht auch der seine?
Carlisle Mein Herr, erlaubt, daß ich Euch melde, Mowbray –
Nach der Verbannung – suchte seine Zuflucht
Im Heilgen Land und focht im Dienste Gottes
Gegen die schwarzen Heiden, Sarazenen
In frommem Kampf, doch tapfer wie der Leu,
Und kam, vom langen Kämpfen sehr erschöpft,

Am Ende schließlich in Venedig an.

Bolingbroke So lösen wir problemlos diesen Knoten:
Man schicke ihm aufs schnellste einen Boten.
[Er kommt zurück und wird – rechtlich pikant –
Wie als mein Feind er war – wieder mit Land
Und Titeln eingesetzt, um so imstand
Zu sein, des Vetters Handschuh aufzunehmen –]
Daß Gott entscheidet, wer die Wahrheit spricht.

Carlisle Mich dünkt, daß Gott es schon entschieden hat,
Denn Thomas Mowbray übertrug vor kurzem
Gott seine Seele – jenem großen König
Des Farben er so lang im Banner führte.
Sein leerer Leib blieb in Italia
Und ward begraben in der Stadt Venetia...

[**Northumberland** *(lacht)* Das war in dieser Stadt ein Seemannsgrab.

Roß *(lacht)* So währt sein Bann denn doch in Ewigkeit.]

Aumerle Ich bitte meinen Vetter, Herzog Lancaster,
Zu denken an die Gründe seines Banns:
Ihr hattet Mowbray doch herausgefordert,
Weil er, nach Eurem Zeugnis, Gloster tötete?
Das ist exakt, wie es gegangen ist!
Ich schließ mich Euren Argumenten an.
'S ist Thomas Mowbray, der Verbannte, der
Den Mord erdachte, plante und betrieb.
Und meine Treue gegen Euch, mein Herr –
Ich schwör bei Gott und allen Heiligen:
Ich habe meinen Vetter stets geliebt.

Northumberland Den Vetter wohl – nur welchen von den beiden?

York *(tritt auf)*
Mein Neffe Heinrich Bolingbroke, ich komm zu Euch
Von dem gerupften Roi Richard, der Euch
Aus freiem Willn als Erben adoptiert
Und Eurer Fürstenhand jetzt überträgt:
Sein golden Szepter samt den Kronjuwelen,
Sein voll Ornat samt allen Ornamenten.
Besteigt den Thron, Ihr, der jetzt von ihm abstammt.
Lang lebe Heinrich, vierter seines Namens.

Northumberland Lang lebe Heinrich 4!

Bolingbroke In Gottes Namen, ich besteig den Königsthron.
(will sich selber krönen)

Carlisle Nein, Gott verhüte, Gott verbiete das!

Selbst ein Bandit, ertappt auf frischer Tat,
Darf sich noch rufen einen Advokat.
Darf denn das gloriose Inbild Gottes,
Sein auserkorener Gesandter und Marschall,
Verurteilt werden durch Geringeren,
Abwesend noch dazu, und unverteidigt?
[Ach Gott, verhüte, daß in dieser Welt
Wissentlich Seelen sich verstehen sollten
Zu solcher finsteren, obszönen Tat.]
Heinrich von Bolingbroke, den Ihr den Fürsten nennt,
Ist der Verräter seines eignen Königs.
Wenn Ihr ihn krönt, sag ich schon jetzt voraus:
Das Blut von vielen unsres Landes wird,
Von Lenzesblüte bis zur Wintersaat,
Mit Rot und Tod die Ernte sehren und
Beschmutzen, faulen dann und gären lassen,
Ganz wie der Modder, der sie düngen muß.
Ich seh: Haß, Greuel, Chaos, Anarchie –
Die Mutter aller Kriege. Oder besser:
Die umgekehrte Mutter, nichts gebärend,
Die alles bloß zerstört, verheert, zermalmt –
Blut gegen Blut und Bruder gegen Bruder,
Der Sohn wird Mann durch Mord an seinem Vater...
Wenns eine Haus das andere bekämpft,
Wird draus die allerfurchtbarste Entzweiung,
Die jemals die verfluchte Erde schaute.
Bekämpft, verhütets; laßt es nicht so sein,
Daß Kind und Enkel nicht einst Wehe schrein.

Northumberland Nicht schlecht geredet, und für Eure Mühe
Verhaften wir Euch hier um Hochverrat.
Darüber sind wir uns doch einig, Herren?

Bolingbroke 's ist besser, daß vor allen Richard hier
Den Thron abtritt – kein Fluch soll lasten mir
Auf meinem künftigen Geschlecht.

York Laßt Richard mich nur holen. *(ab)*

Bolingbroke *(zu Carlisle)* Ihr, Gottesmann:
Ihr schweigt, sonst laß ich Euch den Mund zunähen.
Kein Fürst läßt sich gebieten durch Gebete.

(Carlisle wird gefangen genommen; York und Richard Deuxième treten auf)

Richard Deuxième Messieurs, mir mangelts an Beredsamkeit,
Um vorzuführen, wie um die Allüren
Mich Eure Bitte bringt, ja, Euer Wort –
Der Tort! – um mich, ein ganz gewöhnlich Bürschchen,
So stürmisch aufs Proszenium zu rufen
Um – tja, was? Ein Encore? Ein Grand Finale?
Wißt: ich betret die Bühne sans rancune,
Und schwör, de tout mon cœur et corps: Ihr wart –
Außer Dekor – ein prima Publikum, mais...
Wie kann ein Mann wie ich erscheinen vor
Nem Fürsten, da die Zunge doch, womit ich
Als König kommandierte, immer noch
Erstorben mir im Mund liegt? Für die Rolle
Des Wurms fehlt mir der Text – und kein Souffleur
Liest solch horreur, und selber kann ich leider
Mich wörtlich nicht die Bohne mehr erinnern
An Euer Schleimen, Heucheln, Buckeln, Dienern...
Für welches dieser Vier ruft Ihr mich her?

York Ihr kommt – aus freiem Willen und in Demut –
Vollziehn, wozu Weh und Verzweiflung Euch gebracht:
Die Übergabe Eures Staats und Throns an Heinrich.

Richard Deuxième Ah, oui. C'est vrai. Wie konnt ich das vergessen?
Gebt mir die Krone. Vetter: nehmt die Krone.
An dieser Seite meine Hand, an der die Eure.
Die goldne Krone ist gleich einem Brunnen,
In dem zwei Eimer an derselben Winde hängen:
Der leere pfeilschnell tanzend in die Höhe,
Der zweite, tief und ungesehn, voll Wasser.
Der zweite – ich, voll Tränen – trinkt das Leid,
Das Ihr ergossen und das Euch ließ steigen.

Bolingbroke Ihr wolltet doch verzichten, sagtet Ihr.

Richard Deuxième Auf meine Krone, ja; mein Schmerz, der bleibt bei mir.

Bolingbroke Zum Teil hängt Euer Schmerz doch an der Krone?

Richard Deuxième Ich bleib auch ohne nicht von Sorg verschont.
Die meine ist verlorne Sorg, die Sorg dahin.
Die Eure ist erworbne Sorg, viel Sorg darin.

Bolingbroke Abtreten mir wollt Ihr sie weiterhin?

Richard Deuxième Ja, nein; nein, ja – ich bin jetzt nichts mehr, nein.
Kein „Nein" – ich schicke mich in mein Geschlagensein.

Bolingbroke Wenn Ihr Euch darein schickt, so tut es jetzt.

Richard Deuxième Seht alle zu, wie ich mich selbst vernichte.

Ich mach die Krone selbst ihm zum Geschenk,
Verordnungen, Dekrete widerruf ich,
Geb Rechte, Renten, Krondomänen auf
Und gönne jedermann sein gut Gewissen:
Was hier geschieht, ist der normalste Lauf
Der Welt. So gut wie nichts. Ein fait divers:
Daß ich, von Gott gesegnet und gesalbt,
Nicht mehr erscheine als sein Stellvertreter?
Darüber müßt Ihr Euch nicht Sorgen machen,
Das kommt in besseren Familien vor.
Was kann ein Eid, so heilig, denn noch setzen,
Wenn man ihn wegwäscht mit zwei simplen Sätzen:
„Gott, schenke dem, der mir nicht treu war, deine Gnaden,
Wer treu Henri sein will, dem rechne nichts zu Schaden."
Voilà. Und das genügt vollauf, n'est-ce pas?
Henri, nun auf dem Thron, soll lange leben,
Derweil Richard muß seinem Grab zustreben.
Derart entkönigt sag ich, jetzt und hier:
Vive le roi, Henri, Gott sei mit dir.
Was wollt Ihr mehr, Cousin?
(läßt erst jetzt die Krone los, Heinrich setzt sie auf)

Northumberland Nur die Verlesung
Von dieser Anklagschrift, voll Greueltaten
Von Euch begangen und von Euren Leuten
Gegen den Staat und allgemeines Wohl.
Damit durch diese Beicht das Volk erkennt:
Er ward mit Fug und Recht heut abgesetzt.

Richard Deuxième Northumberland, die Treppe hochgefallner Lump:
[Wär jede Eurer Schurkereien je,
Den Nachkommen zur Schande, aufgezeichnet,
Beschämte es Euch nicht, vor allen Leuten
Sie vorlesen zu müssen? Tätet Ihrs,
Ihr fändet einen schauerlichen Punkt,
Wofür der Götter Blitze Euch zerreißen:]
Ist die Entthronung eines Fürsten nicht
Und das Zerbrechen Eures Treueeids,
Verdammt, gebrandmarkt in dem Buch des Himmels?
Ihr alle, die Ihr steht und auf mich schaut,
Wie mich mein Elend selbst zu Tode hetzt,
Ihr wascht Euch, wie Pilatus, Eure Hände
[In falscher Unschuld, doch verurteilt Ihr –

Pilatusse – mich hier zum bittern Kreuz.
Kein Wasser wäscht solch Sündenfleck je weg!]

Northumberland Machts kurz, Herr, lest die Klagschrift vor.

Richard Deuxième Ich kann nichts sehn, die Augen stehn voll Tränen.
[Sie sind vom salzgen Naß nicht so erblindet,
Daß ich hier nicht ein Nest Verräter sehe.
Und wenn ich mich anseh, mit fremden Augen,
Entdeck ich mich als einen der Verräter,
Denn ich hab meine Seel sich fügen lassen
In die Entkleidung meiner Majestät,
Hab Glorie niedrig, Macht zum Knecht gemacht,
Den Fürst zum Untertan, den Herrn zum Bauern.]

Northumberland Mein Herr...

Richard Deuxième Kein Herr von Euch, Ihr aufgeblasner Frosch!
Der Herr von niemand. Ohne Namen, Titel.
Was bin ich? Fürst, Vasall? Hanswurst, ein Hampelmann?
Hab ich denn früher alle Zeit verschlissen,
Um nicht am End den Namen mehr zu wissen?
War ich als Fürst ein Popanz bloß aus Schnee,
Daß ich so namenlos am Schmelzen bin
Vor Bolingbrokes hellstrahlnder Sonne?
O guter, großer Fürst – auch wenn die Güte
Klein – gilt denn mein Name noch in diesem Land,
Laßt mir dann eilig einen Spiegel holen,
Damit ich sehn kann, welch Gesicht ich hab
Nach dem Bankrott meiner Erhabenheit.

Bolingbroke Nun gut – so heißt uns unsre Höflichkeit. *(Roß ab)*

Northumberland Doch lest, dieweil ihr wartet, vor die Klage.

Richard Deuxième Kretin. Ihr quält mich, eh ich in der Hölle.

Bolingbroke So drängt nicht mehr, dem Vetter ist nicht wohl.

Northumberland Das wird dem Parlament wohl nicht genugtun.

Richard Deuxième Genug Genugtuung verschaff ich ihm,
Wenn ich erst aus dem wahren Buche lese,
Wo meine Sünden stehn geschrieben: moi.

(Auftritt Roß mit Spiegel; Richard Deuxième schaut hinein)

Noch keine Runzeln, tiefer denn als diese?
Kein Krähenfuß entstellt den Schnee meines
Gesichts? [Kerbt denn der Kummer, der mich schlug,

Nicht tiefre Wunden ein, als die du siehst?
O Schmeichelglas, wie süß du mich doch täuschst –
Genau wies meine Speichellecker taten,
Als ich in meinem Glück noch schwelgen konnte.
Ist das wohl das Gesicht], das wie die Sonne
Den Blick des, der es sah, erblinden ließ?
Ist dies das Haupt, das soviel Schlimmes sah,
Und jetzt, vor Bolingbroke, die Augen schließt?
Brüchiger Glanz erleuchtet dies Gesicht;
So brüchig wie der Glanz ist jedwedes Gesicht.
(läßt den Spiegel fallen)
Da liegt es jäh in Scherben auf der Erde.
Und die Moral von der Geschicht, mein stummer Fürst?
Seht an, wie schnell der Schmerz zerschlug die Fratze.

Bolingbroke Nichts andres als der Schatten Eures Schmerzes
Zerschlug den Schein Eures Gesichts.

Richard Deuxième Was sagt Ihr?
Der Schatten meines Schmerzes?... So leicht ists nicht...
Der Schein. Zerschlagen... Ja, da Ihrs jetzt sagt,
Ganz recht: mein Gram wohnt eigentlich ganz innen.
Mein äußerliches Lamentiern ist ehr
Ein Schattenspiel des so geheimen Grams.
Da liegt die Quintessenz. Ich dank Euch, König,
Als Vetter, als Gesichtsloser, als Mensch,
Für Eure Güte: erst, da gabt Ihr mir
Den Anlaß für die Trauer, jetzt dazu
Die Lehre, wie der Anlaß zu betrauern...
Ich bitt noch eins, dann geh ich ab und laß Euch.
Gewährt Ihrs mir?

Bolingbroke So nennts nur, bester Vetter.

Richard Deuxième „Bester Vetter“? Größer als ein Fürst bin ich.
Als ich noch König war, hatt ich nur Schmeichler
Als Untertanen; jetzt, selbst Untertan,
Hab ich zum Schleppenträger einen König.
Wenn ich so groß bin, brauch ich nicht zu betteln.

Bolingbroke So fragt denn.

Richard Deuxième Werde ichs bekommen?

Bolingbroke Ich versprechs.

Richard Deuxième Gebt mir: die Zustimmung, um wegzugehn.

Bolingbroke Wohin?

Richard Deuxième Wohin Ihr wollt. Ihr sollt mich nicht mehr sehn.

Bolingbroke Schon bald besteig ich, öffentlich geleit',
Den Thron. Ihr Herren, haltet Euch bereit.
Ihr da und Ihr, jetzt führt ihn in den Turm.

Richard Deuxième Ja, gut so, führt mich. Führer seid Ihr alle:
Jeder ist König, wenn die Könge fallen.

(alle ab)

IV.2

Eine Straße, die zum Turm führt.
La Reine und Richard Deuxième.

La Reine Wie soll ich, Liebster, denn die Liebe leiden,
Wenn man von seinem Liebsten gleich muß scheiden?
Richard Deuxième Ma chère…
Verbünde dich nicht mit dem Gram: das nicht.
Aller Verrat fällt im Vergleich nicht ins Gewicht.
Verlange bitte nicht, da ich muß gehn
Als letztes Bild von dir dies anzusehn.
La Reine Verlange bitte nicht, da ich nicht gehe,
Daß dir ein ander Bild vor Augen stehe.
Nur weinen kann ich noch, so lang ich lebe.
Soll ich denn heuchelnd lachen, falsch vergessen?
Richard Deuxième Vergessen? Nie. Allein die Wirklichkeit
Läßt sich vergessen; nicht die Liebe, nicht
Die Passion, die Pracht, die wir erlebten.
Der Traum, der unser war, hélas, vergißt
Sich nicht. Laß dich nicht wecken, Lieb. Nur flieh
Und rette dich, bevor du Schaden nimmst.
La Reine Nichts schadet mehr mir, als von dir zu fliehn.
Richard Deuxième Such Zuflucht dir in einem heilgen Haus.
Wer nur den Göttern lebt, der wird die Krone haben,
Die er verlor mit irdischem Gehaben.
La Reine Verlor Richard, mein Tier, denn auch die Zähne?
Hat Bolingbroke in einen Käfig dich gesetzt
Und kämmt jetzt jeden Tag dir deine Mähne?
Ein Leu, der stirbt, schlägt mit den Klauen noch,
Zerreißt noch, wenn nichts sonst, die Erd aus Wut,
Da er besiegt zu werden droht…
Willst wie ein träger tumber Straßenköter du
Die Züchtigung erleiden und den Stock noch küssen?
Schwanzwedelnd stehn vor Unterwürfigkeit?
Du, der du bist als Leu der Fürst der Tiere?
Richard Deuxième Der Fürst der Bestien, ja… Ohne die Bestien
Wär ich ein froher Menschenfürst geblieben…
Ma Reine du temps passé: flieh du nach Frankreich.
Mach schnell, blick nicht zurück – nur dann bewahrst du,

Für mich, das einzige von Wert noch: dich.
Denk, daß ich sterbe, daß am Totenbett du mich
Zum letztenmal hier siehst und Abschied nimmst.

Northumberland *(tritt auf)*
Herr, Heinrich 4 hat seinen Sinn geändert.
Ihr müßt zum Hohen Norden, nicht zum Turm.
Und Euch, Madame, heißt er auf alle Zeit und Dauer
In aller Eil nach Frankreich abzufahren.

Richard Deuxième Northumberland – du Strickleiter, woran
Die Gemse Bolingbroke den Thron erklimmt.
Kalt werden meine Worte noch nicht sein,
Eh Eure ekle Sünde, wie ein Pestgeschwür,
Entzündet sich, zusammenzieht und fiebrig reift.
Wenn sie dann platzt, liegt offen Eure Fäule.
Dann lernt Eur Herr Euch kennen und Ihr ihn:
Die Liebe dieses Lumps schlägt um in Angst,
Die Angst in Haß; im Haß euch beiden droht
Nur Blutvergießen und verdienter Tod:
Die Ratte, mangels andrer Beute, frißt die Ratte.

Northumberland Die Schuld sei meine eigne dicke Beule dann.
Sagt jetzt Ade – Befehl ist ja Befehl.

La Reine Schickt ihn mit mir – wir beide sein verbannt.

Northumberland Das wär charmant – als Politik riskant.

Richard Deuxième Und weinen wir zu zwein, das Leid ist eines.
So weine du nur dort, wie ich hier weine –
Besser weit weg als nah und doch nie eins…
Ein Kuß verschließe unsrer Lippen Schmerz –
So geb ich meins und nehm mit fort dein Herz.
(sie küssen sich)

La Reine Nein, gib mir meins zurück; es darf nicht sein,
Daß deines mich erstickt in meiner Pein.

Northumberland Jetzt aufgebrochen, wirklich – und allein.

La Reine Ich hab mein Herz zurück; jetzt geh, mein Herz.

Richard Deuxième Adieu. Leb wohl. Den Rest sagt schon der Schmerz.

(alle ab)

Fünfter Akt

V.1

Der Herzog von York und sein Sohn Aumerle.

York Der frohe Einzug König Heinrichs 4
Ließ jeden Platz in Rausch und Freude wirbeln:
Besoffne Stadt, ein Fest von Tanz und Wein.
Der kaum gekrönte Fürst ward abermals gekrönt
Mit Blumen und Gejauchz, wie ein Erlöser,
Der hoch auf einem hitzgen Berber saß,
Der seinen stolzen Reiter schien zu kennen.
Ritt fort, graziösen doch gemessnen Schritts,
Und alle Münder sangen: „Gott mit Heinrich."
Es schien, daß alle Häuser jubilierten,
So hingen jung und alt aus offnen Fenstern.
„Der Herr sei mit Euch. Heil Euch, Heinrich 4."
Er wandte sich, barhaupt, nach allen Seiten,
Sich tiefer beugend als der Pferdehals.
So immerfort sich neigend ritt er hin
Und nahm selbst Mädchenküsse in Empfang.
Aumerle Doch wie ergings meinem Cousin Richard?
York So wie der Blick verzückten Publikums,
Nachdem sein Lieblingsmime abgetreten,
Lustlos sich richtet auf den nächsten Spieler
Und dessen Vortrag eh nur fade findet –
Ganz so, vielleicht mit mehr Verachtung, blickten
Sie auf ihn runter, auf dem Weg zum Hohen Norden.
Kein Mensch rief: „Gott mit Euch!", kein Junge sang,
Kein Mund, der ihm ne gute Reise wünschte.
Im Gegenteil: man hat ihn noch beworfen
Mit Sand und Asche, einer leert' sogar
Den Nachttopf auf sein hochgeweihtes Haupt.
Mit sachter Trauer schüttelt' er es ab,
Tränen sowohl als Lächeln sich verbeißend –
Die Ehrenzeichen von Geduld und Gram.
Die Götter, unergründlich, fern und streng,
Machten die Herzen aller Menschen kalt

Und hart wie Stahl, sonst wären sie versengt
Von Scham gewesen und Erbarmen – ein Barbar
Sogar hätt Mitleid mit Richard gefühlt...
Doch schickt Ergebung uns, nicht Widerspruch,
Da in der Hand der Götter all dies lag.

Aumerle Es ist die Schuld von Heinrich, dem Tyrann,
Der unserm Vetter seine Kron abnahm.
Ich hab, mit noch neun andern Gleichgesinnten,
In Ochsbrück einen heilgen Plan geschmiedet...
Heinrich zunächst zu töten schworen wir,
Sodann Richard zu setzen wieder auf den Thron.
Helft Ihr uns, Vater, täts mich ehrlich freun...

York Du Idiot! Du bist so gut wie tot.
Schon jetzt, derweil ich rede, wird die ganze Gegend
Nach Thronfolgerverrätern durchgekämmt
Von den Elitetruppen unsres Fürsten.
Die Henker sind mit Säuberungen fleißig
Und du willst unversehrt dem Tanz entkommen?

Aumerle Mit Eurer Hilfe, Vater, könnt es glücken.

York Ich zieh die Hand von dir zurück, ich mache
Öffentlich, was deine Mutter, dieses Biest,
Bei ihrem Tod gebeichtet mir und dir:
Du bist ein Bastard, von geringstem Blut –
Du bist enterbt, von Habe und von Gut!

Aumerle Ihr lehrtet mich doch stets, zu dienen meinem Fürsten?

York Ich lehrte dich zu lieben unsern Thron.
Dasselbe sag ich immer noch, mein Sohn.
Ein Mensch, Aumerle, der denkt. Und Gott, der lenkt.
Wir haben Heinrich heilge Treu geschworen;
Dem Staat, der Ehre werd ich stets gehören.

Aumerle Namen und Gut mögt Ihr behalten – schenkt
Sie jenem Sohn, den Ihr nie habt gezeugt.
Und was das Blut betrifft, mein Herr: ich preise
Mich glücklich, daß ich nicht muß leiden
An Übeln, die weit erblicher noch sind
Als Geld: an Eurer feigen Heuchelei.
Ich leide nur an Ehr und Treue, Herr,
Der Mutter danke ich für den Geschmack
Und preise ihre Frucht des Ehebruchs.
Lieber ein Bastard sein als Euer Sohn.
Lebt wohl! *(beide ab)*

V.2

Richard Deuxième in einem Gefängnis im Hohen Norden.

Richard Deuxième [*(liest ein Gedicht vor)*
Verehrte harte Pritsche, schmutzge Decken…
Du liebe Tür, mit Guckloch zum Beschatten,
Ihr Gitter und gelegentliche Ratten…
Ihr, beste Mauern! Ihr seid auserlesen,
In meinem hohen Leid und den Askesen,
Zu Nachbarn mir und einzgem Publikum…
Vielleicht, chers spectateurs, erwartet Ihr,
Die Größe meines Schicksals werd sich hier
Dem Tragischen noch nahn. Das ist ein Wahn.
Entsetzt von irdischern Begebnissen, dazu
Im Tausch für sinnlose Bekümmernisse,
Sind endlich nun die Zeiten angebrochen –
Ihr lieben Steine, Platten, Fugen, Dreck –
Daß ich der wahren doppelten Begabung
Hier frönen kann: der Poesie und Onanie.
Der letzten zollte ich schon oft Tribut
Als schieres Zeichen der Kontaktarmut.
Doch am Genuß meiner Gedichte hab ich
Euch wenger oft zu Teilhabern gemacht.
Und um auch damit Euch zu animieren,
Will ich Euch – Einsiedler so gut wie ich –
Mein letztes Meisterwerkchen deklamieren.
Auf allgemeinen Wunsch, doch von moi-même,
Drum hört gut zu… Ceci est mon poème.
„Rom in Erwartung der Barbaren:
Worauf warten wir, herbeigelaufen auf der Agora?
'Heut werden die Barbaren sicher kommen.'
Warum wird dann in dem Senat nichts unternommen?
'Weil heute die Barbaren sicher kommen.'
Warum solln Senatoren noch Gesetze geben?
'Das werden die Barbaren tun, wenn sie gekommen sind.'
Warum ist unser Kaiser so früh aufgestanden und sitzt
am größten Tor der Stadt?
'Weil heute die Barbaren sicher kommen

und er doch ihre Führer empfangen muß.'
Warum trägt er die Armreifen mit Amethysten
Und Ringe mit den funkelnden Smaragden?
'Weil heute die Barbaren sicher kommen,
und derlei Dinge machen Eindruck auf Barbaren.'
Warum bereitet er denn keine große Rede vor?
'Weil heute die Barbaren sicher kommen
und sie nichts halten von Beredsamkeit.'
Warum beginnt auf einmal so konfuse Unrast?
Warum sind Straßen, Plätze so schnell leer
Und kehrt jeder nach Haus, versunken in Gedanken?
'Weils Nacht ward und die Barbaren doch nicht kamen.
Ein Reisender, der zurückkam von der Grenze, sagte, es
gäb schon lang keine Barbaren mehr...'
Was soll nun aus uns werden, ohne die Barbaren!
Die Menschen warn zumindest eine Lösung!"
(lacht; heult)]
Gleich wie ein Mensch, ist ein Gedanke nie
Zufrieden. Kein Gedanke ist derselbe,
Keine Idee versöhnt sich mit der andern...
Gedanken, die von größten Taten träumen,
Brüten undenkbare Mirakel aus:
Daß diese schwachen, untauglichen Nägel
Sich einen Ausweg reißen könnten durch
Die steinern Rippen meiner harten Zelle,
Die rauhen Mauern meines kahlen Kerkers...
Gedanken, die Ergebung predigen,
Trösten sich selbst, daß sie lang nicht der erste,
Auch nicht der letzte Sklave sind des Schicksals;
Wie Bettler sind sie, die am Pranger stehn
Und ihre Schande bagatellisieren,
Indem sie auf die vielen Vorgänger verweisen...
Gedanken, die sich sehnen nach dem Tod,
Besingen schon im nächsten Nu das Leben,
Benebelt durch Erinnerung und Hoffnung...
Gedanken, die die Schöpfung preisen mit
Gedichten, kommt ihr Sinn abhanden jäh
Durchs Schreckbild langsamen und dumpfen Tods
In namenlosem Loch, vergessen, vier mal vier...
So spiel ich zig Personen ganz allein,
Doch keine ganz durchdrungen und gelungen.

Was immer auch ich bin jedoch: nicht ich
Noch irgendwer, der außer Mensch nichts ist,
Kann je zufrieden sein mit etwas, bis
Er Frieden schließt damit: der Mensch ist nichts.

Stallknecht *(tritt auf)* Heil, königlicher Prinz.

Richard Deuxième Ich dank Euch, meinesgleichen.
Wer seid Ihr und wie seid Ihr hergekommen,
Wo niemand herkommt als ein barscher Hund
Mit Proviant, zu viel um zu krepieren
Doch auch zu wenig, um davon zu leben.

Stallknecht Ich war Euch Stallknecht, als Ihr König wart.
Wie schmerzlich brach mein Herz, als ich da sah,
Wie Bolingbroke, am Tage seiner Krönung,
Auf Eurem Berberhengst geritten kam.
Das Pferd, das Ihr so oft geritten habt.
Das Pferd, das ich so oft versorgen durfte.

Richard Deuxième Er, auf dem Berber? Dites-moi, mon ami:
Wie lief der weiße Teufel unter ihm?

Stallknecht So stolz, als ob die Erde er verachte.

Richard Deuxième Der Gaul fraß Brot aus diesen Königshänden.
Mit ei'm geschickten Sturz konnt er den Hals
Dem Hochstapler doch brechen, diesem Furz?
Vergib mir, Pferd – ich wüßt nicht, was ich tät.
Warum dann schimpf ich, ohne Grund, auf dich?
Geschaffen, du, um viel zu tragen und
Ertragen. Du bist ja wie ich: auch ich trag
Eine Last, doch wie ein Esel, ohne Anmut.

Roß *(tritt auf)* Was tust du hier? Wer bist du? Scher dich weg.

Richard Deuxième *(zum Stallknecht)*
So geht, laßt Euch nicht fassen! Geht! Ich bitt Euch…
Die Liebe, die Ihr für mich fühlt, befiehlt:
Allez-vous en!

Stallknecht Mein Mund verschweigt, was mir im Herzen bleibt. *(ab)*

Roß Das Abendessen. Ists gefällig zuzugreifen?

Richard Deuxième Ists erst, wie stets, gefällig vorzukosten?

Roß Der Vetter Fürst befahl das Gegenteil.

Richard Deuxième *(ißt)* Henri!
Wer Euch bejubelte, wird Euch verfluchen!
Es kommt ein Tag, an dem wir, Aug in Aug,
Umgeben von den Geistern unsrer Väter,
Die Zeugen sind des Endes aller Zeiten.

Die Berge und die Täler brechen – wie
Wenns Wasserkrüge wären; und die Sonne
Wird schwarz als wie ein härner Sack, der Mond
Wie ein Geschwür, die Sterne falln herab
Wie faule Feigen, Wolken platzen auf,
Die Archipele schälen sich und schwelen
Der Himmel rollt sich ein wie Pergament…
Und alle Schurken, alle Mächtgen, Herrn
Wie Knechte, halten in Spelunken sich versteckt,
Sie rufen zu den Bergen: Fallt herab
Auf uns! Verbergt uns vor dem Angesicht
Des Geists, des Gotts der Götter. Sehet her:
Wer sitzet da an seiner Seit? Wer thront
Als König nächst dem Geiste unsres Ahns?
Es ist der wahr-gesalbte Fürst Richard,
Es ist gekommen jetzt sein Tag des Zornes.
Steig, meine Seele, auf! Wollst hohen Sitz erwerben –
Mein schwerer Leib wird steif, um hier zu sterben.
(stirbt)

Vorhang

Heinrich 4

Übersetzt von Klaus Reichert

Friedrich Wilhelm: *Ich werd Ihm das Arschficken austreiben und das Französischparlieren. Ich will einen Mann aus Ihm machen und einen König; und wenn ich Ihm alle Knochen im Leib zerbrechen muß dazu.*
Leutnant Katte: *Mein Prinz.*
Prinz Friedrich: *Ich sehe dich.*

Heiner Müller

Dramatis Personae

Heinrich 4	der Fürst
Heinz	sein Sohn, später der Fürst: Der Fünfte Heinrich
La Falstaff	dessen Freund und Ersatzmutter
Northumberland	frühere rechte Hand des Fürsten
Percy	Sohn Northumberlands
Käthchen	dessen Frau
Lady Northumberland	dessen Mutter, Frau von Northumberland
Der Erzbischof	Mitstreiter Northumberlands
Westmoreland	die neue rechte Hand des Fürsten
Roß	ehemalige rechte Hand des Fürsten
Drei Aufständische	Mitstreiter Percys

Erster Akt

I.1

Eine Kapelle im königlichen Palast.
Heinrich 4, auf den Knien betend. Hinter ihm, als Wache, Westmoreland und Militärs.[1]

Roß *(tritt auf)*
O großer Führer, Gottes mächtiger
Tribun: ich schenk Euch diesen Sarg. Hier liegt
Begraben Eure Furcht, tot und entseelt
Der Feinde bösester, die du gezählt;
Der Vetter Richard, her von mir gebracht.
Heinrich 4 Ich dank Euch nicht, mein Herr. Ihr habt vollbracht
Ein Werk des Unheils, mit verruchter Hand
Auf mich geladen und das ganze Land.
Roß Himmlischer Mentor, Meister unsres Volks
Und Staats! Ihr habt befohlen diese Tat!
Heinrich 4 Der liebt das Gift nicht, der es nötig hat.
Du Grind: verschwind! Wünscht ich auch seinen Tod,
Den Täter haß ich, fordre dessen Tod.
Roß Northumberland kann sprechen hier für mich…
Heinrich 4 Northumberland spricht einzig nur für mich.
Ein schlecht Gewissen ist verdienter Lohn
Und nicht die Gunst und Huld von unsrer Kron.
Geht! Schweift umher mit Kain in ewger Nacht,
Nie wieder leuchte Euch der Sonne Pracht! *(betet)*

(Roß wird abgeführt; La Falstaff – gespielt vom Schauspieler, der Richard Deuxième spielte – tritt auf und führt an der Hand Kronprinz Heinz)

[**La Falstaff** *(singt)* Ave Maria, gratia plena,
Dominus tecum, benedicta tu in mulieribus,
Et benedictus fructus ventris tui, Jesus.
Sancta Maria, Mater Dei, ora pro nobis peccatoribus,
Nunc et in hora mortis nostrae.
Amen. *(streichelt Heinz den Kopf)*]

Westmoreland *(verneigt sich tief)* O großer Heinrich 4,
Vollkommner Fürst und Herrscher, voller Gnade,
Mein Führer, Volkes Vater nachgerade:
Mit Freuden bin zu melden ich imstande
Daß diese Ochsbrücker, die Zehnerbande –
Zehn Ratten, die sich gegen Euch verschrieben –
Gefaßt sind, allesamt, und aufgerieben.

Heinrich 4 Ich dank Euch, Herr Westmoreland, unumwunden;
Werft die geköpften Leichen vor den Hunden;
Die Pflicht habt Ihr verrichtet angemessen,
Und Eure Mühe wird nicht leicht vergessen.
[Zwar hoch schon, steigt Ihr höher noch im Rang;
Verdient gemacht habt Ihr Euch um des Reichs Belang.]
(betet)

La Falstaff *(Arm in Arm mit Heinz)*
Nehmt Ihr, Heinzchen, Sohn von Heinrich 4, die genannte La Falstaff zu Eurem ehelichen Weibe?

Heinz Ja.

La Falstaff Wahr und wahrhaftig?

Heinz Wahr und wahrhaftig.
(wird von La Falstaff liebkost)

Heinrich 4 *(schlägt das Kreuzeszeichen und begibt sich zu einer Rednertribüne)*
Ihr Untertanen, die ihr meine Kinder seid,
Wir leben in entsetzlich schlimmer Zeit.
Wir wurden nie vordem wie jetzt bedrängt
Vom Chaos, das die Hölle selber sprengt.
Nicht Rebellion allein und Hochverrat
Reißen die Ordnung ein, Moral, den Staat –
Vor allm Entartung, sittlicher Verfall
Erzeugen Krebs in diesem Tränental.
Der Niedergang des Staats kommt nie von selbst.
Erst ists der Mensch, der in der Fäulnis schwelgt.
So schwach sein Geist, so niedrig sein Genuß
Und von der Last der Lüste abgestumpft:
Wer schwach ist, zweifelt an Gebot und Gott,
Bis er, verzweifelt, nichts mehr kennt als Spott…
Der Feind der Krone ist Vergnügungssucht,
Die nichts verschont, mit geilem Hohn, verrucht
Am Heiligsten sich zu vergreifen sucht:
Ein jedes Wirtshaus züchtet Kriminelle,

Die Wiegen des Komplotts sind die Bordelle!
So wächst das staatsgefährdende Geschwür
Durch Saufen, Würfeln, Ehbruch, Ungebühr. *(Applaus)*
Ein wahrer Fürst bekämpft die Krankheitskeime,
Indem er hält das Volk an kurzer Leine:
Ordnung macht frei, die Anarchie zum Knecht;
Wo schwammig das Gesetz, verkommt das Recht.
Nur der Gehorsam schenkt uns die Befreiung!
Der Weg zum Volkswohl führt über Kasteiung
Und Manifestation der Tradition.
's hat jeder seinen Platz, kennt seine Schicht,
Und tut, ob hoch, ob niedrig, seine Pflicht.
Das gilt ingleichen für das ganze Land
Wie für den Anker: das Familienband.
Kein Mann ist Mann ohne die Vaterschaft.
Die Frau nicht Frau ohne die Mutterschaft.
Nur wenn wir uns an die Gesetze halten,
Peinlich der schmutzgen Laster uns enthalten,
Und Buße tun für die verwichnen Sünden
Läßt sich die Goldne Zeit des Friedens gründen! *(Applaus)*
Laßt neue Wirren ausschließlich entbranden
In fremden und weit abgelegnen Landen!
Ich zieh zum Heilgen Grab mit meinem Heer,
Daß ich die Heidenhunde Mores lehr! *(Applaus)*
Die letzten Hochverräter sind gefällt,
Ordnung und Zucht sind hier nun hergestellt.
Nimmer soll unser Grund, nach diesen Knaben,
Sich mehr am Blut der eignen Söhne laben! *(Applaus)*
Trauert mit mir und seufzt: Richard war groß
Und edel und beherzt – jetzt ist er tot.
Mein Volk! Ich schwör euch: schwer ist mir zumut
Um das zu Unrecht schlimm vergoßne Blut.
Die Schande ists, die unser Volk befleckt
Und meinen Hunger nach Vergeltung weckt –
Ich räch den raschen Mord mit eigner Hand:
Ich breche heut noch auf ins Heilge Land!
(Applaus)

(Heinz hat sich ausgezogen und ist in eine Waschbütte gestiegen; La Falstaff wäscht ihn)

La Falstaff *(mütterliches Streicheln mit einem Waschlappen, das in Fummelei ausartet)*[2]

[Das Wasser rauscht', das Wasser schwoll,
Ein Jüngling saß daran.
Sah nach dem Pimmel ruhevoll,
Kühl bis ans Herz hinan:
Und wie er sitzt und wie er lauscht
Tut sich die Flut empor,
Aus dem bewegten Wasser rauscht
Ein feuchter Schwanz hervor.
  Er sang zu ihm, er sprach zu ihm:
Fehlt dir auch eine Fut,
Mit Menschenwitz und Menschenlist
Kannst stillen du die Glut.

Heinz Ach wüßtest du wie wohlig ist
Mein Schwanz in meiner Hand,

La Falstaff Du griffst herunter wie du bist
Und kämst um den Verstand.
  Reibt sich die geile Lesbe nicht,
Der Schwule nicht sein Teil?
Kennt wellenatmend ihr Gesicht
Nicht da ihr Seelenheil?
Lockt dich der steife Pimmel nicht,
Das feucht verklärte Blau?
Lockt dich denn dies Vergißmeinnicht
Nicht her in ewgen Tau?
  Das Wasser rauscht', das Wasser schwoll,
Netzt' ihm den nackten Fuß,
Sein Schwanz wuchs ihm so sehnsuchtsvoll,
Wie bei der Tunte Gruß.
Sie sang zu ihm, sie drang zu ihm;
Da wars um ihn geschehn:
Halb rieb sie ihn, halb sank er hin,
Der Schwanz blieb nicht mehr stehn.]
(Beide ab)

1 In der Spielfassung wird Heinrichs Text aus dem letzten Akt bereits am Anfang dieser Szene verwendet.

2 In der Spielfassung wird Goethes „Erlkönig" als Improvisationsgrundlage für den nachfolgenden Dialog verwendet.

Zweiter Akt

II.1

Der Palast. Vorne König und Westmoreland.
Im Hintergrund La Falstaff und Heinz. Sie schneidet
Heinz die Haare. Heinz ist halbnackt. Seine Lippen
sind rot angemalt.

Westmoreland *(kniet)*
O königlicher Führer, Fels des Seins:
Ein Unheilsbote kam grad, aufgebracht,
Der Euern ganzen Plan zunichte macht.
Bedauerlicherweise muß ich melden,
Daß Percy, einer unsrer jüngsten Helden –
Der Eurem Reichesstreit sich stramm geweiht,
Getreu ganz seiner sprichwörtlichen Wut –
Mit Irenbanden focht, doch jetzt akut
In Nöten ist. Er schickt den Eilbericht –
Der kam grad an, drum öffnet' ich ihn nicht.

Heinrich 4 *(öffnet beunruhigt den Brief)*
Habt Angst Ihr, daß die plötzliche Gefahr
Vertagt, daß ich zum Nahen Osten fahr?
(liest und lacht)
Wo steckt das schlechte in der Nachricht, Westmoreland?
Zehntausend Anarchisten kamen um;
Zwölf Ritter aus dem höchsten Adeltum
Sind unversehrt gefangen in dem Streit –
Das bringt ein gut Stück Lösgeld mit der Zeit.
(läßt den Brief sinken)
Percy...
Daß er der Sohn muß ausgerechnet sein
Northumberlands! Solch Sohn, solch Widerschein
Und Bild der Ehre, stärkster höchster Baum
Im ganzen Wald, des Vaters Stolz – mein Traum...
Wenn ich dann an den Nichtsnutz denk, mein' Sohn?
Für Rad und Galgen da, nicht für den Thron...
Ich denk manchmal, ein Geist hats so gedrechselt,
Daß in der Wiege man sie hat verwechselt.

Westmoreland *(verneigt sich tief)*
Ruhmreicher Steuermann und Gottesführer:
War Percys Brief nicht eigentlich gepaart
Mit einer Nachschrift eher dunkler Art?

Heinrich 4 *(liest und erstarrt)*
Ja, er behält – wie widersätzlich ist das doch! –
Für sich die Geiseln und erfrecht sich noch
Zu schreiben, daß er mir nicht eine schickt!
Nach welchem Muster ist der Trick gestrickt,
Wer inszeniert erneut Verrat und Hader?

Westmoreland Sucht da nicht weiter, Herr, es ist der Vater –
Northumberland, der ist hier der Verräter.
Vergebt mir, gottesgleicher Schicksalsträger
Und Löwenherz,
Den bittern Satz, daß er Euch hat verraten.
Eur Freund von früher – den Ihr hochgestellt,
Erhoben habt bis an das Himmelszelt –
[Hat sich mit Gut und Blut von Euch gewandt
Und ging ins Gegenlager, dieser Intrigant,
Von Vaterseite her mit Euch verwandt...
Graf Mortimer...

Heinrich 4 Mortimer!

Westmoreland Ich bitt Euch, Herr, daß Euch die Wut nicht packt
Auf mich, den Zeugen, sondern auf den Fakt.
Northumberland verband erst seinen Sohn
Im Ehebund des Grafen einzger Schwester.
Seitdem sagt er wohl stündlich monoton:
„Le Roi Richard hat Mortimer im Sterben
Bestimmt und selbst benannt als seinen Erben.“]
Ich hab es selbst gehört! Northumberland
Schürt Aufruhr überall in Markt und Land.
Das waren seine Worte, die ich hörte:
„Bekamen wir den Fürst, den wir verdienen?
[Es stand sogar in Richards Testament.
Der Pa von Bolingbroke war Johann Gent.
Der Vierte in der Reih der sieben Söhne,
Die abstammten von Eduard dem Dritten.
Sein dritter Sohn war Lionel von Antwerpen –
Auf Vaterseite Großvater von Mortimer.
So stammt der von dem Dritten in der Linie,
Und dieser König stammt nur von dem Vierten...“]

Heinrich 4 *(zerreißt den Brief)*
Jetzt geht sein Intrigieren mir zu weit!
Daß ich die Augen öffne wird es Zeit –
Bevor mich Schlangen überall umgeben,
Die trachten tückisch mir nach Leib und Leben!
Mein Blut war zu langmütig und zu kalt
Und ferner – was ich ändre mit Gewalt –
Zu lax, um sich zu wehren gegen Hohn.
Und meine Langmut hat er, wie sein Sohn,
Gesehn, begriffen und dann prompt mißbraucht.
Vorbei! Sehr leicht erzürnt, voll Macht, erlaucht
Bin ich, von heute an – sein Souverän!
Mein größrer Stolz läßt seinen klein aussehn.
[Geht! Warnt sie, den Northumberland samt Sohn:
Und Mortimer kommt auch mir nicht davon,
Mit keinem Wort, nicht einem. 's ist Rebellion!]
Er schick die Geiseln – ohne Diskussion,
Denn andernfalls ich von mir hören laß
Auf eine Art, die ihm nicht kommt zupaß!
Schon einer Sünde schuldig ist er außerdem:
Der Kreuzzug ist jetzt leider nicht genehm.
Durch ihn kann ich nicht nach Jerusalem!

(Im Hintergrund kitzelt La Falstaff Heinz; Heinz kichert; Heinrich 4 stürmt auf seinen Sohn zu)

Heinrich 4 *(zerrt Heinz nach vorn)*
Wann hab ich meinem Gott so sehr mißhagt,
Daß er mich, unergründlich, derart plagt
Mit Geißeln, Rache, aus dem eignen Blut
Erzeugt – kein Sohn, nein, sondern Schlangenbrut
Die mit ihrm widerlichen Lebenswandel
Mich in Vergeltung grausam-blind mißhandelt,
Mich strafend für mir unbekannte Schuld.
Du Himmelspeitsche, die sich ringelnd suhlt
Und schlängelt um die längst schon blutge Brust!
Wie anders läßt dein unbändiger Durst
Auf gossenhaftes Treiben sich begreifen?
Das ordinäre, säuisch Sich-Vergreifen?
Der Abschaum, schamlos, schlecht und ungesittet,
Von dir umarmt und fast schon angebetet –

Wie reimt sich das, so schauerlich, gemein,
Mit deinem Prinzenblut, so blau und rein?
Hoffnung, auf dich gesetzt, verflog schon lang,
Ein jeder prophezeit dir Untergang.
Hätt ich wie du auf alles bloß geschissen,
Dann wär das Volk, das mich erkor mit Wissen
Als neuen Fürst, dem alten treu geblieben
Und hätt mich, den Verbannten, abgeschrieben...
Die Puppe Richard ritt wohl im Galopp
Von hier nach da und mischte sich salopp
Unter Hanswürste mit dem Hirn von Stroh –
So rasch entflammt, wie rasch betäubt – und füllte so
Den Hof an mit Schmarotzern, Kriechern,
Mit Parasiten, Pack und faulen Viechern.
Das ist der Punkt, mein Sohn, wo du nun stehst:
Von jedermann gehaßt, geringgeschätzt,
Ein Spiegel Richards, des verkommnen Wesens –
Bloß bist du selbst nicht einmal Fürst gewesen.
Die Chance ist klein, daß du es je wirst sein:
Mortimer, Percy und Northumberland
Planen mitsammen Diebstahl, Mord und Brand
Und habens auf die Krone abgesehn.
Anstatt in diesen äußerst heiklen Zeiten
Bereit zum Kampf zu sein an meiner Seiten,
Gibst du dich lieber hin geilem Genuß,
Pervers veranlagt, bis zum Überdruß.
Was schließt du dich nicht gleich zusammen mit
Dem tückischen Verräterkabinett?
Du, der du bist mein erster, ärgster Feind –
Seis Feigheit oder nur Verdorbenheit
Seis beides – du wirst auch noch überlaufen,
Und ihnen Seele, Selbst und Thron verkaufen!
Ich warte nicht – bis sie mich erst geschwächt –
Als Fürst und Vater hier in meinem Recht
Auf dich. Denn du, du bist verantwortlich
Fürs Messer, das – bis jetzt nur sprichwörtlich –
Mir in den Rücken wird gepflanzt und umgedreht.
Nun kannst du ernten, was du selbst gesäht.
(läßt sich von Westmoreland ein Messer geben)
Hier ist ein echtes Messer – ich gebs dir.
Wenn du mich töten willst, dann tu es hier.

Sieh her: wie schutzlos steht mein Hintern da,
Nicht unbekannt ist dir die Stellung ja…
Stich zu! „Auch du, mein Sohn!" Hab Spaß daran.
Na los: erweis dich endlich als ein Mann.

Heinz *(lange Stille)* Vergebt mir, Vater, was ich mißgetan.
Ich will… Ich werd… Ich selbst mehr sein, fortan.

Heinrich 4 Du, mehr du selbst? Das ist just das Problem.
Noch immer schnallst du nicht, Sohn, das System.
Es geht nicht drum, daß du dich jäh bekehrst,
Daß ich verzeihe, wenn du Reue schwörst.
Taten sind Taten. Und sie haben Folgen,
Sie werden uns, bis in den Tod, verfolgen.
Rein wie die Krone sind sie, stark, vital:
Man trägt sie – oder nicht, so stinknormal,
Einfach und echt, so handle man im Leben.
So ist die Wahl auch, die dir ist gegeben:
Die schmutzge Arbeit mußt du nun verrichten,
Oder dich fügen meinen Strafabsichten…
Das Leben: hart und scharf, nie zweideutig.
Was wirds wohl: Tötst du mich? Bestraf ich dich?

Heinz Vergebt mir, Pa. Ich bin nicht so verrucht:
Ich schwörs, nie hab ich Euren Tod gesucht.

Heinrich 4 Frei kauft sich keiner, der mich so ersucht;
Auch du nicht, Sohn. Der Schuld folgt Strafe nach.

Heinz Was man auch sagt: ich bin nicht feig und schwach.
Bestimmt die Buße, wenn ich Rechte brach.
Verurteilt mich für Schuld und Ungemach.
Nehmt mir, worum ich jemals etwas gab.
Die Privilegien geb ich gerne ab,
Und nehm Verbannung hin und Bettelstab
Ja, Zwangsarbeit oder Gefängnisgrab…
Allem bin ich ergeben. Nehmt mein Leben… ab.

Heinrich 4 So daß du deiner Pflicht dich kannst entheben?
So rasch man sich von Schande nicht befreite:
Nein, nein… Die Straf heißt: Lebe! Leb und leide –
So haben wir doch beide eins gemein.
Auch ich, ein Fürst, ein Vater, steh allein.
Ohn dich zieh ich ins Feld noch diesen Tag –
Du, des Erzeugung ich so sehr beklag –
Zu strafen ein mir sonst genehmes Blag,
Percy, dein Gegenteil auf jeglichem Niveau:

Ausdauer, Wille, Ehr und Libido.
Warum muß gegen ihn ich ins Gefecht?
Gäbs nicht Gesetze zum Erbfolgerecht,
Die Herkunft fordern für den Thron, nicht Mut,
Wär er der Erbe, du vergessen kurz und gut.
[Wie du dich räusperst, wie du spuckst – Richard;
Auch er war launisch, unberechenbar,
Ne Muschi, die sich alles ließ gefallen.
Er stand auf Ächzen, Wimmern, Kichern, Lallen
Von jedem Weichling mit so wenig Bart
Wie Rückgrat, daß er – selber ganz in Fahrt:
Geschminkt und manikürt und pomadiert –
Auf jedem Strich war bestens renommiert.
Sein hohes Amt? Ein einziger Skandal!
Die Macht? Nichts weiter als ein Maskenball!]
Percy ist ich – da ich nach soviel Jahren
Des Elends, Jammers, tödlicher Gefahren
Mit eignem Machtanspruch den Bann verbannte
Und unser ganzes Land in Feuer brannte…
Ich bin ein Spielball von perfiden Göttern:
Ich muß mein junges Selbst in Percy töten,
Den Thronfolger, der doch mein Sohn nicht ist.
Mein Sohn, der ja mein Thronfolger nicht ist,
Bleibt ungestraft am Leben, frech, verroht –
Sein Haar und Herz ist falsch, die Lippen rot…
Ein krankhafter und schwacher Idiot.
(ab mit Westmoreland)

Heinz *(kämpft mit den Tränen)*
Der Kopf von Percy soll die Schuld begleichen,
Sein Haut und Haar soll meine Schande tilgen.
Es kommt ein Tag, ein rühmenswerter Tag,
An dem ich vor Euch steh und sag: „Hier bin ich,
Paps! Hör mal, sieh mich an: Hier ist dein Sohn!“
An diesem Tag, der Stund, dem Augenblick
Bin ich gewandet in ein Wams aus Blut,
Den Kopf geschmückt zu blutig-grauser Fratze,
Die, weggewaschen, auch die Scham auswischt!

[**La Falstaff** *(besänftigend, Heinz streichelnd)*
Ruhig… Er hat das nicht so gemeint… Ein König muß auch mal etwas Schlimmes sagen dürfen, auch wenns ihm ins eigne Herz schneidet… Du wirst das später

schon verstehn... Wenn du König bist... Er sagts nur zu deinem eigenen Besten... Eine fromme Lüge... Zu deinem Besten...

Heinz *(schluchzt in ihren Armen)*
Gebt Percy nur in meine Hände, dann
Wird man schon sehen, ob ich gar nichts kann.

La Falstaff Du kannst alles, du... Laß die nur reden... Für mich bist du allemal der Beste...]

(beide ab)

Dritter Akt

III.1

Das Lager der Aufständischen;
Percy sitzt schweigend auf einem Stuhl.

[**1. Aufständischer** Percy! Wir kommen stracks vom Hohen Norden
Und haben nicht die Zeit, auch nur ein Zelt,
Geschweige denn die Truppen aufzustellen!
Unsre Armee ist so erschöpft wie Eure:
Wir sind zu müde, um jetzt anzugreifen.
Drum wartet, bis Eur Vater zu uns stößt!

2. Aufständischer *(tritt auf)* Eur Vater schickt Euch diesen Brief, mein Herr.

1. Aufständischer Ein Brief, von ihm? Was kommt er denn nicht selbst?

2. Aufständischer Er kann nicht, Herr, dafür ist er zu krank.

1. Aufständischer *(liest den Brief)*
Er hat was mit dem Darm, doch rät er uns,
Mit unsern wengen Männern trotzdem es
Zu wagen, nicht zu zögern, da der Fürst
In Kenntnis unsrer Pläne sei… Was nun?

2. Aufständischer Die Krankheit Eures Vaters schwächt auch uns.

1. Aufständischer Ich seh in seinem Nichtdasein Gewinn.
Es gibt unsrer Mission erst Ruhm und Glanz.

2. Aufständischer Das find ich auch! Ein Wort, das Furcht bezeichnet,
Steht nicht im Wörterbuch des Hohen Nordens.

3. Aufständischer *(tritt auf)* Ihr Herren, seid gegrüßt.

1. Aufständischer Mein Freund! Kommt rein, mein werter Freund, kommt rein.

2. Aufständischer Ich heiße Euch aus ganzer Seel willkommen.

3. Aufständischer Die Nachricht, die ich bring, verdient kaum solchen Gruß.
Der König in Person kommt angestürmt
Gleich wie ein Fels, der von den Bergen rollt.
Er schleift ein formidables Heer mit sich.
Zehntausende, bis an die Zähn bewaffnet…
Das gräßlichste, brutalste Kriegsgerät…
Wo er den Huf hinsetzt, da wächst kein Gras.

1. Aufständischer Laßt sie nur kommen! Es sind Lämmer bloß,
Geschorn und fertig für die rasche Schlachtbank!

2. Aufständischer Ich brenne, lodre, glüh – wo ist mein Pferd?

Es muß mich wie ein Wetterleuchten tragen
Gleich vor des falschen Fürsten Brustküraß:
Mann gegen Mann und Ritter gegen Reiter,
Kein einziger von uns verlaß das Feld,
Wenn nicht als Leiche oder Strahlenheld!

1. Aufständischer Wär der verdammte Mortimer bloß hier.

3. Aufständischer Das ist die zweite schlechte Nachricht leider:
Er sagt uns, daß er seine Truppenmacht
Nicht vor zwei Wochen kann zusammenziehn.

2. Aufständischer Das ist von allen Nachrichten die schlimmste.

1. Aufständischer Wie groß war, sagst du, die Armee des Fürsten?

2. Aufständischer Schon an die dreißigtausend...

3. Aufständischer Vierzigtausend.

2. Aufständischer Auch gut! Sein Vater krank und wir erschöpft?
Der wahre König Mortimer weit weg?
Macht nichts! An einem mangelt es uns nicht:
An Mut! Die Truppen klar, macht Euch bereit,
Den Tag des Urteils setzen wir in Gang!
Wer stirbt, stirbt furchtlos und vergnügt!

3. Aufständischer Noch eine Nachricht hab ich Euch zu melden.

1. Aufständischer Was? Dreht die Erde plötzlich sich nicht mehr,

2. Aufständischer Hat die Sonn den Mond vielleicht verschluckt?

1. Aufständischer Stehn alle Schleusen offen? Brennt die Erde?

3. Aufständischer Ein zweites Heer ist gegen uns im Anmarsch,
Das von dem Prinzen vom Waliserland.

1. Aufständischer Von Kronprinz Heinz?

2. Aufständischer Dann steht die Erde still!

1. Aufständischer Wie haben wirs verdient, daß selbst ein Narr –
Halb Mann, halb Weib, und keins von beiden echt –
Sich aufstellt gegen uns und uns bedroht?

2. Aufständischer Kann sein, er ist unsre geheime Waffe.
Sein Nahn verstört vielleicht den König so,
Daß gegen uns zu kämpfen er vergißt.

3. Aufständischer Man sagt jedoch, er sei wie neugeboren.
Er zieht in voller Waffenrüstung auf,
Kampflustig wie der Adler nach dem Bad,
Er glitzert wie ein gülden Götzenbild,
Sein Pferd geschmückt mit edelstem Behang,
Sein Helm geziert mit Federn, rot wie Blut,
Sein Schild und Schwert sind strahlend neu,
Sein Blick ist mörderisch, verheißt Gefahr...]

(Das Heer des Fürsten stürmt unvermutet heran, angeführt von Westmoreland)

Heinrich 4 *(ruft den Rebellen zu)*
Allwer den Meuterern zur Seite stund,
Doch sie verläßt, ganz gleich aus welchem Grund,
Dem garantier ich milde Amnestie –
Percy als erstem! Ich fühl Sympathie
Für ihn. Ein Edelmann, schon renommiert
Und noch so jung, manchmal nicht ungeniert
Doch um so tüchtger, kühn und unerschrocken,
Als ob ers ganze Königreich wollt schocken,
Seinsgleichen kann kein zweiter Ritter sein.
Reue allein, die wäscht ihn wieder rein,
Und mit ihm die Familie, die Kumpanen.
Ansonsten müssen wir ihn streng ermahnen,
Wenn er in seiner Bosheit bleibt verfangen:
Die Mittel, womit wir ihn dann belangen,
Zur Strafe und zur Zucht sind jedenfalls
Mitnichten sanft. Er denk an seinen Hals.

[**Percy** *(springt auf und zieht sein Schwert)*
Das dauerte jetzt lang genug! Greift an!
Schlagt alle Trommeln, blast die Kriegstrompete:
Fürs Vaterland und König Mortimer!
Tod diesem falschen König, Heinrich 4!

Westmoreland Verrat! Zum Kampf jetzt! Percy ist wie toll,
Er bricht sein Wort unds heilig Protokoll!]
(sie kämpfen)

Percy *(Stirn gegen Stirn mit Heinrich 4)*
Betrüger Bolingbroke! Verdorbner Fürst,
Pestbeulenprinz und Zwingherr voller Sünden;
Vermessner Henker, Vampir der Verwandten.
Wenn ich nicht endlich dreinhau heute, um
Ins ewge Dunkel dich zu schießen wie
Den Pfeil in spurlos-finstre nasse Nächte,
Dann soll, als Stellvertreter meiner Rache,
Die Krone wie ein Mal aus Feur und Säure
Sich zischend schlingen um dein sieches Haupt,
Bis Pein und Wahnsinn dich zusammenstauchen
Und weinend hoffen, du möchtst bald krepiern.

Heinrich 4 Da ist kein junger Kerl im ganzen Land,

So exzellent wie du begabt, brillant –
Laß mich dich anflehn, daß wir uns versöhnen.
Laß mich Mut, Tugend, Adel an dir rühmen.
Ein Wort und unser Streit ist beigelegt –
Ein Friedenszeichen reicht – so überlegt.

Percy Du armer Tropf. Von aller Schmierigkeit
Die schlimmste: Schleim und Scheiß, vermischt mit Feigheit.
Du willst *ein* Wort? Das eine Wort heißt: Nie.
Willst *eine* Tat? Die kannst du kriegen: Sieh!
(schlägt den Fürsten in den Magen;
der Fürst krampft sich zusammen)

Heinz *(tritt auf und springt zwischen beide;*
in einiger Entfernung La Falstaff)
Wenn etwas du heut nehmen mußt, nimm mich.
Das Flußbett unsres Vaterlands verträgt
Kein Wasser mehr, das aus zwei Quellen strömt,
Damit ists aus. Zwei Sterne passen nie
Auf *eine* gleiche Bahn; ich oder du.

Percy Nun gut, ich werd dich nehmen wie du bist:
Du darfst dich kuscheln in mein' rechten Arm.
Nicht ein Soldat hat dich je so umarmt
Und dich zum höfschen Kuß so tief gebeugt.

Heinz [Du warst die Maske mir, mein Spiegelbild –
Ich schlage heute alle zwei in Stücke
Und steh, in Blut gehüllt, auf als ich selbst:]
Es stockt das Atmen dir, wo meins beginnt.

Percy Den Vater kriegt ich schon. Jetzt auch den Sohn.
(fällt, von Heinz erschlagen; erstaunt, auf den Knien)
Daß ausgerechnet du mein Leben endest,
Verletzt mein Herz, mehr als dein Schwert mein Fleisch...
Gedanken – o, ihr Sklaven unsres Lebens
O Leben – Possenreißer ja der Zeit –
O Zeit – der Erde und des Weltalls Lenkerin –
Ihr alle habt ein End... [Ach könnt ich so
In Ewigkeit noch sprechen, prophezein...
Doch legt der Tod die kalte Moderhand
Mir auf die Zung... Was bin ich mehr als Staub...
Und Nahrung bloß für Chroniken und Würmer...]
(stirbt)

Heinz Leb wohl. Nimm deine ganze Ehre mit zur Hölle.

Heinrich 4 *(wehrt Heinz ab, der ihm auf die Beine helfen will)*

Stell dir jetzt bloß nicht vor für ein Moment,
Daß ich dir auch noch mach ein Kompliment!
Dem Mann, den du – mit eher Glück als Mut –
Erschlugst, zoll ich in höchstem Maß Tribut;
So ehrenfeste Männer kennst du nicht:
Besser als du war er – in jeder Sicht.

Heinz Aber Vater…

Heinrich 4 Schäm dich für deine Überheblichkeit!
Daß du für mich kämpfst, ist bloß Billigkeit.
Hättest du gleich auf meiner Seit gestanden,
Wär ein Komplott vielleicht niemals entstanden!

Heinz *(kämpft mit den Tränen)* Aber Vater…

Heinrich 4 Familienzwist sei hier und jetzt vermieden,
Es wird heut über Thron und Land entschieden!
Ein Toter weniger, ein Toter mehr,
Nach Percys Tod hat sich noch nichts geklärt:
Auch viele andre haben aufbegehrt.
Sie haben einen einzigen Berater,
Des Kapitulation ich fordre: Percys Vater.
Auch wenn mirs davor graust und Kopfschmerz macht:
Nimm du die Führung meiner Heeresmacht,
Zieh hin, wo dieser Schurke harrt der Schlacht.
Geh hin und schlag ihn! Lösch für mich den Brand!
Und zieh danach mit mir ins Heilge Land;
Und hoff, ja bete, daß die Pilgerreise
Die Seel dir reinigt und bringt ins Geleise!
(ab mit Westmoreland und dem Heer)

[**La Falstaff** *(tröstet Heinz und führt ihn, den Arm um seine Schultern, weg)* Ruhig, mein Junge… *(sieht sich nach der Leiche Percys um)* Alles kommt in Ordnung… ruhig… still…]

(beide ab)

Vierter Akt

IV.1

Das Schloß der Northumberlands. Lady Northumberland und ihre Schwiegertochter Käthchen trauern, zusammen mit dem todkranken Vater Northumberland und dem Erzbischof, an der Leiche Percys.

[**Der Erzbischof** Wie Ihr leidet kein Vater im Moment.
Doch wißt, daß auch für mich, als Erzbischof,
Sein grimmer Tod den Kummer paart mit Wut.
Die Trauerfeier werd ich selber leiten.

Northumberland *(gestützt von beiden Frauen)*
Oft ist ein Gift die Medizin. Sein Tod
Hätt mich, wär ich gesund, mit eins gefällt.
Da ich gefällt bin, macht er mich gesund.
(macht sich von beiden Frauen los)
Die Schlafmütz runter! Schluß mit dem Getu!
Gekleidet sei der Arm mit einem Handschuh
Aus rostfrei stählern Schuppen und Scharnieren...
Fall auf die Erde, Himmel! Sterbt: Geduld,
Bedachtsamkeit, Berechnung, Ordnung auch.
Die Welt wird nie mehr solch ein Schauspiel zeigen,
Wo Kampf nur führt zu stockender Tragödie –
Es soll der Geist des Erstgebornen Kain
In jeder Rolle, jeder Regel vielmehr herrschen,
Bis daß in Blutvergießen unsre Rache endet,
In Finsternis als letztem Freund der Toten!

Der Erzbischof Mit jedem Tag wird meine Streitmacht größer!

Northumberland Schon morgen sind die Truppen aufgestellt,
Um gegen die von Heinrich 4 zu ziehn!

Lady Northumberland Ich, Eure Frau; sie, Witwe Eures Sohns –
Wir flehn Euch an: Bleibt hier. Geht nicht.

Northumberland Und ich fleh Euch an, ihr geliebten Frauen:
Ebnet den Weg für die unebne Pflicht.

Lady Northumberland Tu was du willst, die Torheit wird dich führen.

Northumberland Doch beste Frau, die Ehr steht auf dem Spiel!

Käthchen ‘s gab eine Zeit, da Ehre, mehr als jetzt,

Euch band, und Ihr bracht doch gegebnes Wort,
Als er, mein Liebster, Apfel Eures Augs,
In diese Richtung mehrmals einen Blick warf,
Vergebens nach des Vaters Truppen spähend.
Wer hat Euch da gebremst, daß Ihr daheim bliebt?
Zweifache Ehre stand da auf dem Spiel:
Die Eure, seine. Eure stand ja dank
Der Sonn im Licht; die seine war die Sonne.

Der Erzbischof Mein heilig Amt bestätigt unser Recht:
Es garantiert, daß sie Rebellen sind,
Nicht wir. Der Aufstand steht in Gottes Dienst!

Lady Northumberland Der so hier spricht, hat keinen Sohn gezeugt,
Geschweige denn geborn, was weiß er von dem Leid,
Womit die Eltern ihren Sohn begraben?
Er kennt das weniger noch als die Wonne,
Mit der die Zeugung einst verbunden war.
Er spricht von Ehre, Stolz. Ich seh die Leiche.
Sein Schöpfer ist gemacht aus unsern Toten.

Käthchen Mein Percy war ein Spiegel, und die Blüte
Der Nation trug sich und zog sich an
Danach. Nur wer da ohne Beine war,
Ging nicht wie er. Und seine Haspelzunge
Wurde die Sprache aller Unverzagten:
Wer ruhig, nüchtern, mit Bedacht konnt sprechen,
Tat sich Gewalt an und sprach andersrum.
Für ihn hielt jeder Freund sein Leben feil.
Just ihn ließt Ihr, sein Vater, dann im Stich.

Der Erzbischof Kein Mensch als Ihr weiß besser, daß sein Mut
Ihn in den Mittelpunkt der Schlacht getrieben.
Was also soll der Vorwurf? Lieber Gott!
Die Risiken verschaffte ihm sein Stolz.
Nun gut, er starb dafür – doch ehrenvoll!
Wollt Ihr ihm seinen Stolz jetzt auch noch nehmen
Durch Unterlassung, seine Ehr zu rächen?

Käthchen Viel mehr gilt Eure Ehre offensichtlich
Für andre als für ihn. Ich sage bloß:
Der Erzbischof, selbst Mortimer, mein Bruder,
Stark sind sie, haben alle Hilfe:
Hätt er, mein Liebster, halb soviel gehabt,
Ich könnte heut – von ihm umarmt, geküßt –
Ihn fragen nach dem Grab von Kronprinz Heinz.

Lady Northumberland Laßt uns zum Hohen Norden gehn, und schnell.
Notfalls kommt Ihr danach aufs Neu zurück.
Laßt erst die Ritter unds gemeine Volk
Mal eine Probe geben ihrer Kraft.

Northumberland Bedaure, Erzbischof. Ich wär gern Euch
Gefolgt; durch tausend Gründe abgehalten,
Muß ich, wies die Gesundheit heischt, nach Norden.

Der Erzbischof Meint Ihr, daß Ihr der Einzige wohl seid,
Der Frau und Freunde hinter sich muß lassen?
Zehntausend stehn bereit, für Euch, durch Euch.
Sie haben Treue Gott und Euch geschworen,
Sie setzen ihren Leib für Euch aufs Spiel!
Ich kann für ihre Taten dann nicht einstehn,
Sollten sie hören, daß Ihr flüchtet.

Northumberland Ihr lieben, lieben Frauen, seid nicht bös.
Ich kann nicht anders als zum Kampf zu ziehn.

Lady Northumberland Geht Ihr nur morden – wir gehn in den Norden.
Und lauft dem Tod nur in die Arme:
Je eher Euch die Pfeife ausgeht, desto besser.
(ab mit Käthchen)

Northumberland Bedaure, Erzbischof, ich denk, daß ich...
Ihr lieben Frauen, wartet doch! Ich komme! *(ab)*

Der Erzbischof *(ruft Northumberland hinterher)*
Ihr habt bei Gott geschworen, uns zu helfen!
Brecht diesen Eid und Ihr verliert auf immer!
Was sollt der Allerhöchste Euch vergeben,
Wofür ein falscher Fürst selbst kein Pardon gibt?
(flucht vor sich hin)
O Volk, o Masse: dumm und stumpf und hohl...
Wie laut habt Ihr für Bolingbroke gejubelt!
Nun da er sich in eure Träume kleidet,
Seid ihr – gefräßges Monster – so von ihm
Gesättigt, daß ihr ihn erbrechen wollt.
So habt ihr, wie ein Köter, auch Richard
Erst ausgekotzt. Nun würdet ihr mit Lust
Noch auflecken die toten Überreste.
Wer Richard töten wollte, als er lebte,
Hat plötzlich sich verliebt in Richards Grab!
Verfluchte Masse, wetterwendisch Volk...
Verherrlicher des Einst und auch des Morgen,
Zerstampft, seid stumpf ihr für des Heute Sorgen. *(ab)*]

IV.2

Heinz betet zu La Falstaff, die wie eine Mutter-Magd-Gottheit gekleidet ist.

Heinz O Magd der Mägde, Mutter aller Mütter
Die du im Himmel bist der Himmel,
Ich bete: Sei gegrüßet, voller Gnaden.
Gesegnet sein die Früchte deines Leibes,
Dein Will geschehe, dein Reich komme,
Führ mich nicht in Versuchung, sondern höre,
Sieh an mein Sünden und erlöse mich vom Übel...
Ich hab getötet, einen der mein Bruder könnte sein.
Ich muß noch töten, wer mein Vater könnte sein.
O steh mir bei, gib mir den Mut, die Kraft
Um endlich stärker als ich selbst zu werden;
Schwachheit ist meine Schuld, die große Schuld.
So nimm denn meine Hand und führ mich durch die Nacht.
Vergib mir was ich tat aus Unbedacht...

La Falstaff *(gibt ihm die Brust, flüstert)* Ego te absolvo. *(streichelt ihn)* [Du kannst es. Es wird schon gutgehn. Tu dein bestes, dann machst dus schon gut genug.] *(keuscher Kuß auf Heinzens Wange, der in ihrem Schoß eingeschlafen ist)*

Fünfter Akt

V.1

Der König irrt herum und phantasiert.
Heinz schläft im Schoß von La Falstaff.

Heinrich 4 Wieviel Zehntausenden von Untertanen,
Auf hohen oder niedern Lebensbahnen,
Schenkt nicht der Schlaf um diese Stund Zäsur?
O süßer Schlaf, du Amme der Natur!
Sinds Taten denn, die freventlich verstießen,
Daß meine Augen du nie mehr willst schließen?
Ein Stall, ein Stein selbst wird von dir gewiegt,
Daß wer da schläft im Himmelbette liegt.
[Du tauschst wohl Baldachin und süßen Duft,
Musik und Wasserspiel in heitrer Luft,
Für Mückenschwärme und ein Kleid aus Schweiß –]
Du dumpfer Gott...
So leg dich denn, mit niederm Volk beglückt!
Schwer ruht ein Haupt, das eine Krone drückt...
Verletzt und ringend mit dem Tod: ich gleiche
Minütlich mehr dem eignen Königreiche.
Durch Laster und durch Schädlinge geschändt
Schleppt es sich hin zu gradso bitterm End...
(ächzt) Northumberland, Northumberland!
[Ich weiß noch gut, wie Ihr und Fürst Richard
Euch früher fühltet: Freunde immerdar.
Wie das sich legte, kamen dann wir zwei
Uns näher in dem Trug der Schmeichelei.]
Ich kannte damals keinen bessern Freund.
Kein Bruder focht so hart und konsequent,
Legt' Leib und Leben mir zu Füßen hin,
Nahm öffentlich Partei für meine Seite –
Vor Richard selbst, beim allerletzten Streite...
[Richard, der uns, mit Tränen und entehrt,
Am Ende, gramgebeugt, das Herz versehrt,
Doch mittels femininer Intuition,
Verwünschte mit Prophetenpräzision:]

„Northumberland – du Strickleiter, woran
Die Gemse Bolingbroke den Thron erklimmt…"
(heult) Gott weiß, daß das nie meine Absicht war…
Die Ursach war Verhängnis und Gefahr,
[Daß sich die Krone bog, bis an den Grund,
Daß ich nicht anders als sie küssen konnt.
Richard sprach mehr:
„Northumberland,
Eh Eure ekle Sünde, wie ein Pestgeschwür,
Entzündet sich, zusammenzieht und fiebrig reift,
Wenn sie dann platzt, liegt offen Eure Fäule.
Dann lernt Eur Herr Euch kennen und Ihr ihn:]
Die Liebe dieses Lumps schlägt um in Angst,
Die Angst in Haß; im Haß euch beiden droht
Nur Blutvergießen und verdienter Tod…"
[Was hier geschieht, das hat er uns verheißen:
Zwei Freunde, die einander jetzt zerreißen.]
„Die Ratte, mangels andrer Beute, frißt die Ratte…"
(ächzt) [Northumberland verrät jetzt mit Verrat
An immer neuen Haß die kranke Tat.
(erschrickt) Was? Mortimer ist tot, der Thron bleibt mein?
Aus unsrer Linie wird der Erbe sein?
(bekommt einen Anfall)
Warum macht diese Nachricht mich denn krank?
Dame Fortuna spricht im Hohn nur, schwank
Wie stets. Sie ist die Dirne von Gevatter Tod,
Schenkt einen Magen, doch nicht Fleisch und Brot
Dem hungrigen, gesunden Bettelmann,
Den reichen Leuten schenkt sie simultan
Pro Tag ein Fest, doch auch den Bauch voll Schwären,
So daß sie von der Fülle nichts verzehren…
Die Nachricht, die mir müßte Glück bescheren,
Erfreut mich nicht, sie bricht vielmehr mein Herz.
Es schwindelt mir – woher rührt dieser Schmerz?]
(lebt auf) Bist du das, Heinz – wie war das Kampfgefecht?
Du bist es… Sprich: bin angstvoll ich zurecht?
Hast du die Schlacht verloren? Bist du tot?
(heftig) Du lebst, du lügst, du kriegst sie nicht, die Krone!
Mein Abscheu kriegst du, dir zum Judaslohne!
Wärst du nur nie geboren, alles ist verloren:
Dies Land wird sein das Höllenvorportal:

Ein brauner Dunst frißt alle Äcker kahl,
Die Seen kochen von der Schwefelsäure,
Der Himmel schrumpft als wie ein Blatt im Feuer,
Die Pole spritzen auf in schwarzen Schlieren.
Die Kontinente driften ab und explodieren,
Von Menschen bleibt allein nur das Skelett,
Von der Kultur kein tönern Amulett,
Salzsäule wird, was einmal Fürstenstolz,
Und die Paläste – schwarz gebranntes Holz... *(heult)*
Vergib mir, Heinz. Mußt mich nicht mißverstehn.
Dein Herz ist groß, für die, die dich verstehn.
Du bist mein Sohn. Im Haß kennst du kein Maß
Und hast nicht acht drauf, wer dich so verwundet...
[Tu auf dem Thron, was dir zustatten kommt...
Daß nie der Stamm unsres Geschlechts verstummt...]
(ächzt) Westmoreland? Sag mir, treue rechte Hand:
Wo liegt die Flotte? Wie der Wasserstand?
Wann endlich ziehen wir ins Heilge Land?
(fällt zuckend zu Boden, schnappt wie ein Fisch auf dem Trockenen, die Krone rollt weg)

Heinz *(geweckt vom Klirren der fallenden Krone, verläßt La Falstaff, tritt zu seinem Vater)*
Was liegt die Krone hier so auf dem Boden?
(hebt die Krone auf) Du, Attribut voll Ungemach und Marter,
Schlecht aufgeputzter Kreuzweg, goldne Last.
Du drückst – wie in des Tages schlimmster Hitze
Der Harnisch drückt, der schützend sengt.
[Sieh doch! Da klebt ein Haar an seinen Lippen fest –
Wenn er noch atmete, bewegte sichs...]
Mein Fürst und Vater schlief noch nie so tief,
Er schläft den Schlaf, der manchen König schon
Ließ scheiden von dem goldnen Diadem...
Welch Schicksal, Vater, hat es stets gefügt,
Daß du und ich nie zueinander fanden?
Ich flog hierher, auf Flügeln des Triumphs,
Um Dir, nach all dem Fehlen und Versagen,
Den Siegeskranz nun zum Geschenk zu machen.
Northumberland und Mortimer sind tot.
Was kann ich mehr dir geben jetzt als Tränen?
Was kannst du mir noch geben jetzt als Gram?
Die Krone, ja – doch tröstet sie mich nicht.

Bin ich sie wert? Was ist ihr Wert denn noch,
Da du jetzt nicht mehr bist, um sie zu hüten?
(setzt sich die Krone aufs Haupt)
Ich will sie tragen, um Dein zu gedenken
Und schwör, sie meinem Sohn dereinst zu schenken.

Heinrich 4 *(öffnet die Augen)*
Dein Hunger auf mein' leeren Thron muß groß
Sein, wenn du so – du junger Idiot –
In meine Ehrenzeichen dich willst kleiden,
Noch eh für allemal ich tat verscheiden.

Heinz Vater?
Ich hatt gedacht, die Stimm nie mehr zu hören.

Heinrich 4 Gedacht oder gehofft, nicht mehr zu hören?
Was dir, im Laufe von nur ein paar Stunden,
Von selbst und rechtens ohne Schuld verbunden,
Mußt du so durchaus deinem Vater stehlen.
Welchen Kredit kannst du nun noch verspielen?
Daß du mich haßt, bewies dein ganzes Leben;
Es wird, im Tode noch, mir zu verstehn gegeben.
Du hieltst für mich ein Messer stets geheim,
Das du gewetzt an deinem Herz aus Stein.
Fort! Scher dich weg und grab du mir mein Grab,
Gib den den Würmern, der dirs Leben gab.
Laß Glocken läuten, weil man dich gekrönt,
Nicht weil ich mit dem Tod mich hab versöhnt
Und dem Geschick... Wer hier weilt, den verhöhnt!
Vertreib meine Minister, brichs Gesetz,
Mit Law and Order mach kurzen Prozeß,
Vergeh dich an dem Land bis zum Exzeß:
Zersetzt, zerstampft, zermalmt in Lotterbetten,
Geführt, geliebt, bemannt von Marionetten.
Heinrich der Fünfte: blast nur die Trompeten!
[Bring an den Hof nur jeden laschen Laffen,
Der vegetiert vom Abfall in den Straßen,
Schickt Boten in die Nachbarländer, bittet
Sie um die größten Schurken, ungesittet:
Das Vaterland empfängt mit offnen Armen
Jedweden, der am Chaos sich will wärmen.
Der junge Fürst macht tolle Hunde frei
Von Maulkorb und von Kette, Barbarei,
Zieht durch das Land und schlägt ihr schwarz Gebiß

In alles, was der Unschuld war gewiß.]
Mein armes Königreich! Du unterliegst.
[Es wächst die Wüste wieder, die brutale,
Die wir verjagt, vertreiben uns: Schakale...]

Heinz *(unter Tränen des Zorns)*
Sagt mir, Erhabner Fürst und Großer Führer,
Bester Pa: wie kann ich Euer Reich *noch* tiefer
Stoßen, als Ihr es selbst schon habt getan?
Und sagt mir auch: wer will den Thron noch erben?
Hätt ich, in Eurem Dienst, sie zweimal nicht
Erkämpft, welch Krone hättet Ihr dann noch
Gehabt um mir als Köder vorzuhalten?
Ihr sterbt und seid von aller Last erlöst.
Die Kron ist mein, gemehrt um Eure Schmähung
Und Verleumdung. Wenn ich sie noch *will*,
Dann um in Eurer letzten Stunde Euch
Mit Eurem eignen Hirngespinst zu quälen.
Die schlimmsten Träume mach ich wahr: Eur Reich
Soll gären, in die Luft gehn, Väterchen.
Na und? Zufrieden jetzt? Wie fühlt es sich,
In eignem Blut und Kotze zu ersticken?
Den Balg entzweigerissen wie ein Schwein?
Krepiern – wenn nicht an Wundbrand oder Fieber,
Dann wenigstens an Schuldgefühl und Reue –
Und gleichzeitig genau zu wissen, daß
Kein Untertan um Euch ne Träne weint,
Von Eurem ältsten Sohn mal ganz zu schweigen?
Nicht eine Faser meines Leibes liebt Euch noch,
Nicht eine Faser hat es je getan.
Dein Schmerz, dein Blut? Gehören dir allein.
Dein Thron, dein Land, die Macht, die sind jetzt mein.

Heinrich 4 *(grinst)* Prima, Heinz. Endlich sprichst du wie gewöhnlich
Fürsten reden – und nicht schwach, persönlich.

Heinz Die Strafe ist: im eignen Dreck zu sterben,
So eklig, daß sich schließt vor Scham die Grube,
Zu stinkend selbst um Würmer zu behausen.

Heinrich 4 Mir blutets Vaterherz bei deinem Worte,
Der Fürst in mir hört himmlische Akkorde.
Mein Kompliment! Du sprichst jetzt unumwunden.
Da kann man sehn: Du wurdst zu Recht geschunden.
Christus weiß wohl, auf welchen krummen Wegen

Mit List ich mir verschafft der Krönung Segen –
Daher hat *Seine* Kron mich stets gedrückt…
Doch du gehst unter *der* Qual nicht gebückt.
[Kein Feind kann dir dein Recht fortan bestreiten,
Wie man mir meins bestritt, zu allen Zeiten.
Dein Anspruch ist konform dem Willen Gottes,
Mein Unrecht geht mit mir ins Grab, und da verrott es.]
Jetzt laß mich dir ein letztes Mal noch raten,
Um zu verhüten, daß du je nimmst Schaden
An Land und Thron: das heißt: sei nicht so dumm
Wie ich: begib dich gleich und ohn Warum
Ins Ausland: in den Kampf mit deinen Mannen
Gen einen fremden, grausamen Tyrannen.
Ein kollektiver Feind schließt dicht die Reihen,
Vor Aufruhr hier kann er dich sicher feien.

Heinz Mein Herr, ich werde meine Truppen führen,
Wohin ich, ich allein, sie führen will.

Heinrich 4 Kein Wenn und Aber mehr? Es freut mich sehr
Zu hören, daß Ihr nicht mehr zweifelt, Herr.
Wie schnell sich Widerspenstigkeit doch kehren kann!
Ich sterb noch als ein totglücklicher Mann.

Heinz Wo ich auch hinzieh, keinen Fuß setz ich
Ins Ausland; doch mein erster Spruch soll sein,
Daß dieser Raum getauft wird nach der Stadt
Der Städte; sagen werd ich: „Heinrich 4
Wollte partout ins Heilge Land, doch kam
Nie weiter als verdienstvoll zu krepieren
In einer Kammer, die da heißt Jerusalem!“

Heinrich 4 Sehr gut, laß frei den Haß, entdeck die Kraft.
[Beug selbst Natur und Zeit nach deiner Hand.
Bekämpf den Tod durch Tod, den du bewirkst:
Erlöse mich von meinem Leid – zeig deine Macht!]

Heinz Schweig!
Verbrauchter Mann, der mich erzeugen *durfte*!

Heinrich 4 *(lacht)* Wie ich den Sohn erträumte, bist du, Sohn.
Mit Fug und Recht sitzt du heut auf dem Thron.

Heinz Nein! *(drückt beide Hände auf den Mund seines Vaters)*

(Der König erstickt und stirbt, Heinz übergibt sich voller Ekel über ihm, trocknet sich die Augen, setzt die Krone auf, ist König; ab)

V.2

Der neue König betritt den Palast. La Falstaff läuft auf ihn zu und schließt ihn in ihre Arme. Er läßt es sich widerstrebend gefallen.

Westmoreland *(tritt auf; räuspert sich)* Mein Herr?
Das Land, das Volk, der Thron, erwarten Euch…

La Falstaff *(wird von Heinz abgewehrt)*
Mein Jungchen… Was soll denn das?

Der Fünfte Heinrich *(dem Blick ausweichend)* Mein Herr,
Ich habe Euch und Eure Sitten durchaus
Studiert wie eine fremde Sprache: Wortgebrauch
Lernt man am besten, wenn man erst die Ferkeleien
Studiert und memoriert und ausprobiert,
Wonach sie keinem andern Nutzen dienen
Als um bekannt zu sein und drum vermieden.
Ihr schenktet als Beobachtungsobjekt
Mir einen unerhörten Wortschatz, den ich
Jetzt gern begraben seh. Erinnerung
Ist mir genug – sie soll als Maßstab dienen
Um kleine Kriminelle einzuschätzen.
Ich bitt Euch: zieht den Schluß daraus und geht…

La Falstaff Aber mein Jungchen… Judas hatte wenigstens noch den Mut, Unseren Herrn zu küssen.

Der Fünfte Heinrich Mein Herr.
Gott selbst gebräche es an Mut, um einen
Leib gleich Eurem, alter Fant, zu küssen.
Nun gut, ich hab geweilt im Land der Träume,
War kurz im Bann von Eurer Sorte Mann:
Falsch, wanstig, ordinär und dickhäutig.
Doch jetzt, erwacht, seh ich ihn an und kotze.

La Falstaff Ist das mein Jungchen? Kein Pfeil trifft mich schärfer ins Herz als jedes Wort von dir. Noch sowas und du hast mich totgeredet. Wer bist du denn?

Westmoreland Sein Nam ist Heinrich, fünfter dieses Namens.

La Falstaff Nach allem, was du mir vorgegaukelt hast, Henrichen?

Der Fünfte Heinrich Mein Nam ist Heinrich, fünfter dieses Namens.

La Falstaff Ihr macht alles kaputt, es bekümmert Euch ja selbst.

Der Fünfte Heinrich Wenn Ihr aus eignem Antrieb jetzt nicht geht,

Bleibt mir nichts übrig als Euch zu verbannen.
Bei Todesstrafe: Laßt Euch nie mehr sehn.
Außer bei Nacht und weit weg hier vom Hof.
Ein bißchen Geld sei Euch, zum Unterhalt
Und für erwiesne Dienste, zuerkannt.
Das war mein erster Rechtsspruch. Führt ihn weg!

La Falstaff *(wird weggezogen von Westmoreland)*
Wenn es das ist, was du willst... Du wirst schon wissen, was das beste ist...

[**Der Fünfte Heinrich** Führt ihn doch ab!

La Falstaff *(zu Westmoreland)* Ich geh, ich geh, ich kenne meinen Platz gut...] (ab)

Der Fünfte Heinrich Ich warne Euch zum letztenmal: zieht ab!

La Falstaff *(von hinten)* Aber ich werde immer an dich denken...

Der Fünfte Heinrich *(ruft Falstaff hinterher)* Dann hau doch ab!

Westmoreland *(tritt wieder auf)*
Lang lebe Heinrich, fünfter dieses Namens!

Lange Stille und Vorhang

Der Fünfte Heinrich

Übersetzt von Klaus Reichert

Es gilt jetzt die Vergeltung, er ist die Qualen leid:
Mit Feur im Aug, mit Wüten, springt er jetzt in den Streit.
Er reißt, zerstört, zerschmettert, bedeckt mit Schlamm
und Blut
Und triumphierend höhnt er der Feinde tote Brut.

Letzte Strophe von „De Vlaamse Leeuw"

Dramatis Personae

Der Fünfte Heinrich	der Fürst
La Falstaff	sein ehemaliger Freund und seine Ersatzmutter, der Erzähler
Exeter	Onkel des Fürsten
Westmoreland	rechte Hand des Fürsten
Scroop von Mesham	Freund und Vertrauter des Fürsten
Thomas Grey	Northumberland, Freund und Vertrauter des Fürsten
Graf von York	Freund und Vertrauter des Fürsten
Gloster	jüngerer Bruder des Fürsten
Lancaster	jüngerer Bruder des Fürsten
Charles VI.	der französische Fürst
Dauphin	der französische Kronprinz
Cathérine	dessen Schwester, einzige Prinzessin von Frankreich
Montjoy	Herold des französischen Hofs
Der Connétable von Frankreich	
Der Erzbischof	
Ein Bischof	
Der Gouverneur von Harfleur	

Erster Akt

I.1

La Falstaff spricht zum Publikum.

La Falstaff Wär ich nicht ich, wär ich die Feuermuse,
Könnt ich als Flamme sengend steigen in
Den höchsten Himmel der Einbildungskraft –
Mir reichte nicht die falsche Bühne hier.
Ich wählt ein Königreich, nicht diese Bretter.
Ich rekrutierte Prinzen, keine Spieler.
Ich ließ nur Fürsten ein als Publikum...
Vor allem rief ich meinen Heinrich auf
So wie er war. Ein junger Kriegsgott, ja,
Und ihm zu Füßen, sündelos und zahm
Wie Pudel: Hungersnot, Bedrückung, Pest.
Vergebt mir, liebe, gute Freunde, daß
Mein schlichtes, unbeflügeltes Gemüt
Sein großes Lied so leicht aufs Spiel zu setzen
In dieser stickigen Kaschemme wagt...
Wie kann mein Wort die Heldentaten fassen?
Wie passen Frankreichs weite Ebenen
Bis an die Alpen hinter einen Vorhang?
Wie kann ein stolzer Dom aus nichts erscheinen,
Wie pissen tausend Pferd in einem Raum,
Wie stirbt in einer Stund ein Heer Franzosen?
Und doch. Es geht. Leiht mir die Phantasie.
Sing ich von Heinrich, seht ihn dann vor euch,
Bereit an Bord zu gehn auf dem Kanal.
Sein Kinn, geschnitten schärfer als ein Schwertstreich,
Die Augen, blauer als ein See im Sommer,
Sein Mund, mehr duftend als Konstantinopel,
Sein Kuß, aufstachelnd wie ein Hahnenkampf...
Seht ihn! Vergeßt ihn nicht. Ich sag nur dies:
So war mein Heinrich, als er mich verließ.

(La Falstaff bleibt Beobachterin und Erzählerin bis zum Ende des Stückes)

I.2

Der Palast. Der Erzbischof und ein Bischof warten auf den Fürsten.

[**Der Erzbischof** Ein neuer Fürst vertreibt nicht alte Fehler:
Wer auf dem Thron sitzt, hat Belastungen.
Schon träumt der junge Fürst von nem Gesetz,
Das unter der Regierung seines Vaters
Man beinah schon aufs Auge uns gedrückt,
Wenn nicht der Zeiten unruhvolles Strudeln –
Plus unser beider diplomatisches Geschick –
Es weggespült hätt, eh es war erörtert.
Der Bischof Wie spülen wir es diesmal weg, mein Herr?
Der Erzbischof Das muß noch ausgebrütet werden, Bischof,
Denn da er Grundbesitz erwirbt, geht uns
Der Löwenanteil unsres Guts verloren.
Aller verpachtbare Besitz, einst fromm –
Durch letztwillige Verfügung – uns geschenkt,
Nimmt man uns ab. Genug um Jahr um Jahr
Fürstlich mit Gold den Schatz auszustaffieren
Und um – zur Hilfe Leprakranker, Alter,
Schwachsinniger, Verwitweter und Waisen
Und aller, die der Hände Arbeit scheun –
An hundert Armenhäuser fett zu machen…
Die Rechnung dafür wird uns präsentiert.
Der Bischof Das schneidet tief ins Fleisch.
Der Erzbischof Das läßt kein Fleisch mehr dran.
Der Bischof Wir haben den Gebrauch schon eines Beutels
Verwirkt, durch das Gelöbnis, keusch zu sein –
Wie können wir vermeiden, daß man jetzt
Auch unserer Geschäfte Sack beschneidet?
Der Erzbischof Der Fürst! Er ist rechtschaffen. Voller Gnade.
Der Bischof Ein wahrer Freund der heilgen Mutter Kirche.
Der Erzbischof Wer hätte das gedacht, nach dieser Jugend?
Der Vater tat noch nicht den letzten Schnaufer,
Da pfiff schon jedes Laster seines Sohns
Im Einklang schnellstens auf dem letzten Loch.
Das Pflichtgefühl ging auf ihn nieder wie
Erzengel Gabriel im Paradies.

Der Bischof Nie strömte mit solch reinigender Kraft
Durch solchen Stall von Augias Bekehrung.

Der Erzbischof Man muß ihn nur mal diskutieren hören
Die Gottgelahrtheit und man könnte meinen,
Daß er, nicht ich, Prälat wär unsrer Kirche.
Wie er die ältesten Gesetze auslegt,
Erscheint, als hätte er sie selbst erfunden.

Der Bischof Laßt ihn vom Krieg erzählen, und man hört
Von blutrünstigem, grausamem Gefecht,
Erzählt mit Worten voll Musik und Milch.

Der Erzbischof Es bleibt ein Wunder, wo er das gelernt hat,
Er, der an eitlen Zeitvertreib versklavt war,
Analphabeten, Pöbel und an Sport.

Der Bischof Am besten wächst die Erdbeer unter Nesseln,
In Nachbarschaft von Früchten schlechter Sorte.

Der Erzbischof So muß es sein. Denn Wunder gibts nicht mehr,
Drum müssen wir uns schicken in die Wege,
Auf denen der Mensch selbst vollkommen wird.

Der Bischof Doch was ist jetzt der Weg, mein Herr, auf dem
Das neueste Gesetz sich läßt umgehn?

Der Erzbischof Der Fürst! Jung, unparteiisch und nicht blöd –
Zumal ich ihm, was Frankreich anbelangt,
Namens des Klerus eine größre Schenkung
In Aussicht stellte, was, das mal als Lehn
An einen seiner Vorgänger gekommen.

Der Bischof Wie hat er auf den Vorschlag reagiert?

(Der Fürst tritt auf; mit ihm Exeter, Westmoreland, seine drei Freunde Scroop, Grey und York und seine zwei jüngeren Brüder Gloster und Lancaster)

Der Fünfte Heinrich Mein hochgelehrter Erzbischof und Bischof,
Ich bitt Euch beide:
Legt dar – durch Gott und Rechtsspruch untermauert –
Ob denn das salische Gesetz, das Geltung
In Frankreich hat, verhindert unsern Anspruch.
Doch Gott behüte, gute treue Herren,
Daß Ihr die Sicht dreht, schönfärbt oder beugt,
Nein, schlimmer noch: daß Ihr die Wahrheit köpft.
Gott weiß, wie viele, jetzt noch kerngesund,
Ihr Blut vergießen müssen auf der Suche

Nach dem, das Ihr uns nachzujagen heischt.
Weh Euren Knochen, wenn Ihr uns zu spannen wagt
Vor den verkehrten Karrn, und seid verflucht,
Wenn wir das Kriegsschwert hier zu früh entblößen.
Zwei stolze Königreiche prallen ja
In Blutvergießen aufeinander; jeder Tropfen,
Der ohne Sinn oder Verstand vergossen wird,
Blamiert erst uns und fällt als Anklag dann
Auf Euch zurück, wenn Ihr – mit Eurm Gerede –
Die Messer schleift zu ungerechtem Kampf.
Drum nochmals, Herren: Seid präzis und bündig
Und seid bei jedem Wort wohl auf der Hut.

Der Erzbischof Merkt auf... Mein gnädger Herr und Souverän...
Auch Ihr, Ihr Freunde, die Ihr selbst mit Leben
Und Diensten unserm Thron verpflichtet seid...
Eur Recht auf Frankreich weiß von keinem Hemmnis.
Nur ein Gesetz gibts, das sie geltend machen.
In terram Salicam mulieres ne succedant –
„Erbrecht hat keine Frau im Salierland..."
Worin denn Frankreich irrtümlicherweise
Das eigne Land als mitgemeint erkennt.
Die eignen Schreiber sagten allerdings,
Daß Salien in deutschen Landen liegt,
Zwischen dem Strom der Saale und der Elbe.
Nach Karls des Großen Sieg über die Sachsen,
Ließ er dort in der Tat ein paar Franzosen
Zurück – nichts weiter: Abenteurer, Bauern –
Die so auf deutsche Frauen niederblickten
Von wegen ihres schlechten Lebenswandels,
Daß sie, aus Selbstschutz, sichs zur Regel machten,
Die später für Gesetz im Heimatland
Gehalten ward, von Pharamond, wies heißt,
Verfaßt, daß Frauenerbrecht ausgeschlossen war...
Wie schon gesagt, ist Salien geklemmt
Zwischen die Elbe und den Saalestrom –
Ein deutscher Landstrich, Meißen heißt er heute.
Schon das macht sonnenklar, daß salisch Recht
Nicht mit dem Blick auf Frankreich war gedacht.
Franzosen haben Salien freilich erst
Vierhunderteinundzwanzig Jahre nach
Dem Tod von König Pharamond besetzt –

Des Vaters des Gesetzes sozusagen!
Er tauschte schon das Leben mit dem Tod
Im Jahr des Herrn vierhundertsechsundzwanzig;
Erst im Jahr achthundertundfünf besiegte
Der große Karl die Sachsen, und erst dann
Ließ er die Bauern bleiben an der Saale.
Und Frankreichs Schreiber lehren uns noch mehr.
Hat Fürst Pippin, der Childerich vom Thron stieß,
Auf Frankreichs Thron den Anspruch nicht begründet
Damit, daß er von einer Blithild stammte,
Die selber Tochter war von Fürst Chlotaris?
Hat Hugo Capet nicht, nachdem er raubte
Die Krone Karls, die Schandtat mit dem Schein
Von Wahrheit, doch in Wahrheit unbegründet,
Schönzureden doch versucht, indem
Er sich rechtmäßgen Erben nannte von
Frau Lingard, Tochter Karls des Kahlen,
Des jüngsten Sohnes Ludewigs des Frommen,
Der wiederum der Sohn war Karls des Großen?
Und hat nicht König Ludewig – der neunte –,
Des Räubers Hugo Capet einzger Erbe,
Sein schlecht Gewissen – weil er ja zu Unrecht
Die Krone Frankreichs trug – beschwichtigt damit,
Daß er herausfand, daß die Großmama,
Die schöne Königin, die Jesabel,
Die Erbin war Frau Ermengards, der Tochter
Des schon genannten Karl, Herzogs von Lothringen?
Kurzum: die Sommersonne scheint nicht klarer.
Das Recht von Pippin, Hugo Capets Anspruch
Und Ludewichens gut Gewissen, alles
Nimmt mit dem Frauenerbrecht seinen Anfang –
Ja selbst die Krone Frankreichs bis zum heut-
Gen Tag. Französ'sche Fürsten wissen das,
Weshalb sie stets das salische Gesetz
Anrufen: Euch und Euer Hoheit Recht –
Gegründet in der Erbfolge von Frauen –
Beiseit zu schieben und die Krone Frankreichs
Auf immer Euren Vorvätern zu stehlen.

Der Fünfte Heinrich Bei Eurer Treu: Kann ich mich hierauf stützen?

Der Erzbischof Geliebter Fürst: Gott selber ist mein Zeuge!
Es heißt so Moses 4, in Numeri:

„Im Todesfall des Sohnes soll das Erbe
Dann an die Tochter gehn.“ Drum, Majestät:
Kämpft für das Recht, entrollt das Blutpanier,
Beruft Euch auf die großmächtigen Ahnen!
Besucht, erhabner Fürst, das heilig Grab
Von Eurem selgen Ururgroßpapa,
Auf dessen Existenz sich Euer Anspruch gründet,
Ruft über Euch sein Löwenherz herab
Und richtet auch an Eduard Gebete,
Den Schwarzen Prinz, den Großonkel, den einzgen,
Der je den Mut gehabt, auf Frankreichs Boden
Das Volk der Antichristen zu bekämpfen.

Der Bischof Dreifach gesalbter Fürst – ein Mann wie Ihr,
Doch noch im frischen Frühling seines Lebens!
Die Blüte ruft nach Glanz und Ruhmesblättern.

Der Erzbischof 's ist Eure Pflicht, um unser Land zu schützen
Vor den perversen, gottverlassnen Horden,
Die – wenn wir sie nicht töten – uns erschlagen.

Westmoreland Und Eure Bruderfürsten auf der ganzen Welt
Erwarten, daß Ihr dreinschlagt, ja sie brüllen
Wie Eures Stammes ehemalge Löwen.

Der Bischof Man kennt ja Eure Gründe, Macht und Mittel.

Thomas Grey Mehr als gerecht!

Graf von York Kein König dieses Lands
Konnte auf einen reichern Adel zählen.

Scroop von Mesham Noch auf getreure Untertanen, die
Mit den Gedanken schon das Land verließen,
Um auf den Feldern Frankreichs zu kampieren.

Der Erzbischof Herr, laßt die Leiber folgen ihrem Geist,
Erkämpft mit Schwert, Blut, Feuer Euer Recht.

Der Fünfte Heinrich Wie Ihr's, mein hochgelehrter Bischof, sagt,
Will ich es tun. Doch wißt, daß das mehr Geld
Wird kosten als uns zur Verfügung steht.
Wir müssen nicht allein uns voll bewaffnen,
Um Frankreich anzugreifen, sondern auch
Um eine Abwehr aufzubauen gegen
Die Schottenbande aus dem Hohen Norden –
Die rauhen Kerls benutzen jede Chance,
Uns hinterrücks ihr Messer einzurammen.

Der Bischof Doch groß genug sind Eure Truppen an der Grenze.

Der Erzbischof Das Hinterland war nie so gut gedeckt.

Der Fünfte Heinrich Ich fürchte, Freunde, nicht die Marodeure,
Nomadisch, mal sporadisch. Was ich fürchte,
Das ist die Kriegslust dieses Nordgesindels,
Das gallig in den Felsgebirgen hockt.
Kaum zieht unsre Armee nach Frankreich aus,
Schon fallen ganze Horden Schotten uns
Aus ihren wüsten Bergen ins Genick,
Wie wirbelnd Wasser, das den Deich durchbricht
Mit alles niederwalzender Gewalt,
Das unbeschirmte Königreich ersäufend
Mit Stahl und Eisen, Schändung, Mord und Totschlag.

Westmoreland Ein uraltes und wahres Sprichwort sagt:
„Wer Frankreich will gewinnen,
Der fängt am besten an in Schottland."

Scroop von Mesham So geht das stets. Der vaterländsche Falke
Fliegt nach der Beute, jenseits des Kanals;
Kaum ist er da, schleicht schon ein schottsches Wiesel
Ins unbewachte Nest und schlürft und schluckt
Das königliche Ei so leer wie Luft.

Thomas Grey Oder es beißt das fürstlich Küken tot
Und nagt und frißt mehr als es essen kann.

Der Fünfte Heinrich „Kaum ist die Katze aus dem Haus,
Tanzen die Mäuse auf dem Tisch."

Der Bischof So soll die Katze wohl zu Hause bleiben?

Der Erzbischof Am besten schützt man Hab und Gut mit Schlössern.
Die Fußangel für Diebe ist notwendig,
Doch noch mehr Rüstung durchaus überflüssig.

Der Bischof Geharnischt kämpft die Hand im fernen Land,
Derweil das wache Haupt sich hier verschanzt.
Es muß die eine nicht die Roll des andern spielen.

Der Erzbischof Ein jedes hat sein Teil, kennt seinen Platz.

Der Bischof Geschickte Führung ist wie eine Partitur:
Die Stimmen mögen hoch sein, niedrig, scharf,
Doch jede einzelne fließt in die andre
Und alle gehen auf in Harmonie.

Der Erzbischof So geht es selbst bei Ameisen und Bienen,
Die Zeugen der Gesetze der Natur,
Die Volk, Monarch und Königreiche leiten.
Der Himmel hat dem Menschenwesen sehr
Verschiedene Bereiche zugeteilt,
Die Emsigkeit voranzutreiben in

Dem niemals unterbrochnen Flug, der doch
Ein einzges Ziel nur hat: Gehorsamkeit.

Der Fünfte Heinrich Gehorsamkeit ist wie ein Messer: scharf
An beiden Seiten. So befehlt mir: wie
Soll ich mein Recht auf Frankreich geltend machen?

Der Erzbischof Teilt Euer wohlbestelltes Land in vier
Und zieht zum Kampf mit einem Viertel bloß.
Der Rest, drei Viertel, ist vollauf genug,
In seine Hütt den Schottenhund zu treiben.

Der Fünfte Heinrich Ich folge Eurem Plan mit ganzem Herzen.
Ich zieh mit einem Viertel meiner Truppen
Nach Frankreich und nehm vielmals dankend an
Das Geld, das Ihr mir habt dafür versprochen.
Damit jedoch das Ausland nicht allein
Um wohldurchdachte Investierung fleht,
Bitt ich um eine gleichso große Summe
Für das daheim gebliebene Reserveheer –
Das erste Land bleibt doch das Binnenland?
Da seid Ihr, Erzbischof, doch mit mir eins?
Ich bitt: gehorcht nun mir so wie ich Euch.
So gehn wir beide auf in Harmonie.

Exeter *(tritt auf)* Mein Fürst und Neffe,
Der Diplomat aus Frankreich... Er ersucht
Euch dringend um Audienz. Doch nicht der Fürst,
Vielmehr schickt der Dauphin Euch eine Botschaft.

Der Fünfte Heinrich So wartet, Onkel, nicht, laßt ihn herein! *(Exeter ab)*
Ich dank Euch, Herren, für die Unterstützung
Und lege Wert drauf, daß Ihr jetzt beschließt,
Nicht weiter über Geld zu diskutieren.
Zeigt einträchtig dem Diplomaten Frankreichs
Die Muskeln unserer vereinten Kräfte!
Wir werden herrschen, groß und grenzenlos,
Ja, von Calais bis an das Mittelmeer.
Wenn nicht, solln meine Knochen bleichen auf
Dem Müll, bar jeder Tafel, bar der Trauerlieder,
Vergessen, ohne Namen, ohne Stein.

Montjoy *(tritt auf)* Beliebt es votre Majesté, mir hier
Erlaubnis zu erteilen, frank und frei
Zu rapportieren, was mir anvertraut?
Oder soll ich die Nachricht des Dauphins
Mit ein paar groben Kohlestrichen zeichnen?

Der Fünfte Heinrich Ich bin ein Christenfürst und kein Despot.
Voller an Mitleid ist ja meine Gnade
Als meine Kerker sind an Pack und Pöbel.
Erzählt uns frank und frei und unumwunden
Die Nachricht des Dauphins.

Montjoy Wohlan denn, kurz.
Ihr sandtet unlängst einen Diplomaten,
Ne Handvoll gottverlassner Herzogtümer
Heischend, mit Verweis auf angebliche Rechte,
Die auf den Ururgroßvater zurückgehn –
Edouard le Troisième…
Als Antwort läßt Euch sagen der Dauphin,
Daß votre Majesté noch saurer schmeckt
Als ne unreife Pflaume; seid gewarnt:
Es gibt in Frankreich nichts, das sich gewinnt
Mit Sang und Klang und sicher nicht mit dem,
Wodurch der Bauerndirnen Röck sich heben.
Das mindste, was ein Duc sein muß, ist: Mann.
Drum schickt er Euch, zu Eurem Wesen passend,
Nen Sack Juwelen und verlangt, im Tausch,
Daß unsre Herzogtümer nicht ein Wort
Mehr hören von dem Anspruch Eurer Hoheit.

Der Fünfte Heinrich Was sind das für Juwelen, Exeter?

Exeter *(öffnet den Sack)* Tennisbälle.

Der Fünfte Heinrich *(Stille)* Habt Dank für sein Präsent und Euere Präsenz.
Sagt ihm, daß seine Bälle mir gefallen.
Er sucht Plaisanterie? Ich werde bald,
Auf Frankreichs Grund, mich gern verleiten lassen
Zu nem geziemenden Partiechen jeu de boules.
Sagt ihm, daß ich die Krone, die kraft Gott
Und Recht die meine ist, mir pflücke aus
Dem Unkraut und dem Schutt, drin die Franzosen
Sie allzulang vor mir verborgen hielten.
Das Spotten Eures ach so lustgen Prinzen
Macht aus den sachten Bällen steinern Kugeln
Für mein Geschütz; und er wird schmachten unter
Der heißen Rache, die ihn mit jedem Projektil
Vernichtend und zermalmend treffen wird.
Sein Spott lacht Tausende von Witwen weg,
Ulkt mit dem Gram der Mütter um die Söhne,
Grölt vor dem Blut, das läuft aus schwarzen Wunden,

Brüllt um die Haut, die glüht in heißem Pech
Und dröhnt um einen Bauch, aus dem es spritzt –
Es werden noch die Ungebornen sein,
Die seinen Sinn für den Humor verfluchen.
Also, geht hin in Frieden, sagt dem Prinzen,
Daß man den Ulk wird mäßig lustig finden.
Bon voyage!]

(alle ab)

Zweiter Akt
II.1

La Falstaff murmelt, halb singend.

La Falstaff [1] Verschwunden seine heißen Küsse nachts.
Aus ists mit Sang und Tanz und Süßholzraspeln.
Er bringt die Zeit nun hin in Waffenschmieden,
Verkauft den Schmuck, um sich ein Pferd zu kaufen
Und stählt den Leib für seine Feinde mehr
Als er es je getan um meinetwillen.
Bei jedem Muskelspannen kommt sein Abschied
Näher und grausame Erkenntnis: ich war
Nichts als eine Eroberung, die, einmal
Erobert, die Bezauberung verlor...

In Ordnung.
Das geb ich zu: wir beide müssen scheiden.
Wenn auch durch Liebeslust gewebt in eins.
's sind Worte, Rechte und Gewinn, die schneiden,
Die schlagen Wunden, stinkend, faulig, heiß.
Die Schandfleck, die sich mir im Blut verbreiten,
Ertrag ich, ohne seine Hilf, allein.

Und doch,
Das klag ich ein: wir beide sind unteilbar,
Auch wenn in fremder Frau er ward geschaffen.
Und scheint er jetzt für fremde Frauen keilbar?
Nicht eine wird er lustvoll ja beschlafen:
Die Rolle „Untreu" bleibt für ihn unspielbar,
So lang nicht ich für immer eingeschlafen.

Was kann ich, der sein Sklav ist, andres tun
Als auf die Launen seiner Lust eingehn?
Mein Meister schweigt, mein Seelchen – krankes Huhn:
Es muß um seine Wünsche betteln gehn.
Ich denk an nichts – ein stummer Bettelmann –
Außer wie selig er wohl jene macht,
Die drinnen wetteifern um seinen Blick,

Derweil ich draußen steh – ein Galgenstrick.
So dumm ist Liebe, daß ich bei ihrn Taten –
Sind sie auch rauh und roh – nicht bös will raten.

Und seh ich doch, juchhei,
Vor mir sein Konterfei,
Ist mein Verlust gelöscht,
Mein Schmerz allzeit vorbei.

[1] Dieser Monolog von La Falstaff steht in der Spielfassung am Ende des II. Aktes

II.2

Ein Hafenkai. Der König und sein Gefolge kommen anmarschiert.

[**Das Heer** *(singend)*
Und auf die Birne
Von unsrer Dirne
Da hamse Lampen draufgesteckt
Wie anzudrehn
Wie anzudrehn…]

Der Fünfte Heinrich Hoh!… Männer!
Der Wind steht gut, die See sacht wie ein Laken.
An Bord, zu zeigen den Franzosen, wer ich bin:
Nicht Euer Fürst, wenn ich nicht sie gewinn!
(Jubel) Das ist ein Heer von lauter strammen Burschen,
Findet Ihr nicht, Northumberland und Scroop
Und York? Ist das die Truppenmacht nicht, die
Gleich Bohrern Löcher einhaut in den Hochmut
Der dickgeblähten Hälse der Franzosen?

Scroop von Mesham Kein Zweifel, Herr – wenn jeder tut sein bestes.

Der Fünfte Heinrich Sein bestes? Kein Herz führ ich fort, das nicht
Wie ein perfekt Gedicht auf meines reimt,
Und laß kein einzges Herz zurück, das nicht
Erfolg mir wünscht… Was kann ich mehr verlangen?

Graf von York Nie ward ein Fürst geehrt, gefürcht, geliebt
Wie Eure Hoheit.

Thomas Grey Selbst Eures Vaters Feinde
Vermischten ihre Gall mit Milch und Honig.

Der Fünfte Heinrich Ich will sie alle an den Busen drücken,
Zweifach geb ich den Lohn, den sie verdienen!
Nichts kann heut meine gute Laune trüben,
Mein Herz ist größer als ein Walfischmagen.
Ich hab nicht Wein getrunken, doch bin voll
Der Euphorie und Mitmenschlichkeit,
Ich würde einen Mörder sogar küssen… Oheim?
Ward gestern nicht ein Bettler hier gefaßt,
Der unsere Person in Dreck gezogen?
(lachend zu den Dreien)
Gift tat er spein durch Übermaß von Wein…

(zu Exeter) Wenn er sich reuig zeigt, geb ich Pardon.

Scroop von Mesham Pardon, mein Fürst, doch… ist das klug gehandelt?

Graf von York Bestraft ihn, Herr; wenn er keine Lektion kriegt,
Darf morgen jeder Penner Euch verleumden.

Der Fünfte Heinrich Ach, laßt mich einmal mild und gnädig sein.

Thomas Grey Ihr seid, Herr, gnädig, laßt Ihr ihn zuerst
Die Peitsche spüren, schenkt ihm dann das Leben.

Der Fünfte Heinrich *(zu Exeter)* Gut – legt ihn aufs Rad und schlagt ihn tot.
(Betroffenheit bei den Dreien)
Was den Konflikt betrifft in Frankreich: wer ist
Bevollmächtigt, wenn ich nicht hier mehr bin?

Graf von York Die Ehr ward mir zuteil. Ihr batet, Herr,
Daß ich Euch heut ersuchen soll um Euer
Schriftliches Mandat.

Scroop von Mesham *(erstaunt)* Auch mich habt Ihr darum
Gebeten, Fürst.

Thomas Grey *(erstaunt)* Und mich, mein Souverän.

Der Fünfte Heinrich Nun, Graf von York, hier ist Euer Mandat;
Lord Scroop von Mesham, hier ist Eures; hier
Das Eure, Thomas Grey Northumberland.
Lest es – und wißt, daß ich um Euren Wert wohl weiß.
Oheim von Exeter und Westmoreland:
Wir laufen aus heut nacht… Was ist denn, Herren?
Was prangt in den Papieren, daß das Wangenrot
Erbleicht? Seht doch nur, wie sie sich verfärben!
Die Wangen sind Papier. Was lest Ihr dort,
Daß sich das Blut erschreckt und sich verzieht?

Graf von York Herr, ich gesteh die Schuld aus ganzem Herzen
Und beuge mich vor Eurer Hoheit Milde.

Scroop und Grey Wir flehen alle drei um Eure Gnade.

Der Fünfte Heinrich [Die Gnade, die in mir erblühte, bis
Auf Euren Rat sie abgetötet wurde?]
Ein Trunkenbold muß büßen für nen Ulk,
Doch Meuterer gehn frei für Hochverrat?
Euer Beweisgang kehrt sich gegen Euch,
So wie der Hund, der seinen Herrn verschlang.
Seht, meine Prinzen, Edle meinesgleichen:
Drei britsche Geier. Hier, der Graf von York –
Vom alten York, dem Großonkel, ein Sohn;
Bruder Aumerles, trésor du Roi Richard.
Gott weiß es: meine Liebe hat ihn ausgestattet

Mit allen Privilegien seines Stands.
Und der nun hat, für ein paar schnelle Kronen,
Die Krone schneller als ein Atemzug verraten.
In Diensten Frankreichs wollte er mich meucheln.
Das gleiche ward geschworen von Herrn Grey –
Bei ihm liegt es noch mehr in der Familie:
Er ist ja einer der Northumberlands.
Ich hätt es wissen können, von den beiden.
Doch ach... Mit welchem Namen ziere ich Lord Scroop?
Undankbare bestialische Natur.
Ihr, der den Schlüssel meines Rates trugt,
Der meiner Seele sah bis auf den Grund,
Der mich sogar in Münze schlagen mochte...
Kanns sein, daß ausländische Silberlinge
Nur einen Funken Übels konnt entzünden,
Daß Ihr mich quält, und seis mit einem Finger?
Mein Freund: Ihr habt meines Vertrauens Nektar
Mit Eures Argwohns Essig durchgesäuert.
Zeigt jemand sich fortan noch pflichtgetreu?
Das wart Ihr auch. Ist wer von edlem Blut?
Das wart Ihr auch. Ist jemand klug und weise?
Das wart Ihr auch. Ist wer aufrecht und schlicht,
Integer, gottesfürchtig? Ihr warts auch.
[Damit wirft Euer Fall stets einen Fleck,
Wodurch der reinste und genialste Mensch
Für mich wird immer einen Schein von Schwärze haben.]
Ich wein um Euch, denn dies, Euer Verrat,
Ist wie ein zweiter Sündenfall der Menschheit...

[Exeter Euch, Graf von York,
Euch, Thomas Grey Northumberland,
Euch, Scroop von Mesham,
Ich nehm Euch hiermit fest, für Hochverrat.]

Scroop von Mesham Kein Untertan war je so seelenfroh,
Daß man gefährlichen Verrat vereitelt,
Als ich grad eben jetzt, weil mir verwehrt,
Meine verruchte Tat nun auszuführen...
Verstoßt, ja tötet mich, vergebt mir nur die Schuld.

Der Fünfte Heinrich *(zu Scroop)* Hör auf, mir in den Arsch zu kriechen, Mann.
(zum Heer) Für mich persönlich such ich keine Rache;
Doch wach ich wohl über die Sicherheit
Des Reichs, dessen Zerstörung Ihr gesucht habt und

Dessen Gesetzen wir Euch übergeben.
Haut ab, gewissenlose Schurken, weg!
So laßt Euch führn zu Eurem Tod – daß Gott,
In seiner Milde Euch die Kraft mag schenken,
Der Strafe Brackgeschmack voll auszukosten!
(Die drei werden abgeführt)
[Nach Frankreich, Männer! Denn da Gott voll Gnaden
Den Hochverrat ans Licht hat bringen wollen,
Läßt er auch alle andern Hindernisse
Wie Kartenhäuser gleich zusammenstürzen.
Hurrah! Blast die Trompete, rührt die Trommel!

Das Heer *(sich einschiffend)*
Und auf die Birne
Von unsrer Dirne
Da hamse Lampen draufgesteckt
Wie anzudrehn
Wie anzudrehn…]

(alle ab)

Dritter Akt
III.1

La Falstaff präsentiert den französischen Hof. König Charles VI, der Dauphin, Prinzessin Cathérine, der Connétable.[1]

Dauphin Mon Père et Roi, laßt uns nicht Zeit verlieren!
Wir müssen mit le tout de notre troupe
Uns wie ein Leopard auf seine Flanke werfen.
Charles VI Facile à dire, hein; mach das erstmal vor.
Henri le Cinque? Cet emmerdeur se trouve
Trop loin pour notre salto dangereux.
Dauphin Er steht devant les portes de Harfleur!
Connétable Les citoyens haben à l'aide gefleht!
Dauphin So schickt au moins ein Bataillon zu Hilfe.
Charles VI J'ai envoyé mon corps diplomatique.
Dauphin Très bien. Und wie heißt die méchante menace,
Die ihn sofort das weite Meer läßt suchen?
Charles VI Wir bieten ihm la paix et réconciti…
La réconciliti… Récon… Versöhnung.
Dauphin Quel est le prix, den er dafür bezahlt?
Charles VI Er hört zu kämpfen auf und zieht nach Haus, tiens.
Dauphin Quel est le prix, den Ihr dafür bezahlt?
Charles VI Aucun, mon fils… Ich fordere seulement,
Als Siegel unsres Paktes, daß er heiratet.
Dauphin Und wen?
Charles VI Ta sœur, ma Cathérine.
Cathérine M'enfin, papa! Wie kommst du mir denn jetzt?
Un mariage? Je ne suis pas une vache!
Dauphin Tu donne ta fille weg und fertig ist die Laube?
Charles VI Ecoute! Ich hab auch ein Ehrgefühl à moi, hein!
Er kriegt als Mitgift ein paar Herzogtümer.
Dauphin Papa!
Charles VI Paß auf! Ich bin nicht auf den Kopf gefallen:
Er kriegt nicht eins der Herzogtümer qu'il
A demandé. Ich geb ihm Herzogtümer,
Qui sont petits, pas populaires, et pauvres.
Cathérine Papa,

Je ne sais pas ce qui me choque le plus:
Daß meine Mitgift Euch nicht mehr wert ist
Als ein paar schäbge Herzogtümer; oder
Daß Ihr mit diesem Bauern mich verkuppelt!

Dauphin Kapituliert Ihr einfach so vor diesem Arsch?
Peu de pays kennen un roi plus bête.

Connétable Peu de couronnes ein' solchen Hohlkopf.

Charles VI Peut-êtr'... Mais mes enfants, faîtes attention!
Sein Stamm und Blut sind, depuis d'innombrables
Générations, wie Falken abgerichtet
Auf uns; er stammt aus einer Brut von Wölfen,
Die uns sur propre terre verjagen kommen.
Die Erde stinkt noch immer nach der Kacke,
Von seinem Ahn geschissen und so dunkel,
Abstoßend wie sein Name: le Prince Noir:
Ne Plage, pas une blague, er hat vernichtet
Die Werke der Natur und mit plaisir
Les monuments humains zerschlagen, die
Von Gott und nos pères vingt ans zuvor
Geschaffen wurden... Heinrich ist ein Reis
Von diesem starken Stamm. Mes enfants!
Verhöhnt mir seine Macht nicht und sein Los.

Cathérine Der eine fou verehrt den andern Gernegroß –
Ich traue meinen Ohren nicht. Dann tschüß! *(ab)*

Dauphin Was ward dem corps diplomatique zur Antwort?

Connétable Rien encore.

Charles VI Ich wart noch auf die Rückkehr, hein.

Dauphin Wer wart' doit accepter ce qu'il reçoit.
Ich wart auf keinen Furz in einer Flasche. *(ab)*

Charles VI Mais mes enfants, restez! Es kommt in Ordnung!
Er kämpft nicht echt; il n'est qu'un pauvr' poseur!

(alle ab)

[1] In der Spielfassung werden die Szenen des Französischen Hofes im III. und IV. Akt zu einer einzigen großen Szene zusammengezogen. Die Figuren des Connétable, des Exeter, des Lancaster und des Gloster entfallen. Teile des Textes werden von Montjoy übernommen.

III.2

Vor den Toren der Stadt Harfleur. Der Fünfte Heinrich spricht zu seinem Heer. Regen, Schlamm, Donner und Blitz.

Der Fünfte Heinrich Männer!
Jetzt in die Bresche, stürmt die Öffnung,
Erobert oder füllt sie mit Kadavern!
Denn Höflichkeit und Vorsicht ist für Weiber;
Wir stehn in heißern Feuern als ein Ofen.
Wir tun, was jeder Kerl würd tun, wenn ihm
Die blauen Bohnen um die Ohren pfeifen:
Er spannt die Muskeln, steckt sein Herz in Brand,
Ersäuft seine Maniern in Raserei.
Jetzt drauf und drein und drüber, stolze Truppen!
Eur Väter Väter kämpften hier vor euch –
Tut just wie sie und reibt das Schwert nicht blank,
Solangs noch Köpfe abzuhacken gibt!
Beweist mit Taten, daß euch eure Väter
Gezeugt, und tut nicht Unrecht euren Müttern:
Ergreift wie Bastardhunde nicht die Flucht.
Mein Fußvolk, Eidesbrüder, meine Söhne –
Perfekt versehn mit Ohren und mit Beinen,
Aus Pflugscharen geschmiedet, erznen Glocken,
Aus Lehm und Harz geknetet, Heideboden:
Zeigt uns die Macht und Kraft des Heimatgrunds.
Blendet den Feind mit eurer heilgen Liebe
Zu unsrer großen Zeit, zu Land und Volk:
„Alles für Gott und Vaterland,
Das Vaterland für Christus!"

Das Heer „Alles für Gott und Vaterland,
Das Vaterland für Christus!"

(Donner; die Truppen Heinrichs wollen mit dem Sturm beginnen; auf den Mauern von Harfleur wird eine weiße Fahne gehisst; das Unwetter hört auf; der Angriff stockt)

Der Fünfte Heinrich *(verärgert und sich überschreiend)* Harfleur!
Das ist das letztemal, daß ich Bedenkzeit

Geb! So legt gelassen euer Schicksal
In unsre sanften Hände – die des Mitleids.
Wenn nicht – wie blind Verliebte in Vernichtung –
Zwingt ihr uns, unsre harte Hand zu wählen.
Denn da ich durch und durch nunmal Soldat bin,
Verlaß ich eure halbzerstörte Stadt erst –
Sobald die Kanonade angefangen –,
Wenn sie in Schutt und Asche liegt begraben.
Darum, ihr Männer von Harfleur, ich bitt euch:
Habt Mitleid mit der Stadt und eurem Volk;
Solang mein Heer noch auf Befehle hört,
Solang das frische, heile Gnadenlüftchen
Noch die verseuchten, kranken Wolken wegbläst
Von Massenmord, Bestialität und Plünderung.

Gouverneur *(steckt den Kopf über die Mauer)*
Es kam ans Ende unsre Hoffnung heute.
Wir hatten den Dauphin ein zweites Mal
Um Hilfe angefleht: er ließ uns wissen,
Noch seien seine Truppen nicht bereit.

Der Fünfte Heinrich Dann öffnet eure Tore! Laßt uns ein!
Wo nicht, erzwingen wir den Zugang, und
Dann seht ihr, was passiert: Soldaten, blind
Von Blutdurst, die die Hand anlegen an die Locken
Eurer schrill-schreinden Töchter; eure Väter,
Die, am Silberbart ergriffen, weinend,
Das greise Haupt an eine Wand geschmettert,
Krepieren; eure nackten Säuglinge,
Lebendig aufgespießt auf Piken, während
Der irrgewordnen Mütter rasend Heulen
Die Wolkenwand zerreißt... Was soll es sein?
Kapituliert ihr jetzt, dies zu vermeiden?
Müßt sonst, durch Widerstand, das Ärgste leiden?

Gouverneur O großer König, Henri Le Cinquième,
Wir sind zum Widerstand nicht mehr imstand.
Wir legen unser Leben jetzt in Eure Hand...
La France vous souhaite la bienvenue.

(die Tore gehen auf)

Der Fünfte Heinrich Ohm Exeter, nehmt den Befehl. Rückt ein.
Doch zeigt den Bürgern von Harfleur Euch gnädig!

Sorgt für genügenden Proviant und Ruhe –
Der Winter naht und Krankheiten und Seuchen
Suchen die Truppen unruhstiftend heim.
Heut nacht sind wir noch in Harfleur zu Gast.
Auf morgen wird ein neuer Marsch ins Aug gefaßt.
(sinkt in sich zusammen)

Das Heer *(rückt müde singend in Harfleur ein)*
Der Scheele Vanderlinde lief was schwank
Denn sein Geschoß war wohl ein Meter lang
Verdammt, denn sein Geweih war niemals Brei
So hart wie Holz so schwer wie Blei
Sein Scheißdreck war so aberwitzig heiß
Daß er sich darauf kochte seinen Reis
Und wenn er kühlen wollte seinen Braus
Dann hing er ihn bloß aus dem Fenster raus
Saß Vanderlinde noch in Mutters Bauch
Da spielte er mit seines Vaters Schlauch
Ging Vanderlinde hin zur Schule
Dann spielt' er auf der Flöte Buhle
Wenn Vanderlinde in der Klasse saß
Dann schiß er in ein Lampenglas.
Als Vanderlinde tat nen großen Furz
Da machten alle Nachbarn Kassensturz
Wohl vierzig Fraun in seinem Leben
Hat er durch seinen Schwanz den Tod gegeben
Als Vanderlinde aufs Schafott raufging
Wars 's erste Mal, daß ihm die Flöte hing
Doch war sein Kopf noch nicht von seinem Leib
Da stand sein Messer aber wieder steif
Er mocht im Sarg sein kalt und tot
Doch schickte er ins Holz noch seinen Schrot
Für alle Wohltat die er hat getan
Durft er gleich in den Himmel gan
Doch aus dem Himmel flog er wieder raus
Denn überall sucht' er ein Hurenhaus
In der Hölle gings dem Schwanz zunächst ganz toll
Er steckte damit die Verdammten voll
Doch Satan wußt sich mit ihm keinen Rat
Er setzt' ihn vor die Tür mit dem Mandat
Und ewig schweift sein Geist auf Erden rund
Und bläst in Fotzen Feuer bis zur Stund. *(alle ab)*

III.3

Der französische Hof. König Charles VI, der Dauphin, Prinzessin Cathérine, der Connétable.

Cathérine *(nackt in einer großen Badewanne mit Milch, die anderen waschen sie; sie singt)*
Der Scheele Vanderlinde lief was schwank
Denn sein Geschoß war wohl ein Meter lang…
Sein Scheißdreck war so aberwitzig heiß
Daß er sich darauf kochte seinen Reis…
Als Vanderlinde tat nen großen Furz
Da machten alle Nachbarn Kassensturz…
Doch war sein Kopf noch nicht von seinem Leib
Da stand sein Messer aber wieder steif…

Connétable Dieu des batailles! Wo kommt ihr Feuer her?
Ist leur climat nicht klamm und feucht und rauh?
Même le soleil, die auf sie schaut, ist naß –
Ihr nasser Blick läßt da selbst poires et pommes
An ihren Ästen platzen, wie Püree,
Versaufen die Kartoffeln, sans pitié.
Kann Weizenbier – die schale Pferdepisse –
Ihr kaltes Blut zu so'm chaleur erhitzen?
Wir dürfen uns nicht hängenlassen wie
Von einer Regenrinne Zapfen Eis
Derweil das tiefgefrorne Volk se baigne
In kühnem Schweiß sur *nos* domaines divins!

Dauphin Das Weibsvolk Frankreichs lacht uns aus; elles disent
Glattweg, daß unser Feuer ist gelöscht,
Daß sie sich lieber laben an der Lust
Von Plebs und Abschaum des Henri, schon wird
Notre patrie bevölkert mit Bastarden!

Cathérine Bums: l'homme français? Ecoutez bien, il n'est
Bon que pour une chose: en tutu rose
Nach vorn sich beugen für son ennemi,
Daß er sich üben kann dans cette pose
Pour entraîner son étonnant zizi.

Charles VI *(schießt wacker los)*
Aux armes, mes princes! Laßt Euren Ehrgeiz schwirren,
Plus fort encore als daß nur Schwerter klirren!

Barons et comtes, ducs et chevaliers,
Laßt die Vierhufer nach dem Schlachtfeld reiten!
Los: galoppiert zur vengeance victorieuse!
Arrête Henri – eh er durch unser Land rast
Wie eine Unheilsflut, die Fahnen rot
Gemalt vom Blut der süßen Stadt Harfleur!
Fallt in sein Heer ein wie une avalanche,
Schmelzender neige, der einbricht in ein Tal!
So schlagt ihn krumm, notre pouvoir suffit
Und führt ihn nach Rouen, emprisonné
Im Schinderkarrn – dem Holzkäfig auf Rädern!

Dauphin Wenn er unsre Armee sieht, weiß ich sicher,
Daß son zizi so sehr zusammenschrumpft
In seiner Schisserhos, qu'il ne même pas
Se battera, zahlt lieber Lösegeld.

Charles VI Aux armes, Prinzen, Ritter, Herren, alle!
Ne dors pas eh der Feind nicht ist gefallen! *(ab)*

Cathérine Der Scheele Vanderlinde lief was schwank
Denn sein Geschoß war wohl ein Meter lang…
Sein Scheißdreck war so aberwitzig heiß
Daß er sich darauf kochte seinen Reis…
Als Vanderlinde tat nen großen Furz
Da machten alle Nachbarn Kassensturz…

(alle ab)

Vierter Akt

IV.1

La Falstaff spricht, neben dem erschöpften Fürsten stehend, zum Publikum.

La Falstaff Es fielen eher Berge in das Watt,
Es würd die See süß und die Erde platt,
Es säh die Sonn die Nacht, der Wurm den Mond,
Es hätt der Leu die Lämmer eher satt,
Als er vor mir und ich vor ihm wäre

geflohn... Pardon. Ich muß es anders sagen, das ist zu klassisch. Warum nicht so:

„er war die flamme
ich sein stroh
er war mein atem
ich sein staub
er war mein durst
und ich sein schluck

er war mein grund
und ich ein stock
von ihm geknickt
von ihm gekickt
doch auch der hund
der'n trug im mund

er war ein mund
und ich muskat
ich wurde wund
da er mich trat
ein ehebund
im untergrund

er war mein po
ich nicht sein pa

ich war sein froh
allotria
bis ultimo
bis er mich floh
ich nichts mehr sah
wo bin ich wo
so fern so nah
und nirgendwo

er war mein stich
ist mein bankrott
er sprach zerbrich
und war mein gott
sein neuer strich
ist mein schafott
drum haß ich dich
mit hohn und spott

ich schlag ihn krumm
im hochquadrat
ich bring ihn um
er wird kastrat
ich brech das trumm
ich bin parat

er ist so dumm
er ist verrat
ich bring ihn um
da ich schachmatt
bring ich ihn um
etcetera
ich bring mich um
etcetera
ich bring ihn um
etcetera

etcetera
etcetera
etcetera
etcetera“

Pardon? Das paßt nicht in die ars poetica?
Dann schmeiß ichs einfach um, comme-ci, comme-ça:

„Weil seine Liebe groß ist, denkt, wer liebt:
Sie wird, auch nach dem Tod, auf ewig währen.
Bis sie verwelkt und achselzuckend stirbt
Und er ein lang und schleppend Leben erbt
Mit Mauern der Erinnrung als Umzinglung.
Wenn einer liebte, doch verlor, bleibt nichts
Als zähneknirschend Stund um Stund zerkaun
Und spucken auf das Feuer der Erinnerung."

Voilà. Und mehr muß das nicht sein, n'est-ce pas?
(steigt über den kranken Heinrich hinweg)

IV.2

Das englische Lager. Soldaten im Schlamm. Es nieselt.

Der Fünfte Heinrich *(stöhnend)*
Es findet sich auf Erden nichts, das man
Nicht aufträgt einem Fürsten, es zu tragen.
Die Ängste, die Visionen der Soldaten,
Ihr Leben, ihre Seele, ihre Schulden,
Die bangen Frauen, Kinder, kleine Sünden –
Nur zu: wir laden sie auf Königs Rücken!
(er nimmt seine Krone und betrachtet sie)
Du – siames'scher Zwilling meiner Größe –
Gehorchst der Gier doch eines jeden Narren,
Der nichts kann denken oder fühlen als
Der eignen kleinen Kümmernisse Not…
Wie unermeßlich große Seelenruhe
Genießt der kleine Mann, vermißt der König!
Was hat der Fürst, das nicht sein Volk auch hat?
Es sei denn Pracht und Prunk und Protokoll
Und wie man all den hohlen Pomp will nennen…
(ächzend, im Fieber)
Was bist du, Krone, flittergolden Kalb?
Was bist du für ein Götze, daß du mehr
Als die, die zu dir beten, Qualen leidest?
Was dein Profit, die Rente, die Prozente?
Was ist der Sinn, die Seele der Verehrung?
O Pracht und Prunk, zeigt euren wahren Wert.
Ich bin ein Fürst, der euch durchschaut; ich weiß,
Daß es nicht Euer Salböl ist, nicht Schwert,
Nicht Szepter, Reiches Apfel, Kaiserkrone,
Nicht Staatskleid, das bestickt mit Gold und Perlen,
Nicht grelle, aufgeblasne Ehrentitel;
Daß nicht der Thron und nicht des Ruhmes Woge
Kann donnern an die Küsten dieser Welt.
Ja, ich erkenn, – es gibt nicht eine in
Des Pomps, des Prunkes Zeremonien,
Die mich im majestätschen Himmelbett
Kann trösten mit solch tiefem, festen Schlaf
Wie dem meines erbärmlich kleinsten Knechts,

Der mit gefülltem Bauch und leerem Kopf
Ins Nest sich legt, gestopft mit trocken Brot.
Der nie der grausen Nacht, dem Höllenhund,
Ins Aug muß sehn, denn wie ein Bauer, Sklav,
Darf er vom Morgengraun bis abends schwitzen
Unter dem goldnen Aug der Schwester Sonne,
Und nachts dann darf er schmelzen in den Armen
Der Elfen auf Elysischen Gefilden…
Im Morgengrauen steht er wieder auf,
Er spannt die Pferde vor den Sonnenwagen
Und er begleitet schwank den ewgen Fluß
Der Zeit mit seinem nützlichen Gewerk…
Gäb es den Flitter nicht von Prunk und Pomp,
Dann wär der Schlucker, der die Tage tötet
Mit Plackerei, die Nächte mit Geschnarch,
In allem besser dran als ich, sein Fürst…
(würgt, weint)
O Gott der Schlachten! Stähl das Herz
Meiner Soldaten, schlag sie nicht mit Angst.
Entschlage sie der schnellen Kunst des Rechnens,
Wenn vor der Überzahl von unsern Gegnern
Das Herz in ihre Hosen sinkt. Nein, nicht,
Nicht heute, Gott! Und denk auch heute nicht
An die Barbarensünden, die mein Vater
Beging, um diese Krone zu erraffen.
Ich hab aufs neu die Leiche Roi Richards
Beerdigt, habe Reuetränen mehr
Vergossen als gewaltsam und brutal
Je Blut aus Richards Wunden war geflossen.
Fünfhundert Bettlern zahl ich Jahresgeld,
Um zweimal täglich Gnade zu erflehn –
Die dürren Hände dir gen Himmel streckend.
Selbst zwei Kapellen ließ ich bauen, wo
Demütig klagend Priester singen für
Die Seelenruhe Richards. Mehr will ich noch tun,
Doch alles, was ich tun kann, ist nichts wert,
Weil meine Reu zu spät kommt nach der Sünde
Und einzig bettelt um Vergebung… *(schluchzt)*

IV.3

Das französische Lager. Der Dauphin, der Connétable, Montjoy. Es regnet noch immer. Die Dämmerstunde, kurz vor Sonnenaufgang.

Connétable Regarde-moi ça!
(führt wie ein Mannequin seinen Harnisch vor)
Eh bien? Qu'est-ce que je vous?

Montjoy Pas mal.

Connétable Pas mal? Der beste Harnisch du monde entier!

Dauphin Hast du mein Pferd schon mal betrachtet?

Connétable Was ist daran besonderes?

Dauphin Rien. Das ist es gerade: es ist ein phantastisches Pferd. Et moi, je dis toujours: Was ist man in einem guten Harnisch, wenn einem das Pferd umfällt?

Connétable So rasch fällt mir mein Pferd nicht um.

Dauphin Je vais te dire une chose: ich würde meinen Araberhengst nicht tauschen wollen gegen n'importe quel animal, das vier Beine hat. Er trabt auf dem Atem des Winds. Er schwebt durch die Luft. Le cheval volant, Pégase, avec les narines de feu! Mutter Erde singt, wenn sie von seinem Hufschlag gestreichelt wird. Noch nie so'n Pferd gesehn.

Connétable Es hat genau die Farbe eines Pferdeapfels.

Dauphin Mais c'est une créature divine, je te le jure! Ein Pferd? Das ist ein Pferd, jawoll. Alle anderen Gäule sollte man besser Schindmähren nennen.

Montjoy C'est vrai, Er hat ein formidables Pferd.

Connétable Ça suffit, hein.

Dauphin Une fois j'ai commencé ein Sonett zum Ruhme meines Pferdes. Avec les mots: O Wunder der Natur…

Connétable So beginne ich Sonette an mein Liebchen.

Dauphin Mon cher Connétable: mein Pferd, das ist mein Liebchen.

Montjoy Moi, je préfère une maîtresse qui peut être portée par moi, anstatt umgekehrt.

Connétable Solang sie bei dem Ritt mal nurs Gebiß aus dem Maul nimmt.

Dauphin Für un chevalier ist ein Pferd die perfekte maîtresse. Un: sie ist bequem. Deux: sie ist pratique. Trois: ich muß nicht mit ihr quatschen. Quatre: ich besteig sie wann ich will. Cinq: während ich oben sitze, bringt sie mir alles mögliche andere vor die Nase. Et six: Sie ist nicht neidisch wenn ich auch einmal auf ihrer Schwester reite…

Connétable Sauf un détail.

Dauphin Nämlich?

Connétable Daß euer Liebchen ein Araber ist. *(Montjoy prustet)*

Dauphin Arrêtez! Arrêtez, tous les deux. Jetzt in den Harnisch und stopft die Mäuler mit den Zügeln. Le jour de gloire est arrivé.

(Westmoreland, Exeter, Lancaster, Gloster und der Rest des Heeres treten auf; krank und verdreckt; sie helfen im englischen Lager dem kranken König in seinen Harnisch; im französischen Lager versammelt sich das imposante französische Heer)

Westmoreland Sie haben mehr als sechzigtausend Mann!

Exeter Fünf gegen eins; und sie gesund und frisch.

Gloster Ne überwältigende Übermacht.

Westmoreland Gott steh uns bei. Lebt wohl, ihr alle, Prinzen.

Exeter Adieu, ihr meine guten Waffenbrüder.

Gloster Leb wohl, mein Bruder, sei das Glück dir gnädig.

Lancaster Ach hätten wir doch nur Zehntausend
Von all den Männern, die im Mutterland
Nicht Arbeit haben oder sie nicht wollen.

Der Fünfte Heinrich Sag sowas nicht, es ist ein Fluch, mein Bruder!
Wenn uns denn vorbestimmt ist, hier zu sterben,
Ist unsre Zahl noch mehr als groß genug,
Das Vaterland zu ruinieren. Doch
Ist uns bestimmt das Leben zu bewahren, und
Zu krönen noch sogar mit einem Sieg,
Dann ist, je kleiner unsre Zahl, für jeden
Von uns der Anteil desto größer an
Der Ehre. So wünscht, bei Gott, nicht *einen* mehr.
Im Gegenteil, mein ganzes Heer soll hören,
Daß, wer zu diesem Kampf den Mut nicht hat,
Davonziehn kann; ich schreib ihm seinen Freibrief,
Ich schenk ihm Kronen für ein schnell Geleit.
Wir wünschen nicht zu sterben in Gesellschaft
Von solchen, die nicht folgen uns zum Tod…

Wer dieser Schlacht und diesem Tage trotzt,
Wer überlebt und heimwärts kehrt, soll strahlen
Mit hocherhobnem Haupt und gradem Rücken.
Wer diese Schlacht durchsteht und Kinder kriegt,
Soll jährlich seine Nachbarn bitten auf
Ein Fest und jauchzen: „Schaut, ich war dabei!"
Die Ärmel hochgerollt, zeigt er die Narben.
So geht, bis an das Ende aller Zeiten,
Kein Jahr vorbei, da unser nicht gedacht,
Nur wir, wir glücklichen, wir wenigen,
Wir einig Brüderband. Denn der, der hier
Sein Blut vergießt mit meinem, ist mein Bruder.
Sein Rang mag niedrig sein, sein Stand gemein,
Ein Tag wie dieser wird ihn ewig adeln.
Die Edlen, die zu Haus die Zeit im Bett
Vertrödeln, werden sich noch selbst verfluchen,
Daß sie hier nicht dabeigewesen sind.
Sie werden sich in Grund und Boden schämen,
Wann immer einer sagt, er focht mit uns!

Montjoy *(kommt herbei)*
Heinrich der Fünfte! König dieser Engländer!
Noch einmal komm ich: um zu hören ob
Mit Lösegeld Ihr Euch vergleichen wollt?
Denn Euer Fall ist nicht mehr zu vermeiden:
Das Schicksal saugt Euch ein mit seinem letzten Kuß;
Ihr seid dem Strudel jetzt so nah geraten,
Daß Ihr nur noch verschlungen werden könnt.
Und überdies ersucht Euch der Dauphin,
Daß Eure Leute Ihr zur Reue mahnt:
Auf daß es ihren Seelen sei vergönnt,
So weiß wie Rauch und friedlich aufzusteigen
Von diesen Feldern, wo die stoffliche
Umhüllung fallen wird, um wegzufaulen.

Der Fünfte Heinrich Bringt ihm die Antwort, die ich schon mal gab:
Bezwingt mich nur erst, dann verkauft die Knochen!
Es gab schon welche, die bereits das Fell
Verkauften von dem Bären, der noch nicht erlegt war,
Doch die die Jagd auf ihn nicht überlebten.
Auf unsre Mehrzahl wartet hier kein Grab,
Sondern im Vaterland, mit Erz verziert,
Worauf der Glanz wird strahlen dieses Tags;

Auch sie, die ihr Skelett in Frankreich lassen –
Gestorben heldenhaft, doch jämmerlich
Begraben auf dem Mist, der Euer Land ist –
Sie zeugen einzig Ruhm. Es ist die Sonne,
Die sie grüßen wird, und Mut und Ehre
Werden verdampfen und zum Himmel steigen,
Derweilen daß ihr irdisches Verfaulen
Den Boden und die Luft Euch wird ersticken,
Bis ihr Gestank die Schwarze Pest erzeugt...
So überstark ist unsre Tapferkeit,
Daß wir, zwar tot, wie abgeprallte Kugeln
Zum zweitenmal da fliegen, voll Verderb
Und Mord, derweil wir selbst zu Staub vergehn.
Laßt mich voll Stolz noch sagen dem Dauphin:
Wir mögen ehr Geschundne sein als Ritter,
Doch haben wir durchaus am Leib zwei Füße
Und stehn mit beiden Beinen in der Erde!
Wir brauchen keine Eleganz dazu!
Nicht eine Feder ist im Heer noch proper.
Wir laufen auf dem Zahnfleisch, allesamt,
Seit Monaten gab es kein warmes Essen,
Das Fieber schüttelt uns, wir scheißen Blut,
Wir haben nichts: nicht Medizin, zu trinken,
Nicht einmal Huren, Pater und Pastoren,
Nicht einen Nagel, uns den Arsch zu kratzen,
Doch gottverdammich! Uns kriegt keiner klein!
Um uns zu brechen, ist noch mehr vonnöten,
Denn unser Herz ist größer als das Elend!
Kaputt oder auch nicht, die Männer sagen,
Daß wir, noch vor dem Abend, entweder
Mit goldnen Löffeln Reisbrei essen werden
Oder daß wir Euch geckigen Franzosen
Die Weiberhosen von den nackten Hintern
Herabziehn, daß aus schierer Scham ihr sterbt.
Falls meine Männer sich das zweite wählen –
Das werden sie, ich schwör es Euch, gewiß –
Dann könnt ihr allemal das Lösgeld stecken,
Wohin Ihr wißt, daß Ihr es stecken könnt!
(Jauchzen im Heer)
Drum spart den Atem, Freund; Ihr braucht nie mehr
Hierherzukommen wegen Lösegeld.

Was andres kriegt Ihr nicht als meine Knochen.
Und in dem Zustand, wie sie sich dann finden,
Kriegt man selbst keinen Hund mehr, sie zu fressen!
(Jauchzen) So sagt das, mit den allerbesten Grüßen,
Dem Fürsten, dem Dauphin, dem Connétable
Und all Euren verfluchten Schneckenfressern!
(Jauchzen; Montjoy geht weg)
Alles fürs Vaterland,
Das Vaterland für Christus! *(greift als erster an)*

(Ein erstes Treffen; die Himmelsschleusen stehen jetzt ganz offen; Donner, Blitz, Chaos, Schlamm; Geschrei und Geklirr, gefolgt von einer ersten Verschnaufpause)

(das französische Lager)

Connétable Hört unsre Hengste wiehern! Alors ils sont
Tombés si amoureux, verwundet von
Diesem Gewürm – sie schäumen vor désire.
Sie trappeln und sie schmachten, ils soupirent!

Dauphin Steckt Eure güldnen Sporen dans leurs flancs,
Laßt kochend Pferdepisse in die Augen spritzen,
Des ennemis, macht ihre Tränen rouges!

Connétable Die Peitsche, los! Regarde-moi ça: die Bauern,
Cette lamentable, leergeschissne troupe,
Die Treppe hochgefallner Polderpöbel!

Dauphin Il nous suffit déjà zum Sturm zu blasen:
Denn unsres Mutes Glanz les fait craquer.

Connétable Wir könnten grad so gut, ici au pied
De cette montagne, das Schauspiel uns betrachten,
Bien amusés, tournant nos pouces.

Dauphin Dis-donc:
Sonnez une dernière fois unsre Trompeten
Et ordonnez la charge générale!
Unser Galopp bringt so le champ zum Beben,
Daß Heinrich wird sich alsogleich ergeben!

(das englische Lager)

Der Fünfte Heinrich Wir kennen diesmal keine Gnade mehr!
Jagt die Gefangenen über die Klinge,
Reiht sie an Schwertern, Piken, Speeren auf,
Nehmt keinen mehr gefangen, nein, nicht einen!

Gebt den Befehl an alle Männer, schnell!
Wir kämpfen bis ans End, ist es auch bitter.
Alles fürs Vaterland,
Das Vaterland... *(der Angriff beginnt)*

(Ein zweites Treffen, in dem die Franzosen unterliegen; gefolgt von einer zweiten Verschnaufpause)

(das französische Lager)

Montjoy O seigneur! Le jour est perdu! Tout est perdu.

Dauphin Mort de ma vie! Es ist verloren, alles.
Sie haben die Gefangenen erdolcht.
Nos chers compatriotes: gespießt, gevierteilt,
Als ob sie Schweine wären für die Schlachtung.

Connétable Quelle honte scandaleuse, welche Schande!

Dauphin Laßt unsre Reihn encore Attacke reiten.
Laßt den, qui ne veut pas nous suivre, flüchten.
Er krieche weg, den Schwanz entre ses jambes.
Laßt ihn, jusqu'à sa dernière journée,
Die Mütze in der Hand, als maquereau
Und aufgedonnert seine Tür bewachen quand
Sa plus belle fille von Hunden wird besprungen.

Connétable Laissons, voll Hoffnung, sacrifier nos vies!

Montjoy Plus courte la vie, plus courte aussi la honte!

(das englische Lager)

Lancaster Paßt auf! Sie kommen an der Hinterseite,
Sie dringen vor ins ungeschützte Lager!

Gloster Barbaren! Nicht die Pagen, laßt sie leben!

Westmoreland Welch Unmensch jagt, im Harnisch und zu Pferd,
Dem Pagen, wehrlos, auf der Flucht, da nach
Und schlägt mit einem Hieb ihm ein den Schädel?

Exeter Das ist Verletzung aller Kriegsgesetze!

Der Fünfte Heinrich Seit ich in dies verfluchte Land gekommen,
War ich nie rasend, bis zu *dem* Moment –
Greift an! Und rächt den Tod von diesen armen Kindern!

(Ein drittes Treffen, in dem die Franzosen ganz geschlagen werden; dann Auftritt Montjoy)

Der Fünfte Heinrich Montjoy?

Demütiger als sonst schaut Euer Aug.
Was fehlt Euch, Mann? Habt Ihr vergessen, daß
Ich meine Knochen Euch allein versprochen?
Ists nicht genug, daß Ihr die Pagen tötetet?

Montjoy O großer König Heinrich.
Ich bitte Euch, barmherzig zu gewähren,
Daß wir durch dieses Schlachtfeld schweifen dürfen.
Wir möchten unsre Toten zählen können,
Bevor jemand sie zu bestatten kommt.
Wir wollen unsre Edelen auch scheiden
Von den Gemeinen – viele unsrer Prinzen –
Verdammt die Elendsstunde – liegen da
Ertrunken und Versunken in dem Blut
Von Söldnern; so wie unser Fußvolk auch
Den Bauernleib ins Blut von Prinzen taucht.
Es liegen schäumend noch verletzte Hengste
Bis an den Federbusch da in geronnen Blut.
Sie treten, wild vor Raserei und Schmerz,
Nach ihren toten Herrn mit Eisenhufen,
Ein zweites Mal sie schlachtend... Großer Fürst,
O Heinrich: Sicherheit gewährt uns, Frieden,
Um auf dem Kampfplatz hier zu suchen nach
Den Leibern unsrer Teuren, aber Toten.

Der Fünfte Heinrich Ich muß Euch, Montjoy, Hand aufs Herz bekennen:
Ich weiß nicht, ob der Sieg jetzt unser oder
Ob er es nicht ist. Ziehn doch übers Feld
Noch viele Eurer Leute im Galopp.

Montjoy Sie fliehen, Herr. Denn Euer ist der Sieg.

(Jauchzen, Montjoy ab; Heinrich bricht erschöpft zusammen)

Fünfter Akt

V.1

La Falstaff singt „Embraceable you“ von Billie Holiday. Das Schlachtfeld nach der Schlacht. Heinrichs Soldaten sammeln die goldenen Sporen der gefallenen französischen Ritter auf.

Exeter Das ist die Liste der gefallenen Franzosen.
Der Fünfte Heinrich *(liest)* Ihrer zehntausend liegen auf dem Schlachtfeld tot.
Darunter hundertsechsundzwanzig Prinzen
Und Fürsten, die mit Harnisch und Standarte.
Hinzu kommen achttausendundvierhundert
Ritter und Knappen, Junker, Edelleute –
Von denen fünfhundert nur gestern erst
Zu Rittern warn geschlagen von dem Fürsten;
So daß von zehntausend Gefallenen
Nur grad mal sechzehnhundert Söldner sind.
Der Rest sind Prinzen, Grafen, Herzöge, Barone.
Westmoreland Die Crème, die Blüte des französ'schen Bluts.
Der Fünfte Heinrich Wie ist die Zahl unsrer Gefallenen?
Westmoreland *(liest)* Marquis von Suffolk... und der Herzog Kent...
Herr Richard Ketley; Davy Gam, der Knappe;
Kein anderer von Namen. Von den übrigen
Nur fünfundzwanzig. Meistens auch nur Pagen:
Jamy, der kleine Wuschelkopf von zwölf.
Sein Freund, der Pieter, Knappe meines Bruders.
Der Rotschopf, und der Dicke, und der Kleine.
Der jüngste, Benjamin, war grad mal zehn...
Das Beil hat einen nach dem anderen geköpft
Und Pferdehufe haben sie zerstampft...
Der Fünfte Heinrich Ohne die schwarze, die entmenschte Schandtat
Wär der Triumph vollkommen. Zehntausend
Franzosen sind krepiert, von unsern fielen
Kaum dreißig... Gott, deine Hand war hier!
Dein Urteil spricht für sich. Wann war denn je,
Ohne auf List und auf Betrug sich stützend,
In offnem Treffen, und bei gleichen Chancen,

Der Zoll im einen Lager derart hoch,
Der Preis im andern so bedeutungslos? Gott,
Nicht unser – Dein ist dieser Sieg!

Gloster Es ist ein regelrecht Mirakel, Bruder.

Der Fünfte Heinrich Macht es in unserm ganzen Heer bekannt,
Daß mit dem Tod bestraft wird, wer da prahlt
Mit einem Sieg und einer Ehr, die Gott
Und Gott allein gebührt. Er sei gelobt!
Laßt uns „Non Nobis“ und „Te Deum“ singen,
Legt alle Toten in ein Bett von Erde
Und laßt uns dann beginnen mit dem Rückzug
In das geliebte, ferne Vaterland...
Der schönste Augenblick von jeder Reis
Ist heimzukommen, wie ins Paradeis!
(Jauchzen) **1**

(Das französische Gefolge tritt auf: Prinzessin Cathérine schiebt Charles VI in seinem Rollstuhl herein; er hält den toten Dauphin in seinen Armen; La Falstaff hört zu singen auf, das Jauchzen des englischen Heers verstummt)

Cathérine Henri le Grand, ne partez pas maint'nant!
Pourquoi alors seriez-vous venu?
Habt Ihr kein andres Ziel als ohne Ziel
Zu morden, brennen, uns zu demütgen?

Der Fünfte Heinrich Chère Cathérine,
Kluge Cousine, prächtige Prinzessin,
Ich respektier die Trauer, ehre Eure Schönheit,
Doch muß Euch leider widersprechen:
Mein Ziel war Frankreich, und das ist erreicht.

Cathérine La France, c'est moi – o starker König, und
Cousin. Mein Land und ich sind eins im Leid.
's kennt keinen Schmerz, der nicht der meine ist.
[Elle sacrifie ses fils, wie ich den Bruder...
Und unsre Ernten blühen doucement tot
Und kommen hoch, auf reichem Feld zu faulen.
Die Rebe, Quell von vielerlei Genüssen,
Erwartets Messer, daß es sie erlöst
Vom Übermaß an Fruchtbarkeit und Saft.
Die zarte Wiese, einst bedeckt mit Flaum
Von Butterblumen und von sanftem Klee,

Steht voll im geilen Wuchs der harten Disteln
Und sehnt sich nach der Mahd mit starker Hand.

Charles VI Allons: couplez votre pays au nôtre,
Durch ein von Gott in Ewigkeit geschmiedet Band!
Flechtet ihr Herz in Eures, legt Eur Land
Auf ihres. So wie Frau und Mann, tous deux,
Doch eines sind im Fleisch, so laßt nun auch –
Von jetzt an – zwischen beiden Königreichen
Die Partnerschaft entstehn, die Dauer hat.
Laßt uns einander – Engländer Franzosen,
Franzosen Engländer – mit offnen Armen
Umfangen und uns lieben. Dieu le veut!]

Cathérine Prenez ce que vous êtes venus chercher.
Nehmt Frankreich, Fritz. N'hésitez pas. Nehmt mich.
Und möge aus dem formidablen Bett
Zweier so großer Völker auch ein Sohn
Geboren werden, der von beiden Reichen
Die Tugenden und nicht die Laster erbt.
Ein Mann, geboren von französ'scher Magd
Einem Soldaten, der auch König war.
Un Roi, wie ihn die Erde noch nicht kannte,
Ein Herrscher, der, von *einem* Thron, les deux perles
Der kultivierten Welt wohl lenken mag.
Laßt solchen Sohn von mir geboren werden.
Dann nenn ich ihn: mein Heinrich. Le Sixième.
Was fehlt Euch, mon grand Roi, cousin Henri?
Ist ein Soldat denn nichts als ein Soldat?

[**Der Fünfte Heinrich** Wie weiß ich, daß ich sicher Frankreich krieg?

Charles VI Bên: prenez-la! Und weckt ein Nachgeschlecht
Für Euch und mich in ihr – mehr Sicherheit
Um Frankreich still zu halten, gibts nicht, hein.

Exeter Was ist ein Sieg wert, König Heinrich, wenn
Nicht durch ein Bündnis er besiegelt wird?

Gloster Und was könnt Ihr, zurück im Vaterland,
Den Untertanen zeigen als Beweis
Eurer Eroberung von la douc' France?

Lancaster Gibt es denn Wichtigers und Größeres
Als eine schmucke, bildschöne Prinzessin?

Westmoreland König von Frankreich sollt Ihr fortan heißen,
Auf allen offiziellen Pergamenten
Euren Titel führen und direkt gefolgt

Von diesem Zusatz und wohl auf französisch:
Notre très cher fils Henri,
Roy d'Angleterre,
Héritier de France?

Charles VI Evidemment, und gleichfalls auf Latein:
Praeclarissimus filius noster Henricus,
Rex Angliae,
Haeres Franciae… Voilà!

Exeter Nichts steht dann Eurer Trauung noch im Weg.]

Cathérine Außer der Bräutigam. Qu'attendez-vous,
Cousin?

Der Fünfte Heinrich *(zögert, scheint nein sagen zu wollen)*
Merde… Komm her, Prinzeß! Mit Land und Kron!
Dein Kuß, dein Herz sind mein Soldatenlohn!

*(König Heinrich küßt die lachende Prinzessin,
vögelt sie, Jubel)*

La Falstaff Wär ich nicht ich, wär ich die Säuremuse,
Ich schlöss nicht Frieden mit der falschen Bühne.
Ich wählte Verse nicht, den Schmerz zu ätzen,
Nicht Kostümierung der Erniedrigung.
Ich schmisse Vitriol euch ins Gesicht
Und ließ euch fressen euren eignen Kot –
Kurzum: ihr hättet Teil an meinem Los.
Mein Lieb hatt mir ein' Festtag vorgelogen.
's ward eine Nacht und Sündflut von Verrat,
Ein Fels- und Erdsturz aus Skandal und Haß.
Ich weiß nicht, ob er jemals Reue zeigt,
Und ob das, je bezeigt, mich trösten kann:
Mag auch der Henker Buße tun, sein Beil bleibt scharf.
So wars mit Heinrich, als er mich verriet.
Vielleicht schlug, ungesehn, ihm das Gewissen.
Doch *mein* Herz lag auf seinem Rad zerschlagen,
Die stolzen Pferde rissen mich entzwei.
Wo einst mein Kopf saß, weint die offne Wunde.
O salbe mich mit unsrer Lust von einst.
Leg mir das Pflaster deines Grames auf,
Pflege die Krankheit, die ich von dir kriegte.
Meine Liebe ist Malaria: je mehr
Ich zittre, je wen'ger will den Schmerz ich missen.

Meine Pein ist wie die Pest: sie zehrt von Fäule,
Wodurch allein die Fäule sich vergrößert.
Mir hilft kein Arzt mehr, meine Leidenschaft
Kennt nur *ein* Bett noch, *einen* Namen: Tod.
O Seele, lebe fort! Und schmück dich mit
Den Federn, die dein Knecht, mein Leib, verliert.
Bezahl den Himmel mit dem sinnlosen Verfaulen
Von Bauch und Kehle und von Mark und Blut.
So zehrst du von dem Tod, der von uns zehrt.
Und wenn der Tod stirbt, stirbt das Sterben mit.
(setzt sich)
Ich bin so müd... Am liebsten ging ich gleich...
Doch totgehn mag ich nicht... Denn wenn ich sterb,
Laß ich mein Liebstes mutterseelallein...
(erstickt und stirbt; Klimax von Heinrich und Cathérine; alle applaudieren)

Vorhang [2]

[1] Von Beginn der Szene III.2 bis hierher faßt Der Fünfte Heinrich in der Spielfassung viele der Repliken seiner Partner zu einem großen traumatischen Monolog zusammen.

[2] In der Spielfassung ist hier – wenn SCHLACHTEN! nicht an *einem* Tag gespielt wird – der erste Abend beendet. Teil II. und Teil III. folgen am zweiten Abend.

Zweiter Teil

Siehe, die Magd des Herrn

Shakespeare ist für aufkeimende Talente gefährlich zu lesen; er nötigt sie, ihn zu reproduzieren, und sie bilden sich ein, sich selbst zu produzieren. Johann Wolfgang Goethe

Margaretha di Napoli

Margaretha di Napoli

Übersetzt von Rainer Kersten

Im Freien wird manch eine Frau frech betrogen,
Und hat zu erdulden gar schwere Qual;
Ihr Gut wird verschwendet, der Mann zum Schakal.
's Ist wahrlich kein Spiel – nein, übelster Bann!
Und nicht um der Schönheit, ums Gelds ists vielmal,
Daß er nach ihr lief und so schnell sie gewann –
Ungebunden am besten, glückliches Weib ohne Mann.

Man kann einem Mann nicht schlimmer fluchen
Als mit einem Weibe. Die's Freien so suchen,
Sind närrische Torn, ich sags euch, ihr Schönen:
Gebt ihr einen Schlag, sie wird euch nicht höhnen,
Nein, doppelt verwöhnen, mit dem Schüreisen krönen;
Ihr müßt alles besorgen, des der Haushalt bedarf,
Sonst werdet beschimpft ihr und bitter bestraft.
Ihr jungen Gesellen, wißt ihr, was ihr treibt,
Euch selbst zu verfluchen, eh Gotts Fluch euch traf!?
Ungebunden am besten, glücklicher Mann ohne Weib.

Anna Bijns

Dramatis Personae

Margaretha di Napoli	die Fürstin
Heinrich	der Kronprinz, später König Heinrich VI., im Traum Dauphin von Frankreich
Exeter	Großonkel Heinrichs
Johann Lancaster	Onkel Heinrichs, Regent in Frankreich
Hugo Gloster	Onkel Heinrichs, Reichsprotektor, in Heinrichs Träumen der Held Talbot
Leonore	Heinrichs Tante, Gattin Hugo Glosters, in Heinrichs Träumen auch Pucelle, die Jungfrau von Orleans, Geliebte und Mitstreiterin des Dauphin
Bischof Winchester	Großonkel Heinrichs, Bruder Exeters
Somerset	Höfling, Verwandter Winchesters
Buckingham	Höfling, zunächst Freund, später Feind Somersets
Suffolk	Marquis, später Herzog, Vertrauter Heinrichs
York	Herzog und Thronprätendent
Warwick	rechte Hand Yorks
Klein Roland, alias Ronny	ältester Sohn Yorks
Hume	Zauberer
Der Statthalter von Paris	

Erster Akt

I.1

Die Leichen des Fünften Heinrichs und Cathérines von Frankreich werden hereingetragen. Zwei verkohlte, ineinander verschlungene Kadaver, umringt von den Großen des Reiches: Johann Lancaster, Regent in Frankreich, Hugo Gloster, dem Reichsprotektor, dessen Frau Leonore, Exeter, dem Bischof von Winchester und dem kleinen Kronprinzen Heinrich.

Heinrich *(mit einer Grabrede, die er sichtlich noch nicht lesen kann)*
Liebe Mama, lieber Papa. Hier in diesem kleinen Brief stecken Küßchen warm und lieb. Halt den Brief ich euch entgegen, regnets einen Küßchensegen.
(legt den Brief neben die Toten)

Lancaster[1] Verhängt den Himmel nun mit schwarzen Tüchern,
Erstickt die Sonne, werft sie in die Nacht,
Ertränkt den Mond, erwürgt die Sterne alle,
Die dulden wollten, daß mein Bruder starb.
Das Land verlor noch nie solch großen Fürsten.

Exeter[2] Vor ihm besaß das Land noch keinen wahren Fürsten.

Gloster Warum ist unsre Trauer schwarz – warum
Nicht rot wie Blut? Sind wir geschlagne Sklaven,
Die einem Holzsarg humpeln hinterher
Wie hinter dem Triumphgefährt des Tods?

Heinrich Wo ist die Mama jetzt? Sieht sie mich noch?

Leonore Sei still, mein Herzblatt, heul nicht; Papa sieht
Vom hohen Himmel auf uns hier herab.
Und üb nur fleißig lesen, du wirst sehn:
Mit weißen Schäfchenwolken schreibt Papa
Im Sommer seinen Namen an den Himmel –
Und deinen winters mit dem Schnee aufs Land!

Winchester Der Fürst der Fürsten salbte ihn zum Herrscher.

[Exeter Mehr als vorm Tag des jüngsten Urteils zitterte
Vor seinem Anblick auf dem Schlachtfeld der Franzos.**]**

Winchester Er stritt als erster Ritter unsres Herrn
Und siegte durchs Gebet der heilgen Kirche.

Gloster Die Kirche – was? Ihr Pfaffen, ihr warts doch,
Die Gott anflehten, daß der Lebensfaden
Meines geliebten Bruders reißen möge!

Leonore Bischof von Winchester, Ihr säht
Am liebsten eine Marionett gekrönt!
Ein Kind, das Ihr an Fäden dirigiert.

Winchester Was wir auch wünschen, *Ihr* seid der Protektor,
Gloster, der neue Vater unsres Reichs
Sowie des Prinzen. Eure Frau hats schnell begriffen:
Mit einer flinken Hand regiert sie ihn,
Und mit der anderen, wie stets, ihrn Mann –
Mehr als ich frommer Gottesknecht das kann.

Gloster Ihr müßt von Frommheit reden, Pharisäer,
In Eure eigne Kirche setzt Ihr nie
Den Fuß…

Leonore – Wärs nicht, um unsern Herrgott anzuflehn,
All Euren Feinden das Genick zu brechen!

Lancaster O, schämt euch, alle drei! Denn ihr entweiht
Den Toten hier, der größer ist als euer Leben.
Laßt uns kein Gold – laßt uns die Waffen opfern.
Da Heinrich tot ist, nutzen sie nichts mehr!
Nun wappnet Euch, o Nachfahren, o Zukunft:
Denn unser harren elend-magre Jahre.
Das Land, die Amme einst, verdorrt und spendet
Statt Milch uns Tränen – wer bleibt bald zurück
Zur Totenklage als ein Häuflein Weiber?
Du Fünfter Heinrich, deinen Geist ruf ich!
Errette, schütz uns in der starken Hand,
Erwärm uns mit dem Hauche deiner Hoffnung!

(Auftritt York und Warwick)

Warwick Verzeiht mir, daß ich störe, meine Herren,
Doch bring ich leider schlecht Bericht – aus Frankreich.

York Nichts als Verlust, Zerfall, Erniedrigung
Und Chaos…

Warwick Reims, Rouen, Guienne, Champagne…
Paris, Guysors, Poitiers…

York Verloren.

Warwick Futsch!

Gloster Wie könnt ihrs wagen! Vor der Leiche König Heinrichs!

Sprecht leis – er wacht vor Schreck vom Tode auf!

[Lancaster Reims fort, Paris besetzt, Rouen in Asche?
Wenn Heinrich wieder man ins Leben riefe,
Er stürb wohl auf der Stell ein zweites Mal!]

Exeter Warum nur, Warwick? Wer sind die Verräter?

York Es hat, fürcht ich, nichts mit Verrat zu tun.

Warwick Doch fehlt es uns an Mitteln und an Männern.
Die, *die* für uns im Felde stehn, sind leicht enttäuscht!

York Pardon, um nicht zu sagen – wild vor Wut.

Warwick Das ist die Schuld von bösen Zungen. Sie
Behaupten, daß hier Wirrnis herrscht und Zwietracht.

York Daß ihr, anstatt das Heer gut anzuführn
Und selbst das Schlachtfeld zu bestimmen, lieber –
Ich geb nur wieder, was ich dort gehört...

Warwick „Noch um das Amt des Generals krakeelt,
Wenn die Armee schon längst zerschlagen ist."

Lancaster Mich schmerzt das wohl, als Frankreichs Vogt, am meisten –
Fort mit dem schmählichen Gewand des Wehs,
Bringt mir den Harnisch, sattelt mir mein Pferd!
Ich werd die Schneckenfresser sehen lehren,
Durch Wunden statt durch Augen ihren Fall –
Auf daß sie Blut anstatt bloß weibsche Tränen weinen!

(Auftritt Somerset, Suffolk und Buckingham)

Somerset [Verzeiht mir, Gloster, Lancaster und Exeter –
Mein bester Winchester, Euch Gott zum Gruß –]
Lest diese Briefe, Herren, und erbebt!
(gibt Winchester die Briefe, der flüchtig hineinblickt)

Buckingham Bis auf ein paar bedeutungslose Städte
Sagt Frankreich sich von unserm Lande los!

Suffolk Des toten Dauphins Bruder, Charles, nennt sich
Jetzt selbst Dauphin – und er verlangt den Thron –
Die Krone, die doch Heinrich war versprochen!

Winchester Sieht denn der Schuft nicht, daß er so die Ehe
Von seiner Schwester Cathérine entehrt?

[Exeter Ein Sohn von Charles Le Sixième – Dauphin?
Und Frankreichs ganzer Adel huldigt ihm?
Wohin entfliehen wir vor dieser Schande?]

Gloster Nicht fliehen hilft uns, jetzt heißts vorwärts stürmen
Und an der Kehle unsren Feind zu packen!

Lancaster Dauphin hin oder her – ich stoß den Sohn
Des alten Charles von unserm Thron; ich töt,
Für jeden Mann von uns, ihm derer vier!
In meinem Kopf hier steht bereits das Heer,
Mit dem ich jetzt schon Frankreich so gut wie
Besetzt, besiegt und unterworfen hab.
Somerset Doch Lancaster, Regent des stolzen Frankreich, wißt:
Die höchste Not herrscht jetzt in Orléans.
Winchester Noch nie ward Orléans so schwer belagert!
Suffolk Der tapferste von unsern Rittern, Talbot,
Führt den Befehl und fleht uns um Verstärkung.
Buckingham Die Männer desertieren schon – so klein
Ist ihre Zahl, so groß die Übermacht.
York Warum nach Orléans? Nehmt erst Paris!
(alle durcheinander)
[**Warwick** Denn wenn die Hauptstadt fällt, folgt bald der Rest!
York Man wähl zuerst die Stadt, wo die Franzosen
Stets ihren König krönen –
Warwick Das ist Reims!]
Somerset Und Talbot seinem Schicksal überlassen?
Gloster *(schreit)*
Mit Schreien richten wir nichts aus, ihr Herren!
Buckingham Bekämpft den Feind, dort wo er grade steckt!
Winchester Wer Orléans verliert, verliert ganz Frankreich!
Leonore Laßt den Befehl von richtgen Männern führen!
Exeter Mit Fluchen kommen wir nicht weiter, Herren!
Gloster *(ruft)* Ja, Zank und Streit sind keine Strategie!
Suffolk Der richtige Beginn wär Orléans!
York Beginnt doch gleich dann in den Pyrenäen!
Somerset Ach, laß ihn, Suffolk!
Buckingham Er ist es nicht wert.
Winchester Man ehrt den Bauern, wenn man mit ihm spricht!
[**Warwick** Blaues Blut mag kriechen, wo's nicht streiten kann,
Jedoch entsproß ihm nie ein wappenloser Bauer!]
Suffolk Ein Bauer nicht – ein Bastard umso mehr!
Warwick Ihr nennt Herrn York nen Bastard?
York Laßt ihn, Warwick,
Erniedrigt Euch nicht, noch mit ihm zu streiten.
Warwick Parvenus! Nouveaux riches! Gekaufter Adel!
[**Lancaster** Ich werd beginnen, wo's *mir* richtig scheint!
Buckingham Wenn Talbot stirbt, beginnt das Heer zu meutern!

Winchester Für Gott und Vaterland gilt dies Gebot:
Befreit erst Orléans – dann rettet Talbot!
Warwick Dann fahrt doch gleich nach Rom und fangt dort an!
Buckingham Fahr du zur Hölle, Mann, und bleib auch da!
Exeter Kein Heer gewinnt den Krieg mit Zänkereien!
Somerset Was nutzt es, unsre Kräfte zu verteilen?
Lancaster Ja – meine Kräfte, und ich teil sie nicht!
York Bloß wie stark sind sie? Bringt Ihr sie zusammen?
Winchester Laß den Befehl dem, der ihn tragen kann!
Leonore *(ironisch)* Genau, Freund Winchester, das denk ich auch!
Gloster *(schreit)*
Durch Schreien wurd kein Feldzug je entschieden!
Warwick Mit Unentschlossenheit vielleicht, denkt Ihr?]
Suffolk Wir müssen alle jetzt an einem Strang ziehn!
York Fragt sich bloß, welchem Strang – wohin und wie?
Exeter Hört auf zu streiten, 's geht um unser Land!
[**Lancaster** Ich mach mich schleunigst für die Überfahrt bereit –
Lebt wohl!]
Gloster Ich eil sofort zum Turm, um Blei und Pulver
Und die Kanonen schon zu kontrolliern!

(alle verlassen streitend die Szene; Klein Heinrich bleibt verlassen bei den Leichen zurück; Exeter, Leonore und Gloster kommen wieder)

Leonore Und was soll vorläufig mit ihm geschehn?
Gloster Ist er auch jung – ich ruf ihn aus zum König.
Leonore Doch wer bringt ihn solang in Sicherheit?
Du und dein Bruder habt die Hände voll zu tun –
Halt ich den Bischof nun allein in Schach?
[**Exeter** Ich bin der ältste Oheim unsres Prinzen,
Der Nestor unsres Hauses – mir kommts zu,
Den Jungen vor Gefahren zu bewahren.]

(Leonore und Gloster ab, Exeter in eine andere Richtung; Klein Heinrich bleibt allein zurück)

1 Die Texte von Lancaster werden in der Spielfassung von Gloster übernommen; Lancaster existiert nur als Projektionsfigur Heinrichs.

2 Die Texte von Exeter werden in der Spielfassung weitgehend von Winchester übernommen.

I.2

Klein Heinrich träumt: Er spielt Soldat und wähnt sich in Frankreich, belagert von den englischen Truppen. Er sieht sich als Dauphin und kämpft mit der Jungfrau von Orléans, La Pucelle, die von derselben Schauspielerin gespielt wird wie seine Tante Leonore. Talbot wird von demselben Schauspieler gespielt wie sein Onkel Gloster. Die Traumszenen werden von einem Cello spielenden Engel begleitet.

Heinrich *(als Dauphin)* Formiert die Reihen neu! Vorwärts, Attacke!
[Gebt ehr das Leben auf als euren Mut:
Gen Engländer verliern ist keine Schande!
Und sind wir noch so zahlreich: Sie gewinnen.
Sie kennen Kräfte, die für uns geheim!]
Die Truppen flüstern, daß des Heinrichs Geist
Von einem Raben übers Meer getragen wurd
Und hier ein Nest in Talbots kühner Brust fand.
Manch einer schoß ihm fünfzehn Pfeile durch den Leib –
Doch Talbot, er vergoß *kein'n* Tropfen Blut!
Ein anderer schlug mit dem Beil nach ihm:
Das Blatt zersplitterte. Nichts hält ihn auf!
[Verzweiflung macht sich breit, man denkt an früher:
Die Zeit des Schwarzen Prinzen, der das Land
Mit seinem düstren Schatten einst verheerte,
Des bloßer Hauch ein ganzes Feld verbrannte,
Und Pferde vor sich schäumend umfalln ließ.]
Sein großer Nachfolger, der Fünfte Heinrich,
Bewies schon, was wir sehn: Sie sind behext.

Pucelle *(tritt auf, in einer Nebelwolke)*
Dauphin, ich bin bereit: mein Schwert ist scharf
Wie Glas. Fünf Lilien zieren seine Schneide.
Ich fand es auf dem Kirchhof in Touraine,
Wo es verborgen unter altem Eisen lag.

Heinrich So komm, au nom de Dieu. Ich fürcht kein Weib!

Pucelle So lang ich leb, flieh ich vor keinem Mann.

(sie kämpfen; er fällt: sie setzt ihm das Schwert an die Kehle)

[Pucelle Erlaubst du mir nun, neben dir zu streiten?
So werd ich dich zum Schlachtensieg geleiten!]

Heinrich Du hast mir Hand und Herz zugleich besiegt –
Ich werd verzehrt von brennendem Begehr.
Laß mich dein Sklave sein, nicht dein Monarch.
Das flehe ich – ich, der Dauphin von Frankreich.

Pucelle Ich muß der Liebe sanfte Bräuche meiden –
Sonst müßt ich von dem Himmelsauftrag scheiden.
Zur Rettung Frankreichs ward ich dir erkoren.
Noch heute nacht befrei ich Orléans.
[Ein Wellnkreis nur im Wasser ist die Macht:
Er dehnt sich immer weiter aus, bis er
So mächtig ist, daß er im Nichts vergeht:
Die Wellen Englands sind nun aufgelaufen,
Und Heinrichs Tod strich unsern See neu glatt –
Die Macht, die er umschloß, hat ihn verschlungen...
Nun ists an dir, zu springen in die Flut,
Um dort mit mir den neuen Sturm zu wecken...]
Fürcht nichts... Wir werden siegen... Heute nacht...

Heinrich Nie kann ich dich genug anbeten, nimm
Mein Herz, mein ganzes Sein, und wenn es stimmt,
Daß du mir deins nicht schenken darfst, dann sag
Mir wenigstens den Namen... wie du heißt.

Pucelle Ich ward aus einer Schäferin geboren,
Mein Geist in keiner Art von Kunst geübt.
Doch Gott gefiels und unsrer lieben Frau,
Auf meine Niedrigkeit mit ihrem Licht
Zu strahln – und mir erschien die Mutter Gottes
In einem Traumgesicht voll selger Pein –
[Sie trug mir auf, all meine braven Schafe
Zu opfern dort auf dem Altar der Pflicht –
Und ich schnitt Lamm für Lamm die Kehle durch
Um vorm Verderben so mein Land zu retten.]
So wählte mich die Jungfrau aus den Tausenden;
Sie ist mein Stern und Stecken, Strom der Kraft.
Zwar war ich sonnverbrannt und bäurisch, doch
Ihr Strahlen wusch mich weiß wie Schnee und salbte
Mich zu der reinen Schönheit, die du siehst.
Ich bin der kleine Floh... die Laus... la puce... Pucelle...
Die springt und sticht und Blut von Göttern trinkt.
Die Jungfrau von Orléans... Un ange... Jeanne d'Arc...

[**Heinrich** Wenns wahr ist, daß Mohammed, der Prophet,
Beseelt von einer Taube war, dann hat in dir
Ein goldner Adler seinen Sitz genommen.
Mein Meteor, du Venus, du mein All –
Die reinste Schönheit seit dem Sündenfall.
Nun komm! Die Tat zum Wort! Solltest du lügen?
So glaub ich ehr, daß all Propheten trügen!

(Kriegstumult; Auftritt Talbot, blutüberströmt, in einer Nebelwolke)

Talbot Wo ist mein Mut, die Macht, mein Blut, die Kraft?
Mein Kriegsvolk weicht, ich kann es nicht mehr stoppen –
Ein Weib in Rüstung jagt sie vor sich her.
Den Rücken an der Wand, ich: eine schwache Beute,
Gelähmt von dem Gebell französscher Hunde –
Wenn ich nicht mehr schon bin als ein Stück Wild,
Dann will ich mutig sein so wie ein Stier –
Kein Wiesel, das beim ersten Biß schon fällt!
Kein Has, der auf die Fackel starrt und stirbt!
Ein Braunbär will ich sein, der Bäume bricht;
Ein Eber, der im Fall noch Pferde reißt –
Kühn wie ein Hirsch, der auf der Flucht sich kehrt,
Die Stirn beugt, drohend mit sei'm scharf Geweih,
Und so die Kläffermeut auf Abstand hält...

(Pucelle erscheint mit einem blutigen Schwert, Talbot fällt auf die Knie, stöhnt, läßt das Schwert fallen)

Pucelle Ist dies die Geißel meines Vaterlands?
Der Talbot? Auf dem Festland so gefürchtet,
Daß Albions Mütter ihren kleinen Wicht
Mit seinem Namen wiegen in den Schlaf?
Ich hoffte einen Herkules zu finden –
Doch dies ist ja ein Kind, ein blöder Zwerg!
Wie konnt ein solch verschrumpelt-schwacher Knirps
Den Feind ins Schwitzen bringen, ihn besiegen?
Ist dies der Leib, der so viele erzittern ließ,
Männer vor Angst – und Frauen vor Verlangen?
Talbot *(weinend)* Mein Gott, läßt du denn so die Hölle siegen?
Ja, deine Hexe ist sie, deine Furie,

Der schwarze Bock, drauf Belzebub stets reitet.
Gib mir ein Heer, ein ganzes Land zum Feind,
Send alle deine Engel wider mich,
Doch zwing mich nicht, gen diese Schlang zu streiten.

Pucelle Ist Talbot bang? Der Mann, der alles kann?

Talbot Nein, Teufelin, du Mutter Luzifers:
Und wenn mein schwellnder Mut die Brust mir sprengte,
Wie eine morsche Tonne, die zerbricht
Und riss ich mir die Arme von den Schultern:
Laß mich der sein, der dich zur Hölle schickt,
Dich in den Pfuhl schmeißt, wo du hingehörst...

Pucelle Komm, komm, mein Talbot – schöner, dummer Talbot:
Nicht du, ich bins, die wen erniedrigt heut. *(würgt ihn)*

Talbot *(weint)* Pucelle!
Mein Floh – Bordell-Schrapnell voll Pest und Pickel,
Du Spucknapf voller Dreck und Trippersaft,
Du Schlabberfud, wo jeder Feldsoldat,
Sich dran den Arsch abwischte, schon den Stab,
Den Stampfer, seinen Stengel reinstieß, bis du vor Schleim
Und Gall und Geifer, gelbem Eiter tropftest:
Verfaulte, gottvergessne Schmuddelhur
Voll Schimmel, Krebs, Ekzem und hartem Schanker;
Mein Hengst tritt deine Titten, bis du Herz
Und Fud und Arsch auskotzt, dein Hirn vorbei
An Maul und Ohr rausspritzt, und bis sein Huf
Dir jeden Knochen, jeden Brock zu Brei
Zerstampft, verstümmelt und zermalen hat... *(stirbt)*

Heinrich Reißt ihn in Stücke, diesen Hundefott
Verbrennt ihn, streut die Asche aus zum Spott
Des feigen Hunds und blickt auf den Bankrott
Von diesem sogenannten Schlachtengott.

Pucelle Nein, Männer, haltet ein! Er soll in Schmach nicht enden!
Wen wir im Leben flohn, laßt uns im Tod nicht schänden!]
(küßt ihn auf die Stirn, beide ab)[1]

[1] In der Spielfassung wird der I. Akt um eine Szene I.3 ergänzt: ein zweiter Traum von Klein Heinrich als Dauphin von Frankreich. Die darin geschilderte nochmalige Begegnung Heinrichs mit Pucelle ist aus Texten der Szenen I.2 und II.2 montiert.

Zweiter Akt

II.1

Das Parlament. Klein Heinrich und Leonore. Im Hintergrund Exeter.

Heinrich *(liest mühsam, unterstützt von Leonore)*
Und zu der Frau sprach Gott:
Die Lasten deiner Schwangerschaft will ich erschweren,
Und nur in Schmerzen sollst du noch dein Kind gebären;
Doch sollst du nach dem Mann verlangen wie nach Brot
Und er soll herrschen über dich, gleich einem König...

Leonore Sehr gut, wir lernens schon, mein kleiner Schatz,
Lies weiter...

Heinrich Und zu dem Mensch sprach Gott:
Dieweil du hast gehorcht der Stimme deines Weibes
Und gessen von dem Baum, den ich verboten hatt –
Verflucht sei drum der Boden, trocken, faul und tot
Dein Acker trag nur Dornen, Distelkraut und Röhrling...
(blickt auf) Und Röhrling?

Leonore Ja, Pilze... Weiter so! Wir könnens schon!

Heinrich Im Schweiße deines Angesichts nur sollst du essen,
Denn du bist Staub und in den Staub kehrst du zurück...

Leonore Bravo! Ich bin so stolz auf dich, mein Junge!
(kneift ihm in die Wange)
Und bald bist du ja unser König, und
Danach wirst du gar König in Paris!

Heinrich Warum kann ich denn hier nicht König werden?

Leonore Dein Onkel Lancaster fuhr schon voraus,
Um dort für dich, für uns, für jedermann,
Die bösen Buben erst zu Brei zu schlagen,
Damit du auch in Frankreich König wirst –
Ein Land, das grad so schön wie tückisch ist.

Heinrich Ich will doch lieber *hier* der König sein!

Leonore *(lächelnd)*
Solang du nur, als König, wo auch immer,
Dein liebes Tantchen nicht am End vergißt.

Heinrich Warum sollt ich dich denn vergessen, Tante?

Leonore Ach Heinrich, weißt du…
Wenn kleine Jungen große Männer werden,
Dann trenn'n sie sich zuerst von der Mama.
Heinrich Ich nicht! Ich laß dich niemalsnie im Stich!
Leonore *(sie streichelt ihn)*
Du läßt die Tante wirklich nie im Stich?
Heinrich *(fast weinend)*
Das sag ich doch: nein, nie…
Leonore Und wirst du je
Auf fremde Menschen oder Männer hören –
Anstatt auf deine Tante?
Heinrich Nein!
Leonore Nie?
Heinrich Nie!

(York und Warwick, Somerset, Buckingham, Winchester und Suffolk betreten streitend die Szene)

[**Warwick** …Und meinen Herrn von York nennt Ihr nun Lügner?
Suffolk *(zu York, auf Somerset zeigend)*
Ja, hier ist einer nur im Recht, und das ist er!
Leonore Ihr Herrn, was hat das…
York Jetzt geht ihr zu weit!
Warwick Sein Großvater war Lionel von Antwerpen –
Des Schwarzen Prinzen ältester der Brüder…
Somerset Na und?
Buckingham Der Schwarze Prinz hatt viele Brüder.
Winchester Doch war dern Blut nicht unbedingt sehr rein.
Leonore Bischof von Winchester!
York Müßt Euer Blut jetzt rein sein, gäbs Euch nicht!
Leonore Da habt ihrs, Herren! *(Klein Heinrich weint)*
Heinrich Tante, sie solln aufhörn…
Sag ihnen, daß sie aufhörn sollen, schnell!
Somerset Wir kennen Euren Urahn jetzt, doch war
Nicht Euer Pa der Herzog York – berühmt, berüchtigt?
Suffolk Der dann von Heinrich hingerichtet wurd?
Winchester Vollkommen in der besten Tradition!
Leonore Ich bitt Euch, Winchester, hört auf damit!
Buckingham Mit diesem Scroop und mit Northumberland?
Somerset „Drei Britsche Geier?"
Warwick Sein Vater wurd getötet ohn Prozeß!

Suffolk Die Schuld lebt fort in euch, Ihr Parasiten!
Somerset Was seid Ihr andres als bloß ein räudger Bauer?
York Er war nie schuldig – ich werd es beweisen,
Dann büßt Ihr mir für diese freche Schmach!
Leonore *(stampft mit den Füßen auf)*
Hört auf! Ihr habt den Kronprinz ganz verstört!
Somerset *(schweigt)*
Verzeiht uns, Majestät.
York Entschuldigt, Herr!
Heinrich *(schluchzt noch einmal auf)*
Es macht nichts… Ist schon gut… ‘s ist nur… Wenn Ihr
Euch streitet… kann ich keine Bücher lesen.]

(alle ab, bis auf Klein Heinrich)

II.2

Klein Heinrich träumt wieder von Frankreich. Wieder sieht er sich als der Dauphin neben Pucelle. Ein Engel.

[**Lancaster** *(tritt auf in einer Nebelwolke; weint und tobt)*
Pucelle, du Puff-Mamsell, Ma Sainte Absinthe,
Die Buhl für jeden Bock. Prinzeß Abszeß –
Mit schwarzen Schwären auf den schleimgen Lappen
Und rostgen Ringen durch die faulen Warzen:
Ich scheiß dein Maul voll, bis dein Schädeldach
Zerkracht so wie die Schale einer Nuß,
Und stoß den Arm bis an die Achsel in
Dein Loch und schneid dein Herz in tausend Stücke,
Daß du ersticken sollst in Litern Blut,
Die Lungen gleich ner Schweineblas gefüllt
Mit saurem Piss und Pest und Kotzebrocken,
Dein Wanst vor Brand und Frauenplagen reißt,
In einem Dunst von Stroh und Schiß und Schwefel,
Und mit nem letzten schmuddlig lauten Knall
So als verstummt das ganze All mit einem Furz... *(stirbt)*

Pucelle *(streichelt ihn, küßt ihn auf die Stirn)*
Hab keine Angst... Scht!... Lancaster.... Ganz ruhig...
Der große Lancaster. Der Held von Albion...

Heinrich *(als Dauphin)*
Du göttliches Geschöpf, Gestalt des Lichts,
O laß für diesen neuen Sieg dich preisen!
Wie kann ich dir je Dankbarkeit erweisen?
Nur du hast hier gesiegt, und nimmer wir!
Die Krone teil ich drum ab heut mit dir,
Und alle Nonnen – Priester! – der Nation
Solln ewiglich in Mess und Prozession
Das Lob der Jeanne, der Hirtentochter singen.
Ich bau dir eine stolzre Pyramide,
Als Pharao der Schwester einst erbaute!
Der feierliche Festtag Frankreichs heißt nunmehr
Nicht länger Saint Denis, nein: Saint Pucelle!

Pucelle *(schwankt)*
O nein... Dauphin... Ich seh das... stolze... Frankreich:
Es reißt sich von der Erde los und schwebt,

Und aus dem Pfuhl, der seinen Umriß trägt,
Kriecht jede Natter, die jemals gelebt –
Ein wogender Wald von Schlangen zischt empor,
Er macht sich züngelnd für den Sprung bereit,
Und er verschlingt die Sonne und den Mond!
Tu Buße, bet! Sei wachsam, beicht die Sünden!
Die Stimmen, die ich hörte, nichts mehr künden.
Ihr süßes Singen ist verstummt, ihr himmlisches
Geflüster matt und schwach, erschöpft – und was
Ich noch vernehm, aus düstren Regionen,
Zerreißt mich wie der Schuß von Kriegskanonen.]

(alle ab, den Dauphin – Klein Heinrich – zurücklassend)

II.3

Die Krönung in Frankreich. Heinrich, Gloster, Leonore, Winchester, Buckingham, York, Warwick, Suffolk, Somerset, Exeter und der Statthalter von Paris.

Leonore *(flüstert tadelnd)* Heinrich!
(Klein Heinrich hat in einem Buch gelesen, legt es beiseite)
Exeter *(feierlich)* Bischof, setzt ihm die Krone nun aufs Haupt!
Winchester Lang lebe Heinrich, sechster seines Namens!
[Exeter Bei Gott dem Vater schwören wir, fortan…
Gloster *(fällt ihm ungeduldig ins Wort)*
Kein'n andren Fürst als Heinrich zu erwählen,
Nur König Heinrichs Freunden Freund zu sein,
Und keine Feinde zu bekämpfen als die seinen!
Alle Lang lebe Heinrich, sechster seines Namens!
Gloster Auch Ihr, Statthalter von Paris, nun kniet,
Und schwört bei Gott dem Vater diesen Eid:
Kein'n andren Fürst als Heinrich zu erwählen,
Nur König Heinrichs Freunden Freund zu sein,
Und keine Feinde zu bekämpfen als die seinen!
Statthalter *(kniet)* Je vous le jure, mon Roi, Henri Sixième.]
Gloster Eur erstes Amt, mein Fürst, ist die Entsendung
Des Heers zu einer Strafaktion; sie muß
Den Tod von meinem Bruder – Eurem Oheim – rächen,
Und Frankreichs Widerstand endgültig brechen,
Indem wir Jeanne, die Hexe, samt Dauphin ergreifen.
York Ein Amt, mein Fürst, das ich gern auf mich nehm!
Somerset Ich dachte doch, der Herr Protektor sagte,
Der Widerstand sollt dauerhaft verschwinden!
(alle durcheinander)
Buckingham Solch Feldzug fordert eine starke Hand!
Suffolk Von einem, der schon lang dem Lande dient!
(zeigt auf Somerset)
Gloster *(ruft)* Ihr Herrn, wir werden uns doch jetzt nicht streiten!?
York Ihr seid so rot: Vor Hochmut oder Scham?
Somerset Und Ihr so weiß: Vor Feigheit oder Schreck?
Exeter Ich bitt euch, Herren, dies ist nicht der Ort…
Leonore Der schönste Tag in Heinrichs jungem Leben!

Warwick *(zu Somerset)* Kein Kind plärrt lauter als ein Parvenu!
Suffolk Kein Faß klingt hohler als ein Rind von Adel!
Gloster *(schreit)* Mit Schreien richten wir nichts aus, ihr Herren!
Winchester Warwick und York – es ist genug: jetzt schweigt!
Leonore Ihr Herrn – ich schäm mich für euch alle hier!
York Kein Kuhschiß platter als so'n eitler Sack!
Buckingham Kein Bock stinkt mehr als dieses Bastardpack!
Exeter Ihr edlen Herren, nicht im Hause Gottes…
Warwick Du, selber Bastard, brauchst mich nicht belehrn!
Gloster *(tobt)*
Beherrscht euch! Um der Ehre Gotts!
Winchester Schließt Frieden!
Somerset Laßt einen Zweikampf dann den Zwist entscheiden!
York Der Streit ist zwischen uns, bleibt Ihr da raus!
Heinrich VI Jetzt schweigt!
(alle schweigen; der König kämpft mit den Tränen)
[Bedenkt doch, wo wir uns befinden, Freunde!
In fremdem Land, inmitten eines Volks,
Das schnell entflammt, dazu hysterisch ist.]
Solln wir denn so verloren geben, was
Mein Vater mit viel Blut erstritten hat?
Bekämpft einander jetzt nicht mehr – vereint euch!
Aus euren beiden Truppen macht ein Heer!
Zieht dann gemeinsam gegen den Dauphin
Und kehrt zurück nur mit vereintem Sieg –
Jetzt geht!

(York, Warwick, Somerset, Buckingham und Suffolk ab)

Exeter Mein Fürst, mich dünkt, Ihr habt nicht schlecht gesprochen!
Gloster Gewiß – jedoch… Mir scheints nicht opportun
Daß Somerset und York das Heer gemeinsam führen.
(Heinrich vertieft sich wieder in sein Buch)
Winchester Mein Fürst…
Habt Ihr die Briefe seiner Heiligkeit gelesen?
Gloster Er bittet Eure Hoheit – die nun Herrscher ist
Von beiden Perlen an des Heilands Krone –
So schnells in Euren Möglichkeiten liegt,
Nun endlich frommen Frieden zu begründen
Zwischen den beiden Hälften Eures Reichs.
Heinrich VI Ja, tut das nur! 's ist Wahnsinn, daß ein Krieg

Voll primitiver Menschenschlächterei
Zwischen Bekennern *eines* Glaubens herrscht.

Winchester *(Blicke zwischen ihm, Gloster und Leonore)*
Der Friede, Herr, kommt nicht von selbst, er braucht
Den passenden Moment, das richtge Instrument...

Gloster Last Ihr den Brief des Herzogs d'Armagnac?

Leonore Er ist verwandt mit Eurer selgen Mutter...

Winchester Ein Mann mit Ansehn und viel Macht in Frankreich...

Gloster Er hat ein einzges Kind nur, eine Tochter,
Ghislaine d'Armagnac –
Mit märchenhaftem, königlichem Brautschatz –
Und bietet sie Euch nun zur Ehe an.

Heinrich VI Ich bin zu jung, ich muß noch viel studieren;
Nach Weisheit streben ziert den König mehr
Als sittenloses Spiel mit fremden Fraun. *(liest weiter)*

Exeter Heinrich! So jungem Mann wie Euch steht es
Nicht an, die Winke in den Wind zu schlagen,
Die Ältere und Weisere Euch geben.
Gehorcht nun Eurem Onkel und dem Bischof!

[**Leonore** Herr Exeter!
Er ist Eurs Neffen Sohn – nicht Euer Kind!
Er ist jetzt König – Ihr sein Untertan!
Ihr habt Eur Amt erfüllt – wir danken Euch,
Von Herzen gar, doch laßt den jungen Fürst
Nun endlich mal auf eignen Beinen stehn.
(Exeter gekränkt ab)
Auch Ihr, Herr Bischof, dürft jetzt gehn. Habt Dank!]
(Winchester wütend ab)

Leonore *(Blick mit Gloster)*
Heinrich? *(nimmt dem König das Buch fort)*

Heinrich Och, Tante – nein! Ich war so schön am Lesen!

Leonore Ach, weißt du, Kind...
(streichelt ihm über die Haare)
Es gibt auch Dinge, die ein Buch verschweigt,
Papier erzählt, doch läßt es uns nichts fühlen.
Ghislaine d'Armagnac,
Die Tochter jenes Herzogs dort aus Frankreich,
Hat Lippen, röter noch als Himbeern; Hände
Noch weicher als das Fell des Hermelins;
Ihr sanfter Leib tanzt mehr, als daß er wandelt;
Die Augen glänzen, größer noch als Mandeln,

Ihr Laut ist lieblich, und kein Nachthemd steht
Ihr besser als ihr aufgelöstes Haar:
Die Schönheit ihres Nabels weckt Gehenkte
Zu neuem Leben; ihre Haut ist weiß wie Milch;
Sie duftet wie die klare See im Sommer…
Kein Mann hat sie je angerührt; geküßt
Wurd sie nur von der Mutter oder Amme…
Denk da dran, Heinrich, wenn du Bücher liest.
Und wisse: Liebe lacht der Wissenschaft.

(küßt ihn auf die Stirn; alle ab, bis auf Heinrich)

II.4

Heinrich träumt wieder vom Krieg. Er sieht sich als der getötete Dauphin, neben ihm Pucelle und der Engel.

Pucelle Stürzt Götter, tötet Könge, Kaiser, Engel
Nehmt jeden auf der Welt, nehmt mich – nicht ihn;
Legt Brand in allen Straßen, Städten, Staaten,
[Erstickt uns alle – mich zuerst – nicht ihn;
Grabt, was gestorben ist, neu aus, begrabt
Was leben soll, auf immer – mich! – nicht ihn!]
Ihr Stimmen, die mich immer habt gestärkt,
Ihr Geister, die mich immer habt geführt:
Was muß ich geben, daß ihr mir jetzt helft?
[Ein Bein? 's Soll sein. Wohin soll ich noch gehn?
Ein Arm? Ich geb euch zwei! Was bleibt für mich
Im Leben hier noch zu umarmen übrig?
Mein Herz? Nehmt es ruhig mit, es dient zu nichts.
Es bringt nur Schmerz und klopft gleich einem Käfer,
Des Nahrung in der Larve geht zu End.]

York *(tritt auf, ergreift Pucelle)*
Dich laß ich nie mehr aus der Hand, du Hur,
Und magst du Zaubersprüche spucken, fluchen, rasen,
Und hetzt du alle Teufel gleich auf mich:
Es nutzt dir nichts – du Hexe mußt dran glauben!

Pucelle Was ich mal war, kann niemand jetzt noch töten;
Und was ich bin, ist kaum des Tötens wert.

York Schnell! Schleift das garstge Weib zum Scheiterhaufen,
Eh sie uns mit ihrm Teufelsmaul behext!

Warwick Die Glut soll an dir fressen wie Hyänen
Und eh dein Kopf zerkocht und explodiert
Wird die Gestalt, so wie bei allen Hexen,
Die Larve fallen lassen wie ein Kleid,
Und ihrer Schönheit wahre Form uns zeigen:
Den Bocksfuß und die struppig-ekle Fratze,
Den Mund voll Schleim und Schwefel und den Schweif.

Pucelle Nein, nicht die Glut, die Flammen, nicht den Rauch!
Begrabt mich lebend, bindet mich aufs Rad –
Doch gebt mich nicht dem lodernd Feuer preis...

York Warum – du Zauberhex und Teufelin

Du solltest doch viel heißre Flammen kennen?

Pucelle Verfluchte Mörder... Denkt an das Gesetz
Von Gott dem Vater... Ich... trag doch ein Kind...
Und tötet ihr die ungetaufte Frucht
In meinem Schoß, so brennt ihr – in der Hölle!

[**York** Sieh an...
Die heilge Jungfrau – mit nem Balg im Bauch!

Warwick O preist den Herrn, Mirakel groß und mächtig:
Das Kind – hochschwanger und doch niederträchtig!

York Sie hat ein Loch, da lags doch auf der Hand,
Daß der Dauphin ihrs fleißig stopfen würd!

Warwick Zwei Fliegen auf ein'n Schlag! Wenn sie verbrennt,
Verkohlt der Bastard von dem Bastard auch.

York Wer so vieln Männern so viel Wärme bracht,
Des wird zurecht mit einem Feuerwerk gedacht!]
(wirft die Fackel auf den Scheiterhaufen,
der sofort auflodert)

Pucelle Da ich die Flammen spür, die mich so schreckten,
Falln alle Angst und Schwäche von mir ab,
[Wie eine alte Haut, die knirscht und reißt,
Und mich als neugeboren hinterläßt...]
Willkommen Feuer, sengt mich, liebe Funken!
[Leckt mein Gesicht, legt eure heiße Hand,
Dorthin, wo noch kein Mann mich je berührt.
Laßt unter eurer Wut die Reisigbündel
Erbeben wie ein Bett, das loht vor Lust.]
Mein Leib hat sieben Öffnungen – ja!, nehmt
Sie all zugleich, ich brenn, noch eh ich brenn,
Denn jeder Schmerz, den ihr mir schenkt, ist *noch*
Ein Schandfleck auf der Seele meiner Henker.
Vergib die Feigheit mir – Dauphin, mein Lieb –,
Vergib am meisten mir, daß ich noch lebe,
Daß ich so lang dich auf mich warten ließ,
Eh ich den Weg zu dir zu gehen wagte:
[Ich komm, mein Lieb – nur kurz noch muß ich leben!
Ich seh ein Licht, wie noch kein Licht je war,
Es singt, so wie kein Mensch noch je gesungen.
Die Erde bebt, es regnet rote Zungen,
Und kein Verlangen hat mich mehr versengt
Als dieses Glück, das mir der Tod nun schenkt.
Ich bin berauscht, ich bin befreit – ich dank dir --]

York! Wend den feigen Blick nicht ab, schau hin!
Erkenn das Los, das deiner Sippe wartet,
Das Gott dir vorbestimmt und deinem Land:
Sie sollen, wehrlos an den Pfahl gebunden,
Den Dreck der eignen Fäulnis riechen müssen,
Die Ratten sollen ihre Augen fressen,
Die Wölfe ihre aufgequollnen Lebern,
Die Fliegen Maden zeugen in den Wunden,
Das Fleisch an ihren Knochen soll verrotten –
Und wo ich sterb in Rausch und Glorienschein,
Sollst du vergehn in Wahnsinn und in Pein.

(York und Warwick ab; Pucelle geht in Flammen auf)

Dritter Akt

III.1

Der nächtliche Palast.
Heinrich schläft mit dem Kopf auf einem Buch.

Exeter *(tritt auf, in Reisekleidung)*
Es nagt sich eine Ratte ihren Weg
Durch die Gedärme unsres stolzen Hauses:
Der Fünfte Heinrich, im Zenit verbrannt...
Ein namlos Grab für Lancaster... Auch Talbot
Verschlungen von Frankreichs brodelnden Schlünden...
[Und Gloster – tja!
Verseucht von Mißtraun und verzehrt von Wut,
Den Kopf verwirrt von seiner Leonore...]
Und ich?
[Kaum daß ich hust und nies und piß – schon blut ich,
In meinen Achseln schwellen schwarze Schwärn.]
Mein Leib – mehr als mein Geist – erinnert sich,
Der üblen Prophezeiung, die zu Zeiten
Heinrichs, im Mund des kleinsten Säuglings war:
„Was König Heinrich heut gewinnt, das wird
Der neue König Heinrich schnell verlieren..."
(hustet röchelnd)
[Ein Wettkampf im Verfall entfaltet sich:
Mein Leib gegen mein Land. Mein Leib wird wohl
Die Schlacht gewinnen und zuerst zerfallen –
Doch bald schon wird der Wurm, der mich zerfrißt,
Die Beute finden in des Reiches Mist.
(streichelt dem jungen Fürsten über den Kopf)
Leb wohl, mein junger Fürst! Gott schütze dich!
Mein armer Junge, wer wird dir wohl beistehn?]
(sterbend ab)

Leonore *(tritt auf, im Nachthemd)*
Hugo! Hugo! Hugo!
(Auftritt Gloster, ebenfalls im Nachthemd)
Ach Hugo-Lieb: Ich hab so schön geträumt...
Ich saß, gleich neben dir, auf einem Thron

Inmitten einer großen Kathedrale,
Gehüllt in helles Licht, Gesang und Weihrauch,
Gekleidet in Brokat und Hermelin;
Und Heinrich und ein Mädchen knieten vor mir,
Und setzten mir die goldne Krone auf...

Gloster Hochmütges Weibsstück, du verfluchte Schlange,
Bist du nicht schon die erste Frau des Reichs,
Und mein – des Reichsprotektors! – Weib, der ich
Dich liebe? Es kostet dich nur einen Wink,
Und jeder Wunsch der Welt erfüllt sich dir –
Mehr als du denken und genießen kannst.
[Und doch versuchst du noch in Höllenschmieden
Den Hochmut umzumünzen in Verrat.]

Leonore Was braust du plötzlich so sehr auf? Nun gut –
Ab heut behalt die Träume ich für mich.

Gloster Tu das! Erzähl sie täglich vor dem Spiegel – Doch...
Erschrick nicht vor der Fratze, die du siehst!
Sieh jenem Tier ins Auge, auch ists schrecklich,
Denn wenn es – aus den Grüften deines Geists,
Aus Dunst und Dreck von Ehrgeiz und Verlangen –
Sich unerwartet naht und uns bespringt,
Bewahrt kein Harnisch uns vor seinem Biß...
Erzähl sie drum, die Träume, Stück für Stück,
Doch kämpf dagegen, weiche nicht zurück.
Denn selbst vom Nachtmahr wissen wir noch nicht
Ob er nun Angst uns zeigt, ob Wunschgesicht.

Leonore *(schützt Tränen vor)*
Für mich sind Träume Bilder nur des Trugs –
Sie zeigen uns, was niemals wahr sein kann.
Warum sollt ich dagegen kämpfen müssen?

Gloster *(beherrscht sich)*
Du hast wohl recht, Lenore, 's tut mir leid!
Ich muß lernen, mich besser zu beherrschen.
(flüchtiger Kuß)
Es ist nur so, daß ich in letzter Zeit,
So unruhig bin, ja, kaum den Schlaf mehr find
Und selbst mit düsteren Dämonen streit.

(beide ab)

III.2

Der Palast. Suffolk und Heinrich VI treten auf, gefolgt von Somerset und Buckingham.

Heinrich VI Somerset, Buckingham,
Ich bitt Euch, meine Herrn – Laßt uns allein!
Suffolk Mein Fürst und ich führn grad ein wichtiges Gespräch.
Somerset Gibts denn Probleme, Sire
Buckingham Wir stehn
Doch jederzeit bereit, um Euch zu helfen!
Somerset Kein Mensch trägt größre Lasten als ein Fürst.
Buckingham Laßt unsre Schultern, Herr, Euch tragen helfen!
Suffolk Mein Fürst und ich führn nur ein trauliches Gespräch.
Somerset Ein traut Gespräch? Dann bitt ich sehr:
Bezieht auch uns mit ein!
Buckingham Wir tun gern mit!
Somerset Wir sind gewitzt!
Buckingham Von allem unterrichtet!
Somerset Das solltet Ihr doch grade wissen, Suffolk?
Heinrich VI Ich bitt euch, meine Herren! *(Pause)*
Wenn unser aller König, Jesus Christus,
Nicht zu der Menge sprach und Wunder tat,
So wählte er, fern allen Weltgetümmels,
Die Einsamkeit – umgeben von nicht mehr
Als jeweils einem oder zwei Aposteln…
Laßt uns! Ich *muß* allein mit Suffolk sprechen.
(Somerset und Buckingham zähneknirschend ab)
– Doch guter Freund, die Tante hat gesagt,
Ghislaine d'Armagnac…
Suffolk Traut keiner Frau als Richterin von Frauen!
Ich hab Ghislaine d'Armagnac gesehn –
Und – unter uns, von Mann zu Mann gesprochen,
Das ist kein Weib mehr – ehr ein Elefant.
Sie hinkt, sie schielt, ihr Kopf hängt schief,
Ihr Mund steht immer offen –
Und über sie erzählt man sich den Witz:
Wann ist es einem Sklaven wohl erlaubt,

Der Herzogstochter ins Gesicht zu spucken?
Nun, wenn ihr ungebleichter Damenbart in Brand steht!

Heinrich VI *(bestürzt)*
Man sagt, daß sie nen großen Brautschatz hat...

Suffolk Das ist, für was ich sag, doch der Beweis!
Ihr armer Vater, reicher als ein Sultan,
Erhöht die Mitgift jammernd jedes Jahr
Um Gold, Gemälde, Güter, Länderein,
Möbel aus Ebenholz und Elfenbein,
Von seinem Gut und Grundbesitz ein Achtel –
Doch reißt sich niemand um die alte Wachtel!

Heinrich VI Ja, aber Bischof Winchester und Onkel Gloster...

[Suffolk Was wissen denn zwei Greise schon von Liebe?
Ein plumper Bauer feilscht um eine Frau,
Wie'n Krämer um ein Schaf, nen Sack Kartoffeln.
Doch wie könnt Ihr, der königlich gesalbt,
Der Sohn von Heinrich dem Eroberer,
So schnöd befangen sein in Konvention,
Gewinn zu suchen, statt der wahrn Passion?

Heinrich VI Ich weiß nicht... Ich... Ach – alles ist verworrn!]

Suffolk Mein Fürst, ich red nicht gern von jemand schlecht –
Doch Winchester, die Tante und der Onkel
Sind zu ihrm eignen Vorteil intressiert
Daß Ihr Euch für die Tochter d'Armagnacs entscheidet.
Doch ich? Welch Vorteil habe ich davon
Mit Euch – bei meiner Treu! – die beste Frau,
Die würdigste Monarchin auszusuchen?

Heinrich VI Da habt Ihr recht. Verzeiht mir, daß ich nicht
Viel ehr auf Euren treuen Ratschlag hörte.
Ich weiß nicht, was das ist – mein Herz und Sinn
Verliern beim kleinsten Zweifel schon den Mut.
Ich fürcht, daß ich nicht gut geschaffen bin,
Um bei Margretha – wenn sie ist, wie Ihr
Beschriebt – den muntren Freier abzugeben.
Wollt Ihr sie und ihrn Vater nicht besuchen –
Könntet nicht Ihr für mich nach Neapel gehn,
Um dort für mich um ihre Hand zu bitten?

Suffolk Das will ich tun, mein Fürst – ich bin geehrt.

Heinrich VI Dann geht, und laßt mich hier in Sorg zurück...
Wenn ich nur an Margretha denk, beginnt
Das Blut in meinen Ohren wild zu rauschen,

Mir stockt der Atem, mir wird schwarz vor Augen,
Mein Magen krampft sich wie die Faust zusammen –
Der Minne dienen ist zu groß, zu schrecklich!
[Mal tief erniedrigt, dann wieder bejubelt,
Muß ich – Ritter der Liebe und Passion –
Entbehrungen ertragen wie auch Glück,
Bis ich dorthin gerat, wo mir die Flamme loht
Der wahren Liebe: Höll und Himmel, Lohn und Tod...]
O Suffolk, als mein Freund, gebt mir den Rat:
Ist es normal, daß ich an Liebessehnsucht leide,
Als ging mein Fuß auf scharfen Schwertes Schneide?

Suffolk O Majestät,
das ist normal, So wird es immer sein:
Wen heftig Liebe infiziert, Der lebt in ständger Pein.

(beide ab)

III.3

Der Palast. Der König, Winchester, Gloster, Leonore, York, Warwick, Somerset, Buckingham. Der Engel aus den vorherigen Szenen erscheint als Botticelli-Jungfrau an Suffolks Hand.[1]

Suffolk Voll Demut beug ich denn mein Knie und leg –
Beglückt – mein Anrecht auf die Königin
In Eure gütig-gnadenreiche Hand:
Das schönste Pfand, das ein Marquis je gab,
Die reinste Braut, die je ein Fürst empfing:
Aus Napoli, die schöne Margaretha!

Heinrich VI *(zischt)* Suffolk: Steh auf!
(formell) Willkommen, Königin!
Ich weiß kein liebres Zeichen meiner Liebe
Als diesen lieben Kuß. *(keuscher Kuß auf die Wange, zum Himmel gewandt)* O Herr, mein Gott!
Der du mir einst das Leben gabst, verleih
Mir nun ein Herz, erfüllt von Dankbarkeit!
Denn in dem Antlitz Margarethas schenkst
Du meiner Seele eine Welt voll irdschen Heils! *(zu ihr)*
[Gesetzt, daß Liebes-Eintracht unsern Sinn verknüpft
Und die Gedanken reimen läßt wie im Gedicht?

Margaretha Was jeder Liebende von Liebe weiß,
Das fühle ich: „Mein Joch ist süß – die Last ist leicht."
Bis heute glich ich einer Frau,
Die schreit und stöhnt im Wehenschmerz der Liebe –
Doch Euer Wort und Euer Kuß:
Sie haben mich entbunden und erlöst.]
„Die Liebe gehört uns, und wir gehören ihr –
Kein böser Fremder trennt mich je von dir!"

Heinrich VI Schon ihre Schönheit schlug mich mit Entzücken
Doch Ihre Rede, ihrer Zunge Anmut –
So leicht und doch von Weisheit schwer – rührn mich
Nach erstem Staunen nun zu Freudentränen!
Mein Herz – es singt und klingt vor Seligkeit!
Ihr Herrn, heißt meine Liebste nun Willkommen!

Alle *(knien, bis auf Leonore, die weiter schweigt)*
Lang lebe unsre neue Königin!

Margaretha Ich dank von Herzen euch – euch allen hier!

Suffolk Seht, Herr Protektor, wenn es Euch beliebt:
Hier sind die Klauseln dieses Ehvertrags.

Gloster *(liest)* „Zum ersten wird vereinbart, daß König Heinrich der Sechste sich mit Margaretha, Tochter Reigniers, Königs von Neapel, ehelich verbinden und sie zu seiner rechtlich angetrauten Königin krönen wird. Zum zweiten, daß das Herzogtum Anjou und die Grafschaft Maine geräumt und ihrem Vater, König Reignier, zurückgegeben werden…“
(läßt den Vertrag fallen)

Heinrich VI Was ist Euch, Onkel?

Gloster Vergebt mir, gnädger Fürst –
Ich fühl ein Stechen grad im Herzen, und
Das trübt mein Auge, ich kann nichts mehr lesen…

Heinrich VI Ich bitt Euch, Bischof Winchester – lest Ihr!

Winchester *(hebt den Vertrag wieder auf, liest)*
„…ihrem Vater, König Reignier, zurückgegeben werden… mmmmhh – aah ja!: Und daß die Braut auf König Heinrichs eigene Kosten übergeben werden soll, ohne jegliche Mitgift zu erhalten.“

Heinrich VI Das habt Ihr wunderbar gemacht, mein Suffolk!
Drum kniet vor mir, Marquis: Euch schlagen wir
Zum ersten Herzog Suffolk. Danke sehr…
Vetter von York: Hiermit entlaß ich Euch
Von dem Regentenamt in unserm Fetzchen Frankreich.
Und Dank Euch allen: Winchester und Gloster,
Somerset, Buckingham, Warwick und York.
Wir danken für die Liebe und die Ehrn
Mit den'n ihr meine Fürstin heut empfingt.
(zu Margaretha und Suffolk)
Laßt uns hineingehn, um gleich die Details
Der schleungen Krönung Margreths zu besprechen!
(ab, mit Margaretha und Suffolk)

Leonore *(zu Gloster, nach einem Moment eisigen Schweigens)*
Naah, ja!… Was denkt mein Herr Protektor von
Der neuen Königin? Ist sie nicht reizend?

Gloster Hat dafür nun mein Bruder seine Jugend,
Die besten Jahre, seinen Mut, die Macht,
Sein Geld und Gut, sein Heer im Kriege aufgeopfert,
Sein'n Ruhm und Reichtum wohl aufs Spiel gesetzt,

Bald schlafend unter freiem Himmel, krank,
Bei klirrndem Frost, der Berge bersten ließ,
Bald in der Hitze, die ihn schier verdorrte?
[Muß so verloren gehn sein Erbe Frankreich,
Für das mein andrer Bruder Lancaster
Und Talbot fielen, und für das auch Ihr,
Ihr tapfren York und Warwick, Buckingham
Und Somerset, mehr tiefe Wunden wohl
Als Ruhm und freudgen Dank empfangen habt?]
Verderben nur bringt der Vertrag, die Eh
Ist grauenhaft, das Bündnis ist mönströs!
Fort! – unsre Namen aus den Reichsannalen,
Fort! – jed Gedächtnis unsers frühn Triumphs,
Fort! – unsre Köpfe von alln Monumenten –
'S Hackt alles weg, als hätts nie existiert!

Winchester Warum solch passionierter Ton, Protektor?
Warum solch grob Sermon voll Gift und Gall?
Frankreich ist unser, und das bleibt auch so.

Warwick Doch bloß wie lang? Anjou und Maine – sie sind
Die Schlüssel zum Besitz der Normandie!

York Ich war es, der die Hex Pucelle verbrannte,
Nur damit Frankreichs Boden unser blieb!
Ich habs mit eignem Schweiß und Schwert gewonnen,
Ich setzt mein Blut und Leben dort aufs Spiel!

Warwick Und jetzt schenkt man es weg, mit Friedensworten
Und zehn Entschuldigungen drauf – ja, gottverdammt!

York Mir wurde stets erzählt, daß unsre Fürsten
Bei jeder Heirat Fraun gewannen, die
Als Mitgift Gold und Geld und Land mitbrachten;
Doch Heinrich schenkt sein eignes Land weg für...

Gloster Ne Schnepfe, die mehr nackt ist als gerupft!
Ist das kein übler Witz? Und daß der Bock
Von Suffolk noch die Stirn besitzt, uns selbst die Kosten
Der Überfahrt der Schlampe zu berechnen?
Sollt sie doch in Neapel bleiben und verhungern!

Winchester Ihr kocht vor Ärger, Gloster – doch warum?
War sie nicht Eures Neffen Heinrichs Wunsch?

Gloster O, ich durchschau Euch, scheinheiliger Bischof;
Nicht meine Worte sinds, die Euch mißfallen,
Nur meine Gegenwart ists und mein Amt!
[Vielleicht kann ich die Wut nur schlecht verbergen,

Die Eure steht Euch im Gesicht geschrieben –
Harrt eines Funkens nur, zu explodiern –
Was auch geschehen wird, wenn ich noch länger hier
Als ein'n Moment nur bleib.] Der Mohr kann gehn!
Und wenn Ihr hier Intrigen spinnt, sobald
Ich Euch den Rücken kehr? Nur zu! Doch merkt
Euch eins, Ihr Schuft: daß ich der Warner bin,
Der Euch vorhersagt, bald ist Frankreich hin!

(ab, Arm in Arm mit der hochmütig schweigenden Leonore)

Winchester Sieh an… Protektor ab, ganz aufgewühlt!
Gebt acht, ihr Herrn – er ist mein Feind, gewiß –
Doch noch viel mehr: der Feind hier von euch allen.
Buckingham Und nicht gut Freund, fürcht ich, mit unserm König.
Bedenkt, daß er, als nächster Blutsverwandter,
Zugleich der Krone nächster Erbe ist.
Somerset Mit jedem von dem Fürst gezeugten Sohn
Wird seine Aussicht kleiner auf den Thron.
Winchester Schüttelt er Euch die Hand, zählt Eure Finger nach:
Denn mag das Lumpenpack ihn auch vergöttern,
Ihn „Hugo" nennen, „guter, weiser Gloster,
Geliebt von Gott, beschützt von Jesus Christus…"
Ich fürcht, daß er, trotz all der Kosenamen,
Uns als Protektor erzgefährlich ist.
Buckingham Warum bleibt Heinrich dann sein Protegé?
Er ist doch alt genug, um zu regiern?
Sagt, Vetter Somerset, meint ihr nicht auch?
Winchester Laßt uns gemeinsam dann, mit Herzog Suffolk,
Den „braven Hugo" aus dem Sattel heben!
Somerset Doch warum, bester Herr, mit Herzog Suffolk?
Winchester *(grinst)* Ihr habt doch selbst gesehn, wie nah er plötzlich
Dem Herz des jungen Fürsten steht – viel näher
Als seine Tante Leonore und ihr Mann.
Solch wichtiges Geschäft duld't keinen Aufschub:
Ich geh sofort zu Herzog Suffolk hin! *(ab)*
Somerset Daß der versoffne Suffolk an sei'm Rang verreckt!
Buckingham Ich ließ mich zehnmal ehr in Stücke haun,
Als mich für seine Ränke herzugeben!
Somerset Doch täuscht Euch nicht in dem verbissnen Bischof!

Setzt man den Gloster ab, wird *er* Protektor.

Buckingham Ihr oder ich werden Protektor, Vetter!
Uns hält kein Bischof und kein Suffolk auf!

Somerset Jedoch – wer weiß? – die neue Königin?
(grinst) Was denkt Ihr von der italienschen Ernte, Vetter?

Buckingham *(grinst auch)*
Kein Weinstock saugt sich irgends so schnell voll
Wie Trauben in der heißen Sonn des Südens.

Somerset Und müssen wir nicht unsrer Fürstin dienen –
Der hilflos-schwachen Frau, die fremd hier ist ?

Buckingham Auch über sie denk ich das gleiche, Vetter –
Ich oder Ihr.

Somerset Dann wetten wir? D'accord!
Ihr oder ich! Wer ehr bei Margaretha...

(beide lachend ab)

York Der Suffolk klüngelt dort den Scherzpakt aus,
Der ganze Adel hier nickt brav „Ja, ja!",
Und Heinz, der Trottel, heult noch Rotz und Wasser
Vor Dankbarkeit, weil er zwei Herzogtümer
Für eine arme Laus mit Titten tauscht –
Doch schenkt er mein Land weg, und nicht das seine!
O, wär es meinem Vater nur gelungen,
Den Fünften Heinrich umzubringen, eh
Er selbst getötet wurd mit jenem Scroop
Und mit Northumberland.

[**Warwick** Ja, wärs dem alten
Northumberland und Percy, seinem Sohn,
Gelungen, Heinrich 4, dem Erzdespoten,
Die Krone, die er selbst von Roi Richard
gestohlen, zu entwinden und dem wahren Fürsten
Ihm, Eurem Onkel Mortimer zu geben...]

York Wär damals Recht geschehn und edle Rache,
Wär ich heut König, nicht dies dumme Kind! *(tobt)*
[Bekämpft – mit Feur und Schwert – die schwarze Brut
Die einst dem alten Faun von Gent entsproß!
Vertilgt sein Haus, dieses verkommne Pack
Der Lancasters –
Laßt Pein das letzte, was sie fühlen, sein,
Vergessenheit ihr wohlverdienter Lohn!]

Warwick Vorläufig müssen wir uns hier noch beugen.
Solln sie doch schnauben und sich wild bekriegen,
Und ihre Kapriolen drehn, solang
Sie nur in unsern Plan zum Staatswohl passen.

York Sie sollen tun, was ihnen paßt, doch einst
Solln sie verbrennen in der Sonne Yorks.

(beide ab)

1 In der Spielfassung werden die Szenen III.3 bis III.5 zu einer zusammenhängenden Szene verbunden.

III.4

Morgendämmerung. Ein Garten in der Nähe des Palasts. Leonore tritt auf.

[**Leonore** Hume? Hume? Wo bleibst du denn? Jetzt zeig dich, Mann!
Wir sind allein, nur du und ich sind hier. *(erschrickt)*

Hume *(plötzlich da)*
Ich grüß Euch, königliche Majestät.

Leonore Ich – „Majestät“? Ich bin nur Herzogin!

Hume Schon bald vervielfacht Euer Titel sich –
Durch Gottes Gnad und meinen guten Rat!

Leonore Wer sagt dir das? Warst du beim Hexensabbat, Hume?
Hat man mein Geld genommen? Mir das Los
Geweissagt aus dem Flug des Kormorans –
Oder aus dem Gedärm von wilden Wieseln?

Hume Nein, ich beschwor den Geist aus Erdentiefen,
Und er erschien, die Rätsel Euch zu lösen.

Leonore Wer war der Geist? Wie ist sein Nam? Sag doch!

Hume Geduld. Auch Magier müssen erst verhandeln,
Mit Mächten jenseits weit von Zeit und Raum…
(entzündet ein Bengalisches Feuer)
O Nacht, o düstre Nacht o schwarze Pracht,
O bodenlose Nacht voll finstrer Glut,
O Stunde, da die Steine weinend sprechen,
O Stunde, da selbst die Insekten schweigen,
Die Stunde, da das stolze Troja fiel,
In Brand gesteckt von einem hölzern Pferd,
Die Stunde, da die Eulen bellen und
Die Hunde heulend Rosenkränze beten,
In der die Geister schweifen und Gespenster
Ihr Grab aufsprengen und zum Himmel steigen…
(er beschreibt einen Hexenkreis auf dem Boden)
Abra, Cadabra, Cadrorum, Cadram!
(schwankt, in Trance, mit fremder Stimme)
„Adsum… Hier bin ich!… Wer… ruft mich? Warum?…“
(eigene Stimme)
Asmath! O Bruder Belzebubs und Luzifers!
Beim ewgen Gott! Des Name und Gewalt
Dich beben läßt – gib Antwort auf die Fragen

Der Leonore, Herzogin von Gloster!
(zu ihr) Die Fragen! Schnell!

Leonore *(gibt ihm einen Zettel)*
Zuerst des Los des Fürsten, meines Neffen!

Hume *(fremde Stimme)*
„Der Herzog lebt, der Heinrich einst entthront,
Jedoch ihn überlebt und blutig stirbt…"

Leonore *(verwirrt)* Und Bischof Winchester?

Hume „Wenn er fällt, fällt er durch die Hand des Satans."

Leonore *(grinst)* Und Herzog Suffolk?

Hume „Wenn er fällt, fällt er durch die Hand der Liebe."

Leonore *(zögert)* Und welches Schicksal nun erwartet mich –
Die Herzogin von Gloster?

(Margaretha und Suffolk treten auf, beide Paare erschrecken; Hume wie vom Erdboden verschluckt; Margaretha läßt ihren Fächer fallen)

Margaretha Gib mir den Fächer, Mädchen! Was? Du willst nicht?
(gibt Leonore eine Ohrfeige)
O nein – seid Ihrs Madame? Ich fleh um Gnade!

Leonore Ob ich es bin? Jawohl, verdorbnes Aas
Aus Napoli!
Bekäm ich Euer Schnütchen in die Finger,
Ich kratzte meine zehn Gebote rein!]

(Leonore wutschnaubend ab; Margaretha lacht, zusammen mit Suffolk, dann, keck-verführerisch)

Margaretha Sagt mir, mein Herr: sind das hier die Gebräuche?
[Sind das die Sitten dieses steifen Hofs?
Wird mit solch hartem Zepter hier regiert?
Und ehrt man so des Fürsten All-Potenz?]

Suffolk O Margaretha!
So wie die Sonne glänzt auf Regenpfützen
Und durch die Spiegelung nur strahlnder wird –
So blendet Eure helle Schönheit mich.
Kein Schwert schnitt je so schnell durchs Schild aus Erz,
Kein Speer glitt je so tief ins lebend Herz,
Kein Tag bracht je mehr Glück und Leid zusammen…
Vergib mir, Gott, das Wüten meines Hirns:

Wär meine Gattin heute hier – und selbst
Der Sohn, den sie mir jetzt geschenkt –, ich fürcht:
Ich würd sie töten, nur um frei zu sein...

Margaretha Ach Suffolk, [als du damals in Paris
Beim Stechturnier um meine Liebe siegtest,
Ein wilder Hengst, der allen Frauen dort
Das Aug feucht machte und den Kopf verdrehte,]
Dacht ich, daß Heinrich mehr so wär wie du –
In Energie, Kaliber und auch Tiefgang.
Doch er hat stets nur Heilige im Sinn,
Und Rosenkränze, Meßwein und Mirakel.
Propheten und Apostel sind ihm Helden,
Seine Geliebten gipserne Kopien
Von auf dem Holzstoß gargegrillten Nonnen –
Will er sich jemals einen Erben zeugen
Müßt er sich ab und zu auch wirklich beugen
Über die Frau, die ihm den Nachwuchs schenkt!

Suffolk Hoheit, Geduld! *(ironisch)* Da Ihr durch meine Schuld
In den Morast hier kamt, so will ich denn
Für Eure völlige Befriedigung auch sorgen –
Wißt, daß ich niemals tändle oder täusch!

Margaretha Doch scheints, als müßte Heinrich selbst ein Kind stets bleiben –
Mit Herzog Gloster als der Gouvernante!
Nach Rang und Titel bin ich Königin,
In Wirklichkeit nur Glosters Marionette.
Noch ganz zu schweigen von den andern Schranzen:
Dem Somerset, York, Buckingham und Winchester...
Und dann das Weibstück vom Protektor, Leonore,
Die alte Kuh mit ihrm „Was *bist* denn du?“
Die walzt herum am Hof mit ihrm Gefolge
Von Betschwestern und alten Vogelscheuchen –
Ein Fremder hält sie für die Königin!
Sie trägt am Leib die Löhnung eines Heers!
[Das plumpe, ordinäre Krämerweib
Hat jüngst bei ihren Schranzen noch geprahlt,
Die Schleppe ihres schlechtsten Kleides sei
Mehr wert als meines Vaters ganzes Land, bis du
Zwei Herzogtümer gegen mich, die Tochter, tauschtest.]

Suffolk Ach Königin, vertrau mir, laß mich machen:
Ich hab die Sträucher schon mit Vogelleim beschmiert,

Auch ihr gar teure Köder ausgelegt,
Und Lockvögel mit Honigsang bestellt....
Ich wett, daß Leonor sich niederläßt,
Um gierig meinem süßen Lied zu lauschen.
Von ihr hast du gewiß nicht lang mehr Last.

Margaretha O laß mich raten, Liebling... [Ja! Sie stürzt
Und bricht ihr Bein! – Ach... nein!: Sie findet ihren Kerl
Mit einer Magd im Bett – oder dem Knecht.
Nein, nein: wir tun ihr was ins Essen rein,
Bis sie an unheilbarer Krätze leidet:
Ihr Haar fällt aus, ihr Speichel stinkt nach Piss...]

Suffolk Was noch viel Schlimmres – kleine Überraschung!
Speziell für dich, o Maggie-Lieb, mein Herz!

[**Margaretha** Ach, Suffie!

Suffolk Wenn du es willst... Wenn dus von mir verlangtest...
Stellt ich der ganzen Bande gleich ein Bein –
Ich würd sie allesamt zu Grunde richten!]

Margaretha Ach, Suffie! – Du... bist immer so... romantisch!

(beide ab)

III.5

Ein Wald. Der König, Margaretha, Suffolk, Gloster, Winchester, York, Warwick, Somerset auf Falkenjagd.

Margaretha Herrlich!
Seit sieben Jahren habe ich nicht mehr
So eine schöne Schnepfenjagd erlebt!
[Nun gut, der Wind weht ziemlich stark, und – ach! –
Mein Falke ist so schlapp und flügellahm –
Um den noch hochzukriegen, muß ich ihn
Mit einer Winde in die Höhe hiefen!
Doch trotzdem, Herrn: phantastisch, wun-der-bar!]

Heinrich VI *(zu Gloster)* Ach, Onkel,
Wie wild schoß Euer Falke doch empor,
Was für ein Flug, weit über unserm Tier!
Da seht Ihr es: Gott wirkt in all seinen Geschöpfen.
Ja, Mensch und Vogel schwingen gern sich hoch –
Wie klug es da doch unsre Sprache sagt,
Wenn sie des Falken Flug auch „beten" nennt.

Suffolk Kein Wunder, daß das Tier unsres Protektors
Noch höher als der höchste Kirchturm fliegt:
Es kennt das hohe Streben seines Meisters.

Gloster Mein Herr, allein ein schwacher, platter Geist
Strebt niemals höher auf, als sich der Vogel schwingt!

[**Winchester** Schau an, Herr Gloster strebt hoch über alle
Wolken!

Gloster Und Ihr wohl nicht, mein bester Bischof?
Wie wärs, wenn Ihr zum Himmel fliegen könntet?

Heinrich VI Zum Himmel, ja! – das Tor zu Glück und Hoffnung!
Der schmale Weg vom Graun zu strahlnden Wonnen,
Die Schatzkammer der ewgen Herrlichkeit!

Margaretha *(zu Gloster)*
Eur Himmel ist auf Erden, Euer Geist und Blick
Stehn nach der Krone – da liegt Euer Schatz!

Heinrich VI *(verdattert)* Ach, meine Liebste, bitte, mäßigt Euch
Und reizt die Edlen nicht noch mehr zur Wut –
Gesegnet, wer auf Erden Frieden stiftet.

Winchester Wenn das der Weg zum ewgen Leben ist,
Sollt ihr mich segnen für den Frieden, den

Ich mit dem Schwert bei Gloster stiften will.

Gloster Von Herzen gern, doch laßt Eur Heer zu Haus
Und kämpft mit mir einmal von Mann zu Mann.

Warwick Das dürft für beide wohl recht schwierig werden.
(alle durcheinander)

Winchester Schweigt, Warwick, wenn Ranghöhere was sagen!

York Im Feld hat er weit höhern Wert als Ihr!

Suffolk Im Feld vielleicht – im Krieg! –, doch niemals hier!

Gloster *(schreit)* An Rang ist niemand höher hier als ich,
Und ich befehl Euch allen: Schweigt! Hört auf!

Warwick Ihr, bester Suffolk, Ihr mir überlegen?

Winchester So trotzt Herr Warwick allem alten Recht?

Somerset Wenn er sich messen will mit Suffolk, laßt ihn!

York Er mißt sich leicht all dem niedern Blut!

Gloster *(schreit)* Dann soll er mal zuerst bei sich beginnen!

Suffolk Vor Warwick kniet kein Hund, außer ihm selbst!

Warwick So? Ihr liegt auf dem Bauch vor Somerset!

Somerset *(mit der Hand am Schwert)*
Nennt mir die Zeit, den Ort, die Waffen, Warwick!

York *(mit der Hand am Schwert)*
Nennt Ihr mir erst dieselben, Somerset!]

Margaretha In Gottesnam, Ihr Herrn! *(Pause)* Zeigt Achtung
vor der Krone!

Gloster *(nach allgemeinem erstauntem Schweigen)*
Madame, der Fürst ist alt und klug genug.
Er redet selbst – das hier ist nichts für Frauen!

Margaretha Wenn er so alt und weise ist, mein Herr,
Was müßt dann Ihr noch sein Protektor sein?

Heinrich VI Ich bitt dich, Liebste…

Gloster *(fällt ihm ins Wort)*
Madame, ich bin Protektor unsres Lands.
Wenn Heinrich will, laß ich sofort mein Amt!

Suffolk Dann tut es doch und legt den Hochmut ab!
(alle durcheinander)

Winchester Seit Ihr hier König seid – denn wer ist König,
Wenn nicht Ihr? – läuft mit jedem Tag das Reich
Auf immer neue Klippen auf.

York Und Frankreich eilt
Von Sieg zu Sieg, dort jenseits des Kanals.

Somerset Und hier ächzt Adel und auch Ritterschaft
Schwer unterm Joch von Eurer Willkür auf.

Warwick Den kleinen Mann habt Ihr schon ruiniert…
Winchester Den Klerus ausgesaugt und leergepreßt!
Margaretha Eur protziger Palast und Eurer Frau Juwelen
Haben der Staatsschatulle ein tief Loch geschlagen.
Heinrich VI Ach, Liebste, meine Herren, Onkel Hugo!
Nehmt Euch am Falken doch ein Beispiel, um…
Warwick Und Eure Grausamkeit beim Richten von Verbrechern
Ging stets noch weit übers Gesetz hinaus.
Somerset Und macht Euch selbst zum Brecher des Gesetzes!
Winchester Und dann die Art, wie Ihr in Frankreich Ämter
En masse verschleudert habt?
Suffolk Selbst ganze Städte?
York Könnt Euch das jemals nachgewiesen werden,
Ihr trüget nicht mehr lange Euren Kopf!
Gloster *(vor Wut stotternd)*
Beweist es und ich beug mich dem Gesetz!
Doch möge Gott mich grad so ehrlich richten,
Wie ich mein Land und meinen Fürsten liebe!
Heinrich VI *(kämpft mit den Tränen)*
Ich bitt Euch, Onkel, meine Herren, Liebste: Stop!
(alle schweigen)
Ja, eure Stimmung ist so stürmisch wie das Meer!
Wie gräßlich Euere Musik mein Herz zerkratzt!
Wenn solche falschen Saiten Mißlaut machen,
Wo bleibt da unser Wunsch nach Harmonie?
Ich bitt, laßt mich die Wunden Eures Zwistes
Als Wundarzt nun verbinden und Euch heilen.

(Auftritt Buckingham)

Heinrich VI *(froh über die Ablenkung)*
Was bringt Ihr Neues, Vetter Buckingham?
Buckingham Mein Fürst…
Mein Herz kann es nicht ohne Pein enthüllen:
Doch Eure Tante Leonor wurd grad
Gefaßt auf frischer Tat mit einer Bande
Von Galgenvögelpack, die gegen Gott
Und Krone einen fauln Komplott geschmiedet,
Schwarze Magie und Hexerei betrieben
Und höllische Dämon'n beschworen haben.
(holt Leonores Liste mit Fragen hervor)

Hier sind die Fragen, die sie jenem Teufel stellte:
Asmath, dem Bruder Belzebubs und Luzifers.

Heinrich VI *(liest)* O Gott! *(in Tränen)*
Welch Unheil stiften doch die Kinder
Des Bösen, und welch Leid ernten sie selbst!

Margaretha Gloster, was nun?

Suffolk Sie hat Eur Nest beschmutzt.

Winchester Gebt acht, daß es Euch nicht genauso geht!

Gloster *(zu Winchester)* Mein Herr,
Ich ruf den Himmel an als meinen Zeugen,
Wie sehr ich Fürst und Land stets hab geliebt!
Was Leonore angeht, weiß ich nicht,
Was sie geritten oder gar besessen hat.

(Leonore wird gefangen vorgeführt, barfuß, im weißen Kittel, ein Zettel auf dem Rücken)

Heinrich VI *(den Tränen nahe, doch entgegen seiner sonstigen Natur auch streng)*
Tritt näher, Leonore, Glosters Weib.

Leonore O Heinrich, lieber Junge, sprich nicht so,
Nicht in dem Ton: ich bins doch, deine Tante!
Siehst du denn nicht, welch eine Farce dies ist,
Ein falsches Spiel, in dem man dich mißbraucht?

Heinrich VI *(noch aufgewühlter durch ihre Worte)* Madame,
Vor Gott und uns ist Eure Sünde groß.
Die Strafe dieser Schuld, wie sie Gesetz
Und Gottes Wort vorsehn, sie ist: der Tod.

Leonore Ja, Heinzi, schau mich an, ich bin es: Tantchen!

Winchester Erst kürzlich wurde eine Hex verbrannt.

Margaretha Drei andere erwürgt auf dem Schafott.

Heinrich VI *(zu Margaretha)*
Verzeih mir, Liebste, doch ich sprach gerade.
(Pause, Heinrich schluckt heftig)
Doch weil Ihr eine hohe Stellung habt, Madame,
Und man bei Lebzeiten die Ehr Euch nimmt –
Was ohnehin schon einen kleinen Tod bedeutet –
Sollt Ihr drei Tage nur am Schandpfahl stehn,
Und dann verbannt sein aus dem eignen Land:
Als ärmste Frau auf unsre Insel Man.

Leonore Der Schandpfahl? Verbannung auf die Insel Man?

Dann lieber tot, mein Junge, lieber tot…

Gloster Schweig!
Das Recht hat dich gerichtet, Leonore.
Wen es bestraft, den kann ich nicht beschützen.
Mein Auge steht voll Tränen, mein Herz blutet –
Ich bitt Euch, Fürst: Erlaubt mir nun zu gehn,
Mein Leid sucht Lindrung und mein Alter Ruh…

Heinrich VI Nein, wartet, Herzog Gloster! Eh Ihr geht
Gebt Euer Machtsemblem mir: Euren Stab.
Ab heut will ich mir selbst Protektor sein.
Nur Gott sei noch mein Hirte und mein Schutz,
Die Fackel auf dem düstren Lebenspfad.

Gloster Mein Stab? Hier ist er, edler Heinrich, hier:
Ich tret ihn Euch genauso willig ab,
Wie Euer Vater Heinrich ihn mir gab,
Und geb ihn grad so willig, Euch zu ehren,
Wie manche andern ihn hier frech begehren.
Lebt wohl, mein Fürst!
Ich hoffe, daß, auch wenn ich einst verschieden,
Eur Thron erhalten bleib in Ruhm und Frieden.

Heinrich VI *(schluchzend)*
Lebt lang und friedlich, Ohm, mir grad so wert
Denn als Ihr Freund mir wart, Protektor und verehrt.

(alle ab, bis auf die Wache, Leonore und Gloster)

[**Gloster** Hatt ich dich nicht beschworn, die Teufel und
Dämonen deiner Träume zu bekämpfen?
Warum dann forderst du das Schicksal so
Heraus und rufst die Geister aus der Hölle?
Nein! Ohne jede Vorsicht, ganz verblendet
Vor Übermut, verrückt vor Größenwahn,
Gibt sie sich in die Klauen von Betrügern!
Ach Leonor, wie konntest du das tun?
Begreifst du nicht die Schande für die Krone,
Das Reich, für Heinrich, für dich selbst und mich?]

Leonore Nicht schreien, Hugo, nicht jetzt, ich hab Angst.
Ich weiß noch nicht, was ich am meisten fürcht:
Den Schandpfahl oder das Exil auf Man –
Drei Tage voller Hohn und Schimpf und Schande
Oder die Einsamkeit bis an den Tod;

Den Pöbel, der mich schlägt und tritt und anspuckt,
Oder die kahlen Felsen, wo kein Mensch mehr wohnt…

[Gloster Was hattest du gedacht, bei der Beschuldigung!
Daß ich dich von dem Schandpfahl retten würd?
Die Schande würd damit nicht ausgewischt,
Nur ich beschuldigt für den Bruch des Rechts!

Leonore Ob Heinrich es so weit getrieben hätt,
Für ein Vergehn von mir auch dich zu strafen?

Gloster Er hat mich doch für dein Vergehn bestraft!
Er nahm mir alles ab: mein Weib, den Stab!]

Leonore Der arme Junge weiß nicht, was er tut –
Ich liebe ihn, als hätt ich ihn geborn;
Ich lehrt ihn lesen, schreiben, lehrt ihn beten,
Du lehrtest ihn, wie man das Staatsschiff lenkt…

Gloster [Dein guter Schüler stößt sein'n Meister fort
Und wirft sich in die Arme von Vandalen?]
Gut, wenn das Küken denkt, daß es selbst fliegen kann,
Solls aus dem Nest falln, daß sein Flügel bricht!
Solls andern Spott und eine Lehre sein!
Ich ziehe mich von ihm zurück, zu mir
Braucht er um Rat und Tat nicht mehr zu kommen!

Leonore Ich bitt dich, Hugo, zähme deine Wut,
Das ist nicht der Moment für wildes Schrein,
Dies sind die Worte und die Bilder nicht,
Wie ich dich im Gedächtnis tragen möcht.

Gloster Verehrte, beste, stille Leonore –
Ich bitte dich: Laß mir mein wildes Rasen
Und nimm mir nicht den Haß und meine Wut –
Wenn ich auch die verlier, besitz ich gar nichts mehr!
Das Leben lehrte mich Blessuren schlagen,
Nicht, wie man sie verbindet oder heilt.
Noch stets laß ich die Wunden lieber offen
Als sie mit schönen Pflastern zu kaschiern.

Leonore Nimm mir nicht meine Hoffnung auf Versöhnung,
Sonst hörte ich dich lieber lauthals brülln.
Wie kann ich barfuß durch die Straßen gehn
Zum Ort der Schande, wo mein Leiden wartet,
Wenn deine Stimme mir nicht Mut zuspricht?
Die Steine werden meine Füße schneiden,
Und jede Hure, jeder Taschendieb,
Werden mich stoßen und mit Dreck bewerfen…

Wirst du in meiner Nähe sein, um mir –
Und wärs mit einem Gruß – ob Blick, ob Kuß –
Und wärs für ein'n Moment nur – beizustehn? *(Pause)*
Zu denken meines Ruhms wird meine Hölle,
Zu denken deiner Treu jedoch mein Trost.

Gloster Ganz ehrlich, Schatz: Das ist mir so egal!
Leb wohl. *(ab)*

Leonore *(ruft ihm nach)*
[Und fliehst du noch so weit – ans End der Welt! –,
Es wird dir bitter wenig nützen, Gloster!
Das Beil des Todes hängt schon über dir,
Es hängt nur an dem Faden einer Spinne,
Und groß sind sie, an Ansehn und an Zahl,
Die auf die Chance nur lauern, um mit einem Hieb
Den klebrig-dünnen Strang entzwei zu hacken!
Dein Los ist noch weit grausamer als meins!
Ich, Gloster, weiß, worauf ich wart! Doch du?
Bei Tag und Nacht, bei Freunden oder Fremden:
Halt stets dich vor dem eignen Tod in Acht,
Und stirb inzwischen schon an tausend Ängsten!]
(zur Wache)
So bring mich fort – und schnell, jetzt auf der Stelle:
Wie nach dem Grab – so schmacht ich nach der Zelle.

(beide ab)

Vierter Akt

IV.1

Der noch leere Saal des Kronrats.
Auftritt Somerset und Buckingham in heftigem Streit.

Buckingham So hab'n wir nicht gewettet, Somerset!
Du jagst sie wie die Hirschkuh auf, doch brichst
In Schweiß und Stottern aus, sobald sie bloß
Ihr göttergleiches Antlitz auf dich richtet,
Um nur mal kurz „Wie spät ist es?" zu fragen…
Glaubst du, daß ich die Qualen nicht erkenn?
In tiefster Nacht wach ich oft heulend auf,
Im Zimmer hallt noch meine eigne Stimme,
Die um sie weint; ich fleh um Tageslicht,
Das meinen Traum zerstreut und ihn erträglich macht.
[Doch ist das Morgenrot gekommen, bet ich,
Daß mir der Tag sein Sonnenlicht verwehrt;
Denn von ihr *träumen* kostet minder Pein,
Als wenn in Fleisch und Blut sie mir erscheint.]

Somerset Die Qualen kenn ich, Vetter, ich gebs zu!
Laß mich noch eine nennen: Eifersucht.
Schon einen der Rivalen sehn zu müssen,
Das Hören seiner Sprüche, die Vermutung
Seiner intimsten Mißgerüche, ja! –
Das Lesen seines Namens, die bloße Existenz
Genügen, daß dein Herz vor Zorn entbrennt.
Doch nichts versetzt das grausame Organ
So sehr in Lichterlohe wie ein Kuß,
Den sein verdorbner Mund der Hand der Frau
Aufdrückt – grad jener, die dich nie beachtet –
Wo doch in dir die Seele schier verschmachtet
Nach einem Lächeln, einem Blick von ihr…
Ich weiß, wovon ich sprech! Ich kenn das allemal!
Doch Vetter, nur… du irrst – ich bin nicht dein Rival:
Laß nicht an mir aus, was dem Suffolk gilt!

Buckingham Dem Suffolk!
Du solltst dich schämen! Warst du je ein Freund?

Wenn Freundschaft dann schon enden muß, so laß
Es denn – aus Achtung des Vergangenen – in stolzem Streit
Geschehn; Mann gegen Mann, mit offenem
Visier, nicht wie zwei Memmen, die den Schild
Von feiger Lüge, List und Tücke brauchen!
(spuckt Somerset an)
Erwisch ich dich einmal mit meiner Fürstin,
Schlag ich, um unsrer alten Freundschaft willn,
Dich tot, im Namen unsres neuen Hasses!

(Sie gehen auseinander; Auftritt Winchester auf Somersets Seite; er stößt ihn mit dem Ellbogen an)

[**Winchester** Mein edler Herr...
Somerset Mein edler Bischof?
Winchester Verzeiht! Ich bin jetzt Erzbischof. Der Papst hat –
In seinem unergründlich-weisen Rat –
Geruht, mich, seinen Diener, für den guten Einfluß
Auf seinen Zögling Heinrich zu belohnen,
Den frommen Träger seiner Christenkron.
Doch er – der Papst – würd, wie auch ich, nur ungern sehn,
Daß dieser Einfluß Schaden nähm. Und drum,
Mein Herr: Vergeßt nun bitte Euren alten Haß,
Der klar genug aus Eurm Gebaren spricht –
Ganz abgesehn von Eurem Mund und Blicken –
Gegen uns' aller Freund und Geistverwandten,
Herrn Suffolk.
Somerset Ich geb ihm alle Ehr, die er verdient.
Warum – sollt ich ihm noch mehr schuldig sein?
Winchester Ein Mann, der irdscher Leidenschaft entsagte,
Ist sich des Labyrinths der Fleischeslust
Viel mehr als der, der drin verirrt, bewußt.
Drum glaubt mir: Stützt Herrn Suffolk und erhaltet
Die Liebe unsres Fürsten – und der Fürstin.
Somerset Wie ist es möglich, daß ein Gottesmann
So bis ins Mark verfault und reif fürs Rad sein kann?
Winchester Gefühle sind die Fallstricke des Bösen.
Ihr hängt darin und zappelt, wie die Fliege,
Die mitleidweckend surrt und brummt.
Ihr seht in dem, der Euch zu Hilfe eilt,
Die Spinne nur, die kommt, Euch auszusaugen...

Doch Vorsicht, Freund! Die Hand, die euch befreien will,
Kann Flieg und Spinne mit ein'm Schlag zerquetschen.

Somerset Wer sagt, daß Hand und Spinne nicht derselbe?

Winchester Wer hier am Hof allein steht, lebt gefährlich.
Ein schlecht gewählter Feind, der schadet nicht –
Ein schlecht gewählter Freund – der schadet nur.
Drum, Herr: Vergeßt den Bund mit Buckingham,
Gesellt Euch zur Partei von Herzog Suffolk!]

(Auftritt York, dessen Sohn Klein Roland und Warwick; Buckingham stellt sich zu York)

Buckingham Ich muß Euch warnen, York, Euch droht Gefahr!

York Sprecht lauter, Mann! Ich hab nichts zu verbergen .
Nicht vor dem Freund und nicht vorm ältsten Sohn!

Buckingham Ein Teil des Hofs trachtet nach Eurem Leben!

York *(lacht zusammen mit Warwick)*
Was – nur ein Teil? Es geht mit mir bergauf!

Buckingham Doch diesmal sind die Mörder schon bestellt –
Jetzt glaubt mir, oder Eure Tage sind gezählt.

[**York** Betrügt Ihr mich, sind Eure bald vorbei.

Buckingham Am End des heutgen Kronrats wird man Euch
Eine Mission ins Ausland übertragen.
Eure Begleiter werden Euch, sobald
Die Chance sich bietet, zu ermorden suchen.]

York Wer ist der Drahtzieher dieses Komplotts? Der Suffolk,
Und das verfluchte italiensche Weib?

Buckingham Die Königin trifft nicht die kleinste Schuld!
Der große Ränkeschmied heißt Somerset.
Schickt ihn ins Jenseits – und Ihr seid gerettet.

[**York** Nein!? Somerset? Der bellt zwar ziemlich laut...

Warwick Doch beißen ist nicht seine Art!

Buckingham Ich kenn
Ihn besser wohl als Ihr – er haßt Euch beide!
Wenn man Euch heute drum ins Ausland schickt,]
Und Ihr geratet dort in einen Hinterhalt,
Dann wißt, daß Somerset der Täter ist.
(stellt sich abseits von ihm hin)

Warwick Ihr traut ihm?

York Nein, noch irgendwem am Hof!
Und doch... Wir sehen ja, was uns der Kronrat bringt.

Wenn Buckingham dann Recht behält, beißt Somerset
Ins Gras.

Warwick Und Suffolk dann?

York *(grinst)* Der ist für dich.

Warwick Und Margaretha?

York Die ist für uns beide.

(Auftritt Heinrich VI)

Winchester *(führt den König am Arm ein wenig abseits von den anderen)* Mein Fürst,
Der Papst sendet Euch untertängen Gruß
Und meldet hocherfreut, daß Euch fortan
Ein froher Erzbischof zur Seite steht.

Heinrich VI Ach, Winchester! Ich fürcht, Ihr macht mir Angst!
Ist denn der Gott, dem Ihr als Bischof dientet,
Ein kleinerer, als den Ihr nun verehrt?
Wenn nein: Warum dann dieser neue Titel?
Wenn ja: Warum steigt Ihr im Rang, nicht er?

Winchester Mein Fürst… *Mein* Gott,
Das ist der Gott, der Himmel schuf und Erde,
Doch zwischen aller Kreatur zugleich, von hoch
Bis niedrig, eine Hierarchie festlegte.
Mein Gott ist es, der Fürsten salbt wie Euch,
Und Untertanen zwingt, dann Eurem Thron zu folgen.

Heinrich VI Wenn ich von Gott gesalbt bin, Erzbischof,
Verlaß ich mich fortan direkt auf ihn
Und trag die Last, die er mir übertrug,
In Dankbarkeit und Demut – grad so wie
Die Untertanen ihre Lasten tragen.

Winchester Mein Fürst, die Erde kann nur Erde sein,
Solang der Himmel sich darüber spannt –
Und Eure Krone schwebt im leeren Raum,
Wenn Ihr die Kirche hindert, sie zu hüten.

Heinrich VI Nein, Eure Kirche hängt im Leern, wenn Ihr
In dieser Welt die Kron aus Gold anbetet.

Winchester Mein junger Fürst,
Lernt Euch mit Eurem Hirten zu versöhnen –
Nicht jeder hier am Hof meints mit Euch gut.

Heinrich VI Wenn Ihr das sagt, ist das nur allzu wahr!

Winchester Kommt nicht, um zu verführen unsern Leib,

Der Teufel zu uns als ein schönes Weib?

Heinrich VI *(schweigt, dann)*
Kommt er denn nicht vielmehr, um uns zu täuschen,
Getarnt als ein Gesandter Gotts zu uns?

Winchester Die Frau war immer schon das Instrument
Des Satans: Schön der Körper, faul das Herz;
Ein lachend roter Apfel voller Würmer,
Der Freunde kämpfen läßt und Väter fluchen;
[Ein hübscher Schrein, gefüllt mit Exkrementen,
Der Männer in Verzweiflung stürzt und sie verführt
Zur Schändung an den Heilgen Sakramenten.]
Mein junger Fürst begreift, worauf ich ziel?

Heinrich VI Eur Mund meldet nichts Neues, Herr, bis auf das eine:
Mit welch Vergnügen Ihr mir diese Nachricht bringt.

Winchester Vergnügen wird ehr ihr zuteil als mir,
Und mit ihr noch einem gewissen Höfling,
Der Gott sei Dank – ist auch sein Fleisch gar schwach –
Für Eure Majestät durchs Feuer ginge.
Vergebt ihm nur sein heißes Blut, es reißt
Ihn mit sich fort – doch aufgereizt von ihr!
Ermahnt sie, daß sie wieder Keuschheit kennt –
Zum mindesten nach außen hin – und laßt ihn
Mit mir gemeinsam, Euch zur Seite stehn.
Wohl unterstützt kann man den stärksten Sturm ertragen.

Heinrich VI *I*ch steh allein. Das ist der Sinn von Allem:
Schon lebend bauen wir für unsern Tod,
Und sterbend spähen wir auf das Mysterium
Von beiden: Tod und Leben, „Ich“ und „Ich“…
Erkenntnis wird nur wenigen gegeben:
Der Mensch, ein Spiegel, schaut nicht in sich selbst –
Der Dolch kann sich am Dolch nicht schneiden,
Die Hand sich selbst nicht schütteln, und das Aug
Sieht nie das Auge – ja: der Geist kann sich nicht kennen…

Winchester *(fällt ihm ins Wort)*
Dann steh allein! Doch denk daran, daß selbst
Des Gottes Sohn, verlassen in der Nacht,
Im Garten von Gethsemane, den Vater einst
Um Hilfe und um Schutz anflehte!

Heinrich VI Nein…
Er bat: Laß diesen Kelch an mir vorübergehn.
Sein Flehn verhallte in der tauben Nacht.

(Auftritt Margaretha unter verächtlichem Schweigen Yorks und Warwicks sowie verliebten Blicken Somersets und Buckinghams; haßerfüllte Blicke zwischen ihr und Winchester, der sie mit dem König in der Mitte des Raums allein läßt und zurück zu Somerset geht, wo er den Beginn des Kronrats abwartet)

Margaretha Heinrich? [Du hast dem falschen Bischof grad
Doch nicht geglaubt? – Ja, überall läuft er
Herum, um mich bei allen schlecht zu machen,
Ja – er besudelt meinen guten Ruf!]

Heinrich VI Liebste, kein Wort des Bischofs, keine deiner Taten
Kann unsre Liebe je erwürgen und ihr schaden.

Margaretha Daß Du an sowas denkst, zeigt deinen Zweifel –
Kein Dolch könnt je ins Herz mich tiefer treffen.

Heinrich VI [Der Pflug scheint auch der Krume schwer zu schaden,
Er reißt den Acker auf, kerbt in das Feld,
Doch schnitt er nicht den Bauch von Mutter Erde auf
Bestünd auch keine Hoffnung je auf Ernte...
'S ist unser Los, den Schmerz zu tragen, leidend zwar
Doch der Erlösung froh, wenn wir uns nur
Über das Weltgewühl erheben lernen.]
Fühlst du nicht, wie uns hier der Haß umringt,
Die Stürme der Verwüstung, des Zerfalls?
Nimm nicht dran teil, mein Lieb. Im Auge des
Orkans ist es windstill, nur dort, nur beieinander
Können wir Frieden finden und den andern.
Ein Meter weiter rast und tost Gefahr:
Stürzt du dich in den Sturm? Oder bleibst du bei mir?
Gilt dir dein Schwur beim Sakrament der Eh
Noch immer? Sag: Sind du und ich noch eins –
Im Geist? Die Wahrheit jetzt: Ja oder Nein.

Margaretha *(zögert)* Natürlich, Heinrich. Niemand kann uns trennen.

(Auftritt Suffolk unter eifersüchtigen Blicken Somersets, haßerfüllten Blicken Yorks und Warwicks und einem Blick des Einvernehmens mit Winchester)

Suffolk *(verbeugt sich vor Margaretha, küßt ihr die Hand)*
[Madame, erlaubt, daß ich in Eurer hohn Person
Zugleich den ganzen Kronrat grüß – obwohl

Ich sagen muß, daß keins der großen Lichter hier
Euch – mit Verlaub! – an Strahlen übertrifft
In Charme und Anmut und der Schönheit Reiz.]
(strahlendes Lächeln)
Mich dünkt, Madame, daß, wenn Ihr eines Morgens
Beschlößt, die hellen Augen nicht zu öffnen,
Die Sonne selbst verschmähte aufzugehn:
Die Blumen würden trauern und sich schließen,
Weil ihre Schönheit keinen Sinn mehr hat,
Wenn Eure Schönheit sich nicht mehr dran labt.

Margaretha *(peinlich berührt, windet ihre Hand los)*
Ich dank Euch, Herzog Suffolk – dank Euch sehr.

(peinliches, gespanntes Schweigen; Hüsteln, nervöses Scharren mit den Füßen)

Heinrich VI Ich frag mich doch, wo Onkel Hugo bleibt.
Als letzter kommen, ist nicht seine Art.

Margaretha *(fühlt sich unbehaglich, mit vielen Seitenblicken zu Suffolk)*
O Liebling…. *(Pause)*
Siehst dus nicht? Oder willst du es nicht sehn?

Heinrich VI Was denn?

Margaretha Wie seltsam er seit kurzem immer tut…

Suffolk Was für ein Großkotz er geworden ist –
Wie unverschämt er wird, in letzter Zeit?

Margaretha Wie stolz, von obn herab…

Suffolk …wie barsch und bockig!

Winchester Wo sind die Tage, da er, sanft, bescheiden,
Von weiten Euch auch nur zu sehen brauchte,
Und fast vor Euch schon auf den Knien lag?

Somerset Doch trefft ihn jetzt einmal!

Buckingham Dann sieht er weg,
Runzelt die Stirn mit scheelem Blick und rennt
Euch fast noch um…

Somerset Und von Verbeugen – ja!,
Und Kniefall wollen wir erst gar nicht reden!

Winchester Vergeßt nicht, er ist nächst Euch von Geburt.

Suffolk Wenn Ihr je fallt, ist er der Mann, der steigt.

Margaretha Nenn es ne Furcht, die typisch ist für Frauen,
Doch mir scheint es politisch gar nicht klug,

Daß er, bei seinem Hang zu Rachsucht, Zorn
Und Wut, so oft in deine Nähe kommt.

Winchester Und sogar Mitglied Eures Kronrats ist!

Suffolk Auf seinen Antrieb wars, daß Leonore
Zu Hexerei und schwarzen Künsten kam.

Warwick Und nahm er nicht an ihren Taten teil,
Dann hat er durchs Geschwätz von seinem Rang,
Den Bluff, daß er rechtmäßger Erbe sei
Doch Eure hirnverbrannte Tante aufgehetzt,
All ihre Teufel auf Euch loszulassen.

Winchester Hat er sich als Protektor – und entgegen
Jedweden Rechts! – nicht für die kleinste Missetat
Die unerhörtsten Todesstrafen ausgedacht ?

York Hat er nicht überall im Land als Sold
Für unser Heer in Frankreich Haufen Geld
Wohl eingetrieben...

Somerset – aber nie verschickt?

Buckingham Doch das sind kleine Fehler im Vergleich
Zu sein'n verborgenen und wahren Lastern!

Heinrich VI Ich dank Dir, Liebste, und auch euch, ihr Herren:
Habt Dank, daß ihr die Dornen fortmähn wollt
Bevor ich meinen Fuß daran versehr; doch – hört,
Ich spreche nun aus innerstem Gewissen –
Vielleicht ist Onkel Hugo nicht perfekt,
Doch was Verrat an seinem Fürst betrifft,
Gleicht seine Unschuld – schwör ich – völlig der
Des neugebornen Lamms, der sanften Taube.

Margaretha Er eine Taube – Gloster?

Winchester Mit falschen Federn schmückt
er sich!

Suffolk Um uns den blutdürstigen Raben zu verbergen!

Gloster *(tritt auf)* Glück meinem Fürst und königlichen Neffen!
(gespanntes Schweigen; Gloster überrascht)
Vergebt, daß ich Euch so lang warten ließ.

[**Winchester** Nein, nein, Ihr kommt kein'n Augenblick zu früh.

Suffolk Ich nehm Euch fest, Herr, wegen Hochverrats.

Winchester York sagt, daß Ihr von Frankreich Schmiergeld nahmt...

Somerset Und als Protektor Löhnung unterschlugt...

Buckingham Und Titel habt verkauft, selbst ganze Städte...

York Wodurch dem König Frankreich ging verlorn!]

Heinrich VI Verehrter Onkel...

Die sichre Hoffnung lebt in mir, daß Ihr
Von jedem Argwohn Euch gar schnell befreit –
Ich fühle, tief im Herzen, Eure Unschuld.

Gloster Mein König, dies sind Zeiten voll Verwesung:
Gerechtigkeit ist aus dem Land verbannt,
Und diese Meute hier, sie heischt nur meinen Tod.
[Wenn unserm Land gedient wär durch mein Sterben,
Ich gäb sofort mein Leben willig hin…
Ach, Leonore, warum hab ich dich verraten?
Mein Sturz und deiner sind ein Vorspiel nur.
Doch Tausende, die noch nichts Arges ahnen,
Erleben wohl das End des Dramas nicht…
Die feuchten Schweineäuglein unsres Bischofs
Und Somersets und Warwicks Milchgesicht
Verraten ihre Bosheit zur Genüge!
Aus Suffolks kleinster Geste blitzt der Haß,
Mit jedem Wort kotzt Buckingham ne Lüge,
Die aus dem Krötenpfuhl seins Herzens springt,
Und York, der Hund, der nach der Sonne schnappt,
Steht mir mit falscher Klage nach dem Leben!]
Mit dieser Meute, – Majestät, Madame! –
Habt Ihr ohn Grund mein Haupt mit Schmach beladen
Und stets versucht, meinen geliebten Fürsten
Gen mich, den Oheim, feindlich aufzuhetzen!

Margaretha Heinrich!? *(der König schweigt)*

Gloster Ihr alle steckt doch unter einer Decke –
Denkt nicht, daß ich von Euren Plän'n nichts weiß –
Um mein unschuldig Leben auszulöschen!
(alle durcheinander)
[Mein Urteil wird nicht mal auf falschem Eid beruhen,
Mein Schuldspruch braucht nicht Berge von Verrat –]
Das alte Sprichwort wird sich neu bewähren:
Wer einen Hund will schlagen, findet schnell den Stock!

Winchester Mein Fürst!
Solch loses Schmähn kann nicht geduldet werden!

Suffolk Ist das der Lohn für die, die Eure fürstliche
Person vor dem versteckten Dolch des Neids
Und des Verrats beschützen?

Warwick Womit hab'n
Wir das verdient?

Buckingham Solch Kanonade voll

Verleumdung, Schimpf und Hohn und üblem Klatsch!

York Wenn so'n Verräter uns hier frei beschimpfen darf,
Könnt unser Fleiß für Euer Wohl leicht kühlen!

Somerset Zwischen den Zeilen, schlau verpackt, hat er
Eure Gemahlin in den Dreck gezogen.

Buckingham Sie hätte jeden hier verführt – zu Meineid und
Verleumdung – und zwar um Euch, Hoheit, zu stürzen.

Margaretha Verlierern geb ich gern Lizenz zu lügen!

Gloster Ja, ich verlier – das seh ich klipp und klar!
Hier die Gewinner – doch sie spielten falsch –
Wer so verliert, kriegt stets Lizenz zu sprechen.

Buckingham So kann er uns noch lang das Wort umdrehn!

York Nehmt ihn in Eure Obhut, edler Suffolk!

Suffolk Steckt Gloster hinter Schloß und Riegel! Jetzt!

(Wache ergreift Gloster, allgemeines Schweigen)

[**Gloster** So wirft mein Fürst nun seine Krücke weg,
Eh er auf eignen Beinen stehen kann.
Mein armer Junge!
So schlägt man dir den Hirten von der Seite,
Währnd Wölfe blecken um den ersten Biß.
O wär die Furcht doch falsch, wär sie nur Wahn –
Doch, Neffe, ach: Ich seh dein Unheil nahn!]
(wird abgeführt)

Heinrich VI *(nach längerem Schweigen)*
Ihr Herren, meine Liebste:
Was immer Eure Weisheit euch befiehlt,
Beschließt, verwerft, als wär ich selber hier.

Margaretha Was!? Will mein Mann das Parlament verlassen?

Heinrich VI Ja, Liebste – ja! Mein Herz ertrinkt im Schmerz,
Mein ganzer Körper schwimmt in Elend –
Denn was ist elender als Mißvergnügen?
[O, Onkel Hugo!
So wie der Schlächter sich das Kälbchen sucht,
Es schlägt und bindet, wenn es fliehen will,
Und es zum blutgen Schlachthaus führt – grad so
Wurdst du hier mitleidlos hinweggeschleift.
Und wie die Mutter brüllt und läuft umher
Und starrt dorthin, wo ihr klein Kalb verschwand,
Doch nichts tun kann, als um ihr Herzblatt weinen –

So wein ich um des guten Glosters Los,
Mit rot umflorten Augen, seh ihm nach,
Und weiß, daß ich ihm nicht mehr helfen kann,
So mächtig sind, die Feindschaft ihm geschworen.
Sein Los bewein ich in mein'm Wehgedicht:
„Wer ist der Judas? Gloster sicher nicht!"] *(ab)*

Margaretha *(Pause)*
Verehrte Herren,
Vor heißen Feuern schmilzt mein Mann wie Schnee –
Voll kurzsichtigem Mitleid, wie er ist.

Suffolk Er läßt von Glosters schönem Schein sich trügen –
Grad wie das heulnde Krokodil am Nil
Gerührte Wanderer mit seinem Weh bestrickt!

Margaretha Wir müssen – glaubt mir, Männer! – dem Reptil
Jetzt schnell den Hals umdrehn, um unsrer Furcht
Vor ihm endgültig den Garaus zu machen –

(langes Schweigen)

Somerset Sein Tod wär Zeichen kluger Politik.

Buckingham Doch braucht er trotzdem einen guten Vorwand.

York Nun – besser wärs, er stirbt nach nem Prozeß...

Suffolk Das scheint politisch mir jedoch nicht klug:
Der Fürst wird trachten, ihm den Kopf zu retten.

Buckingham Das Volk für seine Rettung rebelliern –

York Und doch... Was haben wir – außer Verdacht
Für die Verurteilung denn als Beweis?

Somerset Er ist so populär bei unserm Pöbel!

York ...daß Ihr drum gegen seinen Tod plädiert?!

Somerset Kein Mensch auf Erden,
Herr, brennt mehr darauf!

Suffolk Und drum plädier ich gegen den Prozeß.
Schaut, Gloster war Protektor unsres Fürsten;
Ein Fuchs der Hüter einer Herde Lämmer –
Wird der des Mords verdächtigt, macht Ihr ihm
Dann ein Verfahren? Nein! Ihr tötet ihn, denn als
Ein Fuchs ist er der Feind des Schafs schon von Natur.
Drum zanken wir nicht länger, wie er stirbt –
Durch List und Tücke oder offnen Kampf –
Im Bett, im Bad – das ist doch schietegal?

Margaretha Wie gut gesagt, o dreifach kluger Suffolk –

Die Worte sind mir aus dem Herz gesprochen!

York Ich schließ mich Euren Plänen an.

Warwick Ich auch.

Somerset Ich säume nicht.

Buckingham Und ich noch minder.

Suffolk Jetzt,
Da wirs beschlossen haben, ist es gleich,
Wer unsern Spruch bestreitet oder nicht…

Winchester *(widerstrebend, mit haßerfülltem Blick zur mächtigen Margaretha)*
Die Hand drauf, Suffolk: Ich bin Euer Mann!

Margaretha Bischof, er ist der Mann, der alles kann.

Winchester *(giftig)* Darf ich Madame drum bitten, doch fortan
Nicht nur dem Lockruf Eurer Lüste bloß zu folgen,
Und Eure Säfte und auch Kräfte mehr zu schonen?

Margaretha *(kurz vollkommen perplex; dann Auge in Auge mit ihm)*
Darf ich den Herrn dann bitten, um fortan
Nicht meine Säfte dafür zu mißbrauchen,
Ob seiner Frustration mich anzufauchen!

[**Winchester** Ihr Frau und Fremde – Ehebrecherin! –
Kein Mensch ward je zu Sünde mehr geschaffen,
Und kein Geschöpf je mehr von Scham entblößt!

Margaretha Nicht Mann, nicht Vater und nicht Freier… O Gott!
Wurd je ein Mensch so sehr umsonst geschaffen?]

Winchester Eur Macht beruht auf Eurem Hinterteil.

Margaretha Und Ihr? Wurdet als Knabe Ihr vielleicht entjungfert
Von einem Bauern, Gärtner oder siechen Griechen,
Und scheint Euch demzufolge nun die Frau
Zu voll, zu rund, ein fürchterlicher Schlund –
Und insgesamt nicht stark genug behaart?

Winchester *(lächelt)* Madame,
Und tröff von Euren Brüsten Honigseim,
Von Euren Augen Morgentau, den Lippen Wein,
Und wenn Eur Stuhlgang meine Nas verwöhnte,
Gleich einer Rose, wie der Engelsang das Ohr –
Und wär voll Nektar Eure Dose – selbst dann, Madame:
Ich rührte Euch nicht an. Nicht mit der Zange.
(peinliches Schweigen)

Bote *(tritt auf)* Frau Königin und hohe Herrn!
Aus Irland komm ich hergeeilt, um Euch
Zu melden, daß das Land in Aufruhr steht!

Unsre Armee wird reihenweise umgemäht –
Schickt Hilfe, stoppt die Rebellion beizeiten,
Bevor der Bruch sich nicht mehr schienen läßt!

Suffolk Die Bauerntölpel mucken wieder auf?!
Färben den Boden mit dem Blut von unsern Jungs...

Winchester York?
Könnt Ihr nach Irland ziehn mit einem Heer
Aus jeder Grafschaft ausgewählter Männer?

York Das will ich, Herr, wenn es dem Fürst gefällt.

Somerset Doch unser Ja-Wort ist so gut wie seins.

Margaretha Was wir beschließen, wird von ihm bestätigt.

Winchester Drum, edler York, nehmt das Geschäft auf Euch!

York *(nach kurzem Blickkontakt mit Buckingham)*
Gebt mir ein Heer, mein Herr, und ich brech auf.

Suffolk Da seid ganz unbesorgt, mein edler Herzog.

Margaretha Viel Glück – kommt bald zurück!

Somerset Und lest den Lümmeln die Leviten!

(alle ab, bis auf York, Warwick und Klein Roland)

Warwick Schau an? Der Buckingham hat recht behalten!

York Mein Sohn?
Präg dir den Tag gut ins Gedächtnis ein!
[Vergiß den Anblick dieser Bande nie!
Die sogenannten Achtbaren und Edlen,
Die achtlos mir, und damit zugleich dir,
Uns heut den Weg zu Thron und Krone wiesen.]

Warwick Was uns bis heute fehlte, war ein Heer,
Und nun – da werfen sies uns in den Schoß!

[**York** Bald prangt auf meinem Haupt das goldene Juwel
Und scheint so wie die hellen Strahln der Sonn...

Klein Roland Die Sonne auf dem Wappenschild von York?]

York Ja, Ronny-Boy, mein Sonnenschein, mein Sohn!
In Irland mäst ich meine Truppen fett,
Während ich hier den schwarzen Sturmwind weck.
Ich heure einen Schurken an mit großem Maul,
Ein Volkstribun, der hier Krawall macht, randaliert –
Ein Teufel, der mein Stellvertreter wird!

Warwick Der wird im Land dann so viel Aufruhr säen,
Daß man euch spornstreichs aus dem Land der Irn
Mit Eurem Heer zurückruft und Ihr ernten könnt,

Was dieser Windhund dann für Euch gesät.

York Da nun bald Glosters letztes Stündlein schlägt,
Kann Heinrich leicht beiseit geschoben werden,
Und alles fällt an mich – und dich, mein Ronny,
Mein Erstgeborner, stärkster von Euch Viern.
Du wirst mein Prinz des Süßen Landes Wales,
Des Volkes Hoffnung, Hüter deiner Brüder!
Ja, deine Zukunft strahlt wie Murmeln von Perlmutt,
Solang die Lehre du von heut behältst:
Trau niemandem, sorg immer für dich selbst!

(alle lachend ab)

IV.2

Der Kronrat. Buckingham in der einen Ecke, in der anderen Somerset. Die Königin kommt herein und schlendert in Richtung Buckinghams.

Buckingham *(wirft sich zu Margarethas Füßen)*
Fürstin, erhabne Frau, geliebter Fluch:
Laßt Euch herab, um Euer Himmelsaug
Auf mich zu richten, der ich es nicht wert bin,
Den Staub zu küssen, den Euer Schuh berührte,
Zu spähen in den Spiegel, der Euch schaute,
Auch nur den Schatten Eures Schoßhunds zu liebkosen –
Ich liebe Euch, Madame! Mein Atem stockt,
Mein Herz verblutet, während ich bekenn:
[Nie fand ich je ein Schlachtfeld mehr verheert,
Als Euer Reiz mir nun den Geist verzehrt.]
Ich bitt Euch drum, gebt mir den Gnadenstoß
Und sagt es – was ich mehr als alles fürcht:
Daß Ihr mich haßt, Madame – nein, schlimmer noch:
Ich laß Euch kalt, als hätt ich niemals existiert.

Margaretha *(amüsiert)* Wie kommst du darauf, bester Buckingham?
Wie solltest du für mich nicht „existiern“?

Buckingham Wenn ich noch leb, Madame, ist es für Euch:
Drum bitte ich, daß ihr mich nicht verhöhnt.
Ich weiß, daß nur ein Mann dies Herz betört.
[An ihn zu denken, ist mein Tod im Leben,
Wodurch mein wahrer Tod ein Trost sein wird.]
Warum, von allen Schuften hier im Land,
Mußt grade er es sein, der Eure Liebe fand?
Der Schurke grad, so roh, so grob – grad er!

Margaretha *(immer amüsierter)*
Gesetzt, du könntest meine Gunst gewinnen:
Mit welcher Tat würdst du dem Tod so tief
Ins Auge sehn wolln, daß du mich gewännst?

Buckingham Ich gäb dem Erzbischof den Lohn, den er
Verdient – ich hörte jedes seiner Worte.
(Margarethas Lächeln erstirbt)
Kein Fluch enthielt je mehr an Blasphemie,
Denn was sein Mund von meiner Fürstin phantasierte…

Ein Wort von Euch, und er wird nie mehr fluchen!

Margaretha Und was würdst du als Gegendienst erwarten?

Buckingham *(Pause)* Nun, Margareth...– verwehrt Herrn Somerset,
Auf immer Euer Herz, den Kuß, das Bett.

Margaretha Herrn Somerset? *(lacht)* Das kann ich dir berichten:
Nichts fällt mir leichter, als auf ihn verzichten!
(läßt Buckingham, geht zu Somerset)

Somerset *(wirft sich zu Margarethas Füßen)*
Madame, seit Ihr an diesem Hof hier weilt,
Leb ich im Fieberwahn; ich phantasier
Bei Nacht, bei Licht; krieg keinen Bissen runter
Vor Selbstvorwurf, weil mich die Sehnsucht quält.
Wenn noch mein Herz schlägt, schlägt es nur für Euch.
Vergebt mir, Königin: Ich liebe Euch!

(Der König kommt, gehetzt; Buckingham ab)

Somerset Mein Fürst – Ihr hattet Euch zurückgezogen!
Ihr gabt die Macht doch an den Kronrat ab?

Heinrich VI Ruft alle her! Ein neuer Kronrat, schnell!

[**Somerset** Mein Fürst, wir sind für ein Verfahren nicht bereit,
Es ist nicht opportun, sowas braucht Zeit.]

Heinrich VI *(kreischt)* Bringt sofort Gloster hier vor meinen Thron!
Ich will ihn höchstpersönlich fragen, ob
Er schuldig ist, wie ihr jetzt alle sagt! *(Somerset ab)*

Margaretha O, Heinrich...
Ich hoff, daß Hugo sich von jedem Argwohn reinigt.

Heinrich VI *(gequält)*
Habt dank, mein Herz. Dies Wort macht mich sehr froh!
(Pause. Somerset kehrt zurück, mit Suffolk)
Ihr seid so bleich, Ihr bebt wie Espenlaub!?
Was gibt es, Suffolk? Sprecht... Wo ist mein Onkel?

Suffolk Herr, tot in seinem Bett. Gloster ist tot.

Margaretha O nein, mein Gott – wie konnte das geschehn?

Suffolk Gottes Gericht! Ich träumte diese Nacht,
Daß Gloster stumm sei und kein Wort rausbracht.

(Heinrich fällt in Ohnmacht)

[**Margaretha** Was fehlt dir? Herren, helft, der König stirbt!

Somerset Er muß sich setzen, kneift ihn in die Nase!

Margaretha *(in echter Panik)*
So helft! O Heinrich, schlag die Augen auf!
Was bin ich hier am Hof, wenn du jetzt stirbst?
Los, schau mich an, ich bin es, Margaretha!
Heinrich VI *(öffnet die Augen, sieht sie an)*
Du Gott im Himmel…
Margaretha Geht es wieder… Liebling?]
Suffolk Nur Mut, mein Fürst, getrost! Schöpft neuen Mut!
Heinrich VI Warum spricht Suffolk *mir* von Mut und Trost?
[Sang er nicht grade mir ein Rabenlied,
Des rauh Gekrächz mir alle Lebenskräfte raubte,
Und denkt er nun, daß einer Meise Tschilpen,
Das mir aus hohler Brust zuruft: „Nur Mut!“,
Den erstvernommnen Sang vertreiben kann?]
Bleib mir vom Leib, du Schuft! Rühr mich nicht an!
Wie Schlangenbisse schreckt mich deine Hand.
Aus meinen Augen, Botschafter der Hölle!
[Ich bin verflucht! Ich büß für alte Sünden,
Es ruht Verderben auf dem Hause Gloster!
Richard Deuxième – auch er hatt einen Onkel,
Der Gloster hieß und *auch* ermordet wurd,
Worauf das ganze Land in Krieg versank,
Richard den Thron verlor – ja, selbst das Leben…
Hinweg! Dein Blick verbirgt die Mordlust schlecht,
Sieh mich nicht an! Mich mordet schon dein Blick!]
Margaretha Was scheltest du den Herrn von Suffolk so?
Obwohl dein Onkel ihm ein Feind gewesen,
Beweint er seinen Tod, als guter Christ;
Auch ich – so sehr er mir auch feindlich war!
Könnt ich durch Klagen, Stöhnen, herzzerreißend
Seufzen ihm wieder neues Leben geben –
Ich jammerte mich krank und heult mich blind,
Ich grämt mich bleich in blutgefrierend Stöhnen,
Wenn da dein Onkelchen von auferstünd!
[Daß wir nicht Freunde warn, ist kein Geheimnis –
Vielleicht denkt man, daß ich ihn morden ließ:
Mein guter Ruf beschmutzt und wild verleumdet,
An allen Fürstenhöfen Opfer üblen Klatschs –
Das habe ich von seinem Tod! Weh mir!
Die Königin zu sein – gekrönt mit Schande!]
Heinrich VI Ach, Onkel Hugo, armer Mann, o ich beklag dich.

Margaretha Ich bin viel ärmer dran, beklag doch mich!
Wendst du dich ab, versteckst du dein Gesicht?
Bin ich denn leprakrank? Jetzt sieh mich an!
Wird all dein Hoffen denn mit ihm begraben?
Dann war ich, deine Frau, nie deine Lust.
Dann bau ihm doch ein Denkmal und bets an
Und mach aus mir ein billges Kneipenschild!
Wars darum, daß ich fast auf See gekentert,
Daß mich zweimal der rauhe Gegenwind
Zurück an meines Vaters Küsten trieb?
Der Sturmwind heulte stets aufs neu die Warnung:
„Gib acht, du trittst in ein Skorpionennest;
Setz keinen Fuß auf diesen schauerlichen Strand!"
Doch wollt die gierge See mich nicht ertränken –
Sie wußt, daß du, mit deinem harten Herz,
An Land mich noch ersäufen würdst in Tränen!
[Sobald ich hohe Kreidefelsen sah,
Da trotzte ich auf Deck dem wilden Sturm,
Und als die grauen Wolken wie von Blei
Mir gar die Sicht auf deine Küsten raubten,
Riß ich ein kostbar Kleinod mir vom Hals –
Ein Herz war es, gefaßt in Diamanten –
Und warfs dem Lande zu... Die See, sie nahm es,
So wie ich hofft, daß auch dein Leib mein Herz
Empfangen würd. Doch du, du warfst es weg....
Wie oft verlockt seitdem ich Suffolks Zunge nicht,
Mich doch nach früher nur zurück zu zaubern –
Er, deiner Boten der Unseligste,
Der mich dir fangen mußt, für dieses falsche Spiel!]
Auch wenn ich keine Kinder hab – du treibst mich
Vor Wut und Schmerz zum Wahnsinn wie Medea,
Die ihre Kindesbrut in Stücke riß, um sich
An ihrem Mann für sein'n Betrug zu rächen!
Du bist so falsch wie Jason zu ihr war,
Doch hast du mir nicht mal ein Kind gezeugt,
Das ich jetzt töten könnt, um einmal dich zu treffen...
Weh mir! Ich kann nicht mehr! Stirb, Margaretha,
Denn Heinrich weint, weil du zu lange lebst!

Heinrich VI *(betet)* [Du Gott, der alles sieht, betäub mein Hirn,
Das kocht und brodelt und mein Herz beschwört,
Daß Gloster starb von meuchlerischer Hand.

Vergib mir, Gott, wenn dieser Argwohn falsch ist –
Denn dir gebührt alleine das Gericht!
(weint) Ach, Hugo, goldner, göttergleicher Onkel:
Mit Euch verschwand mir all mein irdscher Trost!]
(großer Lärm und Tumult; Auftritt Warwick)
Was ist das für ein Lärm? Die Hölle tobt
Der Himmel stürzt auf uns, wir sind verdammt!

Warwick 's ist Euer Volk, mein Fürst, es schreit nach Recht –
Das arme Volk Eures gequälten Lands,
Geführt und aufgepeitscht von sei'm Idol –
Ein unbekannter, hergelaufner Kerl –
Der nach der Nachricht von dem Mord das Land
Zu Rebellion und Raserei entflammt.
Sie fordern nunmehr Herzog Suffolks Kopf –
Denn andernfalls gebrauchen sie Gewalt,
Sie stürmen Euer Schloß und zerren ihn
Hin zum Schafott und foltern ihn zu Tod!
Von seiner Hand, sagt man, starb Herzog Hugo,
Von ihm, sagt man, wird auch der Fürst bedroht.

(Tumult)

Margaretha *(zu Warwick)* Du lügst! Du legst die Worte ihnen in
Den Mund! Laß mich die Wahrheit sagen! Heinrich?
Hilf mir! Und sag doch du die Wahrheit deinem Volk!
(läuft zum Tor; Somerset will sich davonschleichen)

[**Suffolk** Wo gehst du hin? Bleib hier und steh mir bei!

Somerset Ich helf dir jetzt wohl mehr, wenn ich verschwind –
Ich hole Hilfe! *(ab)*

Suffolk Bleib, sag ich! Verräter!

Margaretha *(kehrt vom Tor zurück; zu Warwick)*
Du Überzeugungskünstler...– Schlangenzunge!
Was wirfst du in die Waage an Gewicht? –
Als Rückhalt hast du nur den feigen Mob,
Ne Bande Kesselflicker und den schmutzgen Pöbel!

Warwick *(zu Heinrich)*
Das Volk, mein Fürst, läßt sich kaum noch bezähmen,
Es will die Mörder Glosters sterben sehn,
Graf Suffolk und den Erzbischof von Winchester –
(zu Suffolk)
O ja: Wo ist der Bischof – auch geflohen?

Margaretha Was willst du damit sagen, mieses Aas?
Ich steh persönlich für den Bischof ein:
Er sitzt grad beim Bankett, das ich speziell –
Um ihn zu ehrn – für ihn bereiten ließ.
Drum laß die Krallen von ihm und von Herzog Suffolk.
Wie wagst dus – du verdächtigst sie des Mords!?

Warwick Wer sieht den toten Stier, noch warm und blutend,
Und neben ihm den Schlächter mit dem Beil –
Und argwöhnt nicht, daß der ihn abgeschlachtet?

Margaretha *(zu Suffolk)*
Seid Ihr der Schlächter, Herr? Wo ist die Waffe?

Suffolk Ich trage keinen Dolch, um Schlafende zu schlachten,
Doch hier mein Racheschwert – vor Ruh verrost…]
(wird von ohrenbetäubendem Lärm unterbrochen)

Heinrich VI Geht, Warwick, raus zu meinem Volk und meldet,
Daß ich ihm für die lieben Sorgen dank.
Doch wär ich nicht von ihnen angespornt,
Hätt ich gleichwohl getan, was sie jetzt bitten.
Denn keine Stunde geht gewiß vorbei,
In der mein Herz mir nicht neu prophezeit,
Daß meinem Land und meiner Kron von stets
Dem einen Schmach und Unglück drohn: von Suffolk!
Und drum – ich schwörs bei dessen Majestät,
Des niedrer Stellvertreter ich hier bin:
Er soll die Luft am Hof nicht mehr verpesten –
Er flieh noch heut mein Schloß – oder er stirbt!

Margaretha *(weint)* O Heinrich:
Laß mich für Suffolk sprechen, er ist treu!

Heinrich VI Verdorbne Frau, du wagsts, ihn treu zu nennen?
Kein Wort mehr, schweig! Wenn du noch für ihn flehst,
Entfachst du nur die Flammen meines Zorns!
Was ich jetzt schwöre, nehm ich nie zurück:
Wenn er in einer Viertelstunde hier,
Und nach drei Tagen irgendwo im Land,
Seis, wo ich sonst regier, gefunden wird,
Kauft ihm kein Schatz der Welt sein Leben frei!
(zu Suffolk)
Mehr Bestie du als Mensch: Verreck! Verschwind
Von meinem Tisch, aus meinem Haus und Bett!

(mit Warwick ab)

Margaretha Geh noch nicht fort – erst küß mich!
Nur kurz, mein Herz! Laß lecken mich die Hand,
Die eben Gloster noch getötet hat,
[Um unsern Liebesbund zu feiern und
Mit Hugos starkem Abgang zu garnieren.]
Laß mich die letzten Spuren seines Bluts
Mit meinen Freudentränen fort dir waschen –
Voll Dankbarkeit für solch ein groß Geschenk.

Suffolk Vielleicht ist alles noch nicht ganz verloren –
Es führt ein Ausweg aus dem Labyrinth:
Erzbischof Winchester!
Wir flehn auf Knien ihn an, erklären alles,
Versprechen ihm den Staatsschatz bis zum Grund,
Wenn er als Gottesmann – Prälat des Landes! –
Den königlichen Bannfluch wieder löst.

Margaretha Zu spät, mein Herz, er kann niemand mehr helfen.
Es sollte eine Überraschung sein:
Zum Dank für Gloster schenkt ich dir den Bischof.
Auf seiner Tafel stehn für ihn bereit
Getränke, Fleischpasteten und Geflügel
[Gespickt mit Schlangenkraut und Wasserschierling
Mit Kreuzdorn Giftlattich und Pfaffenhut…]
Für jeden deiner Finger ihm ein Gift,
Für jede Nacht von uns – ihm eine Qual;
Für uns: das Land, die Krone – ihm: der Tod…

Suffolk Dann gibt es keine Rettung mehr, Geliebte:
Der Plan, gedacht, um uns für stets zu einen,
Reißt uns nun auseinander. Ich muß gehn –
Adieu! Ein langer Abschied machts nur schwerer.

Margaretha Viel schwerer wiegt, daß du so Abschied nimmst:
So kurz und kalt, grad wie ein Fleischerhund!
Fast scheints, du freust dich über die Verbannung –
Fliehst du vor Heinrich – oder fliehst du mich?

Suffolk Madame, wenn ich den Eindruck feiger Flucht erweck,
Dann wart ich lieber Euch zur Seite hier,
Bis daß man endgültig mich von Euch reißt.

Margaretha Beweis es dann! Doch wart nicht mir zur Seite:
Denn im Profil bin ich nur wenig vorteilhaft
Komm her und nimm mich, – jetzt! – mit fester Hand,
Raub mir die Angst, Verzweiflung, den Verstand…

(sie vögeln: im Hintergrund wird eine reichgedeckte Tafel mit Bischof Winchester und Buckingham sichtbar)

[**Winchester** *(keucht, schwankt, würgt, klammert sich an Buckingham)*
Schnell, gebt mir was zu trinken, ich hab Schmerzen,
Und lauft zum Apotheker, kauft für mich
Das stärkste Gift, das er Euch geben kann;
Habt Mitleid und erstecht mich mit dem Dolch,
Durchbohrt mein Herz, erlöst mich, habt Erbarmen...

(Der Straßenmob bricht unter Führung Warwicks und Yorks die Tür und auf und beginnt, alles kurz und klein zu schlagen; Suffolk und Margaretha vögeln weiter, einander wild küssend)

Suffolk Wenn ich nicht mehr in deiner Nähe atme,
Werd ich verrückt vor wilder Einsamkeit –
Wo du nicht bist, sind mir nur Wüsteneien.
Margaretha Schweig!
Das Lieben steht dir besser als das Lügen,
Drum gib mir, eh du gehst, nicht Schmeichelei,
Nein – wahren Trost: dein'n Samen, deinen Sohn, dich selbst.
Winchester *(klammert sich an Buckingham)*
Seid Ihr der Sensenmann? Gevatter Tod:
Ich geb Euch alle Schätze dieses Reichs,
Genug, ein zweites Eiland Euch zu kaufen,
Wenn Ihr mich leben laßt – und ohne Pein.]
(brüllt auf, erbricht sich, stürzt hin)

(Warwick geht mit gezogenem Schwert zu Suffolk und Margaretha und schlägt Suffolk auf dem Höhepunkt den Kopf ab; alle ab)

Fünfter Akt

V.1

Der Palast. Die fassungslose Königin.[1]

[**Margaretha** *(mit Suffolks blutverkrustetem Kopf unter dem Kleid zum Zeichen ihrer Schwangerschaft)*
Man sagt, daß Weinen das Gehirn erweicht
Und zu Entartung oder Wahnsinn führt…
Doch wer sieht dieses an und weinte nicht?
Hier liegt sein Haupt an meiner schwellnden Brust,
Doch wo ist nun sein Leib, ihn zu umarmen?
Barbaren, ihr! Konnt dieses liebe Angesicht,
Das mir wie ein Komet bei Nacht erschien,
Und mir, wie vielen andern Fraun, das Blut,
Dem Vollmond gleich, in wilde Wallung bracht –
So wie der Leu auf Jagd, ein Stier voll Kraft –
Konnt dies Gesicht den Mörder nicht bezwingen,
Ihn, ders nicht wert war, es nur anzuschaun?

Heinrich VI *(kommt hinzu)*
Mein Herz, wenn ich einmal dies Leben mit
Dem ewgen Leben tausch – ich fürchte fast:
Daß du um mich nicht wie um Suffolk weintest.

Margaretha Um dich würd ich nicht weinen, ich würd sterben.
Was bin ich ohne dich? Nicht mal noch Fürstin.]

Somerset *(tritt auf, in Panik)* Mein Fürst,
Ein neuer Sturm von Meutrern ist im Anmarsch!
Doch niemand weiß, was sie als nächstes planen.
Drum rettet Euch – auch Ihr, Madame! – und flieht!

Buckingham *(kommt von der anderen Seite)*
Aus Irland, Herr, ist York zurückgekehrt!
Er führt ein starkes, kampfbereites Heer,
Von Söldnern, wilden Kerls und Feuerköpfen.

Heinrich VI Dem Herrn sei Dank!

Somerset York wird uns vor dem Lumpenpack beschützen!

Buckingham Der Pöbel schloß sich bei ihm an! Sie schwören,
Die Stadt und den Palast in Brand zu stecken,
Und York verkündet lauthals überall, *(zu Heinrich)*

Daß er sein Heer nur darum hergehetzt,
Um Euch vor Herzog Somerset zu retten,
Den er nen treulosen Verräter nennt.

Somerset Verräter – ich? Wie kann er das behaupten?

Heinrich VI Mein Gott, warum hast du mich so verlassen?

Somerset Wann tat ich Herzog York je Unrecht an?

[**Heinrich VI** Hier stehe ich, von Mensch und Macht zerdrückt –
Ein Weizenkorn zwischen zwei Mühlensteinen…]

Somerset Mein Fürst, wann hätte ich Euch je verraten?

[**Heinrich VI** *(beginnt irre zu reden)*
Saß je ein Herrscher noch auf irdschem Thron,
Dem mehr an Unglück wurde als grad mir?]
(alle durcheinander)

Somerset Es kann sich nur um einen Irrtum handeln!

Buckingham Mein Herr, sie sprachen eindeutig von Euch!

Somerset Sie habens auf uns alle abgesehn!

[**Heinrich VI** Kaum war ich aus der Wiege recht gekrochen,
War ich schon König – noch ein Kind, kein Mann…]

Somerset Was mir geschieht, kann jedem hier geschehn!

Buckingham Sie schrieen einzig und allein nach Euch!

[**Heinrich VI** Wohin mein Blick auch schweift, ich seh nur Tod,
Vernichtung, Falschheit und die Drohung von
Mehr Plagen als das Jahr an Tagen zählt….]

Somerset Das ist der Anfang nur, wer hält sie auf?
Wir werden, einer nach dem andern, liquidiert!

[**Heinrich VI** Kommt denn dann nie ein Ende meiner Nacht?
Für welche Sünden muß ich büßen, Gott,
Wie hab ich das verdient, was tat ich dir…]

Somerset *(jammert auf den Knien vor dem König)*
Mein Fürst? Was solln wir tun, was solln wir tun?

Heinrich VI *(schweigt)*
Ich bitt Euch, Buckingham, geht York entgegen,
Versichert ihm, daß ich Herrn Somerset
Gefangennehmen ließ – und zwar im Turm!

(Buckingham grinsend ab, Somerset vollkommen fassungslos)

Somerset Mein Fürst – warum? Was habe ich getan?

Heinrich VI Nicht mehr, nicht minder, als wir alle taten –
Ein jeder muß sich bergen vor dem Zorn…

Somerset *(küßt seine Hand)* Mein Fürst,
Ich such aus freiem Willn den Kerker auf,
Wenn Euch und unserm Land damit gedient…

[**Heinrich VI** *(ignoriert ihn; klagend, irre redend)*
O ewiger Regent und Herr des Himmels,
Erbarm dich deiner armen Sünder hier,
Befrei von der Verzweiflung ihre Brust
Und treib die wütenden Dämonen aus,
Die ihre schwachen Seeln so grausam quälen…] *(ab)*

Margaretha *(mit ausgelaufener Schminke, trockenen Augen, dünnen Lippen)*
Bleib, Somerset!
[Du denkst doch nicht, daß York und Warwick kommen,
Um sich an dir zu rächen? Nein, sie habens auf
Den König abgesehn – und deine Königin!]
Läßt du es zu, daß ich hier so erniedrigt werde?
Willst du mich nicht beschützen, Somerset?

[**Somerset** *(heult nun wirklich)*
Madame, seit Ihr an diesem Hof hier weilt,
Leb ich im Fieberwahn; ich phantasier…]

Margaretha Jetzt hör doch auf zu flennen – sei ein Mann!
Beweise deine Liebe. Und zum Lohn…

Somerset Ich hab doch Eurem Mann versprochen… in den Turm…

Margaretha Vergiß jetzt meinen Mann! Tu, was ich sag!
(beide ab)

(Auftritt Warwick und York)

[**Warwick** Siegreicher Prinz und edler Herzog York,
Seht den Palast von Heinrich Hasenherz,
Der schwitzt und scheißt vor Angst und Heiligkeit!
Seht seine Krone hier, den königlichen Thron,
Besetzt sie und besitzt sie ohne Scham,
Euch stehn sie zu, nicht dieses Heinrichs Erben.

York Laßt Glocken läuten hell und klar, laßt hoch
Die Freudenfeuer lohn von Pech und Weihrauch:
Eur langersehnter, legitimer Fürst
Ist da, die heiligste der Majestäten!
Ich reiß die Kron von Heinrichs feigem Haupt:
Wer nicht zu herrschen weiß, der muß gehorchen!
(zum nervös herbeieilenden Buckingham)

Mein bester Buckingham!
In meine Arme! Und vergebt mir, daß
Ich Eure Worte je gering geschätzt:
Warwick und ich, wir wären ohne Euch
Schon tot!

Warwick Die Tat soll nicht vergessen werden,
Der neue Fürst gibt Euch nen hohen Posten!

Buckingham Der neue Fürst? Das hab ich nie gewollt…

York Mein bester Buckingham – mit welchen Plänen
Dachtet denn Ihr, daß ich zu Heinrich kam?

Buckingham Nun – Euren Fürst vor Somerset zu retten?
Er war es, der den Mord an Euch bedachte,
Doch Euer Nahn beschleunigte sein Los:
Herr Somerset befindet sich im Turm.]

Warwick Dann sitzt er bald bei Heinrich! York wird König – und das
Verdammte Weib soll sich nach Napoli heimscheren!

[**Buckingham** O York, denkt nach! Ihr seid von altem Adel –
Und brecht zugleich nun selbst das alte Recht?!
Vergeßt nicht, wie es Heinrich 4 erging,
Nachdem er Roi Richard zum Rücktritt zwang –
Wollt Ihr denselben Fluch, dieselbe Geißel
Auf Euer Haus und Eure Söhne laden?

Warwick *(zum plötzlich zweifelnden York)*
Die Krone liegt zum Greifen, setzt sie auf –
Ein jeder sieht, daß Heinrich sie nicht will!]

Buckingham Das stimmt! Doch selbst der Fürst kann Euch nicht geben,
Was er von Gott dem Herrn bekommen hat.
Drum schlägt er vor, Euch jetzt zum Erben zu
Erwähln – und Euren Söhnen wird die Kron gehören!

York *(zögert)* Will er das schwören?

Buckingham Er wills schwören!

[**Warwick** Ich hoffe nur, daß Ihr das nicht bereut!

York *(verärgert)*
Auf wen kann denn der König sich noch stützen?
Der Erzbischof ist tot…

Buckingham Und Suffolk auch,
Und seine Onkel; seine Tante ist verbannt…

York Und Somerset –
Auf Euer Ehrenwort: Er sitzt gefangen?]
(Buckingham nickt)
Nun gut. Warwick? Lös unsre Truppen auf!

(Im Hintergrund ein schrecklicher Schrei – Klein Roland wird umgebracht; Auftritt Margaretha und Somerset mit einem bluttriefenden Sack; auch der halb wahnsinnige Heinrich erscheint wieder)

Buckingham Mein Fürst, Ihr gabt Eur Wort, daß Somerset…
Margaretha Und ich bat ihn, mir beizustehn! Na und?
York Heinrich!
Hab ich Euch Fürst genannt? Ihr seid kein Fürst.
Ihr sollt das Staatsschiff lenken und regiern?
Ihr, der nicht mal sein Weib regieren kann?
Auf Eurem Haupt wird unsre Kron entweiht,
Die Hand – gemacht ehr für den Pilgerstab,
Doch nicht wie diese – meine – für das Zepter!
Sie schwört beim allesbindenden Gesetz:
Macht Platz! Bei Gott, Ihr spielt nie mehr den Meister,
Denn ich bin der, den Euch der Herr zum Herrscher schuf!
[**Somerset** O Ihr monströser Erzverräter, Judas!
Ich nehm Euch fest, Herr, wegen Hochverrats!
Fleht euren Fürst um Gnade an und kniet!]
York Ruft meine Söhne her, die vier – sofort!
[Sie sind mir Bollwerk, Bürgen und Beschirmer:
Sie werden es nicht dulden, daß ein Kerker
Ihrm Vater seinen Weg zum Thron verwehrt.

(Warwick ab)

Margaretha Ja, ruf nur deine goldnen, süßen Engel!
Die Crème, die Topelite von Yorks Brut!
Mein Gott…
Ein Land von Milch und Honig hatt man mir versprochen,
Gelandet bin ich in nem Höllenloch,
Bevölkert nur von Scheusaln und Idioten –
Und von dem Abschaum ist mein Mann der Fürst!
York Du Hure von Neapel, blutbefleckt,
Spaghetti-Schlampe, Geißel unsres Lands:
Kein Fluch wurd je beweint wie deine Ankunft!
Ein York ist durch Geburt schon mehr als du,
Durch Adel und Natur dir überlegen,
In Schönheit und in Anstand ohnehin…
Heinrich VI Mein bester York und liebe Margaretha,

Ich flehe euch bei allen Göttern an:
Versöhnt euch und begegnet Euch in Liebe,
Denn nur auf Mißverständnis gründet euer Streit!

Margaretha Heinrich,
Wie viele Kränkungen erträgst du noch,
Bevor du dich mal wehrst und ziehst dein Schwert?
Das wahre Drama ist doch: York hat recht!
Die Krone ist für deinen Wackelkopf zu schwer,
Die Stufe bis zum Thron ist schon zu hoch –
Schau, deine Hand: verkrümmt vom Weihwasser,
Vom ständgen Streicheln deines Skapuliers!

York Da seht Ihrs, Eure Frau sagt es nun auch:
Wir werden von nem Feigling, nicht nem Fürst regiert.
Und wenn ein Mensch das wissen muß, ist sie es.

Margaretha Halt dein verdrecktes Maul, blasierter Hund –
Ein Haar – die Wimper! –, ein verirrtes Wort
Von Heinrich ist mehr wert als deine Bande!

York Madame,
Ein Flittchen aus Neapel so wie Ihr,
Das von der Frau allein den Schein und von
Der brünstgen Sau die Läufigkeit besitzt,
Braucht uns die guten Sitten nicht zu lehren.]

Margaretha Ach, ja? Nun, York –
Wo bleiben deine Bastardsöhne denn?
Wo der versaute Eddy? Wo dein Georgie?
Und wo das Buckelscheusal, dieser Rich?
Wo bleibt dein Augenstern, der süße Ronny?
Siehst du ihn irgendwo hier, Somerset?

Somerset *(holt den blutigen Kopf aus dem Sack,*
reibt mit seinem Taschentuch darüber)
Herrje, schaut her: mein Schnupftuch ist befleckt –
Mit Blut, das ich mit scharfem, blankem Stahl
Klein Ronnies bleichem Kinderbauch entlockte.
[Wolln nun um seinen Tod Eur Augen tropfen,
Könnt Ihr Euch hiermit gern die Wangen trocknen.]

Buckingham Vergebt mir York, das hab ich nicht gewollt…

Heinrich VI *(weint)* Ach, Liebste: Was ist nur in dich gefahren?

Margaretha Och, armer York: Würd ich dich nicht so hassen,
Ich heulte glatt ne Runde mit dir mit.
Mach mich jetzt glücklich, Mann, und flenn dich tot!
Ja – wie? Hat dir dein heißes Herz die Eier so

Vertrocknet, daß dir bei Ronnies totem Leib
Kein Fluch einfällt? Warum bleibst du so still?
Du solltest rasen! Tob, damit ich sing und tanze!
Nun? Oder wartst du erst noch auf die Gage,
Bevor du mich als Narr erheitern willst? – Ach?
York spricht nicht, wenn er keine Krone trägt!
Die Krone her! Er soll sie von mir kriegen…
(setzt York eine Papierkrone auf den Kopf)
Voilà.
Sieht er wie 'n König aus – ja oder ja?

York Wölfin von Napoli, noch wüster als die Wölfe –
Du bist von allem „Gut" das Gegenteil,
So wie der Süden gegen Norden steht,
So wie der Antipode steht zu uns.
Hyänenherz, in Frauenhaut gewickelt!
[Wie kannst du meines Jungen Blut auffangen,
Mich heißen, mit dem Tuch mein Aug zu trocknen,
Und Anspruch machen auf den Titel „Frau"?]
Du wolltest meine Tränen sehn? Nun gut, schau her!
Ich will so viele weinen, daß sie leicht
Die Flecken aus dem Tuch da waschen könnten.
Hebs dir gut auf und prahl damit!
Nimm deine Krone, und mit ihr den Fluch:
Dir soll, wenn einmal du vor Schmerzen stöhnst
Und du in deinem Elend kriechst und winselst,
Der Trost des Tods versagt sein, den nun ich
Sogleich aus deiner Hand werd ernten dürfen.
Erstich mich, schlag den Kopf mir ab – was zögerst du,
Entmenschter Erzverräter Buckingham?
Erlöse mich vom Leben, Somerset,
Die Seele steigt empor, euch bleibt mein Fluch!

[**Buckingham** *(angeekelt)*
O Gott, womit hab ich mich nur beschmutzt?]

Somerset *(will zustechen, zögert)*
Wär es nicht besser, ihn am Lebn zu lassen?
Nehmt ihn gefangen – werft ihn in den Turm.

Margaretha *(nimmt ihm wütend die Waffe weg)*
Im ganzen Land lebt nicht ein echter Mann!
Muß man denn alles selbst tun? Hier: touché!
(ersticht York)

York Hab Gnade, Gott! Öffne das Tor der Liebe!

Empfang die Seel, die aus der Wunde strömt!
Näher zu dir, mein Gott… Näher zu dir… *(stirbt)*

Margaretha Den Kopf ab! Spießt ihn auf das Tor von York,
Daß York sein Städtchen York begaffen kann!
(sie sticht auf den Leichnam ein wie eine Besessene; sie enthauptet ihn, hackt ihn in Stücke und wühlt in seinem Kadaver; stöhnend, schluchzend…)

[**Heinrich VI** *(nach längerem Schweigen)*
Wo sind Rechtschaffenheit und Treu geblieben?
Wo die Vernunft, der Friede, das Gefühl?
Wohl nie traf einen Fürsten härtres Los:
Kein Untertan, der nicht den anderen bekämpfte,
Ein Land, einträchtig nur im Haß; in nichts
So sehr zertritten wie um Freundschaft…

Margaretha *(verzweifeltes Auflachen)* Ach, Heinrich, ja…]

Somerset Fürstin?… Was kann ich weiter für Euch tun?

Margaretha Kriech in dein Loch und wart, bis ich dich ruf!
(lacht wieder)
Geh weg, verreck, verschwind, versteck dich – fort!

Somerset Madame,
Ich such aus freiem Willn den Kerker auf. *(ab)*

Buckingham Fürstin?
Ihr hattet mir versichert, Somerset…

Margaretha Du bist nicht mal potent als Ränkeinstrument –
Auf dir lastet ein Fluch! Hau ab! Zieh Leine!

Heinrich VI *(nach kurzem Schweigen)*
Mein Gott – deine Barmherzigkeit ist groß!
Doch so weit weg, das sie mir kleiner scheint
Als all der Staub, der von den Sternen fällt
Und ewig schwebt und schweigt in deinem All…

Buckingham *(zu Heinrich)*
Lebt wohl, mein Fürst. Mein Herz bleibt stets bei Euch.

Heinrich VI Ihr geht, Freund Buckingham? Warum? Wohin?

Buckingham Ich kann in Eurem Land nicht länger leben.

Heinrich VI Wo kann das sein? Ein Land nicht wie das unsre?

Buckingham Adieu, mein Fürst – es tut mir leid! Lebt wohl! *(ab)*

Heinrich VI *(irrt zwischen den Leichen hin und her)*
[Was soll ein Fürst noch seine Krone tragen,
Wenn die Bevölkrung seines ganzen Reiches kaum
Mehr Seeln zählt als die Heilige Familie?]
(setzt die Krone ab, will weg)

Margaretha Bleib stehn! Lauf nicht schon wieder vor mir weg!
Heinrich VI Sei mild, nicht hart zu mir – dann bleib ich hier.
Margaretha Wer sieht den Gipfel deiner Schande an
Und wird nicht hart und eiskalt wie Granit?
Wär ich doch eine Nonne bloß geworden – dann…
Hätt ich dich nie gekannt und nimmermehr
Dir deinen Sohn geboren und gesäugt –
Da du nun so die Maske fallen läßt und dich
Gewissenlos als Rabenvater zeigst!
Heinrich VI Ein Sohn? Mein Sohn? Ach, ja!: Ich bin, als Fürst,
Der Vater aller Söhne, jedes Kinds,
Ob dus getragen oder es gemordet hast. *(will gehen)*
Margaretha Nur einmal, König Heinrich: Flieh nicht mehr!
Sieh deinem Sohn und mir grad in die Augen – ja,
Dein Sohn!
Verdient er, so sein Erbrecht einzubüßen?
Würdst du ihn halb nur lieben so wie ich, hättst du
Einmal den Schmerz gefühlt, der ihn gebar,
Ihn so mit deinem Blut genährt wie ich –
Du hättest ehr das Herz dir ausgerissen,
Als jetzt die saure Krone aufzugeben
Und deinen Sohn zum Bastard so zu machen.
Heinrich VI Vergib mir, Liebste; kleiner, sanfter Sohn.
(streichelt über ihren Bauch)
Ich muß hier fort. [Die Pforten wolln zerspringen,
Die Wände stürzen ein, der Boden – er…
Reißt auf, der Dachstuhl steht in Brand…]
Margaretha *(weint)*
Du ruinierst dich selbst und deinen Sohn *und* mich;
Ich schäme mich für dich, du feiger Sack!
Heinrich VI Als du zuerst vor mir am Hof erschienst,
Sprachst du die gleiche Sprache so wie ich.
Der Wirbelsturm zerstörte da schon alles
So standen wir, noch fremd, doch beieinander –
Ruhig und geschützt im Auge des Orkans…
Wird es nicht Zeit, dorthin zurückzukehrn?
(reicht ihr die Hand)
Margaretha *(blickt ungläubig auf die Hand ihres Mannes)*
Das Leben spielt sich hier im Modder ab,
Nicht da – im Kopf! Du ließt mich doch im Stich!
Ich war der Spielball dieser Hunde, die

Du hier am Hofe duldetest, die mich bedrohten;
Und alles, was von dir an Hilfe kam,
Warn mystisches Geschwätz und Selbstmitleid!
Kein'n Augenblick hast du mir beigestanden,
Und daß du das nicht siehst, ist umso schlimmer.
Doch jetzt ist es zu spät. Ich hab nen Sohn!
Dich, König Heinrich, brauche ich nicht mehr...

Heinrich VI *(weint vollkommen verwirrt)*
O Gott, der du im Himmel bist, vergib mir.

Margaretha *(allein auf der Vorderbühne, streichelt sich über den Bauch)*
In deinem Reich soll nie die Sonne untergehn,
Mein kleines, süßes Prinzchen vom Waliserland.
Die Herren werden knien, wo du vorbeikommst,
Die Frauen werden stöhnen vor Verlangen,
Die Hunde schweigen und die Pferde stampfen,
Und wo mein Kronprinz Edward auch zur Stelle
Da fliehn die Feinde in den Schlund der Hölle!
(wiegt leise ihren Bauch)

Vorhang

1 Die Spielfassung beginnt den V. Akt mit der Herausforderung Heinrichs durch York.

Dritter Teil

Und erlöse uns von dem Bösen

Shakespeare is like mashed potatoes.
You can never get enough of him.
Frank McCourt

Eddy the King
Dirty Rich Modderfocker der Dritte

Eddy the King

Übersetzt von Rainer Kersten

From a jack to a king
From loneliness to a wedding ring
I played an ace and I won a queen
And walked away with your heart.
Ned Miller

„Nice suit you're wearing."
„Mister president, you play your role, I play mine."
Richard Nixon und Elvis Presley bei einem Treffen im Weißen Haus

Dramatis Personae

Eddy	Sohn des Herzogs von York, später Eddy the King
Georgie	dessen Bruder, alias Schorsch, später Herzog von Clarence
Rich	dessen Bruder, später Herzog von Gloster
Warwick	Freund und rechte Hand ihres verstorbenen Vaters, Königsmacher
Anna	dessen Tochter
Buckingham	Überläufer, Kumpel von Rich
Elisabeth	Lady Gray als Witwe John Grays, später Königin Elisabeth
Heinrich VI.	der Fürst
Margaretha	die Fürstin
Kronprinz Edward	ihr Sohn
Somerset	ihr Liebhaber
Le Roi Louis	König von Frankreich
Bona	seine Schwester
Ein Bote	
Die Witwe des Herzogs von York	

Erster Akt

I.1

Verkarstetes Gelände. Ein großer und ein kleiner Totenschädel an einer Stange, beide mit einer Papierkrone. Eine Frau steht davor und trauert – die Herzogin von York; ab. Auftritt der York-Boys: Eddy, Georgie – genannt Schorsch – und Rich.

Eddy *(weinend vor den beiden Schädeln)*
Boys! Who de fok has made a rolling stone
Of daddy York, unserm geliebten Pa?
Is this the apple of his eye – er, unser
Bruder: Sweet Ronny, mit Papier gekrönt?

Georgie Wer das auch war, the pig will pay for it.

Rich I have no tears to shed, mein Körper hat
Nicht Saft genug, my burning heart zu löschen.

Georgie Der Zunge fehlt the power to remove
The rock der mir das Herz zermalmend martert.

Rich Big Daddy York, ich trage deinen Namen:
Rich junior will revenge your death; or die
As rotten and forgotten as a dog.

[**Eddy** Can someone fokking tell me, wie er starb?

(Auftritt Warwick und Buckingham)

Warwick! You were my father's buddy – shoot!]

Warwick Das war das Weib aus Napoli, Margretha,
Die Hure, die auf König Heinrich scheißt
Und sich trotz allm noch Frau und Fürstin nennt –
Die Schlampe, schwanger von ihrm toten Stecher,
Die schon vorm nächsten ihre Beine spreizt –
Vor Somerset –
Und jetzt die Krone für den Bastard heischt –
Für Edward…
Sie wars, getrieben von ihrm neuen Freier,
Die euern Ronny abstach wie ein Schwein,
Die in sein schuldlos Blut ein Schnupftuch tauchte,

Unds euerm Vater in die Augen rieb,
Um seine Tränen teuflisch zu verspotten.
Und sie wars, die, von ihrem Hengst gestoßen,
Das Haupt abhackte euerm Pa – mein Licht
Im Leben, Ziel und Pol-Stern, mein Kumpan!
Als Krähenfutter spießt' sies an den Pfahl,
Als Schreckenszeichen ihres Spotts und Hohns.

Buckingham Sie ist es, die geschworen hat, euch alle
Wie trocknes Distelunkraut auszureißen,
Und jeden Sproß des Vaters zu vernichten.

Warwick In heißem Stahl gepanzert ist ihr Haufen
Und unterwegs hierher – ein Höllenwagen,
Der Pech und Schwefel ausspeit lichterloh,
Ein bronzestarrndes Tier auf Flammenrädern,
Das todesfauchend unsre Flur aufreißt,
So wie ein glühnder Dolch den Bauch der Kuh.

(Margarethas Armee erscheint im Hintergrund)

Eddy Shit! Schaut, da vorn: The night is over, Boys:
Der Globus has a golden dildo in
His ass, er reißt die Fresse auf und schiebt
Frau Sonne, seiner Braut, die Zunge rein:
She'll shine am Firmament the whole day long.

Georgie Kein Loch, kein Spalt, kein Krater so vollkommen...

[Rich So klarumrissen im verfickten Blau
Wie 'n Einschußloch in ner Karosserie...

Georgie O my! –
Ein einzges großes Feuer in the sky...]

Rich I don't know who or what, was Mächtges jedenfalls,
Tries hard to make us dig a meaning, Brüder!

Eddy The two of you, and me... We are the sons,
We are the children of Big Daddy York.
We're not the same and yet – we are but one –
We are the house of the three rising suns!

[Rich Ein Blut und eine Glut.

Georgie Ein Mann, ein Maul!

Eddy Ein Glanz, ein Glühn!

Georgie Ein Land, ein Loch.

Eddy Ein Kack und eine Krone!]

Eddy *(grinst)* Imagine we could put our blood together?

Die ganze Bude stünd im Nu in Brand,
Dies Land would light up wie ne Hühnerscheuer,
That shivers unterm Feuer unsrer Wut.

Georgie O, praise the Lord!

Rich Let's go to work then, Brüder.

(Auftritt Margaretha, Somerset, König Heinrich und Kronprinz Edward, begleitet von einer königlichen Leibwache)

Margaretha Willkommen hier im hübschen Städtchen York!
Ich seh, daß ihr das nette Denkmal schon
Betrachtet habt, das ich zu Ehren eures „Pa"
Und eures süßen Bruders aufstelln ließ?

Eddy Du Schlabberfud, go fok your Meute Memmen:
Dein Fohln, dein'n Hengst und dein'n kastrierten King!

[**Kronprinz Edward** Spuck deine Brüder an, du arrogantes Aas!

Margaretha Verschwend dein'n Speichel nicht an dieses Pack, mein Sohn.]

Rich You butcher's bitch – how dare you spit one word?

Margaretha Mischst *du* dich ein – du Wrack, du Mißgeburt?
Dein Ding ist kleiner als mein Daumen, selbst
Die Sau riecht ehr nach Rosen als dein Maul.
Die Leprakranken warnen uns mit Klappern –
Dir hat das Los nen Buckel aufgebrannt,
Der uns von fern schon warnt, dich ja zu meiden.

Rich Vergoldetes Stück Scheiße aus Neapel!
Your crazy father calls himself a King,
So wie ein Narr den Nachttopf Nordsee nennt!
A shame, bei deiner hergelaufnen Sippe
Riskierst du hier auch noch die dicke Lippe
Und zeigst doch nur dein eignes feuchtes Loch!

Georgie Were you the one who killed my brother Ronny?

Margaretha Ihn und dein'n Pa.

Somerset – Wir hörn noch lang nicht auf!

Georgie Just blow the horns: Die Bande hier geht drauf!

Rich My fists are itching for the sodding blood
Of those two modderfokking Kinderkillers!

Warwick Wie stehts nun, Heinrich, wo bleibt unsre Krone?

[**Margaretha** O – Warwick? So!? Du kannst doch sprechen, Mann?
Ich dacht, Kastraten könnten nur falsch singen?

Somerset Beim letzten Treffen sang er nicht – er floh,
Mit eingezognem Schwanz vor Schiß; er hinterließ
Ne braune Spur so wie die Schneck ihrn Schleim.

Warwick Jetzt ists an euch, vor Angst und Schreck zu scheißen!]

Heinrich VI Ich fleh euch an: Jetzt keinen Streit!

[**Margaretha** Dann sei
Ein Mann – ergreif Partei! – oder sei still!

Heinrich VI Ich bitte dich: Leg meine Zunge nicht in Zaum –
Der Fürst bin ich: Es ist mein Privileg zu sprechen.

Eddy If you shut up your chicken sissy King,
Könntet ihr euch den nächsten Kampfgang sparen!]
Boys? Blow your horns! Mit Pauken und Trompeten!
We raise the colours of our gang! Ob Tod,
Ob Sieg! The clash of clashes! The Big Bang!

(Kampf; Eddy und die Boys schlagen wie Verrückte auf ihre Gegner ein; Margaretha, Somerset, die königliche Leibwache und Kronprinz Edward fliehen; Heinrich sondert sich ab)

Heinrich VI Ein Waffengang ist wie das Morgendämmern –
[Der Hirte bläst sich fröstelnd in die Hände,
Und weiß nicht, obs schon Tag ist, ob noch Nacht:]
Der neue Tag kämpft mit dem fliehnden Dunkel;
Es schwankt – strömt bald nach hier, bald stürzts nach da –
So wie das Meer – gezwungen von der Flut –
Mit widerständgem Wind vom Land im Streite liegt;
Bald siegt die See, und bald erneut der Sturm,
Mal ist die eine stärker, mal der andre:
Zwei Ringer gleicher Kraft und Größe –
Verkrampftes Grinsen, Klammern Brust an Brust –
Von beiden keiner siegt noch wird geschlagen…
(setzt sich) Mein Gott,
Nichts Höheres als nur ein Hirt zu sein!
Auf diesem Hügel sitzend auszuruhn,
Die Schlachten zu betrachten, ganz gelassen,
Von Rot und Schwarz am Himmel, Sonn und Mond,
Der Sieg sei dessen, der von Gott bestimmt!
Die Königin und Somerset… Sie jagten
Vor Augen meines Sohns mich aus der Schlacht
Und schworen, daß sie weitaus besser führen,

Wenn ihnen ich nicht vor den Füßen lief... *(weint)*
Wär ich nur tot, wär das nur Gottes Wunsch!
Was gibt das Leben uns als Last und Leid?

(Kriegsgeschrei; Margaretha, Somerset, Prinz Edward und die königliche Leibwache auf der Flucht)

Margaretha Los, lauf, du Schlappschwanz! Wir sitzen in der Scheiße!
[Kronprinz Edward Der alte Sack von Warwick wütet hier,
Als wär er'n brünstig losgelassner Stier. *(ab)*
Margaretha Steh auf, und nimm dein Schicksal endlich selbst
Mal in die Hand! Jetzt flieh! Gleich sitzen Eddy
Und die blutge Bande dir im Nacken,
Wie eine Meute schwarzer, wilder Doggen! *(ab)*
Somerset Auf ihrem Rücken eilt die Rache, und
Sie schwingt ihr rostig Schwert! So flieht mir nach!
Heinrich VI Nein, nehmt mich mit, mein guter Somerset!
Nicht, daß ich Angst hätt, hier zu bleiben – doch
Verlangt es mich bei Frau und Kind zu sein!]
(folgt ihnen unbeholfen)

(Die York-Boys schleifen, im Beisein von Warwick und Buckingham, einen Schwerverwundeten hinter sich her und beginnen ihn herumzustoßen und zu schlagen.)

Georgie Yo!
This fokking dude can deal a perfect skull
Den Schädel von Big Daddy abzulösen!
Rich Der schönste Spruch auf Erden: „Zahn um Zahn!"
Eddy Hey, dude!? Ey – alter Kumpel! Who are you?
Rich If he still had a face, then we could guess.
[Georgie If not the modderfokker used his voice
To scream and yell just like a bat from hell,
Würd er sein'n ganzen Stammbaum runterbeten!]
Eddy Yo, Warwick-Buddy! Dude of dudes! Tu mir 'n Gefallen:
See if there is a prisoner of war –
A whore, a nun, ein stinknormales Weib,
As long as she has fokking tits and ass
And groans like him, doch dann vor geiler Lust?
Go! *(Warwick ab)*
Buckingham One thing's for sure: his gang is Margaretha's.

(tritt den Mann)

Rich Hey!
Can you get satisfaction, werter Freund?

Eddy Wo ist sie denn, das fokking Mensch, dein Marschall
Margaretha?

Georgie Wo bleibt das Aas to cover your sweet ass?

Buckingham Wo bleibt die bloddy bitch to save your soul?

Rich The way she loved my daddy, I love you. *(tritt ihn)*

Georgie Die alte Fud hat Ronny-Boy gelyncht!
Und jetzt, man, we are gonna spoil dein Spiel. *(tritt ihn)*

Rich The goddam fokking faggot turns his back
On us; er sieht nichts mehr, er hört nichts mehr.
The no-good-looking modderfokking koksukker.

*(Warwick kommt mit einer Hure zurück – verdreckt,
mit blutender Nase, kahlgeschoren; Eddy greift sie sich)*

Eddy The fokker fakes he's fainting, I just know it.
Ich hab das im Urin – ob bitch or bloke –
I feel it, see it, smell it when they're faking.
*(steckt dem Mädchen die Zunge in den Hals;
Warwick ist peinlich berührt)*

Warwick Es tut mir leid, Euch jetzt zu stören, Eddy,
Doch… was befehlt Ihr, soll mit Heinrich werden? –
Wenn uns der Hundsfott in die Hände fällt?

Eddy *(fummelt unbeirrt weiter)*
O, what the fok! Just bust his balls or break
His back or chop him up like chickenshit
Or paint the town red mit seinem Gedärm.

Warwick Laßt ihn gefangen nehmen – töt ihn nicht!
Solang er lebt, kann man nichts von ihm erben,
Und Edward kann die Krone drum nicht fordern.
Inzwischen ruf ich Euch zum König aus,
Und reis gleich drauf zu Frankreichs Roi Louis,
Und bitte dort – in Eurem Namen – seine Schwester,
Und einzige Verwandte Bona um die Eh…

Eddy A French princess? Bona la Belle –
Ist das ne dralle Schnalle? Ne scharfe Braut
Und gut gebaut, ne richtig coole Knalle?

Warwick Bona La Belle ist allgemein bekannt
Als ein' der schönsten Damen dieser Welt!

Mit Eurer Ehe werdet Ihr sodann
Die Vaterländer wieder fest verbinden,
Und braucht im Bund mit Frankreich nie zu fürchten,
Daß sich zerstreute Feinde neu formiern.

Eddy Yo! *(schiebt die Hure weg)*
A blow-job-bitch from France, die Boner heißt–
Und eins der geilsten Weiber auf der Welt?
Pump up the jam! Dein Will geschehe, Warwick!
You are the rock on which I'll build my cock,
Den Kack, den Sack – mein Trost und Knuddelfusch!
(kneift Warwick in die Wange)
You filthy little dirty swine of mine. *(Warwick ab)*
How do I look? Not bad, gebts zu: I'm hot!
No bitch that will resist me now! They'll drop
For me – wie Fliegen nach nem Furz von Schorsch.
Hey Rich, dear dude: du bist jetzt Duke of Gloster,
Georgie ist Clarence; me myself: the King.
Und Warwick may, genau wie wir, just do
And fokking leave, all that may please the bastard.

Rich Ho – ho! Ho! Ho!
Gimme a break, boys, stop busting my balls;
Don't fok with me, the two of you, okay?
Why is it ausgerechnet me again,
Der jetzt den Titel Gloster kriegt?
Let it be him! Ich heiß viel lieber Clarence.

Eddy Ist doch egal! A duke is but a duke.

Rich Das ist egal? Let him be Gloster then.

Georgie And why the fok would I be Gloster? – He
Made me the duke of Clarence – und ich hab
Mich da schon voll total drauf eingestellt!

Rich Yo! Man, don't take it personal, okay!
'S geht nicht um dich. A matter of Prinzip:
Why is it always someone else who tells me
What I must do, decides what I must be?

Eddy But what the fok is wrong with fokking Gloster?

Rich Der Name klingt so modrig und verfault…

Eddy But why? For Chrissake! It's a fokking name.
What's in a name? It could be anything.
Like Clarence, Warwick, Dickhead, Asshole – name it!

Rich Okay: the King…
Is that a fokking name as well? The King?

Eddy Now wait a minute, Boy, don't fok with me!
Don't fokking bust my balls! You're out of line here –
Don't fokking fok with me! The King is King!
It's not a name! The fokking King is King.
Don't fok with me! The King is not a name!

Georgie Why don't you tell us what is wrong with Gloster?

Rich Ich weiß nicht… Gloster… ist doch was für Schwuchteln!

Eddy Can you the fok believe this? „Was für Schwuchteln!"
Can you the *fok* believe this? „Was für Schwuchteln!"
(prustet los)

Georgie Hey… Hey!
What do you mean, man? Ich wär eine Schwuchtel?
Hey! Look at me! Look at me when I'm talking.
You little prick! I am a faggotqueen?
Is that what we are saying here? A faggot?

Rich Hell, no – all that I'm saying is: why me?

Georgie Why you? Why you? Because it is for faggots!
That's why! Wer Gloster heißt, ist eine Schwuchtel!

Rich You see? That's what I mean. Wer Gloster heißt…
Look, Schorsch…

Georgie Nenn mich nicht Schorsch! Ich heiße Georgie –
George von mir aus –
But never niemals nie im Leben Schorsch!

Eddy Shut up. The two of you. Just shut the fok up! *(Pause)*
Ein bißchen mehr Respekt ist angesagt, ja?
Wir stehen hier am Grab von unserm Pa.
We haven't started yet, and: bang! The shit
Has hit the fan – das kotzt mich einfach an!
Du, Rich, wirst Gloster, George wird Clarence, basta!

Rich Och, Atze – Bruder…

Eddy Stop it, man, okay?
It's just a fokking name – a name, that's all,
So shut the fok up! Hier spricht jetzt Old Eddy,
Your one and only King. Don't have the guts
To bust my balls! I'll make you eat your nuts!
Und wem das hier nicht paßt, soll sich verpissen!
It's my way, or the highway.

(alle ab)

I.2

Heinrich VI, als fahrender Bettler verkleidet.

Heinrich VI Dem Krieg kann man entfliehen, Heimweh nicht...
Ich suchte einen sichren Zufluchtsort
Im hohen Norden, doch ich fühlt mich wie
In Haft – bei Bergen, Regen, Fjorden, Pein...
Ich tat, was jeder Eingeschlossne tät:
Ließ meinen Kerker hinter mir, um nur,
Vor Sehnsucht krank, in meinem Vaterland
Zu sein: du Heimat, einzige Geliebte...
(schaut sich um)
O Heinrich, Heinrich, dies ist nicht dein Land!
Das Zepter wurde deiner Hand entwunden,
Dein Thron besetzt, die Salbung weggewaschen,
Kein Knie beugt sich wie einst vor dir als Cäsar,
Kein Bittender beruft sich auf dein Recht,
Kein Mensch fragt noch bei dir um Halt und Beistand –
Ich kann mir selbst nicht helfen – wie dann ihm?
Ich dank dir Gott, du ließest Margaretha
Mit meinem Sohn entfliehn. – Behüte sie!
Beschütz sie auf der Flucht ins ferne Frankreich
Und gib, daß Margaretha Roi Louis
Beredet, ihr zu helfen, mich zu retten.
Sie ist ein Weib, ihr Los bedauernswürdig,
Mit Tränen sprengt sie leicht ein Herz aus Stein;
Selbst Tiger werden traulich, wenn sie jammert!
Doch wenn es, Herr, dir besser scheint, mich nicht
Aus diesem Pferch der Qualen zu befrein –
Vergiß mich, laß mich dann – dein Will geschehe!
Ich brauch nicht Gold noch Krone, Fürst zu sein.
Im Herzen trag ich sie, nicht auf dem Haupt,
[Dem bloßen Auge unsichtbar: die wahre Krone,
Der sich nur wen'ge Könige erfreun:
Ihr Name ist: Zufriedenheit. Amen.]

(ab)

Zweiter Akt

II.1

Der Palast. King Edward, Richard von Gloster, George von Clarence, die heulend vor dem König stehende Witwe Gray und abseits Buckingham.

Eddy Brüder!
John Gray, der Mann von dieser Lady hier,
Has recently den Löffel abgegeben
Im Dienst von Daddy York – total zermatscht
Von Margaretha and her Gang; sein Land
Verbrannt und von der Krone eingezogen...
She begs us now to give her back this land,
Which would be rude and ruthless to refuse,
Schon weil der Bruder dort ins Gras gebissen
Als treuer Buddy von Big Daddy York.

Elisabeth Obs Eurer Majestät nun paßt, ob nicht –
Gebt Antwort jetzt – ich bitte Euch! Und die
Entscheidung nehm ich an als mein Gesetz.

Eddy Well, tell me, widow: habt Ihr Kids von ihm?

Elisabeth Ja! – drei, mein gnädger Fürst.

Eddy Without their father's land droht großes Leiden.

Elisabeth Habt Mitleid dann und schenkt es uns zurück.

Eddy Hey, Boys! Fok off, get outta here, ihr beiden –
Ich möcht ein Wörtchen mit der widow wechseln.

(Georgie mißmutig ab)

[**Buckingham** *(zu Rich)*
Mit Weibern ists doch stets the same old song.
Sie lügen und betrügen like a lizard,
Wenns nur den Mann in ihre Falle lockt.
Look at your brother, Rich! Er frißt ihr aus der Hand!]
(ab)

(Rich beobachtet lauernd weiter die Szene)

Eddy What is your name?
Elisabeth Elisabeth.
Eddy Ihr liebt
Wohl Eure Kleinen sehr?
Elisabeth Mehr als mich selbst, mein edler Fürst.
Eddy Und tätet Ihr nicht alles for their future?
Elisabeth Für sie würd ich mich selbst ins Unglück stürzen. *(Pause)*
Eddy You can earn back your land. I'll tell you how.
Elisabeth Ich würde Eure treuste Dienerin.
Eddy In what positions can you serve me, ma'am?
Elisabeth Was Ihr befehlt und ich erfüllen kann.
Eddy Ihr könntet Euch an meinem Antrag stoßen.
Elisabeth Nur wenn er gegen meinen Stand verstößt.
Eddy Hängt Stoßen denn von einer Stellung ab?
Elisabeth Nun gut, ich tu, was Majestät befiehlt. *(Pause)*
Mein König schweigt? Darf ich den Dienst nicht wissen?
Eddy Der Dienst ist leicht: to like and love your King.
Elisabeth Ist schon getan: Bin Euer Untertan!
Eddy I'll give you then, mit milder Hand, dein Land.
Elisabeth Vieltausend Dank – und ich empfehl mich nun.
Eddy Freeze!
Ich meint nicht Liebe, sondern… fruits of love.
Elisabeth Geliebter Fürst: Die bracht ich Euch doch dar?
Eddy There's fruit and fruit – ein Apfel keine Pflaume.
What kind of love, denkt Ihr, hab ich im Sinn?
Elisabeth Die Liebe, die die Tugend von uns fordert –
Als schicklich zu erbitten und gewährn.
Eddy That's not the kind of love I have in mind.
Elisabeth Dann ist, was Ihr meint, nicht an was ich denk.
Eddy Dschieses! Ihr kennt die Früchte ganz genau!
Elisabeth Was Eure Hoheit hier jetzt „Früchte" nennt
Kann mir – wenn ich es richtig rat – nicht schmecken.
Eddy Ganz kurz gesagt: ich will mit dir ins Bett!
Elisabeth Genauso kurz: da würd ich steif wie'n Brett –
Dann werft mich lieber gleich in eine Zelle!
Eddy Zur Hölle! Mit dei'm Kerl, samt Land und Kids!
Elisabeth Dann soll die Ehrbarkeit mein Brautschatz sein;
Für Land ist meine Keuschheit nicht zu kaufen.
Eddy *(schmollend)* Ihr tut den Kindern großes Unrecht an.
Elisabeth Ihr seid es, Herr, der hier mit Unrecht richtet,
Und die frivole Wendung des Gesprächs

Treibt mit dem Ernst des Antrags schmählich Spott!
Drum sagt jetzt ja, sagt nein, und laßt mich gehen.

Eddy Yes ma'am – if you say yes to what I ask.
No ma'am – if you refuse, was ich begehr.

Elisabeth Dann eben nein, mein Fürst – ich bitt nichts mehr.

Eddy *(beiseite)* That bitch is every inch ein Klasseweib,
She's got the looks, the jive talk and the brains:
She's fokking perfect! Inside out a miracle!
She's made for fun and fame und flashy Feste –
Sie wird my mistress oder meine Queen! *(zu Elisabeth)*
Suppose the King wants you als Königin?

Elisabeth Als Untertanin taug ich wohl zum Hohn,
Doch taug ich längst nicht, Eure Kron zu tragen.

Eddy I fokking swear you, on my soul, sweet widow:
My heart is on my tongue! Ich will nur eins:
Euch als Geliebte ganz für mich besitzen.

Elisabeth Zu niedrig, Eure Königin zu sein,
Bin ich für Euch als Hure mir zu gut!

Eddy Lady, stop fokking me and be my wife!

Elisabeth Mein hochgeehrter Fürst, würds Euch nicht kränken,
Wenn meine Söhne Euch dann Vater nennen?

Eddy So what? My daughters will call you their mother!
You are a widow, sure, mit kleinen Bälgern,
But, Jesus, me – a stupid bachelor,
Ich hab doch auch nen Stall voll – ich finds toll
To be the daddy of a footballteam!
Now shut the fok up and become my Queen.
Willst du den Kopf behalten und dein Nest?
Then use your tongue man lieber at its best.
(gibt ihr einen Zungenkuß, den sie erwidert)

Rich *(beiseite)* My brother's always had a way with Weibern.
Now that he's got the fokking power too,
He puts his prick in every goddamn pussy.
Ach so: there is no kingdom for Klein Rich!
O sure: that fokking Buckel gets no power?!
Sweet Love hat mich – noch während meine Mutter
Mich in ihrm Urschlamm langsam in die Welt
Gewiegt – bereits im Mutterschoß verstoßen,
Und ihres schönsten Menschenrechts beraubt,
Indem sie Modder Nature plump bestach,
Den einen Arm zum Strunk mir zu verdorren

Und diesen Kürbis on my back zu ziehn:
Ein Buckel-Unhold – eine Mißgeburt...
Mein eines Bein ist länger als das andre:
I have no Bodypart, der nicht deformed!
Which bitch would ever love a man like me?
Well, if die Welt hier offers me no fun
Except to cry and bring under my thumb
Each fokking wiseguy handsomer than me,
[Werd ich my heaven in der Krone suchen.
My life in dieser Welt is but a hell,
Until das Haupt, das prunkt auf diesem Strunk,
Umkränzt wird mit dem goldnen Reif der Macht.]
(hüstelnd, Eddy unterbrechend)
My lord! I beg your pardon! Sorry, Sir!
A message aus dem hohen Norden! Heinrich,
The former King, was caught, crossing the border;
Your men took him to prison in den Turm,
Where he awaits your further verdict, Sir...

Eddy You dirty moron, filthy swine – how dare
You – bothering your brother, he is busy!
You think I give a shit, you prick? You think
I really give one modderfokking shit!
Tell him to fok himself! And fok you, too!
You bloddie Mißgeburt! Fok you! Fok you!

(Rich gedemütigt ab; Eddy vergnügt sich weiter)

II.2

Der königliche Palast in Frankreich. Warwick und seine Tochter Anna warten auf Le Roi Louis.

Warwick Ich wär so stolz: schau, du als Königin,
Mit Gold gekrönt, dein Sitz ein Schritt vom Thron,
Geborgen – sicher! – hier im schönen Frankreich.

Anna Ich gäb mein Gut, mein Geld, mein Blut, könnt ich
Nur bald an deiner Seite heimkehrn, Vater.

Warwick Das Land ist voll Verfall und Aufruhr, Anna!
Mach mich doch glücklich und gestehs mir zu,
Dich, Tochter, glücklicher zu machen dort,
Wo feiger Mord und Untat nicht regiern.

Anna Dann mach mich glücklich – laß mich doch nicht einsam,
Auf dem verdorbnen Kontinent zurück!
Ja, ganz allein beim stinkenden Franzos –
Und setz mich nicht nem fetten, welschen Gockel,
Den ich nicht will, noch mitten auf den Schoß!

Warwick Die Karten lagen nie so gut... King Edward
Tritt mit der Schwester König Louis in die Eh-
Wenn du dich auch noch mit dem Roi verschwägerst,
Wird dieses Band noch enger – unser Haus
Hätt nie so hoch, so hell und so zu Recht geglänzt!
Und wenn du erst den jungen Mann gesehn hast,
Den ich zum Gatten dir bestimmt – wer weiß,
Am End vermißt du mich dann gar nicht mehr?
Denn, Kind, hier schmachtet wegen dir ein Held;
Die Stirne strahlnd von hohen Idealen,
Er schützt die Schwachen und bestraft Despoten,
Doch irrt nach jeder neuen Heldentat
Verzweifelt einsam durch sein weites Land,
Und sucht die eine, die er noch nicht kennt...
(küßt sie auf die Wange; sie schmiegt sich an ihn)
Die Liebe trifft uns wie ein jähes Urteil,
Schickt keinen Henker, richtet nicht nach Lohn,
Zielt selbst erbarmungslos mit scharfem Pfeil,
Und wir gehn selig zur Exekution.

(Auftritt Le Roi Louis, seine Schwester Bona,

Margaretha, Kronprinz Edward und Somerset, ohne Warwick und Anna zu bemerken)

Margaretha Mein Heinrich, einzger Herrscher meines Herzens,
Statt zu regiern sitzt er gefangen nun,
Währnd Eddy und die blutberauschten Brüder
Ihm Thron und Titel rechtlos frech gestohln!
Drum stehe ich, die arme Margaretha
Mit Heinrichs Erben Edward, meinem Sohn,
Vor dir und fleh um den gerechten Beistand. *(heult)*

Somerset *(tröstet sie)* Weist Ihr uns ab, ist alle Hoffnung hin, Sire!
Das Volk und unser Adel sind verführt,
Das Heer geflohn, wir stehn im letzten Hemd –
Ihr seht, Louis: Wir sind total am End!

Roi Louis Je vous en prie, gerühmte Margaretha:
Haltet den Sturm für jetzt in Zaum, bis wir
Die Mittel finden, ihn zurückzuschlagen.

Margaretha Durch schnelles Handeln zeigt sich Mut im Sturm!

Warwick *(er stürmt nach vorn)* Mon Roi Louis!
King Edward – groß und glorreich ist sein Name,
Mein Souverän und Euch geschworner Freund –
Schickt mich in Ehrfurcht und aufrichtger Liebe,
Zunächst, um Eure Majestät zu grüßen,
Euch – zweitens – um ein Bündnis anzuflehn
Und schließlich: diese Freundschaft zu besiegeln,
Mit goldnen Banden vor dem Traualtar,
Gesetzt, ihr gebt der Schwester Euren Segen –
Der schönen Bona, hold und hochgeehrt,
Die Ehe einzugehn mit meinem Fürst.
(zu Bona) Im Namen König Edwards, edle Dame,
Ist mir – mit Eurer gnädgen Huld und Gunst –
Befohln, in Demut Euch die Hand zu küssen
Und Euch in glühnden Worten abzuschildern,
Wie sehr die Leidenschaft sein Herz verzehrt,
In dem, seit Euer hoher Ruhm ihm jüngst
Ins spitze Ohr geflüstert wurde, nur noch
Das Bild von Eurer Schönheit und auch Tugend brennt!
(küßt Bonas Hand)

Margaretha Sein Angebot kommt nicht aus reiner Liebe,
In Wirklichkeit plant Eddy nur Betrug,
Weil diesem Ketzer 's Wasser bis zum Hals steht.

[**Somerset** Denn wie kann ein Tyrann sein armes Land
In voller Sicherheit regieren, sagt?,
Wenn er im Ausland sich nicht stark verbündet?]

Margaretha Nur ein Tyrann ist er, hier der Beweis:
Mein Heinrich lebt noch, und selbst wär er tot,
Steht dort sein Sohn und Erbe: Kronprinz Edward.

Somerset Wenn jemand Bona wert ist, ist es er.

Margaretha Despoten können kurze Zeit regieren,
Doch werden sie vom Himmel bald gestraft
Und von der Zeit wie Unkraut weggemäht.

Warwick Du falsches Aas!

Somerset Warum nicht: Königin?

Roi Louis Madame, messieurs, je vous en prie!
(Pause) Merci. Warwick,
Dites-moi, en votre âme et conscience:
Edward – wie sehr liebt er notr' soeur Boná?

Warwick Mon Roi, er schwor mir täglich fünfzigmal
Daß seine Liebe ewig sei, ein Eichbaum,
Und tief verwurzelt in der Tugend Grund,
Frei jeder Mißgunst, doch voll Liebesschmerz,
Bis Bona ihm als Gatten schenkt ihr Herz.

Roi Louis Ma soeur, quelle est votr' décision finale?

Bona Mon frère,
Ich folge votr' refus ou votr' accord.
Doch ich bekenne, daß mein Ohr schon früher,
Beim Hörn des Ruhms von Eddys puissance,
Gar oft sein Urteil umbog in Verlangen.

Roi Louis Alors, ma soeur sera la femme d'Edward.
Laßt unverzüglich den Vertrag aufsetzen.
Nimms sportlich, Margaretha – sei nun Zeuge:
Ma soeur s' est fiancée au Roi Edward!

Bote *(tritt auf, zu Warwick)*
Ambassadeur, der Brief hier ist für Euch.
(zu Louis) Dies schickt mein Fürst an Eure Majestät.
(zu Margaretha)
Für Euch, gnä' Frau – von wem, das weiß ich nicht. *(ab)*
(alle drei lesen ihre Briefe)

Roi Louis Quoi? La Lady Gray?
Edward s'est marié avec une veuve?
(zu Warwick) Soll mir das hier euren Streich versüßen?
Glaubt er, ein Wisch macht alles wieder gut?

Wagt Ihr mir mitten ins Gesicht zu spucken –
Sind das die "goldnen Bande", Warwick, die Ihr
Mit meiner Schwester und mit Frankreich sucht?

Margaretha Hab ich es Eurer Hoheit nicht gesagt?
So zeigt sich Edwards Liebe, Warwicks Treue!

(Bona in Tränen ab)

Warwick *(vollkommen perplex)* Mon Roi Louis...
Ich schwör, beim allessehnden Aug des Himmels,
Bei meiner Hoffnung auf ein ewges Heil,
Ich wußte nichts von dieser Untat Eddys!
Er ist nicht mehr mein Fürst, denn er
Hat mich entehrt, und noch viel mehr: sich selbst.
Hab ich ihm nicht die Krone aufgesetzt?
Brach ich nicht Heinrichs angestammtes Recht?
Und werd ich so zuletzt mit Schmach belohnt?
Schmach über ihn! Denn ich erwarb mir Ehre!
Und um mir die für ihn verlorne Ehre
Zurückzuholn, schwör ich ihm hiermit ab! *(kniet)*
Hochedle Margaretha – meine Fürstin!
Laßt uns vergessen unsre Streiterein:
Ab heute bin ich Euer treuer Diener,
Ich räch die Schmach, die Bona angetan,
Und bringe Heinrich wieder auf den Thron.

Margaretha Dies Wort verkehrt mein Herz zu Euch in Liebe,
Vergeben und vergessen sei die Schuld,
Jetzt, da Ihr Bundgenosse Heinrichs werdet.

Warwick Ich werd sein Freund – so sehr sein wahrer Freund, daß,
Wenn Ihr mir, Roi Louis, ein kleines Heer
Von auserlesnen Männern stellen wollt,
Ich unverzüglich sie gen meine Heimat führe,
Um dort mit Schwert und Eisen den Tyrann
Mit Sack und Pack von seinem Thron zu stoßen –
Die neue Braut wird ihn bestimmt nicht retten!

Roi Louis Ihr sollt das Heer, das Ihr erbittet, haben.
Die Eh mit Frankreichs Tochter ward verspottet?
Ich hoff, daß in der Schlacht Edward verrottet!
Warwick! Tuez nos dernières doutes, avant d' partir:
Welsch Pfand gebt Ihr für Eure loyauté?

Warwick *(Pause)* So sei Euch dies das Zeichen meiner Treue:

Wenns meiner Fürstin und dem Prinz genehm,
Wird dieses Kleinod, meine Tochter Anna,
Noch hier und heute Kronprinz Edwards Frau.

Roi Louis Wie dünkt Eusch, Edward? Was meint Margaretha?

Margaretha *(Pause)* Ist dies der Preis, den ich für alles zahl?
Die Wege meines Schicksals sind verworrn…
(küßt ihren Sohn)

[**Kronprinz Edward** *(zu Anna)*
Nimm meine Hand, und mit der Hand mein Wort.]

Margaretha Wie denkst du liebes Kind denn selbst davon?

Anna *(zu Edward, dessen Hand sie nimmt)*
Warum sollt ich dem Himmel widerstehen,
Wenn er mir hier, in fremdem, kaltem Land,
Den Prinzen sendet, der mich wieder heimführt?

Roi Louis Dann ist die letzte Hürde glatt genommen:
Ihr habt mein'n Beistand, Segen und mein Geld;
Nun kehrt in euer Heimatland zurück
Und tötet mir Edward, das miese Stück!

(alle ab)

II.3

Der Palast. King Edward neben seiner hochschwangeren Frau und Königin Elisabeth, George von Clarence.

Georgie Bruder! Elisabeth is fokking you
Right in the ass, und du verscharrst your love
For me just like a cat ihrn Schiß! [You gave
Ihrm Bruder eine Braut – die Erbin von
So'm reichen Deppen aus dem Norden; and
The only child of some old other Stinktier
Tauscht nicht mit mir den wedding-ring, sondern ihrm Neffen.]

Eddy Ach? Georgie-Boy ist läufig – winselt nach
A fokking bitch? Soll ich dir eine suchen?

Georgie The bitch that you prefer, zeigt dein'n Geschmack:
So platt und plump, daß – I do beg your pardon –
Ich meinem Schlegel lieber selbst was such.
If this goes on, I might as well be gone.

Eddy Schorsch, cut your crap oder zisch ab! A King
Can't bend to every Bocken seiner Boys.

Elisabeth Mein bester Schwager,
So sehr der neue Rang mein Haus und mich
Auch freut, so schmerzt uns doch die Feindschaft jener,
Die wir allein und stets zu lieben wünschten.

Eddy O, halt die Klappe, Beth, mit dei'm Geschleim!
Don't smoothe the smelly butthole of his temper.

Georgie If you had married Boner like you should have,
Der Warwick und die Maggi hätten nie
So'n stupid pact geschlossen, und ihr Edward
Hätte Warwicks lovely Anna nie gekriegt...

Eddy *(lacht)* Well, well, there is a bitch im Spiel! Hallo?
Mein kleiner Bruder geilt auf Anna? – Go!
Warwick hat noch ein Pferd im Stall – die jüngste...

Georgie Okay! Das is exactly what I'll do!
Ich wart bei Warwick meine Stunde ab!
Der reißt dir eh die Krone aus den Pfoten,
Und dann schenkt er sie mir, dem Schwiegersohn!
Ich werd sein Chicken schwängern jede Nacht –
Dann steh ich mit dir gleich an fokking Macht. *(ab)*

(Rich tritt auf, zusammen mit Buckingham)

Rich My lord, I am afraid to bring bad news:
I have to tell you, Sir, daß Warwick grad
Mit seinem Heer on our coast gelandet ist –

Buckingham His gang ist gutgeübt und schlicht gigantisch…

Eddy Well, fokking hell!
So'n shit kommt nie allein – gleich regnets Scheiße.
Laßt alles stehn und liegen – and be quick!
Rich… Freeze!
You are by blood mit mir und ihm verbunden –
Whose side are you on, Rich? – Auf meiner oder Georgies?

Rich Bruder…
Wer immer dich verläßt oder verrät:
Be sure to find me always right behind ya.

Buckingham Be sure to find me always right behind ya.

Eddy I will survive, then, das steht felsenfest –
Don't lose your time and leave now, alle hier!
(Rich und Buckingham ab) Betty, my dear?
Go find ein Kloster und tauch erst mal unter.
Laß das Geflenne! Let no Hysterie
Drive you insane und konzentrier dich lieber
Auf das, worin ihr Weiber beat the blokes:
Sei süß und sanft und trächtig wie'n Karnickel…
O sugar baby honeypop of mine:
How far I flee, was auch aus mir mag werden:
Sorg mir nur gut für meinen fokking Erben.

(küßt sie; beide ab.)

II.4

Der Turm. König Heinrich wird von Warwick und George von Clarence befreit.

Heinrich VI *(aus der Zelle tretend: Glockenläuten)*
[Die ungebrochne Liebe meines Volks
Verkehrte den Gewahrsam in Genuß,
Den Kerker mir zur Kathedrale Gottes!
Ja, mein Vergnügen glich ganz dem gefangner Vögel,
Die erst bedrückt das Köpfchen hängen lassen,
Doch dann, bei häuslichen Gesanges Tönen,
An den Verlust der Freiheit sich gewöhnen.]
Doch: Warwick! – Ihr – und Gott! – habt mich befreit!
Er hat damit ein Zeichen geben wollen:
Will ich dem Volk in diesem Land des Segens
Nicht mehr durch meiner Sterne Unglück schaden,
Muß ich die Macht jetzt andern übertragen:
Das Glück lacht, Warwick, Euch in allem zu.
(bietet ihm die Krone an)

Warwick Mein Fürst,
Ihr wart zeitlebens stets bekannt als redlich –
Jetzt gleicht die Weisheit Eurer Tugend Kraft.
Doch muß ich Euch in einem leise mahnen:
Daß Ihr mich vorzieht meinem lieben Sohn!

Georgie O, liebster Schwiegerpapa: nein, nicht ich!
Nur einer hat die Kron verdient: nur du!

Warwick Dies Lob ziemt einem ehrenwerten Sohne,
Doch gehts zu weit: denn dir gebührt die Krone!

Georgie Nein, Vater, nein, im Ernst: dir ganz allein!

Heinrich VI Warwick und George von Clarence – reicht mir eure Hände,
Fügt sie zusammen wie die beiden Herzen,
Daß keine Zwietracht euer Amt je störe!
Ich mach euch zwei zu meinen Protektoren
Und zieh mich in mein innres Selbst zurück,
Die alten Tag mit stiller Andacht füllend,
Zu Gottes Lob und Buße meiner Sünden.

Warwick Nur ungern zwar, geb ich mich denn geschlagen –
In einem Joch wolln wir das Staatsschiff ziehn,
Gleich einem Doppelschatten König Heinrichs,

Und für ihn so sein hohes Amt versehn –
Als Lastenträger seines Regiments,
Während er selbst die Ruh und Ehr genießt.
Doch nun, mein Sohn, wirds höchste Zeit, daß Edward
Zum Hochverräter ausgerufen wird
Und man sein Hab und Gut ihm konfisziert...

Georgie Und man vor allm den Nachfolger bestimmt!

Warwick Nur ruhig, mein Sohn, dein Anteil soll nicht fehlen.

Bote *(tritt auf)*
Mein Fürst und meine Herren, schlechte Nachricht!
Edward von York trieb neues Kriegsvolk auf!
Er rückt schon auf die Hauptstadt, und ihm strömen
Die Massen aufgepeitschten Pöbels zu!

Georgie Wir müssen ihn so schnell wie möglich schlagen.
[Ein Strohfeuer pißt selbst ein Kind noch aus,
Doch brennt der Wald, hilft keine Regenflut!]

Bote Es ist zu spät! Der Brand loht schon zu hoch. *(ab)*

Warwick Solange Margaretha und der Kronprinz
Noch nicht in unserm Land gelandet sind,
Sind wir zu schwach und ist der Kampf riskant.
Wir ziehen uns in unsre Burg zurück!
(zu Georgie)
Beweise nun die grad gelobte Treue
Und trommle uns aus Stadt und Land ein Heer
Von Männern, die noch zu uns stehn, zusammen!

[**Heinrich VI** O nein, nicht wieder Krieg, kein neues Schlachten!
Ich folg euch nicht; ich bin des Fliehens müd.
Ich bleib, inmitten meines treuen Volkes.
So laßt mich hier. Ich folge meinem Los.

Warwick Lebt wohl, mein guter Fürst. Der Himmel schütz Euch!

Heinrich VI Ich sag Euch nicht Lebwohl – Euch lachte stets
Das Glück – warum sollt es Euch nun verlassen?
Bald sehe ich Euch wieder, mit Erfolg geschmückt
Und mit dem goldnen Lorbeer Eures Siegs.

Georgie Ich küsse Eure Hand zum Zeichen meiner Treu –
Lebt wohl!

Heinrich VI Auch Euch, aufrechter Clarence, seh ich wieder –
Bekrönt mit bunten Kränzen des Triumphs!]

(Warwick und George von Clarence ab, König Heinrich will gehen, läuft jedoch den heranstürmenden Eddy the

King, Richard von Gloster und ihren Truppen geradewegs in die Arme; sie stülpen ihm einen Sack über den Kopf)

Eddy Make sure the fokking shithouse keeps his trap shut.
(schreit Heinrich an)
A King is strong, a stream of power – you,
Du „stilles Bächlein" – are a pool of piss.
I am a sea, I suck your blood and blubber
Mit jeder Ebbe fort and leave you empty,
So dry und scheißvertrocknet wie die Spreu.
Warwick! *(Auftritt Warwick)*
Do you agree to open up your gates,
To shut ab jetzt your Schandmaul und zu kuschen,
To call me King and beg for fokking mercy –
Or do ya wanna bleed for your stupidity?

Warwick Ich scheiß auf dich und deine schwule Bande!
Erkenne, wer dich aus dem Nichts gehoben und
Mit einem Wink wieder vernichtet hat!
Nenn mich erst Kapo und kriech brav zu Kreuze –
Dann bleibst du, was du warst: Herzog von York.

Rich Ich dachte, you at least would say: „The King!"

Warwick Die Krone hat dein „Atze" doch von mir!

Eddy Well, then it's mine – und wärs durch dein Geschenk.

Warwick Doch viel zu schwer für deine schwachen Schultern!
Und darum, Schlappschwanz, nahm ich sie zurück.
Mein Fürst ist Heinrich, ich sein Untertan.

Eddy *(schubst den schwankenden Heinrich nach vorn)*
Your King is now my prisoner of war...

Rich Achjeh! A detail Warwick overlooked.

Buckingham O Weh! Man kann doch nicht an alles denken!?
Ergib dich, Wichser – wirf die Waffen weg!

Warwick Ich würd mir ehr die eine Hand abhacken
Und stopft sie mit der andren in dein Maul.

Eddy Die Hand hier, in dein Niggerhaar verkrallt
Wird bald – your head still warm and wet with blood –
Auf jede weiße Wand als Grabschrift dir'n
Grafitti schreiben: „Der wetterwendsche Windhund Warwick
Will never turn and whirl and spin again."

Warwick Seht dort, da kommt mein Sohn, Fürst George von Clarence,
Mit Macht genug, dich, Eddy, zu besiegen,

Sein Eifer für den Sieg des alten Rechts
Erstickt den letzten Funken Bruderliebe.

Georgie *(tritt auf)* Ich, Clarence, steh zu meinem Vater Warwick.

Eddy You stab me in the back? Like Brutus did
With Caesar? Wait a sec, we got to talk,
Das ist mein Recht, I were and am your brother...
Do what you want – ich will es dir vergeben,
To me, nothing is holy but ein Bruder.
But he? Was hat er dir denn schon zu bieten –
Except the blow jobs of his youngest daughter?
Ich zeig dir zehn, du Sack, die besser blasen!
You stupid fok: if you help him to waste me,
Hat er dich am Schlawittchen till you die.

Warwick Der Sieg ist schon fast unser: Margaretha
Und Somerset stehn kaum zehn Meiln von hier –
Mit Truppen von fast dreißigtausend Mann,
Sie rücken vor, sie eilen uns zu Hilfe!
So komm, mein Sohn – jetzt komm...

Rich Yes, go, dear Schorsch; dein Meister ruft sein Hündchen.
And while you lick his fokking feet and ass,
Remember, wem er selbst die Stiefel leckt:
Der Bitch, die Big Old Daddy York gelyncht,
Und ihrem Deckstier, who has killed Sweet Ronny...

Warwick Das ist Vergangenheit, mein Sohn. Jetzt – komm!

Eddy It is vergangen, Georgieboy – so: Stay,
And think about the times that you and I,
Sweet Ronny und Klein Rich, just fokked around
Like hell, the four of us – the fun we had!
Remember how we swore: forever yours?

Warwick Das hast du meiner Tochter auch geschworn,
Und sie schwors dir, doch nicht im Schilfgebüsch,
Wo Kinder kichernd Onkel Doktor spielen,
Nein: vorm Altar, vor Gottes Angesicht!
Denk an ihrn vollen Mund, die Braun, die Brüstchen...
Du hast mir selbst gesagt, wie schön sie ist...
– Dann schau dir deine Brüder an und wähle. *(Pause)*
Was zögerst du? Wenn ich dich ruf, dann komm!

Georgie Was sagst du, Schwiegerpa? Denkst du denn echt,
Ich wär so plump, gefühllos und entartet,
Daß ich dies Horrorarsenal an Waffen
Auf meinen Bruder und legalen König richt?

Ich reiß das Haus nicht ein, das einst mein Pa
Voll Mühn mit seinem Blut errichtet hat.
Mein Fehltritt makes me supersorry and so sad
Und wütend, sauer over me that you –
Bring me in a vendetta kind of mood!
Don't ever – where or when – meet me again,
Or I will hang ya by the balls and blast ya.
Eddy:
To you I turn myself, vor Reu errötend,
Forgive me, Bruder – ich machs wieder gut!
Und Richard! Willst du mir die Fehler nachsehn?
I'll laugh no longer über die von you –
I'll never stab you in the back again.

Rich Of course, dear George, no problem, sure, okay:
Ein Bruder, was auch happent, bleibt ein Bruder.

Eddy More welcome now, and ten times mehr geliebt,
Als hätt er niemals unsern Haß verdient.

Warwick Verfluchter Judas, feiger Intrigant!

(Georgie ersticht Warwick, unterstützt von den anderen)

Eddy Was? Mieses Aas! Dare you insult my brother?

Rich Nobody foks my Bruder in front of me!

Buckingham Nobody foks my friends in front of me!

Eddy [Yes! Bite the dust, you dog, and bust your lungs!
Denn erst dein letzter Atem gibt mir Luft. *(tritt ihn)*]
'Cause call him as you like: that Warwick was
A motherfokking Kaktus in my ass.

[**Warwick** *(schwerverwundet, letztes Grinsen)*
Zeig mir den Fürst, des Grab ich nicht gegraben?
Nun sieh mich liegen hier in meinem Glanz!
Von Kopf bis Fuß bedeckt mit Dreck und Blut.
Was ich besaß an Parks und Pfalzen und Palästen
Verläßt mich. Und von all mein'n Länderein
Bleibt nichts mir als die Länge meines Leibs. *(stirbt)*]

Georgie Farewell, sweet Schwiegerdad. See you in hell!

(ein letzter Tritt, Buckingham und die Brüder ab)

II.5

Margaretha, ihr Sohn Kronprinz Edward und Somerset bei Warwicks Leiche.

Margaretha *(spricht zu den Truppen)*
Ihr Herren, Landsgenossen, Freunde… Männer!
Zum zweiten Mal komm ich hierher aus Frankreich.
Beim ersten Mal traf ich, naive Braut,
Ein Rudel Wölfe, die mir an die Kehle
Sprangen. Und was find ich hier heut? Nen Wurf
Verwaister Welpen um ein totes Aas.
Die Lähmung, Heulen – Angst – das ist für Memmen! –
Und ziemt sich nicht für unser stolzes Land.
Doch Männer!, unser Schiff ist nicht gesunken!
[Ist unser Mast auch über Bord geweht,
Der Anker fort, die Taue auch zerfetzt –
Noch lebt der Steuermann! Macht er sich Ehre,
Wenn er das Ruder läßt, der Jämmerling,
Das Meer um Krokodilstränen vermehrt,
Und so die Macht verstärkt, die ihn ertränkt?]
War Warwick unser Anker – ja was tuts?
Hält Somerset das Schiff nicht grad so gut?
Und kann nicht ich – zwar schwach und unerfahren –
Nur dieses eine Mal die schwere Last
Des Steuermanns mir auf die Schultern laden?
Ich liefe nicht vom Ruder fort zu flennen;
Ich hielt den Kurs, rief auch der Sturmwind nein;
Ich lenkt das Schiff um Sand und scharfe Klippen!
‘s hat keinen Sinn, zu greinen wie ein Kind,
Bei Dingen, die kein Mensch vermeiden kann.

[**Somerset** Mich dünkt: ein Weib mit solchem Löwenherz
Treibt selbst den Feigling noch zu Heldentaten!]

(King Eddy, Richard von Gloster, George von Clarence und Buckingham treten drohend auf)

Margaretha Nein – weicht nicht! Flieht nicht! Freunde, Kampfgefährten!
Nur soviel sag ich: Heinrich, unser Fürst,
Sitzt in Gefangenschaft des Feinds! Sein Thron –

Dient ihn'n als Trog; sein Land – ein einzges Schlachthaus;
Sein Volk ermordet, sein Gesetz verletzt,
Sein Staatsschatz bis zum Letzten leergeplündert –
Dort steht der Wolf, der unser Land verheert!

Somerset *(ängstlich)* Er eilt und will von hinten uns bespringen –
Doch falsch gedacht: wir sind zur Schlacht bereit!

Eddy Yo, dudes!
Look over here! Those insects, dieses Unkraut,
That, with a little help of fists and friends,
Bis Mitternacht mit Stumpf und Stiel and all
Aus unsrer Scholl muß weggehackt sein und
Vertilgt! Muß ich euch erst noch Zunder geben
To light your fire? Or do you burn von selbst,
To clear them from the surface of the earth?
Then: charge! Go terminate that Ungeziefer!

(Eddy und seine Gang umzingeln Margaretha, Kronprinz Edward und Somerset. Sie quälen und massakrieren Somerset)

Buckingham Yo! Exit modderfokking Somerset!

Eddy Stopft ihm das Maul, daß ich ihn nie mehr hör!

Margaretha Tut, was ihr wollt in euren schlimmsten Träumen,
Mißbraucht mich, schlitzt mich auf, brecht mir die Knochen!
Für meinen Körper steh ich hier nicht ein:
Mein Mund wird schreien und mein Auge weinen,
Bis daliegt bloß ein blutger Brocken Fleisch.
Doch eines kriegt ihr nie kaputt: die Seele –
Die Margaretha kriecht vor euch hier nie!

Buckingham Du, Margreth, krochst doch schon vor jedem Kerl!

Eddy *(streicht mit einem Messer über Edwards Kehle)*
Edward, my baby... You son of a bitch:
You've got a good excuse or alibi
Daß du hier widerrechtlich wild bewaffnet
Mein teures Volk verhetzt zur Meuterei?
You modderfokking mieser, kleiner Wicht!

Rich Take him gleich zum Schafott and chop his head off!

Edward Bind dich aufs Rad und zieh dirn Buckel grad!

Georgie *(lacht zusammen mit Eddy; Rich rasend)*
Ey, wie so'n junger Dorn schon stechen kann!

Prinz Edward Faß mich nicht an, du Affenarsch – verreck!

(zu Eddy) Du Hurenbock!
(zu Georgie und Buckingham) Verräter!
(zu Rich) Mißgeburt!

Rich Eat this, du Mongobrut von dieser falschen Schlange!
(ersticht ihn, unterstützt von seinen Brüdern)

[**Eddy** Du zitterst, Bubi? This will calm you down!

Georgie For you, with love and kisses, Mister Smartface.]

Margaretha *(zwischen Somerset und Edward)*
Er war ein Mann; mein Kind nichts als ein *Kind*!
Kein Mann läßt seine Wut an Kindern aus…
Gewissenlose Metzger… Kannibalen…
Bringt ihr aus eurem Dreck je einen Sohn zustand,
Schaut zu, wie man ihn in der Blüte meuchelt…
So wie ihr Henker meinen Prinzen jetzt…
Los, tötet mich. Gebt mir den Rest. – Na, los!
Erstecht mich auch. Ich will zu meinem Kind.

Rich Your wish is my command! *(will sie erstechen)*

Eddy No – stop it, Rich. Tu nie, was Weiber sagen.

Rich Why let her stay alive? So she can fill
This fokking world with filthy words and lies?

Eddy *(zu Margaretha)* Stop your pathetic make-believe – shut up!

Rich Hey, Buck!
I'm off. I have some serious job woanders.

Buckingham What?

Rich Im Turm, Buck! I will kill them all! Im Turm! *(ab)*

Eddy Off with her! Schleift sie an den Haaren weg.

Margaretha Schleif mich nicht fort – gib mir dein Schwert – stoß zu!
Na los! Hier rein damit! Was wartest du?
Du bist doch sonst nicht faul in solchen Sachen?
Du zögerst? *(Eddy ab)* Alter, impotenter Sack!
Dann George! Jetzt nutz die Chance, zeigs deinem Bruder,
Laß ihn mal sehn, wie echte Männer rangehn!

Georgie Well, fokking hell! Die Fut ist faul wie'n Fisch! *(ab)*

Margaretha Tu dus dann – liebster, bester Buckingham!
Davon hast du doch immer so geträumt?

Buckingham Und soll ich dich jetzt töten und noch trösten?

Margaretha Um unsrer alten Liebe willen: Stoß!

Buckingham Des neuen Hasses wegen, Weib: bleib leben!

Margaretha Los, Buckingham, ich fleh dich an, stoß zu…
[Was für ne Mutter wär ich wohl, wenn ich

Mir länger wünscht zu leben als mein Sohn?]

Buckingham I swear to God: I'll never do it, bitch. *(ab)*

Margaretha Du willst nicht? Wo ist dann der Höllenhenker,
Der Buckelmolch, des Teufels Bluthund Rich?
Wo bist du, Modderkröte, Warzenschwein,
Der Mord streut, so wie andre milde Gaben?
[Der wild erregte Freier weist noch ehr
Die Küsse seiner Buhle ab, als er
Den Wunsch von einem, der den Tod erfleht.]
(hält Ihren toten Sohn in den Armen)
[Muß ich jetzt weinen und die Pflichten üben
Die, Edward, doch die deinen wärn an mir?
Sonst ists das Amt der Jugend an den Eltern,
Daß sie am Ende ihn'n die Augen schließt.]
Wie soll die Mutter den zu Grabe tragen,
Den sie einst selbst getragen hat im Schoß?
Die Hand sich fülln mit schwarzer, schwerer Erde,
Dich decken mit dem Stoff, dem du entstammst
Und ihn dir streun ins süße Angesicht,
Das später als das meine Land und Licht sah,
Doch früher als das meine Nacht und Nichts?
[Was war dein Leben nun in meinem, Edward,
Ein Schwalbenschatten... Windhauch... – weiter nichts?
Du bist mein Fluch. Der Urfluch jeder Frau,
Der – im Geliebten und im Kind – das Grab
Das Schönste fortnimmt, was das Leben gab.]

(bleibt sitzen, ihren toten Sohn in den Armen wiegend)

Dritter Akt

III.1

Der Turm. Heinrich VI gefangen. Richard von Gloster betritt den Raum, im Dunkeln verborgen.

Heinrich VI O lieber Vater, den ich niemals kannte,
Der Heerscharn König, heilger!, Fünfter Heinrich,
Der du vom Himmel hier herabblickst, sag:
Was tat ich falsch, daß ich dein'n Thron verlor?
[Wars meine Schuld? – Die Krone war beliebt!
Nie blieb ich taub, was mich mein Volk auch fragte,
Nie ließ ich ein Gesuch mutwillig warten,
Ich salbte stets mit Mitleid ihre Wunden,
Erleichterte mit Milde all ihr Leid,
Voll Mitgefühl trocknet' ich ihre Tränen,
Nie fühlt ich Habsucht nach ihrm Geld und Gut.
Nie hab ich sie gedrückt mit schweren Steuern,
Noch ihnen harte Strafen auferlegt,
Für all die Missetaten und Verrat…
Und sollten sie jetzt Eddy plötzlich lieben?
Nein, Vater: Gutes wird mit Gutem doch belohnt!
Solang der Leu das Lamm nur leckt und streichelt,
Läuft nie das Lamm den Wölfen hinterher.]
(spürt die Anwesenheit von jemand anderem im Dunkeln)
Wer da? Was willst du hier, so gib doch Antwort. *(Pause)*
– Nein, schweig!, und nähre nicht aufs neu die Angst;
Ermorde mich mit Waffen, nicht mit Worten.
Dem Dolch gewachsen ist mir ehr die Brust
Als deiner Schreckensbotschaft meine Ohrn.

Rich *(im Licht)*
Why do you think that I have come als Henker?

Heinrich VI Ein Bluthund bist du sicher, und wenn Mord
An unbescholtnen Menschen Henkerswerk,
Dann bist du mehr ein Henker als ich Fürst.

Rich I killed your prince and bastard like a pig –
Das Balg mit sei'm geschwollenen Geschwätz…

Heinrich VI Hätt man beim ersten Prahlen dich erschlagen,
Der Mörder meines Sohns hätt nie gelebt...
Ich prophezei, daß einst noch viele Tausend,
Die jetzt kein Haar von meinen Ängsten ahnen,
Verfluchen werden, daß du je geborn.
Der Waldkauz heulte laut von Pest und Plagen,
[Die Krähe krächzte, Chaos prophezeind;
Ein Hund wurd toll, der Sturm riß Bäume nieder,
Die aufgeschreckten Elstern tschilpten irr...]
Und mehr als andre litt die Mutter Wehn –
Doch sie gebar, was niemals Mütter hoffen:
Aus Schlamm und Schleim warf sie ein Monster in
Die Welt, ein roher, deformierter Klumpen,
Und nicht die Frucht so blühend-starken Stamms.
Vorm ersten Schrei schon hattst du scharfe Zähne
Zum Zeichen, daß du kamst, um uns zu reißen.
[Und wenn das andre wahr ist, was ich hörte,
Dann kamst du auch...]

Rich Shut up! Halt dein verficktes Maul, Prophet.
(ersticht ihn, immer mehr außer sich geratend)
And this was also written in my stars:
That I was born, den Klumpfuß steif voraus;
Die Amme kotzte, and the nuns were crying:
„Protect us, Lord: mit Zähnen kams zur Welt!"
And boy, did I have teeth! And nails! Und Borsten
To be ein wilder Eber, Werwolfskind,
Das knurren muß und kratzen muß und beißen.
If heaven wants to mutilate my body,
Laß dann die Hölle deformiern my mind.
I have no brother! I am like no brother!
Let love – die Göttin grauer Tattergreise –
In Männern leben, die auch Männern gleichen –
But not in me! Ich bin mir selbst genug.
(erschöpft, blutüberströmt) Sieh an?
My sword is all that weeps for dead old Heinrich.
(zu seinem Schwert)
Du wirst noch viele rote Tränen weinen
Of those who fokking dream about my downfall.
(durchsticht Heinrich ein letztes Mal)
To hell! And tell them there, du kommst von mir,
Der weder Gnade, Liebe kennt – nor fear!

(Im Hintergrund das Weinen eines Babys; Auftritt Buckingham; sieht Rich mit dem bluttriefenden Schwert und dem toten Heinrich VI)

Rich You see, dear Buddy Buckingham, wie schnell
Und mühelos ein King krepieren kann? *(grinst)*
Buckingham *(grinst)* My dear friend Rich: das gilt für jeden Mann.

(beide ab)

III.2

Der Palast. King Edward und die heulende Königin Elisabeth mit einem heulenden Baby. Auftritt George von Clarence, Richard von Gloster und Buckingham.

Eddy Look here, Rich – schau: gesund und groß und stark…
No man zeugt' jemals *so'n* perfekten Sohn!
What name is fokking fit for such a prince?
A name is not a name – it is a destiny.
So there's no name that we can give him but:
Li'le Eddy… my motherfokking kleiner Prinz!
(zum Kleinen, im Kille-Kille-Ton)
Are you aware, du kleine Kakerlake,
Was wir – your uncles and your stolzer Dad –
Für deinen süßen Schlaf geschuftet haben,
In winter nights, in harnesses of steel,
Wie uns bei Frost der Arsch auf Grundeis ging,
In summertime vor Hitze suffocating,
Eaten alive by bugs and flies im Dreck –
For just one thing: for you to be the King
In times of love and peace und Schiß und Piss?
There is but one who plucks the fokking fruits
Von all der Schinderei – that's: bloddie you.
Los, Rich und Clarence, alter Löwe,
Kommt her and kiss your nephew, Kronprinz Eddy.

Georgie The loyalty I owe my loving brother,
Schwört dieser Kuß nun auch dem kleinen Schatz.
(küßt das Kind)

Elisabeth *(kann ihr Schluchzen endlich beherrschen)*
Ich dank Euch, lieber Schwager, edler Clarence.

Rich My brother and dear King, verehrte Schwägerin:
Daß ich den Stamm verehr, dem es entsprossen,
Beweist der Kuß, den ich dem Früchtchen geb.
(küßt das Kind)

Buckingham My King, I'm not one of your Brothers – yet
I love your son just like your Bruder Rich.
(küßt das Kind)

Eddy *(gerührt)* I thank you from the bottom of my heart.

Buckingham What has my King in mind for Margaretha?

Eddy In which can an old bitch like that noch schaden?
Ihr Schoß ist faul, and smells like toter Fisch –
No prick, der da noch seinen Rüssel reinhängt!
Nicht mal ne Mißgeburt kriecht da noch raus.
Tell her to cut her crap and swim to France!
For us, there's nothing left to kill but time,
Mit Siegesfeiern und mit frohen Festen,
Mit Saufen hier und fokking Vögeln da,
With each and every joy a King deserves.
Blast die Trompeten, beat the drums! Genug
Des Bluts, of swears und Schwitzen für Moneten:
From now on – gibts hier nur noch geile Feten!

(geile Fete; Rich bleibt allein zurück)

Vorhang

Dirty Rich Modderfocker der Dritte

Übersetzt von Rainer Kersten

Ich bin nicht, bin nur in deiner Erde.
Als du schriest und deine Haut bebte
fingen meine Knochen Feuer.
(Meine Mutter, in ihrer Haut gefangen,
verändert sich im Maß der Jahre.
Ihr Blick ist hell, der Leidenschaft der Jahre
entkommen, indem sie mich angesehen und
mich ihren frohen Sohn genannt hat.
Sie war kein steinernes Bett, kein Tierfieber,
ihre Gelenke waren junge Katzen,
doch unverzeihlich bleibt ihr meine Haut
und unbeweglich sind die Grillen in meiner Stimme.
„Du bist mir entwachsen", sagt sie träge,
wäscht dem Vater die Füße und schweigt
wie eine Frau ohne Mund.)
Als deine Haut schrie, fingen meine Knochen Feuer.
Du legtest mich hin, nie kann ich dies Bild wieder holen,
ich war der geladene aber tötende Gast.
Und nun, später, männlich, werde ich dir fremd.
Du siehst mich kommen und denkst: „Er ist
der Sommer, er macht mein Fleisch und hält
die Hunde in mir wach."
Während du jeden Tag dem Tode nahe bist, nicht mit mir
zusammen, bin ich nicht, bin nur in deiner Erde.
In mir schwindet dein Leben im Kreis, du kehrst
nicht zu mir zurück, von dir genese ich nicht.
„Die Mutter" von Hugo Claus

Move like a king when I roll, hops,
You try to flex, bang,
Another brother drops. Ice-T

Ein angeschmierter Mensch ist ein sauberer Mensch.
Werner Schwab

Dramatis Personae

Dirty Rich	Herzog von Gloster, später King Rich
Georgie	alias Schorsch, dessen Bruder, Herzog von Clarence
Eddy the King	deren Bruder
Elisabeth	seine Frau, die Fürstin
Rivers	deren Bruder
Kronprinz Eddy	ältester Sohn Elisabeths und Eddys
Richard von York	dessen Bruder
Margaretha von York	deren Schwester
Herzogin von York	Mutter Richs, Eddys und Georgies
Lady Anna	Tochter Warwicks, später die Fürstin
Margaretha di Napoli	ehemalige Fürstin
Buckingham	Buddy Richs
Ratcliffe	Erfüllungsgehilfe Richs
Stanley	Verwandter Richmonds

Wache
Leichenträger
Bürgermeister von London
Bote

Erster Akt

I.1

Richard „Dirty Rich Modderfocker“ von Gloster. Allein.

Rich Now is the fokking winter unsres Würgens
Befreit vom Eis zu einem heißen Sommer –
Dank Kronprinz Eddy, dieser „Sonne Yorks“!
And clouds of doom that hung above our heads,
Sind in des Ozeans feuchtem Loch begraben;
In unserm Haar klebt Glitter und Konfetti,
Und müßig rost' die Rüstung an der Wand!
Our speech of war schlägt um in trunknes Lallen,
Our proud parade in schlappen Schwof… Und Bruder Eddy,
Der Schlachtengott, wird fett and smiles like Buddha…
't Is not his horse, dem er die Sporen gibt,
To terminate his furious opponents:
Er galoppiert durch tausend Weiberzimmer,
Und bringt den Fraun die Flötentöne bei.
But I, nicht zum Herumhurn geil geschaffen,
Falsch ausgerüstet, um mich – wärs auch nur
Vor einem frostgen Spiegel – froh zu wichsen;
Me, grob gestrickt und immer schlecht gekleidet,
Mir mangelt Minnens federfüßger Schritt,
Um vor den geilen Hennen zu stolzieren.
Gerupft und weit entfernt vom goldnen Schnitt,
Von Rabenmother Nature plump gefickt
Und far too soon, entstellt, nicht durchgebacken in
Die Welt des Atmens und des harten Lichts,
Den Schlamm und Modder dieser Welt gestoßen –
Ich bin so häßlich, daß, wo ich vorbeihink,
Die haßerfüllten Hunde gräßlich heuln!
Die schlaffen Zeiten mögen meinethalben
Ihrn Friedenssingsang plärrn, I kill my time
Mit Starren at my shadow in the sun
Und meiner Schreckgestalt ein selig Lied zu pfeifen.
If I'm no good to entertain this period

Of peace and decency as lover-boy,
I plan to entertain it as the bad guy.
Aus gossip, lies und Alkoholvisionen,
Aus List und Laster webte ich ein Netz,
Das my beloved Buddys – George und Eddy –
Schon bald zu heated hate entflammen muß.
And if Big Eddy is as loyal and just
As I am falsch, durchtrieben und gerissen,
Sitzt unser kleiner George noch heut im Turm –
Nach my black magic voodoo Horoskop!

(Auftritt George von Clarence, gefesselt mit Bewachern)

Rich Hey, Schorsch!
What's up? Why is a brother of the King gefangen,
As in a chain-gang, closely supervised?
Georgie Eddy is so concerned about me that
He sends me to the fokking Turm, old boy.
Rich O no! But why?
Georgie Because of meinem Namen.
Rich But how insane – you're not to blame for that!
Wo liegt der wahre Hund begraben? Shoot!
Georgie Er hört auf Zauberer und Geisterseher,
He reads in stars, in clouds, in guts of geese,
Dann reißt ers „G“ aus seinem ABC,
Because a witch predicted him, daß G
Die Söhne ihm enterbt – schon die Idee!
Rich Of course: You're „George“... nicht „Schorsch“!... ja, ja natürlich!
Georgie And because „George“, my name, begins mit „G“,
Erwartet er von mir nen üblen Dreh.
Rich So geht das, when a bitch commands ihrn Kerl –
Nicht unser Eddy schickt dich in den Turm.
[It is his bitch who makes him spit on you.
We are not safe here, Bruder, we're not safe.]
Georgie Kein Mensch, kein Hund, der hier noch sicher wär,
Unless – er wär related mit dem Weib!
[**Rich** Seit unser Eddy's married with that widow,
Wird jeder Spatz aus ihrem Nest zum mighty sparrow
Und ist ihr frech Gezwitscher das Gesetz.]
Wächter Ich bitt euch, edle Herrn, verzeiht,

Doch unser aller King hat streng befohlen,
Daß niemand, welchen Ranges er auch sei,
Privat mit seinem Bruder sprechen dürfe.

Georgie You got your orders, pal, we will obey.

Rich We fokking have to, we are the rejected,
The fok-off-Parias von dieser Queen.
Leb wohl, dear George! Ich eil sofort zum King,
Und wieviel Scheiße ich auch schlucken muß –
If necessary, even kiss his bitch –
I'll do it, wenn ich dich bloß frei bekomm!
Just one more thing: Daß Brüder sich so linken?
It hurts me, man, much deeper than you think.
(umarmt und küßt ihn, heulend)

Georgie I know that neither of us like it, Bruder.

Rich I cross my heart:
You will not bite the dust im fokking Knast!
I'll take your pains and chains on me, I'll free ya –
It won't take long, warts ab!

Georgie I have no choice.
Farewell, dear Rich! *(ab)*

Rich Bye-bye, du Rindvieh!
Run to the place, von wo du nie returnst!
Ich lauf so hot for you, in love and speed:
I'll shoot your soul to Heaven Sixty-Nine!

(Auftritt Anna mit einem Leichenzug: auf der Bahre ihr ermordeter Ehemann Edward, Margarethas Sohn.)

Anna Blutloser Rest des königlichen Bluts,
O bleiche Asche dieses Hauses Lancaster,
Laß mich ein letztes Mal dein'n Geist anrufen,
Und lausch dem Weinen deines Weibes Anna.
[Ich gieß den schwachen Balsam meiner Blicke
In Wunden, durch die dich das Leben floh.]
Verflucht die Hand, die diese Wunden schlug.
Verflucht das Herz, das hier das Herz zu hatte.
Verflucht das Blut, das solches Blut vergossen.
Ein schlimmres Los soll dieses Scheusal treffen,
Als ich es Nattern, Kröten, Spinnen wünsch
Und allem Giftgewürm, das sonst noch kriecht.
Wird ihm ein Kind, seis eine Mißgeburt,

Gebeutelt und entstellt im faulen Schoß,
So sehr entartet, daß die eigne Mutter
Beim Anblick ihres Balgs verzweifelt schreit.
Wird ihm ein Weib – sie soll ihn jede Nacht,
Wenn er sich ihres Schoß bemeistern möcht,
Voll Haß und Ekel von sich stoßen – weinend,
Wie heute ich um meinen toten Prinz.

Rich One moment, please! Den body-bag – setzt ab.

Anna Welcher verdammte Dämon rief den Schurken,
Um meine Liebesklagen so zu stören?

Rich Put down that corpse, or – hört ihr schlecht?! – ich brenn
Hier jedem Kerl nen Krater ins Gemächt.

Wächter Herr Gloster, geht beiseit und laßt uns durch.

Rich Du blöder Bastard, aufgeblasnes asshole –
When I say: stehenbleiben, bleibst du stehn;
Und nimm your fokking piece von meiner Brust,
Or – Jesus Christ – I'll kick you in the dust
And piss you out: just pay me some respect,
You modderfokking niggerfaggot Hundsfott!
(die Träger setzen den Sarg ab)

Anna Ihr zittert, Männer? Habt ihr so schnell Angst?
(zu Rich) Hinweg, du kranke Ausgeburt der Hölle!

Rich Saint Anna, sweet chérie: don't speak so cruel.

Anna Verschwind,
Geschuppter Satan, foltre uns nicht länger!
Aus meiner Welt machtest du dein Inferno,
Gefüllt mit tausend Flüchen und Verwünschung.
Ihr Männer… seht! Die Wunden meines Edward…
Sie öffnen den erstarrten Mund und bluten…
Schäm dich zu Tod – mißratner Klumpen Unflat!
Dein Anblick preßt dies Blut aus toten Adern,
Aus alten Wunden, wo kein Blut mehr wohnt.
O Gott! Du schufst dies Blut: Räch seinen Tod!
Du, Erde, trinkst dies Blut: Räch seinen Tod!
Mit deinen Blitzen, Himmel, triff dies Monster;
Tu auf dich, Boden, und verschling den Molch.

Rich My lady, why do you forget die Pflicht
Der Nächstenliebe? Böses drum vergilt
With goodness und belohn den Fluch with blessings.

Anna Du Schuft kennst weder Gott noch Menschenrecht…
Das wilde Tier selbst kennt noch Funken Mitleid.

Rich Ich kenne keins – du siehst, Anna: I'm no beast.
Anna Welch Wunder, wenn der Teufel Wahrheit spricht!
Rich Much more ein Wunder, when an angel's angry...
Allow, divine perfection einer Frau,
Of all the crimes, die mir aufs Kreuz geladen,
Mich hier und heut vor dir zu reinigen.
Anna Du wucherndes Geschwür am Leib der Menschheit,
Erlaub, daß ich für die erwiesne Schuld
Vor aller Welt dich hier und heut verfluche!
Rich Du, schöner, als mein Mund dich nennen kann:
Gimme just five, mich zu entschuldigen.
Anna Du, schwärzer, als mein Herz dich denken kann:
Was dich entschuldigt, wär nur eins: verreck!
Rich Durch solch despair würd ich erst Schuld bekennen.
Anna Nur durch Verzeiflung sühnst du jemals deine Schuld.
Rich Dein husband, Anna, starb nicht von meiner Hand.
Anna Dann ist er noch am Leben!
Rich Hell no, he's wasted! Doch: er fiel durch Eddy!
Anna Du rabenschwarzer Lügner: Margaretha –
Die Mutter Edwards – meine Königin! –
Sah selbst dein Schwert von seinem Blut noch dampfen;
Und wie dus zücktest gegen ihre Brust,
Von wo die Brüder 's erst zur Seite schlugen.
Rich Big deal!
Ihr Lastermaul had challenged me: Sie lud
Die Schuld der Boys on my non-guilty shoulders.
Anna Dein eigner kranker Geist hat dich gereizt,
Der von nichts anderm träumt als Metzeleien.
Erschlugst du nicht auch Heinrich?
Rich I confess – yess!
Anna Du gibst es zu? So gebe Gott, daß du –
Du Warzenschwein – verdammt wirst für die Tat!
Er ruht, wo du nie hingelangst: im Himmel.
Rich Ich half ihm gern dorthin, denn immerhin:
Sein Platz is in that place und nicht bei uns.
Anna Dein Platz ist nirgends – außer in der Hölle!
Rich Und einem Ort – a place I dare not tell...
Anna Ein billiges Bordell?
Rich Your bedroom, baby.
Anna *(Pause)* Das Lager, wo du liegst, kennt keine Ruh.
Rich Lady:

Where we lie down, herrscht tiefste Ruh des Himmels.

Anna Das hoff ich auch!

Rich I know it… But – my dear, sweet Lady Anna –
Um unsern wilden war of words zu enden
And in more peaceful state of mind zu wenden:
Is not der Anstifter der Meuchelei
An Edward und an seinem Vater Heinrich
Just as verurteilnswert wie der Vollstrecker?

Anna Du bist der Anstifter und auch der Henker.

Rich The butcher and the reason, baby, is:
Your beauty, die mich bis in 'n Traum verfolgte,
Den ganzen Erdball restlos auszurotten –
Für eine Stunde Love an deinem Busen.

Anna Würd ich das glauben, Bestie, mit den Nägeln
Kratzt ich mir jede Schönheit vom Gesicht.

Rich Mein Auge würd den Anblick nicht ertragen,
Such perfect beauty ruiniert zu sehn –
Niemand, not even you, tut dir ein Weh,
Wenn ich dabei steh… Just like the world itself
Sich an der Sonne Mutterbusen labt,
Leb ich durch dich: you are my day, my life.

Anna So soll dein Tag in finstrer Nacht ertrinken,
Dein Leben untergehn in qualvollm Tod.

Rich Verfluch dich selbst nicht, Schöne: you are both.
My day, my life! *(weint beinahe)*

Anna Ich wollt ich wärs, um mich an dir zu rächen.

Rich Höchst wider die Natur wär die Vendetta:
Du rächtest dich ja an the one who loves ya.

Anna In dieser Fehde scheints mir sehr normal,
Mich an dem Schlächter meines Manns zu rächen.

Rich Doch der dir deinen Gatten raubte, Lady,
Tats nur, um einen bessren dir zu geben.

Anna Ein besserer als er lebt' nie auf Erden.

Rich Ja – doch!: he loves you more than he can.

Anna Wo ist dann dieser Mann?

Rich Right here! *(sie spuckt ihn an)*
Warum spuckst du mich an, my love?

Anna Ich hofft vor Haß, es wär ein tödlich Gift.

Rich Nie kam ein Gift von solchem süßen Ort.

Anna Nie klebte Gift an solcher eklen Kröte.
Aus meinen Augen, du verbrennst sie mir!

Rich My love: your eyes… entflammen mir das Herz!
Anna Ich wollt, ich jagt zwei Pfeile dir hinein.
Rich They are! They kill me with a living death.
Your eyes entlocken meinen salzge Tränen –
From me, der sonst noch nie aus Reue weinte!
Nicht mal vor Schmerz, als Georgie und selbst Eddy
Were crying um den Tod von Ronny-Boy –
Killed by that cruel Queen, your Schwiegerma.
Nor did I cry als später dein Pa Warwick,
Der alte Kämpfer, weeping like a child,
Den tragic Tod von meinem Pa erzählte;
Er stockte twenty times, um laut zu schluchzen,
Each man hatt' nasse Wangen, like a tree
In winterrain… Mein Männeraug jedoch
Blieb starr – verbiß sich selbst die kleinste Träne…
Your beauty triumphs, in what sorrow failed
To do: It makes me blind with tears, my dear.
My tongue has always hated Schmeicheleien,
But since your beauty als Belohnung winkt,
My proud heart bends, und zwingt die spröde Zunge…
(Sie blickt ihn verächtlich an)
Lehr deine Lippen nicht zu spotten, they…
Were made for kisses, Lady, nicht zum Schmähn.
Kann dein revengeful heart mir nicht vergeben?
Take this: mein frischgeschliffnes, scharfes Schwert!
I beg you, please: begrabs in meiner Brust
And set the soul, die dich vergöttert, free.
Ich stell mich bloß – gib mir den Gnadenstoß,
Ich fleh dich um den Tod, upon my knee…
(entblößt seine Brust; sie hält das Schwert zitternd vor sich)
Don't hesitate. I killed your König Heinrich.
Doch wars your beauty, die mich dazu zwang.
Do it, denn ich erstach auch deinen Edward –
Doch provoziert wars durch your pretty face.
(sie läßt das Schwert fallen) My endless love…
O please… Pick up my piece, or pick up me.
Anna Steh auf, du Heuchler… wünscht ich dich auch tot,
Will ich doch nicht dein Henker sein.
Rich Ask me to waste myself – ich tus sofort.
Anna Das tat ich schon.

Rich That was im fokking Zorn.
Ask me again… Ein Wort, und diese Hand,
Die for your love dir den Geliebten lynchte,
Shall kill a truer love for love of you –
An beiden Morden you'll have had your part.
Anna Durchschaute ich doch nur your heart…
Rich Es spricht
Defenceless aus mei'm Mund.
Anna Ich fürcht, daß beide
Lügen.
Rich Then no man ever sprach die Wahrheit.
Anna Nun gut… Jetzt steck die Waffe weg.
Rich Gelob erst love and peace!
Anna Das sollst du noch erfahren.
Rich But can I live in hope?
Anna So lebt ein jeder Mensch, möcht ich doch hoffen?
Rich Then swear to wear this ring.
Anna Nehm ich was an, geb ich noch nichts.
Rich Sieh wie mein Ring den Finger sanft umfaßt…
So birgt dein Busen nun my poor old heart;
Nimm beide, they are both for you; please do!
If now your hopelessly devoted slave
Nur eine Gunst erflehn darf from your gracious hand,
Schenkst du ihm never ending happiness.
Anna Was denn? *(kniet beim Sarg)*
Rich Please: überlaß ein Teil der Trauerduty
Dem, der the greatest Grund zum Trauern hat.
O, let me be the one who buries Edward!
Ich suche ihm the finest Kloster aus,
I'll wet his grave mit Tränen tiefster Reue.
Ich bitt dich: tu mir doch den *einen* favour –
's Ist alles, was ich ihm noch tuen kann!
Anna *(Pause)* – Aus ganzem Herzen und mit tausend Freuden,
Jetzt, da du endlich wahre Reue zeigst:
Ja. *(zu den Leichenträgern)* Meine Herren – Laßt uns gehn.
Rich Tell me farewell! – at least dann doch das eine…
Anna 's Ist mehr als du verdienst, mein Freund – du lehrst
Mich, dir zu schmeicheln… nun – dann stell dir vor,
Ich hätt dir eben Lebewohl gesagt.
Rich Nicht ein Ade? Okay – dann laß mir deine Wangen,
To cool my kissing lips für ein'n Moment.

Anna Du hast mich doch gehört: ich will jetzt gehn.
Rich If not your cheek, dann gönn mir deine Hand.
(will ihre Hand küssen; sie zieht sie weg)
Anna Nein, laß, du machst mir Angst… es tut mir leid!
Rich Then let me, Lady Anna, kiss your feet.
(er bückt sich, küßt ihren Fuß; sie zittert. Er springt auf und küßt sie auf den Mund. Sie läßt ihn gewähren, bleibt aber zurückhaltend)
Rich *(hört abrupt auf)* O God! I'm sorry! Please, forgive me, Anna!
It was much stronger than myself, forgive me!
Anna Es ist schon gut – es war auch meine Schuld.
Rich *(küßt sie leidenschaftlich, sie erwidert; wieder bricht Rich abrupt ab)*
Don't torture me, I beg you, set me free!
Du mußt jetzt gehn, ich halt es nicht mehr aus…
You are so beautiful – and look at me! *(weint)*
Anna Richard, es tut mir leid, ich…
Rich No! – Please go!
Denn deine Schönheit martert mich! Please: go!
(Anna verwirrt ab; Rich wartet, bis sie fort ist)
Rich Wurd je ne Kuh mit so much fun gemolken?
I kill her fokking husband, dad und Schwiegerpa,
Und krieg sie ran, die Gift und Galle spuckt!
With curses auf den Lippen, feuchten Augen,
The witness ihrer Wut daneben – blutend!
Und doch schmilzt sie vor grad dem Schnösel hin
Who plucked die goldne Blüte ihres Prinzen
And made her widow im verwaisten Bett.
For me – der nicht die Hälfte Edwards wert,
For me – der hinkt und horribly entstellt ist!
I bet my dukedom for a dime, daß ich
Mich always hab getäuscht upon myself.
Well, sodding hell:
Sie hält mich für nen fokking hübschen dude.
Ich werd noch zum Verschwender: Ich kauf Spiegel,
Ich leiste mir zehn tailor-Leibarmeen,
Die Kleider für mich schneidern, die mir stehn.
Shine, crazy diamond, goldne Sonne, strahlndes Laster:
I want to see my shadow, auf dem geilen Pflaster!

(tanzend ab)

I.2

Der Palast. Elisabeth, ihr Bruder Rivers und Stanley.

Elisabeth Habt Ihr den König heut gesehen, Stanley?
Stanley O ja, ich hatte grad – mit Euerm Bruder Rivers –
Die Freude, seine Majestät zu sprechen.
Elisabeth Besteht noch Hoffnung, daß er bald genest?
Rivers Schwester, Geduld, ich wette meinen Kopf:
The King erholt sich wieder – so wie immer.
Elisabeth Doch Bruder, wenn er stirbt – was wird aus mir?
Rivers Ihr littet den Verlust des Manns – nichts mehr.
Elisabeth Mein Gott – verlier ich ihn, verlier ich alles!
Rivers Der Himmel schenkte Euch zwei starke Söhne,
Um Euch zu trösten, wenn er nicht mehr ist.
Rich *(tritt auf)* Welch Kakerlake macht mich mies beim King:
Ich wär ein sturer Bock – that I hate him?
Well fokking shit: Sie sind es, die ihn hassen,
When they fill up his ears with bullshit lies.
It's true:
Ich kann nicht schmeicheln, cannot strut my stuff,
Nicht faken und kriech keinem hinten rein!
Nicht schmusen, schleichen, täuschen, kiss his ass
Mit Edeltalk, französischem Geschleim –
Doch muß ich darum gleich der böse Feind sein?
Ein armer Tropf, who means no harm – like me?
Mein aufrecht-treues Wesen wird abused
Von feigen, schlappen, hinterfotzgen Schranzen!
Rivers Mein Herr: zu wem in diesem Kreise sprecht Ihr?
Rich To you, der weder Stil noch honesty besitzt.
When did I hurt you? Wann tat ich dir Unrecht?
Or you, or you, or any of your gang?
Well: fok you all, und zwar ins… Knie! Mein King –
Der Herr beschützt ihn mehr than you would wish –
Kann nicht in Ruhe mal zum Scheißhaus schleichen,
Without you troubling him with wüstem Tratsch.
Elisabeth Ihr seht die Sache falsch, verehrter Schwager:
The King hat selbst, auf eignen höchsten Willen,
Von niemand anderm dazu aufgehetzt –
Vielleicht ja Euern stillen Haß vermutend,

Der sich schon laut genug in Taten zeigt,
An meinen Kindern, meinem Bruder und an mir! –
Hat selbst befohlen, sag ich, Euch zu holen,
Den Grund des Grolls zu hören und zu schlichten.

Rich Durch dich steckt unser Georgie jetzt im Turm,
Ich in deep shit, wie unser Adel auch;
Wo Eddy steckt, da ists nicht besser: deep in you.
Nur du steckst wie die Made im Speck: the King halbtot
Auf jeder Pfründe 'n member of your gang!

Elisabeth Es reicht!
Schon viel zu lang hab ich den frechen Hohn,
Den unverschämten Spott von Euch ertragen.
Bei Gott, heut meld ich seiner Majestät,
Was für Beleidigungen ich hier täglich schlucke.
Ich wär noch lieber Dienstmagd auf dem Land
Denn jetzt – als Fürstin! – Opfer der Verachtung.

(Die ehemalige Königin Margaretha betritt unbemerkt den Saal, hinter ihr, unsichtbar für sie, Buckingham)

Rich Eh du hier Queen warst und dein husband King,
War ich the fokking Maultier of his business:
Der terminator seiner frechen Feinde,
Belohner – guter Geist! – of all his friends;
Sein Blut wurd königlich 'cause I spent mine!...
And poor old Georgie even killed his Schwiegerdad,
To join our gang and scramble for the crown. *(weint)*
Für welchen Lohn? He sits alone in prison!
I wish my heart were stone wie das von Eddy –
Oder das seine sweet und sanft like mine:
Ich bin zu weich, zu kindlich for this world...

Rivers Mein Herr von Gloster, lieber Bruder – Schwager:
Wir folgten immer unsrer Majestät,
Wie wirs auch täten, wenn Ihr König wärt.

Rich Fuck – me? Da würd ich lieber dealer alter Lumpen!
Schon die Idee!

Margaretha *(tritt hervor)* Hyänen, Diebe! – schlachtet euch nur ab,
Im Streit um das, was ihr von mir geraubt.
Nun zittert, bebt und beugt euch meiner Rache!
(zu Rich) Blaublütger Schuft: Jetzt schau nicht feige weg!

Rich Bitch of a witch: Was willst du hier vor mir?

Margaretha Beklagen, was du angerichtet hast.
Rich Were you not banned, bei schlimmster Todesstrafe?
Margaretha Du schuldest mir den Sohn – und meinen Mann.
Und du den Thron – ihr andern alle: Treue!
Der Dreck, der mich bedeckt, fiel mit mehr Recht auf euch;
Der Glanz, in dem ihr badet, gebührt mir!
Rich That fokking spell my father put on you,
Als du das Haupt ihm kröntest mit Papier
And with your insults drew the bitter tears
In Bächen breit from both his breaking eyes,
Und du ihm dann, die Wangen mit zu trocknen,
Zum Hohn ein nasses Schnupftuch gabst, getränkt
Mit Sweet li'le Ronnies schuldlos Blut... Now, well:
Des Vaters Fluch, gespien in bitterness
Of soul, kommt nun full power über dich.
Und Gott, not we, bestraft you for this deed.
Elisabeth Der Himmel ist gerecht: Er rächt die Unschuld!
Stanley Der schlimmste Frevel ist: ein Kind zu morden.
Rivers Selbst Bestien schluchzten auf bei dem Bericht.
Margaretha [Was? Wie?
Fletschtet ihr nicht die Zähne, als ich kam,
Bereit, einander an die Kehl zu springen,
Und jetzt gießt ihr all euren Haß auf mich?
Gilt Gott der Fluch von York denn mehr als meiner?]
Die Krone fort und ich verbannt für immer,
Mein Heinrich und mein Edward – alle tot?
Ist das die Strafe für *ein* quenglig Balg?
[Wohlan: Dringt denn ein Fluch durch Wolken hin zum Himmel
So spalt die schweren Wolken jetzt, mein Fluch!]
Nicht in der Schlacht stirb, Edward, stirb beim Schlemmen!
[Der du durch Heinrichs Mord die Kron gewannst!
Dein eigner Kronprinz Edward, Prinz des Waliserlands,]
Krepiere in der Kindheit durch Gewalt –
Grad wie mein Edward, ehmals Prinz von Wales.
Dir, Königin, wünsch ich – einst deine Fürstin –
Leb länger als dein Ruhm, genau wie ich;
Bewein im Alter kalte, tote Kinder
Und stirb – nicht Mutter, Frau, noch Königin!
[Ihr alle, ihr habt zugesehn, als nach der Schlacht
Man meinen Sohn mit Schwertern feig erstach:
Nicht einer hier erleb sein frohes Alter –

Lang vorher schon zerschmettre ihn sein Los!]

Rich Now cut your crap, verfluchte alte Fodd!

Margaretha Und dich vergessen, Hund? – Bleib stehn und hör:
Spart dir der Himmel eine Plage auf,
Die schlimmer ist, als ich dir wünschen kann –
So warte er, bis deine Sünden reif sind,
Und werfe dann erst seinen vollen Zorn
Auf dich, du Mörder unsres Erdenfriedens.
[Ja!, des Gewissens Wurm soll dir die Seel zerfressen
Die Freunde, die du hast, solln dich vergessen,
Verräter deine Busenfreunde sein!
Dein böses Auge schließe nie der Schlaf,
Außer, damit ein finstrer Alptraum dich
Mit Teufeln aus der tiefsten Hölle quäle!]
Entstelltes Scheusal, modderwühlend Schwein!
Gestempelt schon seit deiner Mißgeburt,
Zum Sklaven der Natur und Sohn der Hölle,
Du Schmach für deiner Mutter bangen Schoß,
Du Stinkgewächs aus deines Vaters Lenden!
Du Schänder, Schuft, du Monster…

Rich Margaretha!

Margaretha *(gleichzeitig)* Rich, die Kröte!

Rich Was? Wer ruft da?

Margaretha Wer? Ich rief dich nicht!

Rich Excuse me baby, please! Ich dachte grad:
It must be me, den sie so geifernd anschrie.

Margaretha Das tat ich auch, doch wart ich nicht auf Antwort.
Jetzt laß mich meinen Fluch zu Ende bringen!

Rich Ist schon geschehn: it ends with Margaretha.

Elisabeth So habt Ihr Euch soeben selbst verflucht!

Margaretha Du armer Abklatsch einer Königin,
Du schwacher Abglanz meines Glücks! – Was schmierst
Der giftgen Spinne du ums Maul noch Honig?
In deren Unheilsnetz du selbst schon klebst?
Du Närrin! Schleifst das Messer, das dich tötet;
Es kommt der Tag, da wünschst du mich herbei,
Mit dir den Krüppelgiftmolch zu verfluchen

Buckingham *(tritt hervor)* Hör auf, in Gottes Namen – schweig!
Und schweig aus Takt, tust dus schon nicht aus Scham!

Margaretha O Buckingham! [Du bist der einzige,
Des Hand ich noch in Freundschaft küssen mag –

Für dich gilt nicht der Bannkreis meines Fluchs!
Mein Buckingham… *(sie will ihn umarmen)*
Alles sei dir verziehn – nur komm zurück!
Sei klug, mein Freund, und steh mir bei – ergreif
Partei für mich.] Und hüt dich vor dem Bluthund,
Denn wenn er wedelt, beißt er – und sein Biß
Zeugt bittren Wundbrand, der dich tückisch tötet.
Bleib ihm vom Leib, verbrenn dich nicht an ihm…

Rich Was sagt sie, good ol' buddy Buckingham?

Buckingham Nichts, Rich – at least… no word I pay respect for.

Margaretha Was?
So schmähst du mich für meinen guten Rat:
Dem Teufel schmeichelst du, vor dem ich warne?
Du wirst noch an mich denken, im Moment,
Wenn er dein Herz vor Schmerz in Stücke reißt –
Dann sag, daß Margaretha dich gewarnt hat.
Ihr alle! Beugt euch seinem Haß! Haßt ihn,
Und seid ein jeder selbst von Gott gehaßt! *(ab)*

Rich I blame her nothing. Mutter Magd Maria! –
Was hat das Mensch gelitten! It hurts me, hätt
Ich ihr je Unrecht angetan.
(ruft ihr hinterher) I'm sorry!
Forgive me, please!

Elisabeth Ich tat ihr, meines Wissens, nie ein Weh.

Rich Ach, never mind; enjoy the pleasures ihres
Falls… And never mind my „Sorry!“ – Tja:
Versöhnung stiften ist mein neues Hobby.
Drum auch, was unsern George betrifft: Okay,
Er darf nicht klagen, he is well repaid
Mit freier Kost und Wohnung für sein Schuften –
God pardon them, die da dahinterstecken!

Elisabeth Ein ehrsam – und sehr christlicher Beschluß:
Für jene beten, die uns Böses taten.

Rich *(sich verbeugend)*
Das tu ich stets, most honourable Queen.

Bote *(tritt auf)* Madam, der König läßt Euch dringend bitten.
Auch Euch, Herr Gloster, und euch, edle Herrn.

Rich *(mit einer erneuten Verbeugung)*
Nach Euch, Madam: Wir folgen Eurer Hoheit.

(alle ab, im Hintergrund Buckingham, Rich prustet los)

Can you believe it? Have you seen die Faces?
Die fokking Wichser konnten nicht mehr folgen!
I never had more fun im ganzen Life!
I do the bad und ruf als erster „Feuer“ –
The secret crimes that I commit and plan?
Die schieb ich in the shoes of other fokkers.
My brother George? I chuck the jerk in jail;
Ich flenne los und blame sein Los on them,
Ich wettre mich in Weißglut, daß die Queen
Und ihre ganze gang mein'n Bruder Eddy
Mit seinen bloody Boys verfeindet hat!
And they believe me – jetzt heißts weitermachen:
Dann fällt die alte Kuh out of the Blue
Und scheißt uns allemal to pieces. – I
Am bloody hell the only one who answers;
Die Giftbrut stellt sich plötzlich on my side; and then
I sigh and say: let's think of Christ, vergilt
Das Arg mit Gutem – and what do they do? Sie nicken!
O God, can you believe that they believe me?
(heult vor Lachen)
I lie, I cheat, I fake it – volles Rohr;
I shake them up, ich ficke sie ins Ohr –
And still some fokkers claim the world is dull!
(will abgehen, bemerkt Buckingham, grinst)
Suppose, my friend and buddy – nur zum Spaß –
Die Krone käm hier so vorbeigeflogen,
Und nun, daß zwischen ihr und mir allein
Ne Hürde läg, nicht höher als ein Stein...
Gesetzt, that you could help her jump to me...
Würdst du dann, wenn ich König bin, zum Lohn
Accept the goods and grounds of any Graf?
Would you let me fulfill dein'n größten Wunsch –
Wenn ich das kann?

Buckingham *(grinst)* O Rich – you bitch!: das würd doch jeder Mann?

(beide ab)

I.3

Der Turm. George von Clarence.

Georgie *(schreckt aus dem Schlaf)* Wasser! Water, please!
Rich *(maskiert, bringt einen Eimer Wasser)*
Don't cry, dear Sir! Here's James to help you out...
Dear God: you do look like a piece of shit.
Georgie *(sieht Rich nicht an, trinkt von dem Wasser)*
I had a dream, der furchtbar mich erschreckt hat.
Rich Dear Sir: a trip is bad, if you don't share it.
So tell me, Sir, erzählt...
Georgie I saw myself, escaping aus dem Turm;
Ich fuhr per Boot nach beautiful Burgund
An meiner Seit my faithful brother Rich.
He tempted me aus der Kajüte, zeigend
Auf unser langsam schwindend fatherland,
While we were weeping leis am Achtersteven.
But suddenly he stumbled!, und im Fallen
He – accident'lly – pushed me overboard...
Right in the whirling waves des wüsten Naß.
And fokking hell: You never would have guessed
The pain there is in drowning als Ertrinkender...
Das wild Gebraus of water in your ears;
Der Tod, that spits its acid in your eyes...
No, modderfokking shit: I swam and saw
Wohl tausend Wracks von lang versunknen Kähnen,
All scattered auf dem Grund der grauen See.
Ten thousand men, von Fischen angefressen,
Gold und Juwelen... Anker... heaps of pearls
Some hidden in the mouths of perished men
Aus deren Augen wimmelnd sich die Aale wanden...
Rich Ach, Sir, relax. A dream is but a dream.
Georgie *(wirft erst jetzt einen Blick auf Rich)*
Why are you wearing such a mask? Who sent you? –
You come to kill me, don't you?... Sag, warum?
In what, my friend, have I offended you?
Rich Du hast dem wahren King zu oft geschadet.
Georgie Bullshit! Und selbst if it was true: Ich werd
Mich doch mit meinem Bruder bald versöhnen!

Rich I fear, my dear, you see the case verkehrt.

Georgie If ever I did wrong, it was for him;
Ich half ihm werden, was er werden wollt:
A King!
So, if you love my brother: haß mich nicht!
I am his brother – love him more than you.

Rich A many splendoured thing, to love one's Bruder,
But it's a geiler thing to love his Geld.

Georgie Kamst du mich um der Kohle willen killen?
Don't do it man, go to my brother Rich:
Er wird dich for my life weit mehr belohnen
Als Eddy für die Meldung of my death.

Rich Again, my dear: Ich fürcht, that's not the case.
If someone hates you, it's your „Atze" Rich.

Georgie Du lügst!, ich lieg ihm sehr am Herzen, ja, he *loves* me!
Erinnre ihn, wie einst Big Daddy York
Bei seinem Segen uns – his sons – beschwor,
Einander stets with heart and soul zu lieben…
Sag Richard das, and you will see: er weint.

Rich Now here you score, my lord. Indeed he'll weep –
Doch mehr vor Lachen, Baby, als vor Schmerzen.
(drückt Georgie mit dem Kopf in den Eimer)
Am I a fokking genius – oder nicht?
Bevor ich herkam, I had no idea
How I would terminate the sucker… But:
I hear his dream vom schrecklichen Ertrinken –
Und was tu ich? I drown him in his tea!
That is a modderfokking piece of art.
Gebt zu: What more is there to add? Nur das:
(zieht den Kopf des nach Luft schnappenden Georgie aus dem Eimer und brüllt ihm ins Ohr)
I am your Angel of Destruction, fokker!
My name is Death, my aim is Hot Revenge!
Du Mistkerl,
Hast deine brothers erst im Stich gelassen,
Danach den Vater deiner Frau verraten,
And then you killed the crownprince like a pig.

Georgie Das war nicht ich! Das war mein Atze Rich!

Rich How dare you lie im Angesicht des Todes?
Your Brother, Rich von Gloster, is a Saint!
Prepare to entertain your Terminator:

Eat this. *(drückt ihn wieder unter Wasser)*
Echt teuflisch, was? I blame him for my crimes –
Jetzt scheint sein Tod ihm bloß ein Mißverständnis!
If he won't die, I'll kill myself, from laughing.
(Georgie schlägt wild um sich)
This part gibt mir doch stets den größten Kick:
To hear and see my Opfer crawl and cry and groove.
Protesting 'gainst the power, die sie schuf.

Georgie *(reißt sich noch einmal los)*
O please! Verschon my guiltless Frau und Tochter!

Rich Ist das die letzte Sorg? Dein Weib, die Tochter?
Well: *(brüllt ihm ins Ohr)*
I'll fuck them, kill them, skin them, eat them raw!
(drückt ihn wieder unter Wasser)
One thing I'll teach the world – kost keinen Schilling –
There is tremendous poetry in killing.

(Georgie rührt sich nicht mehr, Rich tanzend ab)

Zweiter Akt

II.1

Der Palast. King Edward – vom Wohlleben monströs aufgequollen; Queen Elisabeth, Rivers und Stanley. Es herrscht Trauerstimmung.

Rich *(tritt auf, gefolgt von Buckingham)*
Dear King, dear Queen, dear Freunde und Freundinnen:
Ich wünsch euch, from the bottom of my heart,
A picobello fun-fantastic day!

Eddy *(röchelnd)* Well, in a way this day was pretty swell:
A fokking Gipfel rührend-süßer Eintracht. *(rülpst)*
Aus Haß und Feindschaft, we made love an' peace,
Each one hat mit dem andern sich versöhnt.

Rich *(gerührt)* Mein tierisch segensreicher King und brother,
If anyone amongst this edlem Klub –
Seis durch Verwechslung oder Klatsch und Tratsch –
Sees me als sein'n verstockten enemy,
Wenn ich – unwillentlich or in my anger –
Did something wrong, das jemals wen verletzt –
So fleh ich: please, let us be friends again!
I cannot live in Fehden und Vendettas,
I'll die, wenn mich nicht jeder herzlich mag.
Von Euch, Madam, erbitt zuerst ich love –
I will repay it mit der treusten Liebe.
Auch Stanley, Schwager Rivers – everyone!,
Für die ich immer der verhaßte Hund bin
Und jedes Mal der üble Sündenbock:
Ich gab euch keinen Grund – doch please: vergebt mir.
I thank Dear God, daß er mich so erschuf:
Als demütigen Knecht der Nächstenliebe –
O praise The Lord! O sing of Joy, Amen!

Elisabeth Laßt uns, bei Gott, dann allen Groll begraben!
Mein lieber Gatte and dear King – ich bitt:
Schenkt Eurem Bruder George nun auch Vergebung…

Rich Why, madam Queen!? Bot ich Euch darum Liebe an
To be erniedrigt hier vor meinem Fürst?

Wer weiß nicht, daß our noble George has died?
You hurt me, wenn Ihr so den Leichnam höhnt.

Rivers *(äfft ihn nach)*
„Wer weiß nicht, daß er tot ist?!" Mann – wir nicht!

Elisabeth Herrgott!, in was für einer Welt sind wir?

Eddy Well goddamn bloody fokking stupid hell:
Ich widerrief his execution order!

Rich The poor man died, because your first Befehl
Was carried by a fokking Schnellkurier;
Your Gegenorder by a crippled bastard,
Who came to late selbst noch zu Schorschs Begräbnis.

Eddy O modderfokking sodding stupid shame…
What did that boy do wrong? Ein dummer Spleen –
Und er wird with a bitter death bestraft…

Rich Don't look at me: ich schrieb nicht den Befehl.

Eddy I signed it, sure – but why the fokking shit
Hat keiner hier für meinen George gesprochen?
Who kneeled for me and washed away mein Wüten?
Who whispered words of wisdom and of love?

Rich Eddy, we tried! We did, echt wahr, but you…

Eddy Then why the fok did none of you remind me
That my poor brother dumped his Schwiegerdad
– The mighty Warwick –
Um by my side für meinen Thron zu kämpfen?

Rich Eddy again: I tried my best, but you…

Eddy Don't lie to me, you bag voll Krüppelshit!
Not once did your foul Krötenmaul remind me,
Of when my Lieblingsbrother George and me
Bei fokking cold einst dort im Felde lagen,
Right in the asshole jenes wüsten Winters,
The both of us beinahe totgefroren –
But he took off his clothes und gab sie mir,
And gave himself, schon selbst ein Klumpen Eis,
Der Nacht und Kälte preis – all for my throne!

Rich That very story hab ich dir erzählt;
Frag buddy Buckingham, he is my witness!
Is it not true, dear Buckingham, that I
George in den Himmel hob bei unserm King?

Buckingham It is a traurig thing to think of, but –
I think he did…

Rich And I'm afraid that you

Did think allein of… signing that Befehl.

Eddy Godfokking stupid, blöder, lahmer Krüppel:
Nobody's perfect; are you perfect, Bruder?

Rich Good God, I wish I were – but never did
I sign the execution order of a brother…

Eddy Will you – a billionfokking bloody shit –
Just stop repeating what the fok I did –
's Ist schon bekackt genug the way it is!

Rich *(verletzt)* All right: work it nur wieder out on me.
It was my George as well, you know! But hell:
I'd never lend my name to so'n Befehl.

Eddy Shut up, du Mißgeburt, du Kellerassel,
Crawl back in deinen Dreck that gave you birth,
You modderfokking scheißaufwühlnde Made.

Rich *(heulend)* Go on, go on, wenn dich das glücklich macht –
Just spit it out! Get rid of me as well,
Und schreib für mich gleich auch so nen Befehl.

Eddy Don't twist my tongue…
(greift sich ans Herz, stockt) Du Mistgestell from hell!
Don't tempt me to… O George, forgive me, please…
(sinkt zusammen)

Rich What have I done? *(kniet bei Eddy)*
O Bruder, please, forgive me!
I didn't mean to hurt you! Please don't go!
(hält Eddy in den Armen)
Du bist nicht schuld daran, what happened with our George:
You did not kill him, keiner sagt das hier;
It was an accident. You're not to blame –
You signed a stupid order, that is all.

Eddy Go sok your fokking faggot self in hell… *(stirbt)*

Rich O no! He's dead… My Schuld! I am to blame!
(zu Buckingham)
Nein, widersprich mir nicht… I killed him – wehe mir!
Why me! I've killed this brother pleading for
My other brother – him, who I have killed by pleading
Not loud enough, als er verurteilt wurd –
Von diesem hier! O cruel world! O Schicksal!
Two brothers lost, and all am selben Tag…
Kein Mensch ward je so schwer geprüft wie ich,
No man war so betrübt, who's doomed to live… *(weint)*

Herzogin von York *(tritt auf)* Was ist das fürn geheucheltes Theater!?

Rich Modder? I got some good news, and some bad.
The bad: you've lost two of your sons. The good:
There's einer noch am Leben, Modder: Me.

Elisabeth *(kniet bei Eddy)*
Wie wächst der Zweig noch, wenn die Wurzel rottet?
Wie blüht die Blume, wenn ihr Saft verging?
(zur Herzogin von York)
Wollt Ihr noch leben? Klagt! Sucht Ihr den Tod?
So tut es schnell: daß unsre Seel auf leichten Schwingen
Die seine noch auf ihrem Flug erreicht,
[Und wie ein treuer Untertan den Fürsten
Begleitet in sein neues Königreich.]

Herzogin Ich weinte selbst um einen großen Gatten
Und trug die Schmach der Krone von Papier,
Doch fand in seinen stolzen Söhnen Trost.
Nun sind zwei Spiegel seiner edlen Seele
Zersplittert durch die böse Hand des Tods…
(betrachtet Rich)
Als Trost bleibt nichts mir als ein hohler Spiegel,
Der schmerzlich meiner Schmach ihr Bild vorhält.
(zu Elisabeth)
Du bist nun Witwe – doch noch immer Mutter,
Dir bleiben noch zwei Söhne da zum Trost.
Mir riß der Tod den Mann aus der Umarmung
Und aus den schwachen Händen nun zwei Krücken:
Edward und George… Gib zu: Hab ich nicht Grund –
Und zweimal mehr zu klagen recht als Du –
Dein Weh in meinem Weinen zu ertränken?

Rich *(schneuzt sich die Nase)*
My modder hat schon recht: the whole wide world
Has soon or late a reason um zu jammern.
We have to act! Dear Buckingham, my man:
What is your plan?

Buckingham Der Sohn muß uns die neue Ernte bringen:
Ja, Kronprinz Eddy!
Therefore: let's form a small gemischte Gang,
Drive cito presto to the playgrounds of
Our young and charming Prinz von Wales and bring
The Boy hierher to be gekrönt als King.

Rivers Warum denn, Buckingham, ne kleine „gang"?

Buckingham Zu groß, it could provoke nen neuen Riß

Im frischverheilten Schorf of our peace;
Which umso mehr is fokking dangerous,
Because the prince ist jung und neu in power.
We can't afford Geschwätz, Verzug und Aufsehn:
In Frankreich lebt der letzte Lancaster:
His name ist Richmond and he claims the crown.
If our gangs fight here, greift er die Chance.

Rich It was the King – mein tiefbetrauertes Idol –
Who made this peace, dem ich mich hiermit beug.
Therefore I pray that all will do the same.

Rivers Ich folge Euch.

Stanley Ich auch.

Elisabeth Wir alle hier.

(alle ab, bis auf die Herzogin von York)

Herzogin Verfluchte Tage von Gezänk und Zwietracht –
Wie viele eurer hab ich schon gesehn,
Mit Siegern jauchzend, dann um Tote trauernd!
Und jetzt, da meine Söhne endlich thronen,
Und alle Feinde – innen, außen – sind besiegt –
Jetzt führn sie Kriege mit dem neuen Gegner:
Sich selbst, Kind gegen Kind, Blut gegen Blut…
Hör auf, verdrehter, irrer Bruderzwist,
Beend doch deine Wut! – Wenn nicht, dann tötet mich…
Denn diese Welt – ich will sie nicht mehr sehn.

(küßt ihren toten Sohn, ab)

Dritter Akt

III.1

Die Hauptstadt, eine Straße. Rich, Buckingham und Ratcliffe warten. Kronprinz Eddy tritt auf, allein.

Buckingham Sweet Prinz: Seid welcome in our capital!
Rich Sweet cousin, Herr und Meister meines Herzens:
You look bedripst – was it a heavy trip?
Kronprinz Eddy Ich dacht, hier wärn mehr Onkels zum Empfang.
Rich Sweet little prince! Who do you miss? Your uncle
Rivers? He's false and bad; his words may taste
Like Lollipop and candy, but his heart
Is dark und voller Gift. You'd better beg
The Lord to save you from such phoney friends!
[**Stanley** *(tritt auf)* Ihr Herren, edler Kronprinz, seid gegrüßt.
Rich What's up, dear Stanley, tell me, buddy – shoot!]
Kronprinz Eddy Wo bleibt denn meine Mutter und mein Bruder?
Stanley Die Mutter Eurer Hoheit glaubt den Fabeln
Von Euerm Onkel Rivers, ihrem Bruder:
Sie floh ins Kloster und nahm dort Asyl…
Nun wollt der Prinz von York schon gerne kommen,
Doch Eure Mutter hielt ihn hart zurück.
Buckingham Fok! – what a foul and double-faced Gezick!
And, Stanley, you – ein Mann von solchen Qualitäten!
Please go again und überzeugt our Queen,
To let the duke of York come to his brother.
If she won't listen, dann used sanften Zwang
And pluck the boy aus ihren giergen Krallen.
(Stanley ab)
Kronprinz Eddy Sag, Onkel Gloster, wenn mein Bruder kommt –
Wo wohnen wir dann bis zu meiner Krönung?
Rich Wo's deiner pretty prinzensoul gefällt!
Doch take some fine advice: ruh dich doch nun
Für einen Tag or two zuerst mal aus im Turm.
Wähl dann the place that pleases you the most
Für Sport und Spiel, für health of head and body…
Kronprinz Eddy Der Turm – grad der? Das gruslige Gemäuer???

Hat den nicht Julius Cäsar schon erbaut?

Buckingham The legend says that Julius Caesar started,
What time and men since then stets neu erbauten.

Kronprinz Eddy Soll ich dir was verraten, Onkel Gloster?

Rich Sweet nephew: shoot – ich sterb vor curiosity.

Kronprinz Eddy Wenn ich mal groß bin und ein Mann, hol ich
In Frankreich unser altes Recht zurück.
Wenn ich verlier, dann sterb ich – als Soldat.

Rich *(gerührt, streichelt seinem Neffen über den Kopf)*
A boy so young, with dreams so schwarz und blutig –
I fokking bloody promise you – hör zu:
You'll never die, als König noch als Mann.
(Stanley kommt mit dem kleinen Herzog von York)

Richard von York Da bin ich, Eddy!

Kronprinz Eddy Hey, Richard, kleiner Bruder! Mensch, wie gehts?

Richard von York Gut… Majestät – soll ich dich jetzt so nennen?

Kronprinz Eddy Vorläufig bin ich Eddy – fertig aus!
Erst nach der Krönung heiß ich Majestät!

Rich Und bis dahin your brother chose full power
As place to play and laugh and sleep: den Turm.

Richard von York Was – Eddy, sag: Wir ziehen in den Turm?

Kronprinz Eddy Tja… Onkel Gloster fand das doch das Beste.

Richard von York Im Turm, da kriege ich kein Auge zu.

Rich There is no fokking sodding stupid shithouse
Beschissen bloody safer place to sit!
Was denkt ihr: that some fokking scary monster
Will get in, to come sukking on your bones
Or zwacking in your little hairless willies?
What did I do, I'm sorry, please forgive me:
Ich bin ein bißchen sick und kribbelig.
Ich seh your dad reflected in your faces,
Die vollen Lippen, seinen sanften Blick;
I miss him so, ich werd noch siech vor sadness!
The thought, daß euch was zustößt, drives me mad –
Ich bitt ja nur, was auch your dad – mein Bruder –
Befohlen hätt, if he had been alive:
Let me protect you both, go in den Turm.

Richard von York Ich hab so Angst… Der Geist von Onkel Schorsch…
Die Oma sagt, sie hätten ihn ermordet…

Rich Was weiß die millionfokking alte Kuh davon,
Was dort kackbloody shithouse leckmich liegt –

Und fokking gottverdammt in meinem Turm?
(weint) I'm sorry, please. Du siehst, wie überdreht
Ich bin… I beg you, komm: geh in den Turm…
Tu Onkel Glosterchen den klein'n Gefalln…

Kronprinz Eddy Ich fürcht mich nicht vor toten Onkeln, Richard!

Rich Why be afraid of living Onkels dann?
They love you and they only want your best.
Komm, little Richard,
Won't you go to the Turm as well? Sag ja!
(Richard nickt)
Ich dank euch, dudes – you really made my day…

(die kleinen Prinzen gehen in Begleitung Stanleys Hand in Hand ab)

Rich Those kleine sodding elend hängteuchauf
Und kackstrunzscheißverfickte Krebsgeschwüre!
(wieder beruhigt) Sorry 'bout that… Okay:
Als nächstes kommt der Schwager Rivers dran.
(kocht erneut vor Wut)
So tierisch link gefickt until his brains
Will spit like shit out of his monkey nose,
The teeth out of his fokking Schranzenfresse!
So get him, fok him, kill him, sok him, rip him:
Now!

Buckingham *(verdutzt)* But what if Stanley doesn't go along?

Rich *(wieder ruhig)*
I'll think of something, buddy. You will see.

(alle ab)

III.2

Der Turm. Buckingham, Rivers, Stanley, Ratcliffe und der Bürgermeister von London an einer Tafel; sie essen.

Ratcliffe Lord Mayor and dear gentlemen:
The prince is present und das Land bereit.
Has all been taken care about die Krönung?
When is the day? Is everybody happy? *(Pause)*

Rivers Wo bleibt bloß meine Schwester, unsre Queen?

Buckingham She couldn't come. Her Meinung has no meaning.

Rich *(kommt herein; übertrieben gähnend)*
Goooood mornin', Mayor, cousins, countrymen!
Ich bin heut nacht versumpft, but I may hope
My absence has not sunk a masterplan,
Der durch mein Hiersein could have been vollbracht.

Buckingham Nein, Herr:
Ihr kommt gerufen wie aufs Stichwort! Rivers,
Your friend, wär fast schon für Euch eingesprungen –
In Eurer Rolle bei der Krönung, mein ich.

Rich Wenn jemand je may be so kühn und keck,
It's Rivers: no one knows and loves me more.
Dear Rivers,
Als ich Euch letztens vor der Stadt besuchte,
I noticed in your superparadise
The most incredible delicious Erdbeern…
I'd love some… Please! Holt mir those strawberries!

Rivers Gewiß doch, Herr, von Herzen gern sogar. *(ab)*

Rich *(zu Stanley)* A friend of mine hat Rivers ausgehorcht:
That stubborn bastard riecht zu wenig Geld
In buying shares in our business.
[So störrisch ist der falsche Kötel, daß
Er lieber seinen bloddy Kopf verliert,
Als daß „der Schwester Blut" – so says der Schleimer –
Das Anrecht auf den Thron genommen werde.]

Buckingham Well, if he wants to lose a thing?

Ratcliffe Let's take it.

Rivers *(kommt mit den Erdbeeren)*
Schaut her, Mylord: mein schönstes Schälchen Erdbeern.

Rich *(ignoriert ihn)*
Meine Herren!
I ask you – alle hier! – was die verdienen,
Who plan my death mit finstrer Hexerei
Und Voodoo-Künsten, und die meinen Leib
Mit spooky spells from hell verzaubert haben?

Rivers *(Pause)* Die tiefempfundne Liebe zu Euch, Hoheit,
Verpflichtet mich in diesem edlen Kreis
Die Täter zu verdammen, wers auch sei.
Sie haben, sage ich, den Tod verdient.

Rich Okay, your honour, dann laßt Euer Aug
The witness for their prosecution sein.
*(nimmt eine Erdbeere; röchelt, schwitzt,
krümmt sich zusammen)*
See me: I am bewitched! Feel me: mein Arm –
Ein kraftlos-dürrer, tumber, toter Ast!
And on my back: ein Sack voll Blei und Tod...
Und Eddys bitch, die gottverworfne witch,
That black and magic woman made me so –
Your fokking sister is the one to blame!

Rivers *(peinliche Stille)* Wenn Sie es wirklich war, die...

Rich Wenn?
Auf wessen Seite stehst du, Lügenlude,
Du gottverdammter Anwalt dieser Fud,
You fokking shithouse alter Hurenbock!
Du wagsts, von wenn zu reden? Your're a traitor!
Die Rübe ab! I blazing bloody swear:
Ich ess nicht, bis ihr mir den Kopf serviert.
Buckingham, Ratcliffe: Go! – Get the job done!

Rivers O Margaretha, nun fällt wie ein Schwert,
Dein schwarzer Fluch auf mein verwünschtes Haupt.

Buckingham O, cut your crap! We need your head.
Beicht bündig, Mann, wir wolln heut noch zu Tisch.

Rivers Weh mir, weh meiner Frau und unsern Kindern.

Ratcliffe O crap your cut! I cannot fokking stand it!
(ersticht Rivers)

Rivers *(röchelnd)* Freudloses Vaterland, verfluchter Gloster...
Ich prophezeie dir die schlimmste Zeit,
Die je dies finstre Jammertal erlebte.
Na los, bringt ihm den Kopf – sein täglich Brot!
Ihr Spötter, ihr, folgt doch mir in den Tod.

(Buckingham schlägt ihm den Kopf ab)

Ratcliffe Here, Boß, die Birne dieser Schweinebacke,
The dangerous und intriganten Rivers.
(wirft den Kopf auf den Tisch)

Rich I loved this man so much... Er war mir wie
Ein Buch, in das my soul die allerheimlichsten
Gedanken niederschrieb – wie einem Bruder...
And look at him! Seht ihn da liegen, Freunde! *(weint)*

Buckingham *(zum Bürgermeister)* Lord Mayor –
Can you believe: es fehlte nur ein Haar,
And we could not have warned you he's a traitor?!
Er hatte vor, in diesem Ratssaal heut
Me and his good Lord Gloster zu ermorden.

Bürgermeister Das wollt er wirklich tun?

Rich *(explodiert)* Well bloody modderfokking hell, für was
Hältst du uns denn: some fokking maniacs?
Glaubst du, that I – your friend, your Lord Protector –
Would violate das Recht, um diesen Wicht
Im Schnellverfahren an die Wand zu stellen,
If dieser Klumpen Unflat would not be
A sodding danger für das Land and me?

Buckingham Er selbst has forced us to blow off his brains.

Bürgermeister Gott schütze Euch: Er hat den Tod verdient!
Und Eure Hoheit und ihr Herren tatet recht:
Sein Tod schreckt andere Verräter ab!

Buckingham Still it's a pity, daß es so schnell ging:
Ich wünschte mir, that you, my friend, had heard
His latest traitor talk. That chicken packte aus
And sang the ins and outs seines Komplots...

Rich Dann hättst du zu den Bürgern sprechen können
To tell them, daß der Sack den Tod verdiente,
Während sie nun vielleicht Verbrechen sehn,
In what we did, and weep and wail his death.

Bürgermeister Mylord, ein Wort von Euch zählt mir grad so
Als hätt ichs selbst gehört und selbst gesehn.
Und zweifelt keinen Augenblick, ihr Prinzen,
Daß ich den treuen Bürgern gleich bericht,
Daß ihr in allem hier gerecht verfuhrt. *(ab)*

Rich *(zu Ratcliffe)*
So what the fok stehst du noch rum? Go! Go!
Follow that bloody bollocks Bürgermeister

Dahin, wo diese Null meets his Gesocks,
Take part and tell beizeiten diesem Pöbel,
Daß Eddys beide Spasties Bastards sind.
Remind them Eddy only killed for fun!
And stress his ekelhafte Lust for bitches,
His viehische Begier nach Fut und Brust
Nach jedem frischen, feuchten, warmen Schlitz
Belonging to their Weib, ob Braut, ob Tochter.
Und dann, zu guter Letzt reveal them dies:
That when my modder trächtig war mit Eddy,
Dem Frevler, my good father was at war
In France; und jeder who could count to nine,
Wußt, daß der Sprößling nicht aus ihm entsprossen.
Who could not count to nine, der sah es an
His looks und Lebensart: Denn Eddy hatte nichts
Von my Big Dad, dem edlen Herzog York,
Whose Ebenbild ich bin – in brains and balls…
Tell them, wie ehrnwert ich schon immer war,
Wie gütig… keusch; voll Wut at war, but wise
In peace und Frieden; der Sonnenschein im Haus,
Die Demut selbst, in love with God and country…
Then weep and whisper, daß das Vaterland
Am Rande steht in Flammen aufzugehn,
Unless good Rich – that's me – be made their King.
And have a dozen of your fokking friends
Among den sturen Böcken shout out loud:
„Good Rich for King! We want good Rich for King!,
King Dirty Rich, der Modderfokking Dritte…" Go!
Just fokking go!
(Ratcliffe ab)

Buckingham *(essend)* A fokking great idea to be the King!
Yo, do it, dude! Till you are satisfied!

Rich *(essend)* Why me? Why so viel Sorge auf mich laden?
Ich taug nicht for affairs of state and glamour,
Drum bitt ich: do not take me wrong, my friends;
I cannot, and I will euch nicht willfahren.
(zu Stanley) Stanley… Do you want me to be the King?

Stanley *(zögert)* Gewiß doch, ich will einen starken König.

Rich Doch sollt die schwere Last you gave me je
Zu finstrem Klatsch or Schmähung Anlaß geben
I'll plead not guilty, by the fact you forced me.

Denn Gott weiß gut, what you can see yourself :
Wie ferns mir ist, to have desired this.

Buckingham We all see that, and we will witness it!

Stanley *(nickt)* Gott schütze Euch!

Rich Richard for King! We want Richard for King!

Alle Long lebe Rich! We want Richard for King!

Rich Long lebe Rich der Dritte, unser King!
(Rich krönt sich selbst mit einer Schüssel Spaghetti)

Buckingham Long lebe Rich der Dritte, unser King!

Rich *(nimmt Buckingham beiseite)*
My best of buddies, cousin Buckingham…
Durch dessen Rat und Tat I now am King:
Let's try wie golden deine Treue ist:
Noch lebt ja Kronprinz Eddy – tja…
Kuckuck, was will ich?

Buckingham *(verwirrt)* Sagt, was Ihr wollt, my King!

Rich Genau, das will ich halt: to be the King!

Buckingham My King, you are the King, my King…

Rich Vielleicht. Doch lebt nicht Kronprinz Eddy noch?

Buckingham Natürlich, my beloved King – er lebt…

Rich *(eiskalt)* Ist das dann nicht ein bittrer Widerspruch:
Wenn Kronprinz Eddy lebt – and I am King?
(Pause) Cousin! You didn't use to be so dämlich…
This is the first time, daß ich dich was bitt.
So what's it gonna be, Buck: will you help me?

Buckingham *(zögert)* Gimme a break, my King – ein wenig Zeit,
Um nachzudenken – ich geb Euch Bescheid!

(ab, einen mißvergnügten Rich und einen essenden Stanley zurücklassend)

Vierter Akt

IV.1

Vor dem Turm. Königin Elisabeth, Lady Anna und die Herzogin von York.

Ratcliffe *(tritt auf)* I'm very sorry, Ladies, please forgive me:
Ich kann nicht dulden, daß Ihr sie besucht.
Der König hat aufs strengste mirs forbidden

Elisabeth Der König? Und wer wagt, sich so zu nennen?
Unmöglich! Laß mich durch – ich bin die Mutter!

Herzogin Ich ihres Vaters Mutter – scher dich weg!

Anna So laßt uns ein – ich nehm die Schuld auf mich!

Ratcliffe So sorry ladies: no...
(Auftritt Stanley)

Stanley [Ihr edlen Frauen:
Nur eine Stunde später, grüßte ich
Euch, Herzogin, als unsres Königs Mutter,
Und als Begleiterin von zwei hohn Königinnen.]
(zu Anna) Madam, Ihr müßt sofort zur Kathedrale –
Man krönt Euch heut zur Fürstin von King Richard.

Elisabeth O, ich erstick, so öffnet mir das Mieder –
Daß mein bedrängtes Herz Luft hat zu schlagen –
Sonst bringt mich diese Todesnachricht um.

Herzogin O mein verfluchter Schoß, du Bett des Todes,
Den Drachen, den Schakal brachtst du zur Welt
Des Blick genügt, um eine Frau zu töten.

Stanley Madam, so kommt, man sandte mich in Eil!

Anna Ich wollt, bei Gott, der gräßlich goldne Reif,
Der bald wie Blei auf meinen Schläfen liegt,
Wär glühnder Stahl, der mir das Hirn verbrennt...
Salbt mich mit Gift, damit ich sterb, bevor
Noch jemand ruft: „Gott schütz die Königin!“

Elisabeth Geh, armes Kind; dein Los beneid ich nicht!
Um mich zu trösten, wünsche dir kein Leid!

Anna [Wie sollt ich nicht? Als er, der nun mein Gatte,
Vor mich, die Edwards Leiche folgte, trat,
Das Blut noch fast an seinen Fingern klebte,

Das meinem ersten, engelgleichen Mann entfloß –
Dem Heiligen, dem ich dort weinend folgte –
Ja, als ich Richard damals ins Gesicht sah,
War dies mein Wunsch: „Du Schlange seist verflucht –
Wenn du je freist, soll Leid dein Bett belagern,
Und deine Frau – wär eine so verrückt –
Sie leide durch ihr Leben mit dir mehr
Als ich durch dessen Tod, den du mir nahmst."
Doch eh ich noch den Fluch konnt wiederholen,
Hatt' er mein Frauenherz schon falsch behext
Mit seinen Honigworten und so ward ich
Das Opfer meines eignen grausen Fluchs.
Seither fand nie mein Auge noch die Ruh –]
Nicht eine Stunde dort in seinem Bett
Hab ich den goldnen Tau des Schlafs genossen –
Vor wüsten Träumen trat er mich stets wach.

Elisabeth Adieu, du Arme – dein Leid sticht mir ins Herz.

Anna Nicht tiefer als dein Schmerz in meine Seele.

Herzogin Geh jetzt zu ihm, mein Kind,
Und mögen gute Engel dich behüten.
Und du, Elisabeth, such dein Asyl nun auf –
Es leite gute Hoffnung deinen Weg.
Ich such mein Grab, wo endlich Ruh und Frieden,
Nach einem Leben voller Schmerz und Zwist,
Das immer mir, für jede Stunde Glück,
Nur endlos neue Leiden gab zurück. Lebt wohl!

Elisabeth Nein, bleibt! Blickt noch einmal mit mir zum Turm!
Du graue Burg, hab Mitleid, mit den Armen,
Den zarten Lämmern, die durch Neid und Haß
In deinen Mauern eingekerkert sind.
Du rauhe Amme meiner armen Kleinen:
Beschütz sie... hinter deinen kalten Steinen.

(alle ab)

IV.2

Der Turm. King Richard gekrönt im vollen Ornat; Knurren, Seufzer, Schmatzen. Rich knabbert, lutscht und wühlt knurrend und grunzend an zwei Kinderkadavern herum.

King Rich *(schluchzt)* godblooddiemodderfokking fauliges vermodern
of alabaster arms voll mark und innocence…
so blow it… modderfokking… virgin ass…
voll suck my dick gedanken ausgekotzt…
o gott: das greuel… kläglichstes gemetzel
je auf der welt verübt… es ist vollbracht…
die lippen rosenblätter wie am spieß
aus schleim und bibeldreckbouillon compassion…
of eyeball tears und zähnchen ohne mund…
their fingernails like austern from some sea…
und schwarten voll gebeten auf den kissen… *(stöhnt auf)*
die kleinen zungen aufgespießt wie schmetterlinge…
o satan… meisterwerk erwürgt aus liebe…
und lauterstem begehren… *(lacht)* sie sind schuldig!
wie wenn im sommer… fokking horror… gallapfelbaum
they lay… in laken… modderfokking…
godbloddie shit von… kissen weiß wie… haut…
(schluchzt) the walls were… foul verdammter… himbeerrot…
compass of the dead… o modderfokking…
opferfett von tieren… flammenglut…
the sun spuckt blut… so good…
und knochensplitter… smell of love… und säure
of brains… befreit… von zeit und zahl…
the works!
o gott.
o heartbeat.
nachtigall.
natur.

Buckingham *(tritt auf)*
Dear sir, about the job you offered me:
Okay, I'll do it – but on these conditions…

King Rich *(ignoriert ihn)* Ratcliffe! Ratcliffe!

Buckingham Sir?

King Rich Ratcliffe! *(Auftritt Ratcliffe)*

Verbreit the rumour that my fokking Anna,
Die bitch, so sick is as a crazy cow.
She's got die Pocken, Beulenpest, a tumour –
Und achte drauf, daß niemand sie besucht.

Buckingham Dear sir, I claim, was Ihr mir jüngst verspracht
Als Preis for the respect that I have payed you!

King Rich *(zu Ratcliffe)*
Was stehst du rum? Just go and fokking tell
The world, daß Anna am Krepieren ist.
She has to die, sie geht mir auf den Sack. *(Ratcliffe ab)*
Der Eddy hat ein Töchterlein, I'll have
To modderfokking bloddie marry it –
Sonst ruht my power nur auf dünnem Glas.
Sie könnt ja sonst mit any sodding fok
Verkuppelt werden – first of all: mit Richmond!

Buckingham Dear sir, you promised me that I could choose
The goods und Grundbesitz of any Graf?

King Rich Stanley? Stanley!

Buckingham Sir!
(Auftritt Stanley)

King Rich Ist Richmond nicht verwandt mit deiner bitch?
Acht auf dein Weib! Schreibt sie nur einen Brief
An dieses Arsch von Lancaster in France,
I fokking promise you: Stehst du mir dafür ein!

Buckingham Was denkt my King von diesem fairen deal?

King Rich Schon Heinrich Sechs hat prophezeit, daß Richmond
Would be our King! Wer weiß? Wir werden sehn!

Buckingham Mein Fürst, you promised me…

King Rich But strange – der Drecksprophet, er ahnte nicht,
Daß little Rich ihn killn würd and be King!

Buckingham My King! I've come…

King Rich Yes, yes – wie spät ist es?

Buckingham I have the guts my King drauf hinzuweisen,
On what he promised me…

King Rich Okay, okay –
Doch was sagt uns die Uhr?

Buckingham Die Uhr schlägt beinah zehn.

King Rich Well, let her strike.

Buckingham Sie schlagen lassen – why?

King Rich To show you what you are: Ein Klöppelmännchen
Who hammers on the bell of bloddie beggary.

But I'm not in the mood for milde Gaben!
Ratcliffe! Ratcliffe! Ratcliffe! *(ab)*

Buckingham Ach so? Hab ich ihn dazu groß gemacht?
Belohnt er meinen treuen Dienst mit Dreck?
Hat Margaretha es mir nicht gesagt?
Bleib ihm vom Leib, verbrenn dich nicht an ihm…
Denk an das Los von Rivers und von Anna
Von Warwick, George und Eddy – einfach allen!
Ich flieh zu Richmond, solange ich noch kann. *(ab)*

King Rich *(kommt zurück)*
Ratcliffe! Ratcliffe! Ratcliffe!
What is the cracking blooming bloody matter –
Ha'm all die fools bloß Eisen in ihrm Kopf?
Those boys who feared no modderfokking hell,
Die ich versammelt hatt as gorgeous gang?
Der hochgefallne fokking bastard Buckingham!
Der Philosoph, das Superhirn von Fokkingham,
Has come along this way to hell with me
Und jetzt geht diesem Sack die Puste aus!
The grounds I promised him – Ein fairer deal?
„Gimme a break, will ya?" – I want his head!
Let Buckingham the bastard join the dead!
Ratcliffe! Ratcliffe! *(ab)*

Fünfter Akt

V.1

Herzogin von York, Elisabeth und ihre Tochter, Margaretha von York.

Elisabeth O meine armen Lämmer, holde Prinzen,
Ihr zarten Blüten, deren Knospe brach,
Wenn eure lieben Seelen hier noch weben
Und Erdenschwere euch noch kurz hier hält,
Schwebt dann um mich auf euren sanften Flügeln,
Schenkt mir noch einmal euren süßen Duft
Und lauscht dem Klagen eurer armen Mutter…

Herzogin von York Erstorbnes Leben, toter Blick – Gespenst von Fleisch
Und Blut – du Schauplatz aller Grausamkeit
[Und Schmerzen… Schand der Welt… Du Eigentum
Des Grabs – gestohln durch dies mein leeres Leben…]
(setzt sich) Bring deinen Aufruhr endlich nun zur Ruh
Auf unsrer angestammten Mutter Erde,
Die wankt und schwankt vor Trunkenheit, nachdem
Sie soviel schuldlos Blut hat trinken müssen.

Elisabeth *(setzt sich ebenfalls)*
Würd sie mir grad so schnell ein Grab gewähren
Wie nun den Sitz für meinen tiefen Gram,
Ich säß hier nicht – ich stürzte mich hinein…
Wer, mehr als ich, hat Grund wohl, um zu trauern?

Margaretha *(die ehemalige Fürstin, Witwe Heinrich VI, tritt auf)*
[Wenn alter Gram mehr Ehrfurcht fordern kann,
Gönnt dann die größre Achtung meinem Schmerz,]
Und wenn die Trauer denn Gesellschaft duldet,
Zählt euren Toten auch die meinen zu:
(an die Herzogin gewandt)
Mein war ein Edward, bis dein Rich ihn totschlug.
Mein war ein Mann, bis mir dein Rich ihn totschlug.
(wendet sich an Elisabeth)
Dein war ein Mann, bis dir ihr Rich ihn totschlug.
Dein war ein Eddy, bis ihr Rich ihn totschlug.
Und auch ein Richard, bis ihr Rich ihn totschlug.

Herzogin Ich hatte einen Mann, bis du ihn totschlugst,
Und meinen Ronny-Boy – bis du ihn totschlugst.

Margaretha Doch auch nen Georgie, bis dein Rich ihn totschlug,
Und einen Eddy – bis dein Rich ihn totschlug…
Und Rich und Rich und Rich…
Aus deinem faulen Schoß wand sich der Drachen,
Wie aus der Höll – jetzt hetzt er uns zu Tod.
Ein Bluthund, der vorm ersten Blick schon zubiß.
Gerechter Gott, der du so gut und gnädig bist,
Wie dank ich dir, daß diese Blutsau jetzt
Die Leibesfrucht der eignen Mutter frißt
Und sie im Klagechor mit Fremden singt!

Herzogin O Heinrichs Weib, bejuble nicht mein Leiden;
Der Himmel weiß: Ich habe deins beweint.

Margaretha Ertrag mein Jubeln, denn ich schmacht nach Rache
Und fress mich voll an ihrem Wohlgeschmack.

Elisabeth Du prophezeitest einst, die Stunde käme,
Da wünscht ich dich herbei, um dann mit dir
Dies Schwein, die giftge Kröte zu verfluchen…

Margaretha [Dich nannt ich Abklatsch einer Königin,
Bloße Statistin eines Schauerstücks,
Ein Aushängschild, nur Wind, nur Seifenblase…]
Wo ist dein Mann jetzt? Und wo ist dein Bruder?
Wo deine Söhne, deiner Freude Quell?
[Wer kniet und fleht noch, wer nennt dich noch Fürstin?
Wer kriecht vor dir im Staub und schmeichelt dir?
Wo ist der mächtge Hofstaat, der dir folgte?]
Wenn dus zusammenzählst – was bist du jetzt?
[Statt frohes Eheweib – verweinte Witwe.
Statt stolze Mutter – schmerzt dich schon das Wort.
Statt angefleht zu werden – flehst du selber.
Statt Herrscherin – beherrscht, gekrönt von Weh.
Du stahlst mein'n Platz – gebührt dir nicht dafür
Auch ein gerüttelt Maß von meinem Schmerz?]
Lebt wohl: Du, Königin von Leid und Unglück;
Du, Herzogin des schwanken Hauses York.

Elisabeth Nein, bleib! Du bist erfahren im Verfluchen:
Jetzt lehr mich, wie ich einen Feind verwünsch.

Margaretha Schlaf nicht des nachts und faste tags,
Halt neben totes Glück dein blühend Leid,
Denk deine Kinder dir noch schöner, als sie waren,

Und Richard grausamer, als er schon ist.
Zeig das Geraubte dir im goldnen Licht,
Um so den Räuber nur noch mehr zu hassen:
Zerfressen so vom Haß bei Tag und Nacht,
Denk stets an ihn und sie – das lehrt dich fluchen!

[Elisabeth Mein Wort ist stumpf – o schleif es mit den deinen!

Margaretha Der Schmerz wird es dir schärfen so wie mir.] *(ab)*

King Rich *(tritt auf, in Waffenrüstung)*
Who goddamn modderfokking hell has got
The guts mir hier den Durchgang zu verwehren?

Herzogin Sie, die dir jeden Schritt ins Leben hätt verwehrt,
Hätt sie geahnt, was du für einer bist,
Und nur den Mut gehabt, dich schon
In ihrm verfaulten Schoß zu würgen, Schwein.

Elisabeth Verfluchter Schuft! – sag: Wo sind meine Kinder?

Herzogin Verworfne Kröte! Deine Brüder – wo??

Elisabeth Was tatst du meinem Bruder an?

Herzogin Und Anna?

King Rich O sweeties, please, come on, gimme a break;
Sprecht nicht so wirr und zeigt mir some respect:
You're talking here to God's numero uno!

Herzogin Bist du mein Sohn, du Rabenaas?

King Rich Dear bitch,
I am like you und deine andern Gören –
Gemecker und Gekeif mag ich nicht hören!

Herzogin Dann will ich meine Worte milde wählen...

King Rich Und kurz, my Modder – I am in a hurry.

Herzogin In Hast? Hab ich im Wochenbett nicht dein
Gewartet – tagelang in Angst und Pein?

King Rich So what? Ich kam doch dann, dich zu erlösen,
Und ich entband dich deiner Schmerzen...

Herzogin Du??!
Nenn einen Augenblick von Freude – Glück! –
Die ich durch dich im Leben jemals hatte.

King Rich Wie hab ich das verdient? Ich war entstellt
And lonely – all I longed for was some love! *(weint)*

Herzogin Jetzt hör mir zu, mein Freund – und hör gut hin –
Denn niemals wieder werd ich zu dir reden.

King Rich Yo! Heavy shit, man... Shoot!

Herzogin Mein Fluch soll auf dir lasten und dich lähmen,
Mehr als die schwerste Rüstung in der Schlacht.

Mein Rosenkranz-Gebet gilt deinen Feinden,
Und kämpft an ihrer Seite gegen dich.
Und auch die reinen Seeln von Edwards Söhnen
Beleben deiner Feinde Kampfesmut –
Ja, sie versprechen ihnen Ruhm und Sieg!
Du schwammst in Blut – in Blut sollst du ertrinken!
Du suhltest dich in Dreck? Verreck in Schand!
Beraubt von Liebe, Krone, Thron und Land. *(ab)*

King Rich *(hält Elisabeth zurück, die mit ihrer Tochter ebenfalls gehen will)*
Please bleibt, Madam, we must zwei Takte reden.

Elisabeth Ich hab kein'n Sohn mehr, den du schlachten kannst.

King Rich Doch habt Ihr eine Tochter, hübsch und königlich.

Elisabeth Und das bringt ihr den Tod? Laß sie doch leben!
Ich schände ihre Schönheit, ihre Ehre,
Ich nenn sie Bastard und mich selber Hure,
Ich werf ein Netz von Schande über sie…

King Rich Don't fok mit blauem Blut! She is a princess.

Elisabeth Wenn sie das rettet, streite ich das ab.

King Rich Nur ihre Abkunft kann ihr Leben saven.

Elisabeth Dieselbe, die ihr beide Brüder tötete!

King Rich Tja, fok – the stars stood wrong when they were born.

Elisabeth Nein: doch ihr Leben kannte schlechte Freunde.

King Rich *(bestürzt)* You speak, als ob ich meine cousins killte –
Mit eigner Hand – als wären es Karnickel!

Elisabeth Gleich, wessen Hand ihr zartes Herz durchbohrte,
Den Weg dahin wies ihr dein krankes Hirn,
Und stumpf und schartig war gewiß das Messer,
Bis es, auf deinem Herz von Stein gewetzt,
In meiner Lämmer Eingeweiden wühlte!
Doch halt – zu oft erzählter Schmerz verschleißt:
Ich dürft vor deinem Ohr nicht ihre Namen nennen,
Eh ich die Nägel hier in deinem Aug begrub.

King Rich *(gekränkt)* Elisabeth…
Ich hab for you and yours mehr Wohl im Sinn,
Als Wehs an you and yours ich schuldig bin.

Elisabeth Welch große Wohltat blieb solang versteckt,
Daß sie – erst jetzt entdeckt – mir Gutes brächt?

King Rich I love your daughter, madam – schlagt mich tot!

Elisabeth *(Pause)* So liebtst du Schlagetot auch ihre Brüder!

King Rich Don't be so quick to read my lips verkehrt:

I long to make her my beloved Queen.

Elisabeth Und wie gedenkst du ihr den Hof zu machen?

King Rich That – I would love to learn from you, my dear:
You know her inside out – von A bis Z.

Elisabeth Und folgst du meinem Rat?

King Rich With all my heart!

Elisabeth Dann sende ihr vom Mörder ihrer Brüder
Zwei Herzen – blutend… ritz als Widmung ein:
Klein Eddy und Klein Richard. Sie bricht aus in Tränen;
So gibst du ihr ein Schnupftuch, rot vom Saft,
Der aus den Wunden ihrer Brüder spritzte,
Und bitte sie, damit ihr Aug zu trocknen.
Lockt diese List sie stets noch nicht zur Liebe,
Schick eine Liste deiner Heldentaten:
Wie du ihrn Vater umgebracht und ihre Onkel,
Und dann zu guter Letzt – um ihretwilln –
Selbst ihre Tante Anna kopflos machtest.

King Rich Sister!
O please, don't pull my leg, Ihr lacht mich aus –
This way can't be the way to win your child?

Elisabeth Ein andres Mittel für dich wüßt ich nicht,
Es sei denn, du veränderst die Gestalt
Und wärst nicht jener Richard, der dies tat.

King Rich Look: wo gehobelt wird, da fallen Späne,
Der Mensch tut manchmal was, that can't be changed –
But makes him suffer lebenslang vor Reue.
So: if I took the kingdom from your sons,
Mach ich das wett and give it to your daughter.
Bracht ich zwei Früchtchen deines Schoßes um,
So helf ich heilen wieder dein Geschlecht,
By making neue Früchte in dem ihren.
Your children warn das Unglück Eurer Jugend?
Mein Wurf, er wird der Trost of your old age.
The title „grandmama" ist grad so cool
As is the cutest name auf Erden – „modder".
Be fair, siehs mal von meiner Warte aus:
What have you lost – nur einen Sohn als King!
Im Tausch dafür your daughter will be Queen –
Again you will be Modder of a King!
Yo! Now the happy days are here to stay!
The tears that you have shed in dicken Tropfen,

Will soon return als Perln im Diadem
Von zehnfach doppeltem Gewinn des Glücks...
(auf den Knien vor ihrer Tochter)
Brich ihre Schüchternheit with your experience,
Prepare her ear für eines Freiers Lied.

Elisabeth Was sag ich ihr? „Der Bruder deines Vaters
Will dich zur Frau?“ Oder halt gleich: „dein Oheim?“
„Der Schlächter deiner Onkel, deiner Brüder“? – Sag?
Wie mach ich ihr für dich den Hof? Als was?

King Rich Tell her: Dem Land wird peace durch unser Band.

Elisabeth Den sie bezahlt mit immerwährndem Krieg.

King Rich Tell her: Your King, der sonst gebietet, bittet!

Elisabeth Um was dem himmlischen Gebieter Abscheu ist!

[**King Rich** Tell her: du wirst a high and mighty Queen.

Elisabeth Und wirsts beklagen so wie deine Mutter.

King Rich Tell her: I love you bis zum End der Zeiten.

Elisabeth Ja, bloß: Wie lang wohl währt bei dir die Zeit?]

King Rich *(heult)* O, please!
O, ich bereu! I live for just one cause:
„Do the right thing!“ Wenn nicht, so let me be
Verdammt... So Gott und Schicksal crash my nuts!
Versag mir, Tag, your light, and night, die Ruh!
O lucky stars of mine, flucht meinen Plänen,
Wenn ich nicht with the purest love of hearts,
Dem allerreinsten Sehnen – holy thoughts! –,
Um deine pretty, princely daughter werbe!
She is my first, my last, my everything!
Without her fällt auf mich, auf dich, sie selbst
Und unser Land – auf every fokking soul! –
Death, decadence and terminal Ruin.
That cannot be vermieden but by love;
That *will* not be vermieden but by love...
Darum, dear Modder – I must call you Modder:
Please be the lawyer of my passion und plädier
Für was ich sein will, not what I have been;
Gib nicht verdienten Lohn mir, nein – sei gnädig:
Sprich healing words: Vergebung, hope und Glück...
Leg ihr ins Herz the burning flame von Macht
Und Moos; enthülle der Prinzessin dann, wie sweet
Der Ehefreuden stille Stunden sind.
Sobald mein starker Arm dem Zwergrebellen,

Dem stupid fok von Buckingham, dem Sack,
Den Weg zur tiefsten Höll gewiesen hat,
I will come home – gekrönt als Triumphator –
To lead your girl zum Lotterbett des Siegers,
Wo ich sie überhäuf mit dem Tribut
Des Kriegs – I'll be her slave and she my Queen:
Besiegerin des Siegers, my Caesar amongst Caesars…

Elisabeth Laß ich mich so vom Teufel selbst verführen?

King Rich Why, yes – wenn er dich so zum Guten führt.

Elisabeth Soll ich mir so meinen Verstand betäuben?

King Rich Yes – if it hurts to think about yourself.

Elisabeth Und meine Tochter deiner Hand gewinnen?

King Rich Yes – since it makes aus dir a happy mum.

Elisabeth *(Pause)* Ich geh. Gib mir nur bald von dir Bescheid,
Dann sag ich dir, wie sie geantwort hat.

King Rich Give her the kiss of my true love. Leb wohl!
(Elisabeth mit ihrer Tochter ab)
You modderfokking silly stupid cow;
Beschissne blasted bloody buggered bitch.

(Ein Chor[1] von Toten und Lebenden stellt sich um Richard auf: Margaretha, Anna, Eddy the King, George von Clarence, die Herzogin von York, der Bürgermeister, Rivers, die kleinen Prinzen Eddy und Richard neben Elisabeth und ihrer Tochter)

Chormitglied O Lord of Lords;
Ich komm aus Irland, um zu melden, daß
Das Volk in state of revolution ist –
They kill your soldiers, drown the ground in red…

Chormitglied Im Hohen Norden herrschen Mord und Brand,
Und kein Moment vergeht in Stadt und Land,
Or rebels run together irgendwo
Und schlagen Eure Abgesandten tot.
They form a formidable army, sir…

Ratcliffe Aus Wales trifft Katastrophenmeldung ein…

King Rich *(prügelt sie von sich weg; keucht, knurrt und brummt)*
Get lost, ihr Unglückseulen, Schicksalsunken,
Ihr Schlachtabfall des Weltgerichts, ihr Krähen,
That sing of nothing but my Untergang,
Take this and modderfokking shithole that

Until der gottverworfne... erdendreck
ein hackepeterkinderherz... *(lacht)* bring me
good news... gedärm von katzen schwamm und wurm
ein tischleindeckdich flesh and dreams
gehäutete gesichter
trüffel of the mind
the taste of smiles and shit *(weint)*
o sunny buildings
movement eines augs
entzwei gebissen
o mushrooms in the mud
o modderfokking sumpf
when can I count my cock
the happiness der knochen
when will the silence stop
zwei lebern schnell zu essen
zehn fingers for dessert
o festkonzert of screaming
sweet loving in the dirt

(Auftritt Stanley und Ratcliffe während Richs Monolog)

King Rich Hey Stanley-babe! Welch gute Neuigkeiten?
Stanley Nicht so gut, Herr, daß Ihr es gerne hört,
Doch nicht so schlecht, daß ichs nicht melden dürfte.
King Rich Yo! Heavy stuff: ein kleines Quiz! Not good,
Nor bad! *(auffahrend)* Jetzt spucks schon aus, Mann,
und erzähl!
Stanley Well: Richmond ist auf See.
King Rich Why, fokking hell: auf See? So laßt ihn sinken,
Dann ist die See auf ihm... Was tut er dort?
Stanley Er nähert sich der Küste und verlangt,
Gestützt auf Buckingham, die Krone, Herr!
King Rich What: Buckingham?
Ratcliffe Our buddy has betrayed us, Lord of Wars;
His gang and he are waiting by the shores –
For Richmond.
King Rich Is my throne empty then? My piece verrost',
Der König tot, das Land out of control?
How many modderfokkers zählt der Rebell?
Ratcliffe His power pitcht at sechs bis siebentausend.

King Rich Kein fokking Scheiß? My war machine zählt more
Than four- or fivemal soviel fokkers!
Stanley! Where is your fokking war machine,
The members of your gang to beat him back?
I'm sure, sie stehn und warten on the shores,
To help those rebels sicher off their ships!

Stanley Nein, bester Fürst: die Freunde stehn im Norden.

King Rich Up north? That's why their friendship is so frozen!
I need them in the West – sie stehn im Norden!

Stanley Erhabner Fürst: Ihr gabt noch keine Weisung.
Wenns Euch beliebt, entlaßt mich und befehlt!
Dann will ich sie versammeln und marschieren,
Wann und wohin auch immer Ihr das wünscht.

King Rich Well, go and get your men to form their gang…
Doch leave your Sohn behind! And better be
Of loyalty – denn wenn du mich verläßt,
I swear you, sitzt sein Kopf nicht allzu fest.

(Ratcliffe und Stanley ab)

Buckingham *(tritt auf und spricht wie zu einer Armee)*
Der grausam-wilde, blutgierige Eber,
Der unsre Weinberg, unsre Saat verheert,
Nach unserm warmen Blut den Dreck schon umwühlt,
Und seinen Trog in unseren Kadavern sucht –
Das wüste Schwein rückt an mit uns zu kämpfen.
Wär er schon da – er stößt auf unsern Mut:
Wir bieten ihm die Stirn und schlagen ihn!
Die Freunde sind bloß Freunde ihm aus Furcht:
Wenns hart auf hart kommt, suchen sie Ihr Heil
Bei unserm Heer. Wir können nicht verlieren,
Der Schlachtsieg fällt uns morgen in den Schoß,
Und ewig bringen wir dem Land den Frieden!
Drum schwingt ein letztes Mal das Schwert des Kriegs!
Geliebte Lands- und Losgenossen, Männer!
Gott kämpft für uns und unser hohes Ziel.
Der Heiligen Gebet – und das der Opfer! –
Schützt unser Leib und Leben wie ein Wall.
Wer gegen Gottes Feind zu Felde zieht,
Den schützt der Herr im Kampf als sein'n Soldat;
Wer heute schwitzt, um den Tyrann zu fällen,

Schläft morgen friedlich, wenn der Bluthund fiel;
Wer gegen seines Landes Erzfeind kämpft,
Dem lohnt mit Milch und Honig es sein Land;
Und wer für seines Weibes Ehre streitet,
Der wird von ihr als Sieger heimgeholt;
Wer seine Kinder nun vom Schwert befreit,
Dem winkt der Kindeskinder Trost im Alter…
Und so – im Namen Gottes und des Rechts:
Schwingt eure Fahnen, zieht das wackre Schwert!
Für Richmond, unsern rechtmäßigen Fürst!
Sein Pfand in diesem Unternehmen? Dies:
Sein kalter Leib auf diesem kalten Grund.
Doch wenns gelingt, so wird er den Gewinn
Selbst mit dem niedrigsten der Helfer teilen.
Für Gott und Vaterland und König Richmond!

Alle Für Gott und Vaterland und König Richmond!

King Rich *(spricht wie zu einem Heer, der Chor verschwindet)*
Geliebte buddies… Members of my gang…
Mean modderfokkers of my super high
Fantastic kakophonische, cool war machine…
Remember was fürn Pack wir vor uns haben!
Some modderfokking Mob von overseas.
Some sort of Berber, vagabonds and bastards,
Die plattsten Kötel ihres Kontinents,
Der Auswurf moddermistverfaulte Abschaum,
Der ausgekotzte Unflat ihres Kaffs
some blutschmeißfliegendreckverfickter kack
die beulenpest ein stinkendes gesindel
von modderfokking flits, schwanzsukking dogs
of hell and helter skelter screwing creeps…
You slept in safety? They bring noise and niggers!
You had a home? Were blessed mit heißen Hurn?
They fok your home, your bitch; then you, then me!
And who, who is the goddamn modderfokking
Verreckte Leichen-leader of this Pack?
Some kahle, no goodlooking Filzlausmade!
A masturbating Mißgeburt, ein Milchgesicht!
That modderfok hat never in his life
Noch kalten Schnee gefühlt – but shoes in shit!
Macht schnellen Kehraus mit dem fremden Dreck,

Legt Feuer rein those fokking niggers beasts
Des lazy Lebens müd their neckshot block
The axe und mutterfucking massakriern
In Gräbern full of petrol, Kalk und Würmern...
If not our land of milk as dream gesehn,
Sich selbst erhängt, die Rats! If we be slain,
Let it be then von: Männern, Kerln mit Schwanz und Eiern –
Not bastards, by our Vätern windelweich
Gefokt schon in Bretagne, Inzuchtbrut
von Ziegen, slain, bestohlner heulnder Rotz
bespucktes Ungeziefer fokking Schleim
und sodding ausgesaugte Kakerlaken...
They? They? They fokking modderfokking they?
Own us? Our weiber töchter thron land? They?
The fok, the screw, the modderfokking they?
No!
Go!
(Schweigen; Rich keucht; plötzlich ruhig, konzentriert)
Tonight, I will not eat. All food is meat
For animals and mortal men, not me.
Nen Schluck of wine I'll have.
Ratcliffe!
Liegt meine Rüstung schon im Zelt bereit?
And saddle meinen schönsten Schimmel for the battle...
(schluchzt) Give me Papier, a candle and some ink.
Sind die Scharniere meines Helms repaired?
Daß mir die Speere stark sind! *(auffahrend)* But not heavy!
And leave me now. Fok off. Laß mich allein...

(Rich trinkt, lacht in sich hinein, keucht; die Erscheinungen kehren zurück)

[**Georgie** Hey, Rich – hier sind your modderfokking Brüder.
Eddy Wir lasten morgen heavy on your soul.
Georgie Remember both of us during your battle,
And lose your sword, verzweifle und verreck!
Eddy Richmond – you gift of Gods, we pray for you!

Rivers Ja, Rich –
Schwer werd ich morgen auf der Seel dir lasten.
Dein Pferd kommt nicht voran, ich halts zurück,

Der Sattel drückt, du scheinst wie blind, du fällst...
Du rufst nach Freunden... Wer steht dir noch bei?
Dein Schwager. Rivers. Verzweifle, Rich, – and die!
Richmond – ich bet für dich, ich helfe dir!

Anna Hier, Rich –
Ich, deine Frau, dein Fußabtreter Anna,
Die keine Stunde ruhig schlief bei dir,
Nun füll den Schlaf ich dir mit Schrecken –
Denk morgen in der Schlacht an mich – verlier
Dein stumpfes Schwert – verzweifle und krepier.
Richmond –
Dein Feind war auch mein Feind, drum bete ich für dich,
noch mehr als ich mein'n Mann verwünsch!

Prinzen Träum, Onkel Rich!
Träum von den Neffen, totgemacht, zerrissen,
Zerstückelt und begraben dort im Turm.
Laß uns wie Blei auf deinem Herzen liegen,
Daß du mit Mann und Pferd versinkst im Dreck,
Im Modder, in der Schmach und in der Schande.
Die Neffen beten, Rich: verzweifle und verreck.]

(Die Erscheinungen verschwinden)

King Rich *(schreckt aus dem Schlaf)*
Give me another modderfokking horse
Verbind my wounds, hab Gnade, Jesus Christ!
O Modder of Compassion, die du schufst
This heart of mine, das nicht zu schlagen aufhört:
Lös meine Leiden, kraul mich, küß mich tot!
O take me in your arms, hör meine Not,
Und nimm mich like a dolphin auf im Schoß.
O laß mich schmelzen, let me suck your Breasts
Of Mercy, call me, kill me, I am still
Your little boy... *(heult)*
O Modder: fok me, fok you, fok us all... *(Pause)*
Fok. Hold your shit... 's war nothing but a dream.
So, feig Gewissen? Packst du mich bei den Eiern?
(lacht) Cold sweat rinnt mir die Gänsehaut hinunter!
Who do I fokking fear? There's no-one here.

Der Richard liebt den Rich. Ich liebe mich.
(ruft) Ist da ein Mörder, sagt? No. – Yes, there's me!
So flieh doch, flieh! – What, vor myself? No way.
Ich tat nie wem ein Weh, noch je was Gutes –
Denn ehrlich – wer war je das Gute wert?...
Ich? *(Krokodilstränen)*
O cruel world! Kein Mensch, kein Tier that loves me!
Who'll cry for me, wenn ich mal selbst krepier?
(lacht) Yo Modder! Fok me, fok you, fok us all...

Ratcliffe *(tritt auf)* My Lord of Wars...
King Rich *(in Panik)*
Fok, wer ist da? Guards, helft mir, schnell! A traitor!
Ratcliffe It's me. It's Ratcliffe, lord. Die Lerche dort im Ort
Has sung. Ich kam Euch mit der Rüstung helfen,
My Lord of Fire.
King Rich I fear, Ratcliffe. Diese verfickte Angst!
Wann kommt denn Stanley with his war machine?
Ratcliffe My Lord of Wings, he doesn't want to come.
King Rich The fok! The fokking fok! – Köpft seinen Sohn!
(faßt Ratcliffe bei der Gurgel und würgt ihn)
Where's Richmond, gimme Richmond, I have killed
Schon fünf vermummte Richmonds. Where is he?
Ratcliffe My Lord of Wars, laßt los or you will lose!
King Rich Richmond? Where are ya? Kämpf against me, fokker!
Wo bist du? Ich bin hier, komm: touch me, take me!
If you won't come, gib mir ein neues Pferd –
I'll hunt you down, und wärst du in der Höll.
(läßt den toten Ratcliffe auf den Boden fallen)
Du kotzverfickter Auswurf, traitor, slave!
I'll put mein ganzes Life auf just one card
And this card, baby, is the card that wins.
(stößt sich das Schwert in den Bauch, es scheint ihm nichts auszumachen, er rast weiter)
You understand that, modderfokking Wichser?
Und wenn du in der Ewigkeit herumhurst –
Ich find dich und zerfetz dir deinen Wanst!
(sticht wieder auf sich ein; heult auf)
O mama mia, fokking Drecklochsau,
Sweet Modder, die mich in die Welt geschissen:
Die Feigheit deiner Liebe ließ mich leben,

Wo wahre Liebe mich erdrosselt hätt…
Ich fleh dich an, erlös mich, help me, please,
So wie ich dich erlöste aus dem Leiden… *(kichert, heult)*
Ich reit zu dir und reiß die Fut in Stücke,
Die mich verfaulen ließ, noch eh ich reifte…
O Todeswehn… o modderfok…
(wiehert vor Lachen, ersticht sich selbst)
A horse! My fokking Krone für ein Pferd.
Where is it, bloody sodding smacking shit?
One goddamn fokking piece of Dreckslochgaul!
(sticht wieder zu, wispert)
A horse… My fokking Krone für ein Pferd…
(sinkt erschöpft auf die Knie, Rotz läuft ihm aus der Nase; schweigt, dann wie ein Kind)
Richmond, Richmond…
King of Kings…

(die Herzogin von York führt ein nacktes, sehr schönes und makelloses Kind – eben den Windeln entwachsen – an der Hand; das Kind trägt einen Papierhut auf dem Kopf, stapft kichernd am besiegten König Richard und am toten Ratcliffe vorbei)

[Richmond *(singt)* Eins, zwei, drei, vier:
Schenk ein neues Hütchen mir,
Hütchen mir, Hütchen mir
Schenk ein neues Hütchen mir,
Hütchen von Papier!
Eins, zwei, drei, vier
Ein Hut, ein Stock, ein Regenschirm und –
Schenk ein neues Hütchen mir…**]**

Vorhang

1 *In der Spielfassung werden die Texte der Chormitglieder von Stanley und Ratcliffe gesprochen.*

Anhang

Klaus Reichert

Die Ratte frißt die Ratte

Zu Shakespeares Historien und ihrer Verarbeitung

I.

Am 8. Februar 1587 wird Mary Stuart, einst Königin von Schottland, aber mit Ansprüchen auf den Thron Englands, die von Frankreich unterstützt wurden, nach neunzehnjähriger Gefangenschaft von ihrer Gegenspielerin Elisabeth hingerichtet. Am 8. August 1588 wird die stolze spanische Armada, von Philipp II. ausgesandt, um die wachsende protestantische Macht zu brechen und seinerseits den Anspruch auf die Krone Englands durchzusetzen, vernichtend geschlagen – die englische Flotte, zahlenmäßig unterlegen, hat wendigere Schiffe, die Stürme im Ärmelkanal blasen gegen Spanien, vor allem aber will Gott die Welt wissen lassen, auf welcher Seite er steht. Auf eine Gedenkmünze läßt Elisabeth prägen: „Deus flavit, et dissipati sunt."

In diesen Jahren wird Shakespeare nach London gekommen sein, wird die von beiden Ereignissen ausgelöste Woge des Patriotismus und Nationalismus, verbunden mit Fremdenfeindlichkeit, erfahren haben, vielleicht von ihr mitgerissen worden sein. Merkwürdigerweise scheint er der einzige unter seinen künftigen Kollegen gewesen zu sein, der hier – in der Frage der Nationbildung: wie sind wir geworden, die wir jetzt sind? – einen großen Stoff für das Theater witterte. Material gab es genug, Geschichtsdarstellungen in propagandistischer Absicht, um die Legitimation und die Segnungen des Hauses Tudor zu begründen, das mit Henry Richmonds Sieg über Richard III. den sich in den Rosenkriegen gegenseitig vernichtenden Häusern Lancaster und York ein Ende gemacht und England zu seiner jetzigen Größe als Nation unter Elisabeth, der leider letzten ihres Hauses, geführt hatte. Solche Bücher wurden viel gelesen, es scheint ein echtes Interesse an der eigenen Geschichte gegeben zu haben, außerdem war es für ein protestantisch-puritanisches Lesepublikum nicht unerheblich, daß hier die 'Wahrheit' berichtet und nicht fabuliert oder gelogen wurde wie in der beargwöhnten Dichtung.

Fast ganz am Anfang seiner Karriere, fast ohne Bühnenerfahrung – er hatte ganze zwei Komödien geschrieben –, erfand Shakespeare die neue Gattung der Historien. Das war vermutlich 1590 und 91, auf der Woge der nationalen Euphorie. Man mag sich fragen, warum er bei dieser ersten Vergegenwärtigung englischer Geschichte, just zu diesem Zeitpunkt, den Stoff der Rosenkriege wählte, also die Jahre der schlimmsten Selbstzerfleischung des Adels, der Bürgerkriege. Damit die Sonne des Hauses Tudor um so heller strahle? Liest man die wichtigste Quelle für Shakespeares erste Serie von vier Historien (die drei Teile von *Henry VI* sowie *Richard III*), sieht es in der Tat so aus: Edward Hall hatte in seiner *Union of the Two Noble and Illustre Families of Lancaster and York* (1548) die Schrecken der Entzweiung der beiden Häuser vorgeführt, die in der Absetzung seines legitimen, von Gott gesalbten Königs in der Großvätergeneration (Richard II.) ihren Ursprung hatte und die Gott bis ins dritte und vierte Glied rächte. Halls Geschichtskonstruktion lief zwangsläufig auf Henry Richmond als Henry VII, den Retter des Vaterlands, zu, denn für ihn folgte die Geschichte einem klaren göttlichen Plan, nicht der Willkür und Kontingenz Fortunas. (In Shakespeares Richard III. als der Geißel Gottes ist davon noch etwas zu spüren.) Aber der junge Tudor kommt bei Shakespeare nur ganz am Rande vor, nichts 'läuft auf ihn zu'. Und warum wird der Stoff 1590 aufgegriffen, also am absehbaren Ende der Tudor-Zeit? Patriotische Euphorie war das eine, die ungesicherte Nachfolge Elisabeths das andere. Wollte Shakespeare noch einmal die schrecklichen Folgen der Eigeninteressen auf Kosten 'der Nation' vergegenwärtigen? Konnte er ahnen, daß die alten Konflikte in neuer Gestalt (Parlament gegen Königtum) wieder aufbrechen, wieder zum Bürgerkrieg führen und in ganz anders geartete Formen der Herrschaftslegitimation der Nation im Sinne 'des Staats' münden würden?

Soviel jedenfalls läßt sich sagen, daß die Stücke, bei aller Abhängigkeit von der Quelle und jedem Verzicht auf aktuelle Anspielungen, politisches Theater sind. Die frühen Historien sind große Bilderbögen mit oft raschen Szenenwechseln, mit viel zu vielen Personen, unter denen die Handlungsträger manchmal verschwinden, die ihrerseits ohne großen Tiefgang gezeichnet sind. Die Sprache ist noch grob, manchmal vulgär und brutal. Aber eines ist sicher: wir erleben die Verfallsgeschichte einer Gesellschaft, in der jeder des anderen Wolf ist, in der Tücke und Gemeinheit, Verrat, Eigennutz und Mordlust herrschen, in der Anstand, Ehre, Menschenwürdigkeit bestenfalls höhnische Erinnerung sind. Da ist es fast gleichgültig, wo wer steht und wie wir die Personen alle auseinanderhalten sollen, denn die Niedertracht hat überall das gleiche Gesicht. Überlebenschancen für 'das Gute' sind nicht gegeben. Ironischerweise ist die Titelgestalt der ersten drei Stücke, Henry VI, ein guter Mensch, fromm, mitleidig, zart, verträumt, buchgelehrt, kompromißbereit, und ist eben darum ein schlechter König, wird zum Spielball der Machthungrigen um ihn herum und ist damit letztlich schuld an Anarchie und Chaos, die ihn am Ende fast beiläufig verschwinden lassen. Das heißt: Güte zahlt sich nicht nur nicht aus, sie ist in bestimmten Situationen töricht und tödlich. Ein König mag sich allerchristlichst nennen und seinen Erasmus gelesen haben, gleichwohl hat er vor allem Machtpragmatiker zu sein, wie es der künftige Richard III. sein wird, der ihn dann geschäftsmäßig umbringt.

Der erste Teil von *Henry VI* beginnt mit dem Begräbnis seines Vaters, des jungverstorbenen Henry V, der Frankreich erobert, durch kluge Heiratspolitik gesichert, den herrschsüchtigen Adel, wie es schien, ausgeschaltet und England als Nation zu Ruhm und Glanz geführt hatte. Jetzt, an seinem Sarg, ist alles wieder in Frage gestellt: der König ist ein Kind, das Reich steht unter dem Protektorat seines Onkels Gloucester (des Bruders des verstorbenen Königs), der sofort mit dem Bischof von Winchester, dem Großonkel des neuen Königs, der das Protektorat für sich beansprucht, in Streit gerät; aus Frankreich kommen Nachrichten, daß die Eroberungen in Gefahr, einige schon verloren sind, der gefürchtete Kriegsheld Talbot durch Verrat der eigenen Leute gefangen ist. Im Gang der Handlung werden zwei Stränge neben- und gegeneinander geführt, die hier angelegt sind: das Hin und Her in Frankreich und die Hofcamarilla in England. Die Machtspiele am Hof komplizieren sich, da ein neuer Kronprätendent auftaucht, Richard Plantagenet, der auch gleich eine weiße Rose pflückt und in diesem Zeichen der Yorks Anhänger sammelt (darunter den mächtigen Warwick). Die Königspartei (mit Somerset und Suffolk) pflückt im Gegenzug die rote Rose der Lancaster. Der konfliktscheue Kinderkönig hat dagegen die sinnreiche Idee, den aufrührerischen Plantagenet zum Herzog von York zu machen, was für diesen einen Machtzuwachs bedeutet, und zweitens den Oberbefehl über das Heer in Frankreich zwischen ihm und Somerset zu teilen – klarer kann man den eigenen Untergang kaum vorbereiten. In Frankreich werden die Rückeroberungen der Engländer aufgehalten durch das Erscheinen der Jeanne d'Arc, genannt La Pucelle, die sich als gottgesandt ausgibt, in Wahrheit aber eine Hexe und Ausgeburt der Hölle ist (so stand es in Shakespeares Quelle). Talbot nennt sie denn auch wortspielgerecht 'Puzzel', was Hure heißt und als welche sie sich am Ende erweist. Die Jungfrau ist übrigens das erste Weib, das in den Historien auftaucht und seine männermordende Gewalt ausübt. Das zweite läßt nicht lange auf sich warten. Zuvor aber zieht sich die französische Sache noch etwas hin, der große Talbot und die letzten Recken der alten Schule fallen und Shakespeare läßt keinen Zweifel daran, daß sie Opfer der englischen Machtspiele, nicht der Franzosen sind. Gloucester glaubt dennoch, einen halbwegs ehrenvollen Waffenstillstand schließen zu können mit Hilfe eines klug eingefädelten Ehevertrags, da entdeckt – Szenenwechsel – Suffolk im Feld in Frankreich die schöne Margaret, Tochter eines verarmten Edelmanns, der sich König von Neapel, von beiden Sizilien und von Jerusalem nennt, dessen Besitzungen Anjou und Maine von den Engländern besetzt sind, und verliebt sich in sie. Es gelingt ihm, sie seinem König aufzuschwatzen, um durch sie dann ihn zu beherrschen. Der junge Henry hat also am Ende seines ersten Stücks drei Parteien gegen sich: den zerstrittenen Hof (mit Gloucester und Winchester, der inzwischen Kardinal geworden ist), den durch ihn selbst mächtig gewordenen Kronprätendenten York mit seinen Anhängern und Söhnen und, vermutlich, die eigene Königin, die er noch gar nicht kennt, mit ihrem Liebhaber. Aber was wie die bloße Dramatisierung einer reichen Quelle erscheint, ist in Wirklichkeit das Arrangement eines beginnenden Meisters mit Sinn für Verknüpfung von Ereignissen und deren aufeinander wirkende Motivationen: Jeanne d'Arc wurde 1431 verbrannt, die fatale Trennung der Oberbefehlshaberschaft fand 1440 statt, Henry wurde 1444 verheiratet und Talbot starb erst 1453, also mehr als zwanzig Jahre nach der Jungfrau. Bei Shakespeare aber sind alle Ereignisse zusammengezogen und müssen sich der Verkettung fügen, die er braucht, um das Unheil multikausal eintreten zu lassen.

Der zweite Teil von *Henry VI* zeigt die alten Machtkämpfe am Hof, noch verwirrender dadurch, daß auf einmal auch Gloucesters Frau, Eleanor, Thronwünsche für ihren Mann (immerhin den Bruder des letzten Königs) hegt. Sie wird aber der Hexerei bezichtigt und verbannt. (Wieder eine unheilstiftende Frau.) Die große neue Kraft ist Margaret, die junge Königin, in allem das Gegenteil ihres Mannes: machtbesessen, tückisch, brutal, viel geradliniger in der Durchsetzung dessen, was sie will, als die Männer, Shakespeares erste große Frauengestalt. Mit Hilfe ihres Werkzeugs Suffolk entmachtet sie erst einmal den königstreuen Gloucester, den dieser, Suffolk, vorsichtshalber gleich darauf ermorden läßt. Der Weg scheint frei für ein neues Herrscherpaar, aber das Volk, die Commons, wollen Rache für den Tod des sprichwörtlich guten Herzogs Gloucester, und Henry muß Suffolk verbannen. In einer rührenden Szene, in der sie das einzige Mal fast so etwas wie menschliche Züge bekommt, verabschiedet sich Margaret von ihrem Geliebten, der ein paar Szenen später von Piraten umgebracht wird. Man schickt ihr später seinen Kopf, und sie beklagt, daß ihm der Körper für ihre Umarmung fehle. Doch wenig später tröstet sie sich schon mit Somerset. Während all dem mobilisiert York hinter der Bühne und auf ihr seine Anhänger (Warwick, Salisbury), um seinen Thronanspruch durchzusetzen. Zwei seiner ungehobelten Söhne treten erstmals ins Bild: der lüsterne Edward und der verschlagene Krüppel Richard, der sich durch ein paar sarkastische, messerscharf sitzende Worte einführt. Am Ende bricht der Bürgerkrieg zwischen der weißen und der roten Rose offen aus, und die York-Partei gewinnt erst einmal. Der melancholische König begreift von allem nichts, wird aber wie ein Stück Troß auf den Schlachtfeldern hin- und hertransportiert.

Der dritte Teil von *Henry VI* wirkt wie die Erfindung des Theaters der Grausamkeit. Der ängstliche König, der kein Blut sehen kann, bestimmt 'um des lieben Friedens willen' York zu seinem Nachfolger nach seinem Tod und enterbt damit den eigenen Sohn. Die wütende Margaret (der Sohn stammt vielleicht von Suffolk) kommt dazu, beschimpft ihren Mann in einer großartig-bösen Haßtirade, erklärt die Ehe für geschieden und stellt sich an die Spitze eines Heeres gegen die Yorkisten. Sie kämpft jetzt nur noch für sich und die Rechte ihres Sohnes. Um das Klima zu zeigen, in dem die Figuren sich bewegen, schaltet Shakespeare hier eine Szene sinnloser Mordlust ein: der kleine Sohn Yorks, Rutland, noch ein Kind, wird von einem Handlanger Margarets gefangen und trotz seiner anrührenden Bitten um Schonung erstochen; der Mörder taucht ein Tuch in das Blut. York wird dann auch gefangen, von Margaret und ihren Leuten. Anstatt ihn aber gleich zu töten, weidet sie sich an seinem Schmerz über das erstochene Söhnchen – sie hält ihm das blutige Tuch vor –, höhnt ihn in langen Schmähreden und setzt dem Prätendenten eine Papierkrone auf den Kopf. Er antwortet mit ebenso starken Haß- und Fluchworten („O tiger's heart wrapp'd in a woman's hide!"), die eines Villon würdig sind, bis er von ihr erstochen wird. Sie läßt seinen Kopf und den des Söhnchens auf die Zinnen der Stadt York stecken. Aber das Blatt wendet sich wieder. Henry, den keiner mehr beachtet, irrt im Wald herum, meditiert in schönen Versen über die Nichtigkeit der Welt, trifft einen Vater, der seinen Sohn, einen Sohn, der seinen Vater erschlagen hat, wird schließlich gefangen, und der starke Warwick ruft Edward, Yorks Sohn, zum König aus. Warwick geht bald darauf nach Frankreich, um im Auftrag Edwards eine Ehe mit der Schwägerin des Königs, Lady Bona, zu arrangieren. Währenddessen aber hat der lüsterne Edward ein Auge auf die schöne Witwe Elizabeth Grey geworfen, die er, da sie seine Mätresse nicht sein will, sofort heiratet, zur Mißbilligung seiner Brüder und vor allem Warwicks, der daraufhin die Seiten wechselt und Henry wieder als König einsetzen will. Es geht noch ein paar Szenen hin und her (daß wir manchmal den Faden verlieren, heißt wohl, daß wir ihn verlieren *sollen*), aber am Ende ist Margaret geschlagen, Warwick tot, ihr Sohn und Erbe von der Brüdergang Edwards erstochen. Richard eilt noch einmal kurz nach London, in den Tower, um Henry auch physisch zu beseitigen, und endlich sitzt Edward fröhlich auf dem Thron und freut sich, daß Lady Grey ihm schon einen Erben geboren hat. Fröhlich und naiv, denn er weiß nicht, daß sein tüchtigster Bruder und Helfer, der Krüppel Richard, längst in langen Monologen kundgetan hat, selber König werden zu wollen. Seine Selbstcharakteristiken lesen sich, wie direkt dem Lehrbuch Machiavellis entnommen, und er will ihn sogar noch übertreffen: „I can ... set the murderous Machiavel to school." Im selben Atemzug hatte er gesagt: „Why, I can smile, and murder whiles I smile." Mit diesen Verheißungen enden die drei *Henry*-Stücke, und man weiß, die Geschichte wird nur immer noch entsetzlicher werden, als sie schon war.

Mit Richard, wieder ein Herzog von Gloucester, von langer Hand den Thronraub planend, was keiner vor ihm getan hatte, betritt in dem die Tetralogie abschließenden Stück, das seinen Namen trägt, das schlechthin Böse, wie es damals vorstellbar war, die Bühne. Sein Weg zur Macht ist buchstäblich mit Leichen gepflastert – als ihm am Ende, vor der Entscheidungsschlacht, die Geister derer, die er auf dem Gewissen hat, wenn er eins hätte, erscheinen, sind es elf, wobei Shakespeare wohl einige aus den *Henry*-Dramen vergessen hat. Er ist skrupellos, tückisch, brutal, ein Meister der Verstellung und der Instrumentalisierung anderer. Er erfaßt eine Situation sofort und handelt blitzschnell. Mit einem Wort: er ist im Besitz der Machiavellischen *virtù*. Dabei ist er kein Schlächter mehr mit roten Händen auf der Bühne, wie er und alle um ihn her in den früheren Stücken es waren. Er läßt jetzt meistens morden, hinter der Bühne, ein Wink von ihm genügt. Seiner

Intelligenz, seinem Witz, seiner Ironie ist keiner ebenbürtig, und er genießt die Überlegenheit, die Eleganz, die ihm seine bedingungslose Verschreibung an die Macht des Bösen ermöglicht hat. „I am myself alone", sagt er einmal, und das ist vielleicht das Geheimnis seines Erfolgs. Die Erfahrung seiner Deformation, seiner augenfälligen Widernatur, hat ihn von allen isoliert, und diesen Mangel setzt er um in Triebenergie. Das ist politisch schlau genutzt, denn dadurch kommen die heillosen Koalierungen der Rosenkriege, die nie verläßlichen Loyalitäten gar nicht erst in Frage. Er kennt die Menschen im politischen Geschäft, weiß, was von ihnen zu halten ist, nämlich nichts, und handelt entsprechend. Er ist nicht nur Pragmatiker, er ist Realist. Allerdings hat er allen anderen gegenüber den Vorteil, daß er kinderlos ist (und seiner Anlage nach bleiben wird). So kann er, ohne Rücksicht auf die Nachfolge nehmen zu müssen, autonom handeln: „I am I". Merkwürdig bleibt, daß alle von Anfang an wissen, wer er ist und was er getan hat, sich denken können, was er plant, und daß doch manche ihm verfallen, ihm erliegen, als hätte er ein Charisma, weit über seine blendende Rhetorik hinaus. Am spektakulärsten natürlich Anne, die ihren Gatten, Margarets und Henrys (?) Sohn, ihren Schwiegervater und ihren Vater betrauert, die alle drei, sie weiß es, von Richard ermordet wurden. Er streitet das auch gar nicht ab, bekennt sich fast stolz dazu, weil er es nur aus Liebe zu ihr getan haben will. Aber es bedarf mehr als eines Liebesgeheuchels, um eine so verletzte Frau herumzukriegen. Richard spielt ums Ganze, entblößt seine Brust, gibt ihr sein Schwert, ihn zu erstechen, die Verbrechen noch einmal atemlos aufzählend, und weiß doch, Menschenkenner, der er ist, sie ist die einzige, die es nicht tun wird, nicht aus frommer Scheu, sondern fasziniert, gebannt von der übermenschlichen Magie des Bösen, die ausgerechnet sie, die macht- und einflußlose Witwe, zu einem Pakt auserkoren hat. Man kann das, simpler, auch Eitelkeit nennen oder weiblichen Narzißmus, denen die Realität aus dem Blick gerät. Für Richard ist die ganze Episode nichts weiter als ein Exempel der Manipulierbarkeit von Menschenmaterial.

Die einzigen, die es mit ihm aufnehmen könnten, an Kraft, an Unerschrockenheit, an Sprache, sind die abgedankten alten Frauen: Margaret, der er den Mann und den Sohn erstach und die selber seinen Vater York und den kleinen Bruder Rutland umbrachte; dann die alte Herzogin York, seine Mutter, deren einen Sohn, Clarence, er beseitigen ließ, und deren sterbenden oder schon gestorbenen Sohn König Edward er womöglich auch auf dem Gewissen hat. Hinzu kommt die jüngste Königin-Witwe Elizabeth Grey, die Mutter der Kronanwärter (der eine bereits rasch zum König ausgerufen), die er, im Grunde ohne Anlaß, da er selber keine Erben hatte, aus der Welt schaffen ließ. Die Frauen rasen gegeneinander, überbieten und verfluchen einander in den Aufzählungen der jeweils größeren Verlustlisten, sie fungieren gewissermaßen als antiker Chor, der den Horror der Rosenkriege noch einmal sprachgewaltig und -gewalttätig resümiert. Einmütig sind sie nur in ihren Verwünschungen der Monstergeburt Richard, die geradezu Inbild und Konzentrat der Perversionen der vergangenen Generationen ist. In Richard hat die Geschichte einen Punkt erreicht, an dem nur noch die Katastrophe folgen kann. Richard steht dabei, lächelt, höhnt, ironisiert. Für die alten Frauen ist die Geschichte vielleicht vorbei, das heißt das Denken in dynastischen Zusammenhängen, familialen Abhängigkeiten. Aber warum soll es nicht eine neue Art Geschichte geben, Geschichte mit der starken Hand eines Führers, der niemandem und nichts verantwortlich ist als sich selbst und den von ihm gesteckten Zielen (und wenn drumherum die Welt in Stücke ginge, weil sie der Ziele nicht würdig ist)?

Merkwürdig: sobald Richard an der Macht ist, wirkt er fahrig, reagiert verschreckt, verstört, panisch, macht zum erstenmal politische Fehler. Sind es die Geister der Erschlagenen, die ihn einholen, lange bevor sie ihm im Traum erscheinen? Weil seine rastlose Energie kein Ziel mehr hat? Weil er erkennt, daß er den *einen* Feind nicht stellen kann, es sei denn um den Preis der Selbstvernichtung: sich selber? Als er sich wieder fängt, ist er nicht mehr der kühle Rechner. Er kann nur noch rasen, fluchen, ohnmächtige Beschimpfungen der heranrückenden Feindesmacht entgegenschleudern, deren militärische Realität er verkennt. Richmond kann ihn dann einfach abservieren und als Henry VII die Nation zu einen versprechen.

Das war 1485, als Gottes Hand in der Geschichte sich zeigte und mit Hilfe ihres Werkzeugs Richmond das Land aus einem fast hundert Jahre lang währenden Alptraum erlöste. Jetzt, 1591, sollte man sich daran erinnern, wie schwer der Frieden einmal erkämpft war, wieviel bei den ständigen Revolten der Iren noch zu tun blieb, und konnte sich fragen, ob nach der absehbar zu Ende gehenden Herrschaft Elisabeths nicht alles wieder in Frage stand. Shakespeare hat in den folgenden Jahren zunächst seine beiden Versepen geschrieben, Komödien, darunter den *Sommernachtstraum*, und seine erste große Tragödie, *Romeo und Julia*. Aber schon 1595 kam er wieder auf die Gattung der Historien zurück und lieferte in wiederum vier Stücken die Vorgeschichte der Rosenkriege nach. Als Quelle benutzte er diesmal vor allem Raphael Holinsheds *Chronicle of England*.

Das Stück über den unglücklichen König Richard II., mit dem alles Unheil seinen Anfang nahm, ist begreiflicherweise ein Drama von großer politischer Brisanz, weil es von der Absetzung eines rechtmäßigen Königs handelt und die seit dem Mittelalter immer wieder diskutierte Frage nach dem Recht auf Widerstand unter bestimmten Bedingungen in aller Schärfe stellt. Es überrascht nicht, daß die Abdankungsszene zu Lebzeiten Elisabeths nicht gedruckt werden durfte. Und daß das Stück am 7. Februar 1601, am Vorabend der Verschwörung des Grafen Essex, auf Bestellung im Globe gegeben wurde, spricht für sich.

Richard wird zunächst mit allen Zeichen eines unfähigen Königs ausgestattet: er ist prunk- und vergnügungssüchtig, umgibt sich mit Schmeichlern, ist unberechenbar in seinen Handlungen. Als sein Vetter Henry Bolingbroke (aus dem Hause Lancaster) Thomas Mowbray verklagt, Onkel Gloucester (immer diese Gloucester und Yorks, die wir allmählich verwechseln) umgebracht zu haben, setzt er in feudaler Manier einen Zweikampf als Gottesgericht an, verhindert ihn aber dann, wie es scheint, grundlos (in Wahrheit hat er selbst den Mord angestiftet) und schickt beide in die Verbannung. Als Bolingbrokes Vater, John of Gaunt, der letzte Vertreter der ruhmreichen Vergangenheit Englands, stirbt, konfisziert er dessen ganzen Besitz, nachdem er vorher schon Grund und Boden des Landes verpachtet hatte, um seinen Geldbedarf zu decken. Die adligen Grundherren wittern die Gefahr, die auch ihnen drohen könnte, und laufen zu Bolingbroke über, der trotz Verbannung mit einem Heer in England gelandet ist, um, so sagt er, sein Recht zu fordern, hat aber bereits zwei von Richards Leuten exekutiert. Durch Bolingbroke kommt ein neuer Ton ins Spiel, nüchtern, klar, pragmatisch, und Richard spürt sofort, daß es um mehr als um Bolingbrokes Recht, daß es um die Krone geht, und daß er ausgespielt hat, daß seine Zeit, die Zeit des feudalen Königtums, das er selbst ja aber unterminiert hatte, vorbei ist. Er macht auch keinen Versuch, die Krone zu retten, gibt sie fast freiwillig weg. Was er allerdings macht, ist, daß er die Abtretung unendlich lang hinzieht. Jetzt, da sein Fall unaufhaltsam ist, stellt er sich in Positur und *spielt* den König. Er entfaltet eine bisher ungeahnte poetische Kraft, holt aus seinem Schmerz die eines König Salomo würdigen Vanitas-Bilder hervor, ebenso abgründig-abgeklärt wie prunkend-schön, aber immer mit Sinn für theatralische Effekte, für die Ironie eines, der darüber oder daneben steht. Er, der Fallende oder Gefallene, beherrscht die Szene; die Emporkömmlinge sind auf Stichwortgeber reduziert. Die Abdankung inszeniert er wie ein umgekehrtes Krönungsritual: Stück um Stück legt er die Würde ab, Krone, Szepter, Mantel, Rechte. Es ist wie die sichtbare Auflösung, Punkt für Punkt, des mittelalterlichen Königtums. Denn während er das Anti-Ritual vollzieht, läßt er keinen Zweifel, daß es sich dabei um das schlimmste Vergehen handelt: die Entheiligung des gottgesalbten Königs, und die Parallele zum verratenen Christus bleibt nicht ungenannt. Was daraus folgen wird, sieht er hellsichtig voraus: Revolten, Thronräubereien, Verrat um Verrat, Bürgerkriege, Bruder gegen Bruder, Vater gegen Sohn, Sohn gegen Vater, zulaufend auf einen apokalyptischen Untergang des Reichs. Shakespeare hat hier, im politischen Drama, die vielschichtigste seiner Königsfiguren geschaffen (übertroffen höchstens von König Lear): Wie hier ein unfähiger und gemeiner, eitler, arroganter König zu einem Weisen, einem Schmerzensmann, einem Menschen sich wandelt, der zugleich weiß, daß seine Tragik selbstverschuldet ist. Groß wird er, als er nichts mehr ist. Und Bolingbroke, dessen Kränkung so bitter, dessen Handlungsweise so verständlich war, auch zur Rettung des Reiches, ist, ganz oben, nichts als ein ambitionierter kleiner Thronräuber. Diese Spannung ist unauflösbar.

Das Stück ist noch nicht zu Ende, Richard noch nicht tot, da kündigen sich schon die ersten Konflikte an: eine Gruppe junger Verschwörer, darunter Aumerle, einst Günstling Richards, Sohn des alten York, will den eingesperrten König wieder auf den Thron setzen. (Klug ist an York übrigens beleuchtet, wie Staatsdiener immer auf der Seite des jeweils geltenden Rechts stehen und der Mensch nur als Funktionsträger dabei eine Rolle spielt.) Mit den jungen Rebellen fertigzuwerden ist vorderhand leichtes Spiel; sie denunzieren sich selbst, aus Angst. Schwerer ist es für den neuen König, sich mit seinem mißratenen Sohn abzufinden („If any plague hang over us, 't is he.") Was werden wird, ist nicht abzusehen, außer daß die Prophezeiungen Richards nicht aus dem Leeren kamen. Von ihm, Richard, gibt es noch eine geradezu jenseitige Szene (wenn wir annehmen, daß Dasein 'eine Rolle spielen' heißt): der alte Schauspieler im Kerker, der, da er Niemand ist, alle Rollen spielen kann, vom Bettler, bis hinauf – oder herunter – zum König, nach Belieben, frei, die Fächer wechselnd. Die leere Zelle wird ihm zur Welt, die er bevölkert wie er will. Er ist König im grenzenlosen Reich der Phantasie, wo Schuld und Erniedrigung, Schmerz und Rache nur noch eine Bedeutung als Fiktion haben. Dann stürzt ein Mörder herein.

Bolingbroke hat sich vorgenommen, als Henry IV, den Augiasstall moralischer Verrottung auszumisten, Recht und Ordnung wiederherzustellen. In beiden Teilen der unter seinem Namen laufenden Stücke sehen wir aber den Machtpragmatiker als einen von Schuldgefühlen geplagten müden Mann, mehr reagierend als agierend, dem nichts so sehr am Herzen zu liegen scheint, als eine Wallfahrt nach Jerusalem zu unternehmen, wozu es nie kommt. Zwei Problemen sieht er sich gleich zu Beginn konfrontiert, wobei er sich dem ersten stellen muß, während er das zweite, fast resigniert, als schicksalsgegeben hinnimmt: das erste ist die Rebellion der mächtigen Percys in den Nordprovinzen, unterstützt von Schottland und Wales; das zweite ist sein Sohn und Erbe, Prinz Hal, der sich mit windigem Gesindel in den Kneipen Londons herumtreibt. Der alte Percy, Northumberland, und sein Sohn Percy Hotspur, der Heißsporn, fühlen sich von Henry betrogen: er ist undankbar und hat vergessen, daß er ohne ihre Hilfe die Krone nie erlangt hätte. Jetzt nennen sie ihn einen Thronräuber und Despoten, haben einen Prätendenten (abstammungsmäßig begründbar) in der Hinterhand und mobilisieren ihre Macht. Die Positionen wären klar, wenn Henry nicht eine Schwäche für den jungen Percy hätte: er ist sein Wunschsohn, in allem das Gegenteil des eigenen Sohns, tapfer, ehrsüchtig, politisch entschieden. Oder so will Henry ihn sehen, sieht in ihm sogar die Wiederverkörperung der eigenen Jugend, sucht darum immer wieder, vergeblich, den Ausgleich, den Kompromiß. Aber das sind Projektionen, ausgelöst auch wieder von Schuldgefühlen: Gott hat ihn für seine Tat mit dem falschen Sohn gestraft. In Wirklichkeit ist Percy Hotspur nämlich ein Aufschneider und Eisenfresser, reizbar, eitel, von Emotionen geleitet, wo politisches Kalkül gefragt wäre. Er ist geradezu die Parodie der alten Ritterehre, die unter veränderten historischen Bedingungen nicht mehr überlebensfähig ist.

Und Prinz Hal? Er führt sich ein als jemand, der alle und alles durchschaut, der den Liederjan nur spielt, um als künftiger König alle Schichten seines Volkes zu kennen, sich also eine Fürstenerziehung zu verschaffen, die ihm der Hof nicht bieten kann. Aber die Rolle des Beobachters ist nur die eine Seite (vielleicht ist sie auch nur ein vorgeschobener Grund, um das Publikum über die Untadeligkeit des Kronprinzen zu beruhigen), denn er genießt das Treiben in den Wirtshäusern und liebt, so scheint es, Falstaff, den dicken Ritter, wie der ihn. Falstaff und seine Gesellen, die die *Henry IV*-Dramen mehr beherrschen als die Titelfigur, bilden die Gegenwelt zur Hofclique. Sie leben in einem nächtlichen Universum der Trinkfestigkeit und Freßsucht, lügen, stehlen und huren, kennen keine Moral, haben nicht mal Ganovenehre, aber sie strotzen vor Lebensfreude und Witz, die jede ihrer kleineren oder größeren Schurkereien zu einem vergnüglichen Anschauungsunterricht über den Umsturz der Ordnung werden läßt. Der Freudlosigkeit am Hof, der Disziplin, der verheuchelten Moral mit ihrem Betrug und ihrem Verrat auf politischer Bühne, wird hier der Zerrspiegel vorgehalten: was in der hohen Welt maskiert auftritt, zeigt sich hier offen und ungeschminkt. Percy Hotspur ist aufgeblasen von großen Worten; Falstaff ist es bei Bedarf auch, aber er weiß, daß er es ist, und kann die Wortspiele blitzschnell wechseln mit der Wendigkeit, die dicken Menschen oft eigen ist. Percy führt ständig 'die Ehre' im Mund; Falstaff weiß, daß sie nichts als ein Wort ist, kein zerschossenes Bein heilen, keinen Gefallenen aufwecken kann und bestenfalls zum Totenschild taugt: „Therefore I'll none of it." Das sagt er auf dem Schlachtfeld, und man mag das Feigheit nennen oder Hellsichtigkeit.

Für den König sind Falstaff und seine Spießgesellen natürlich nichts als lichtscheues Diebsgesindel, das ihm den Sohn verdorben hat. Er hält dem Prinzen eine Strafpredigt, in der er ihn seinen nächsten und ärgsten Feind nennt, ohne dessen Nichtsnutzigkeit es nie zur Revolte im Norden gekommen wäre, und hält ihm den edlen und tapferen Percy vor, der es wert wäre, Thronerbe zu sein. Hal sagt, er sei nicht der, für den man ihn halte, man werde ja sehen. In der Tat, in der Entscheidungsschlacht mit den Rebellen, rettet er erst seinem Vater das Leben, dann erschlägt er den Protz Percy. Falstaff hat sich vorsichtshalber tot gestellt. Als er wieder aufsteht und den toten Percy liegen sieht, schultert er ihn, trägt ihn zu Hal und wirft ihn ihm vor die Füße: dafür wolle er mindestens Graf oder Herzog werden, sonst könne der König den nächsten Percy mit eigener Hand erschlagen.

Mit dem Tod Percys ist nichts gewonnen, so beginnt der zweite Teil von *Henry IV*, die Rebellion geht weiter. Wie gefährlich sie ist, geht aus den Worten Northumberlands, des einstigen Königsmachers, Percys Vater, hervor: „Let order die!" sagt er und beschwört den Geist des Brudermörders Kain. Lieber Anarchie und Bürgerkrieg, heißt das, als eine Ordnung, die uns nicht paßt. Aber die politische Gefahr bildet nur den drohenden Unterton im Ganzen des Stücks. Viel Raum nehmen die Wirtshausszenen ein (ergänzt um einige Figuren, so daß ein reicheres Bild der Unterwelt entsteht) oder die tückisch-idyllischen Szenen auf dem Land, wo Falstaff Soldaten anwirbt (Kanonenfutter, sagt er stolz, nichts Taugliches), und wo eben auch die schäbigen Seiten seines Charakters die Distanz Hals zu ihm vorbereiten sollen. Der König ist krank und müde und hält eine bewegende Rede über die Schlaflosigkeit von Fürsten – die eigene, weil das Gewissen ihn plagt, aber auch die der Mächtigen überhaupt –, so daß der rücksichtslose Thronräuber fast menschliche Züge bekommt. Am Ende schläft er ein, die Krone neben sich auf dem Kissen, Hal kommt dazu, hält den Vater für tot, setzt sich die Krone auf und geht hinaus. Aber der König wacht wieder auf, sieht, daß die Krone fort ist, das heißt für ihn: geraubt ist – die quälend-langsame Preisgabe der Krone durch Richard II. ist hier in den jähen Moment des Entsetzens über den Verlust zusammengedrängt. (Shakespeare ist ein Meister von Parallelszenen, die sich wechselseitig in Frage stellen.) Als Hal sich entschuldigt – den Vater und König für tot gehalten zu haben! –, ergießt sich eine prophetische Haßtirade über den Prinzen, als müßte noch einmal – jetzt endlich im Sterben in großer Rhetorik – der Thronraub gerechtfertigt werden: Hal wird sein, der Richard war, Recht und Gesetz werden nicht mehr gelten, der Pöbel wird regieren, Anarchie herrschen und alles wieder zerstören, was sein, Henry Bolingbrokes, Lebenswerk war. Das ist so pointiert ausgeführt, weil es die einzige Prophezeiung in den Stücken ist, die falsch ist, und weil es den Realitätsverlust Henrys, nachdem er sein *eines* Ziel, die Macht, erreicht hat, unterstreicht – welches Gespür für das Vakuum nach erstrittener Macht, das an Richard III. schon einmal durchgespielt worden war! Der Prinz entschuldigt sich so wortreich, daß man den gewieften Politiker, der er sein wird, erkennt, und der sterbende Vater lenkt sofort ein: er werde sicher auf dem Thron sitzen, weil er ihn nicht usurpiert, sondern ererbt habe. Doch gibt er ihm immerhin einen brauchbaren Rat: um die Schwierigkeiten im Innern zu verhindern und das Reich zu einen, müsse man die Konflikte nach außen verlagern, zum Beispiel einen Krieg mit Frankreich beginnen. Hal wird den Rat beherzigen.

Damit könnte das Stück zu Ende sein, ist es aber einen ganzen Akt lang noch nicht. Die Falstaff-Welt muß noch demontiert werden, und sie erhält einige ihrer traurig-schönsten Zeilen über die Erwartung einer gelassen-heiteren neuen, besseren Weltordnung, freilich in der Maske der Tagediebe und kleinen Schwindler. Hal, nein Henry V, arrangiert sich mit seinem erbittertsten Feind, dem Lord-Oberrichter, der ihn einmal ins Gefängnis steckte: der neue König bestätigt ihn in eben diesem Amt als den ersten, auf den er sich verlassen kann. Man ahnt, wie die schöne neue Welt aussehen wird. Als während der Krönungsfeierlichkeiten Falstaff auf seinen geliebten Hal zustürzt, sagt dieser: „I know thee not, old man. Fall to thy prayers." Geträumt habe er von einem fetten alten unheiligen Mann, doch jetzt, erwacht, verachte er den Traum. Falstaff kann es nicht fassen, er ist sicher, der König werde heimlich nach ihm schicken. Aber die Heimlichkeit ist das Gefängnis, in das er abgeführt wird.

Abschluß und 'Krönung' der Tetralogie bildet *Henry V*, geschrieben im Frühjahr oder Sommer 1599, vor dem Hintergrund der scheiternden Strafexpedition des Grafen Essex nach Irland. Möglicherweise war das Stück, im Kontrast dazu, als eine Beschwörung von Englands militärischer Größe beabsichtigt, galt Henry V doch als der Nationalheld schlechthin. (Laurence Olivier widmete seine Verfilmung des Stücks 1944 der britischen Air Force.) Aber der Charakter dieses Königs ist alles andere als eindeutig aufgebaut. Er ist ein starker Politiker, ohne die Ambivalenzen seines Vaters, die Günstlingswirtschaft seines Vorvorgängers; er weiß genau, was um ihn herum vor sich geht, er entdeckt ein Komplott und schickt die Verräter, nachdem er genußvoll Katz-und-Maus mit ihnen gespielt hat, zur Exekution. Den Rat seines Vaters beherzigend, innenpolitische Probleme durch Verlagerung nach außen zu unterlaufen, sucht er den Konflikt mit Frankreich, und seine Kirchenmänner liefern ihm dafür die Rechtsgrundlage. Er ist ein durch seinen Mut und seine Sprache mitreißender Soldat: er schafft es, daß sein zerlumptes, hungerndes, von Krankheiten heimgesuchtes Heer, durch ihn in vaterländisches Feuer geredet, die dekadenten Franzosen vernichtend schlägt, fast ohne Verluste auf der eigenen Seite. Und für England erschafft er durch den Sieg bei Agincourt den Mythos seiner Größe. Das ist aber nur die eine, in Zeiten nationaler Krisen propagandistisch ausnutzbare Seite. Denn Shakespeare arbeitet, vielleicht schärfer noch, auch die andere Seite heraus: den Sadismus und Zynismus als Dreingabe zum politischen Kalkül. Als zu Beginn der Dauphin Henrys Ansprüche auf Frankreich durch Übersendung einer Schachtel Tennisbälle höhnt, reizt ihn der an sich lächerliche Spott zum Entwurf eines Vernichtungskriegs, der noch die Ungezeugten und Ungeborenen einbeziehen wird. Als die Bürger von Harfleur mit der Übergabe ihrer Stadt zögern, malt er die Greuel aus, die die Soldaten begehen werden, wenn die Stadt erst in Schutt und Asche liegt: die Schädel der Greise werden an den Mauern zerschmettert, die Jungfrauen geschändet, die Babies aufgespießt, so daß die Mütter wie beim Bethlehemitischen Kindermord irrsinnig werden – die Lust an den Steigerungen des Horrorszenarios gibt einen Einblick in sein Gemüt.

Der junge König ist die beherrschende Figur, auch wenn er nicht auf der Bühne steht. Die einstigen Spießgesellen sind dabei wie das Memento einer anderen Welt – einen läßt er wegen eines kleinen Kirchendiebstahls hinrichten, und die Kneipenwirtin berichtet vom Tod Falstaffs an gebrochenem Herzen. Andererseits, wenn ein schottischer, ein walisischer und ein irischer Offizier auftreten und ihr leicht komisches Englisch sprechen, öffnet das auf einmal den geographischen Raum zur Nation, was bei seinen Vorgängern noch undenkbar war. Nur: wie wird es weitergehen? Als dann Friedensgespräche geführt werden und Henry außer der Abtretung wichtiger Provinzen („you must buy that peace") die Hand der Prinzessin Cathérine zur Bedingung macht, die er im übrigen in einer albernen Szene wie ein Soldat im Sturm nehmen will, scheint durch die Verbindung eine ruhige Zukunft gesichert zu sein. Aber das letzte Wort hat der Chorus, der berichtet, was wir schon wissen, daß die Frucht dieser Union, Henry VI, als Kind auf den Thron kommen, alles wieder verloren gehen und England ausbluten wird. Diese Desillusionierung am Schluß des der Identifikationsfigur englischer Geschichte gewidmeten Stücks wirft ein Licht auf Shakespeares Auffassung der Bedeutung dieses Königs für den Verlauf ebendieser Geschichte: Henry V, selber von zweifelhaftem Charakter, war nichts weiter als eine kurze Unterbrechung auf dem unaufhaltsamen, immer rasenderen Marsch in die Katastrophe.

II.

Der belgische Schriftsteller Tom Lanoye hat in Zusammenarbeit mit dem Regisseur Luk Perceval Shakespeares Historien neu geschrieben. Auf Niederländisch. Mal nah am Original, mal weit von ihm entfernt. Er hat die Akzente anders gesetzt, das Riesenpersonal reduziert, die Handlung bisweilen anders motiviert, Figuren umgeschrieben, schwach bei Shakespeare Angedeutetes kraß ans Licht gezogen. Aus acht abendfüllenden Stücken werden bei Lanoye sechs, die in einem Zug zu spielen sind, mit nicht mehr als einem guten Dutzend Schauspielern, so daß jede neue Rolle die früheren mittransportiert, was heißt, daß die Maske des Bösen immer gleich ist, auch wenn seine Funktionsträger andere Namen haben. Die Reihenfolge der Tetralogien folgt bei Lanoye natürlich der historischen Chronologie, nicht der der Entstehung der Stücke. Das hat nebenbei den schönen Effekt, daß die frühen, oft sprachlich kruden, in der Szenenführung manchmal unübersichtlichen, in jedem Fall viel offener brutalen Stücke sich aus den historisch vorgelagerten gleichsam organisch als Erscheinungen einer Verfallsgeschichte ergeben. Denn Lanoyes *Ten Oorlog* (wörtlich: 'Zum Krieg') ist auch als ein Sprachprozeß gestaltet: von leicht altmodischen, in Hohem Ton durchgehaltenen regelmäßigen Blankversen, über die holzschnittartigen Paarreime des Heinrich 4, über eine allmähliche Öffnung zu Umgangssprache und Jargon hin, über die hybride Mischung mit amerikanischem Westküstenslang bis zu kauderwelschendem Wörtergestammel als totaler Zertrümmerung der Sprache. Die bei Shakespeare angelegte fortschreitende Brutalisierung der Figuren ist hier sprachlich umgesetzt. Aus einer im Kern faulen Vergangenheit landen wir konsequent in einer noch fauleren Gegenwart, die außer Zerstörung nichts mehr bedeutet.

Das erste Stück heißt *Richard Deuxième*. Damit ist ein Akzent gesetzt, der ein nicht nur Shakespearesches Klischee bedient: die den Franzosen unterstellte Frivolität, Lockerheit der Sitten und Hohlheit des Wortprunks. Richard Deuxième ist ein eitler König, lüstern, von Schmeichlern umgeben, schmückt die Rede gern mit französischen Brocken, hält sich für einen Dichter à la Nero und zieht Bankette der Politik vor. Seine Königin ist ein Kind (so steht es in der Quelle, aber nicht bei Shakespeare) und bekommt mitten im Stück, auf der Bühne, die erste Menstruation. So ist er vielleicht auch noch ein Kinderschänder (was Shakespeare seinem Publikum nicht zugemutet hätte). Natürlich ist er niederträchtig und gemein, vor allem aber posiert und schauspielert er sprachverliebt von Anfang an, so daß die Deklamation seiner Trauer- und Gräberpoesie nicht unvermittelt kommt und von Becketts Ham chargiert sein könnte. Klar ist auch der Widersacher Heinrich Bolingbroke vom ersten Auftritt an durch seine Reimsprache gekennzeichnet: hier ist einer, mit dem ist nicht zu spaßen, er weiß, was er will, hat ein Ziel, so wie seine Versenden wie Stiefelhacken knallen. Das Stück endet im Kerker mit einer apokalyptischen Vision des sterbenden Richard Deuxième: die Welt stürzt ein, aber er sitzt zur Seite Gottes, der sein Strafgericht hält.

Beide Teile von *Henry IV* sind in *Heinrich 4* zusammengefaßt. Die Titelfigur ist so unangenehm, wie wir sie vom vorigen Stück erwarten durften: ein Law-and-Order-Mann, der die mangelnde Geschlechtsmoral für die Wurzel allen Übels hält. Hier ist die wohl wichtigste Veränderung Lanoyes: er faßt das Verhältnis Falstaffs zum Prinzen neu. Deren Beziehung war ja bei Shakespeare schwer zu fassen gewesen, über den Bierulk und die uns unverständlich gewordenen Wortwitze hinaus. Jetzt ist daraus eine nicht mehr nur ahnbare, aber unterstellte, sondern eine handfeste Liebesbeziehung geworden: La Falstaff, Transvestit und Ziehmutter, die in dem frauenlosen Stück den jungen Heinz in die Sexualität einführt. Das wird mit einer anstößigen Unverblümtheit breit ausgeführt, wie Shakespeares Szenen es für sein Publikum vielleicht einmal waren. Und die Schamlosigkeiten sind nicht mehr ins Séparée der Unterwelt abdelegiert, sie finden in Hör- und Sehweite des Königs statt, der sie mit seinen Moralstandpauken skandiert. Für ihn ist der Sohn die Reinkarnation des verkommenen Richard (der leibhaftig auf der Bühne steht, weil der Schauspieler des Richard auch La Falstaff zu spielen hat). Die Schmähreden gegen den perversen Sohn steigern sich in Haß, selbst dann noch, als dieser – zu unserer Überraschung, denn wir kennen ihn doch bisher nur als verzärtelten Lustknaben – wie beiläufig den starken Percy erschlägt. La Falstaff tröstet den Jungen, und der betet sie als Mutter-Magd-Gottheit sage und schreibe an. Um so größer ist die Verwunderung, daß der gerade König gewordene Heinz – gewiß, eine Wandlung war vorbereitet am Totenbett Heinrichs, als der weinerliche Sohn dann doch gegen den Vater rebelliert, was diesen freut (endlich ist aus dem Sohn ein Mann geworden) – La Falstaff davonjagt. Nur ist La Falstaff, anders als bei Shakespeare, damit nicht aus dem Spiel.

In *Henry V* wird jeder Akt von der Figur des Chorus eingeleitet, der als Chronist das Geschehen zusammenfaßt, kommentiert und an die Vorstellungskraft der Zuschauer appelliert, sich die Bühne als Welt, die Schauspieler als in der Geschichte handelnde Personen zu denken. In *Der Fünfte Heinrich* spielt La Falstaff den Part des Chorus, wodurch 'objektives' Geschehen und persönliche Beteiligung aus der Sicht gekränkter Liebe zusammenlaufen. La Falstaff steht auch nicht außerhalb, sondern ist während des ganzen Stücks kommentierender Augenzeuge und berichtet, wie das, was er sieht, auf ihn wirkt, ihn aufwühlt, rasend macht, schließlich in Haß gegen den endgültig verlorenen Geliebten umschlägt, als der sich mit einer Frau verbindet. Diese Frau ist Cathérine, die Königstochter, die von Anfang an in den sehr komischen, militärparodistischen, ganz und gar unenglischen Franzosen-Szenen auf der Bühne ist und weiß, daß sie der Preis für den Frieden sein wird. Nach der für Frankreich verlorenen Schlacht – 'mitten im Falstaffschutt und -plunder' (so die Bühnenanweisung) – erscheint sie dann plötzlich vor Heinrich: „La France, c'est moi – o starker König, / Nehmt Frankreich, Heinz. N'hésitez pas: nehmt mich." Hier bricht die weibliche Sexualität in die Stücke herein – Heinrich stutzt, zögert, greift schließlich zu. La Falstaff schaut dem sich umschlingenden Paar zu, erstickt vor Gram, stirbt. Das Spiel ist aus für ihn.

Was mit Sieg und Heirat gewonnen war, geht durch den frühen Tod Heinrichs und Cathérines wieder verloren. Der erste Teil des *Henry VI*-Dramas hatte davon erzählt, bei Lanoye heißt er *Margaretha di Napoli*; damit ist der Akzent auf die verarmte Französin, deren Vater sich König von Neapel nennt, gesetzt, die man dem zu jungen neuen König als Frau aufschwatzen wird. Damit ist aber zugleich die Rolle unterstrichen, die vitale Frauen – gegenüber den kläglich maroden, zerstrittenen Männern – in diesem Stück spielen. Es beginnt mit dem von Lanoye ausgebauten Part der Frau des Protektors Hugo Gloster, Leonore, die den kleinen Neffen Heinrich lesen und schreiben lehrt, ihm, der dann eigentlich nur noch lesen will, so etwas wie Sexualkundeunterricht erteilt, um ihn in ihren Augen günstig zu verheiraten. Denn natürlich hofft sie, ihn beherrschend, selber herrschen zu können. Doch der Junge – sind es Pubertätsträume? Lesefrüchte? – träumt sich nach Frankreich, kämpft als Dauphin mit La Pucelle, der reinen Jungfrau, in die er sich verliebt und die er dann von seinen Leuten als Hure und Hexe verbrannt sieht, das alles begleitet von einem Cello spielenden Engel. Die sexuellen Verwirrungen des königlichen Zöglings könnten kaum größer sein. Da wirkt es dann fast wie eine Erlösung – auch aus dem Hofklüngel –, als wie aus dem Nichts der unbeschriebene Suffolk auftaucht und ihm die mittellose Margaretha vorgaukelt, sie ihm als engelhafte Traumfrau schildert. Nur wird sie nicht Heinrich gehören, sondern eben Suffolk; das ist von Anfang an unmißverständlich. Ebenso klar ist (wir sind inzwischen im zweiten Teil von *Henry VI*), daß sie zu herrschen beabsichtigt und daß ihr jedes Mittel zur Beseitigung ihrer Konkurrenten (zunächst Gloster und Leonore) recht ist. Jeder am Hof haßt sie entweder oder ist in sie verliebt, und als Suffolk wegen des Mordes an Gloster verbannt wird (nachdem er ihr noch rasch ein Kind gemacht hat), hat sie die Auswahl, darunter einen, Somerset (in der Spielfassung ist es Buckingham), der ihr zuliebe den Bischof von Winchester vergiftet. Somerset tut verliebt noch mehr: bevor ihrer beider Widersacher York, der Anspruch auf die Krone erhebt, auftaucht, stiftet sie ihn an, dessen kleinen Sohn Roland, oder Klein Ronny (bei Shakespeare Rutland), zu erstechen. Als York dann erscheint, wird ihm höhnisch der Kopf des Söhnchens präsentiert, er selbst von Margaretha erdolcht, die seine Leiche wie eine Rasende zerstückelt. Heinrich steht unglücklich, hilflos daneben. Aber Margaretha kann ihn nicht mehr brauchen, da sie weiß, daß sie den Thronfolger, Suffolks Sohn, im Bauch trägt. Faszinationskraft, Machtgier, Mordlust, Sexualität bedingen einander in dieser Frau, kommen schamlos zur Sprache. Mit dem Sohn im Leib nach ihrem Bild glaubt sie unüberwindlich zu sein.

Freilich hat sie nicht mit den Söhnen des von ihr ermordeten York gerechnet, der Gang der Brüder Eddy (Edward), Georgie (Clarence) und Rich. Diese beherrschen den dritten Teil von *Henry VI*: *Eddy the King*. Von Beginn an wird von ihnen eine Banden-Sprache gesprochen, ein Gemisch aus amerikanischem und deutschem (bzw. flämischem) Slang, gemein, brutal, obszön. Allein durch ihre Sprache, die wieder einen anderen Ton ins Spiel bringt, ist die Verbindung zwischen dieser neuen Generation und der älteren abgerissen, obwohl der alte Warwick noch auf der Seite der Jungen steht und den geilen Eddy zum König ausruft. Warwick läuft zwar zur Gegenseite, zur noch oder wieder mächtigen Margaretha, über, wird aber von der Gang gestellt und ermordet. Margarethas Leute werden schließlich auch gefangen; Somerset wird mit Benzin übergossen und angezündet; den Sohn, Kronprinz und Ersatzgeliebten, ersticht Rich. Margaretha bettelt um ihren Tod, mit der ihr eigenen Gier und Obszönität – sie ist die einzige, die es mit den Brüdern aufnehmen kann –, aber man läßt sie, als die für sie größere Strafe, am Leben. Eddy feiert dröhnend die Geburt seines Stammhalters.

Bruder Rich im letzten Stück – *Dirty Rich Modderfocker der Dritte* – ist die perfekte Inkarnation eines Monsters in der Dreieinigkeit von Leib, Seele und versauter Sprache. Da ist nichts Heimliches, Listiges, Dämonisch-Charismatisches mehr, keine Artistik des Mordens, Hohe Schule des Bösen. Er flucht, brüllt, mordet, ohne den geringsten machiavellistischen Schein zu wahren. Er lächelt nicht mehr, während er mordet, wie bei Shakespeare – er grimassiert und heult hysterisch, während er killt. Lanoye arbeitet einigermaßen zügig an der Vorlage entlang, ohne 'Umbesetzungen', nur daß er ihr gleichsam die Haut abzieht und was darunter ist herausquellen läßt. Der einzige wirkliche Eingriff ist die Ermordung der kleinen Prinzen, die Rich selbst besorgt: es ist ein scheußlicher Akt der Kinderschändung, der Mordlust und des Kannibalismus, in dem selbst dieser Richard aus dem sonst durchgehaltenen metrischen Gleichgewicht gerät. Gegenüber dem vertierten Schlächter haben sogar die einander überbietenden Verfluchungen der furiosen Frauen noch eine Würde. Rich ersticht sich selbst am Ende, hackt und hackt heulend auf diesen schlimmsten, selbst von ihm kaum zu liquidierenden Feind ein und kann nicht sterben. Er heult nach der Mutter, die aus Liebe die Mißgeburt hätte ersticken statt gebären sollen. Der ganze Jammer des Krüppels erscheint auf einmal im schwarzen Licht der Umnachtung und gibt auch ihm, im Sterben, einen Schimmer Menschlichkeit. Wie zu seinem Hohn führt seine Mutter, wie ein letztes 'Wort', ein „nacktes, sehr schönes und makelloses Kind" herein: Richmond mit der Krone auf dem Kopf, einen Kinderreim singend.

Shakespeare und Lanoye – zweimal politisches Theater, beide Male am Ende von Jahrhunderten, jeder reagierend auf 'finstere Zeiten'. Die Sprache beider, durch vier Jahrhunderte geschieden, ist so verschieden nicht, wenn man sie im Zusammenhang des zu einer bestimmten Zeit Möglichen – und das heißt auch: Anstößigen – situiert. Gewiß sind die Probleme und Anlässe andere, die Denk- und Leibformen des Grauenhaften, das jeweils immer noch überbietbar ist. Kaum anders aber scheinen die ihnen zu Grunde liegenden Strukturen zu sein: Macht und Herrschaft und ihre immer wieder in Frage gestellten Legitimierungen. Kaum anders die 'Unübersichtlichkeit' im verwirrten Blick darauf, was werden würde oder werden könnte. Lanoye gibt darauf die verzweifelte Antwort, wenn er mit dem Kinderkönig Richmond über den Kinderschänder Rich an Richard Deuxièmes Kindfrau erinnert und eine fortschreitende Perversion suggeriert. Es wird nur immer noch schlimmer. Demgegenüber scheint Shakespeare konventionell am Mythos der guten Herrschaft der Tudors festzuhalten – und weiß doch genau, daß ihre Tage gezählt sind. Für ihn war das Ende offen.

Tom Lanoye
Jozef de Vos

Ein Spiel mit der Sprache

Der Autor über seine Shakespeare-Bearbeitung

Jozef de Vos *Die erste Frage, die sich bei* SCHLACHTEN! *natürlich stellt, ist die nach dem Warum? Shakespeares Königsdramen werden nur selten rezipiert. Höchstens* Richard II. *und* Richard III. *stehen noch etwas häufiger auf dem Spielplan, während* Heinrich VI. *hier so gut wie unbekannt ist. Und dann erscheinen auf einmal ein Autor und ein Regisseur, die die Herkulesarbeit auf sich nehmen, den ganzen Zyklus in eine moderne Spielversion umzusetzen.*

Tom Lanoye Wenn man alle acht Stücke auf Englisch liest, sieht man sofort, daß es enorm viel Material und obendrein zum Teil ziemlich verwirrend ist. Alle Hauptpersonen schienen Edward oder Henry zu heißen. Doch mein wichtigster Einwand war, daß es so wenig Frauenrollen gab. Es mag vielleicht manche verwundern, aber ich schreibe gern für Frauen – Theaterrollen für Frauen zu schreiben ist dankbarer, weil sie schon von sich aus theatralische Mittel anwenden, um zu bestehen: Viel mehr als Männer etwa setzen sie bewußt Kleidung und Schminke ein. In der Männergesellschaft müssen Frauen ihre Ziele mehr indirekt zu erreichen versuchen, was für mich als Autor größere Möglichkeiten bietet, mit Subtexten zu arbeiten. Den fünften Heinrich empfinde ich eher als einen Rambo in einem Vietnam-Film: Er sagt plump und gerade heraus, was er denkt. Frauen würden das anders machen. Das waren meine Einwände. Um dem ersten entgegenzukommen, beschlossen wir, das Ganze stark herunterzukochen, um es klarer und logischer zu machen. Was das zweite angeht, hat Luk Perceval mich davon überzeugt, daß gerade die Abwesenheit von Frauen und Weiblichkeit ein bedeutungstragendes Element des ganzen Zyklus ist.

Ein Element, das während der Besprechungen mit Luk immer wichtiger wurde, war die Idee des „Großen Mechanismus", die wir dem Werk von Jan Kott entnahmen. Das Konzept vom Großen Rad der Zeit und der Macht läßt sich aber nur dann gut darstellen, wenn man eine Aufeinanderfolge von Stücken und Königen hat. Wenn man das dann außerdem an *einem* Tag mit *einem* Ensemble demonstrieren kann, kommt die Bedeutung noch stärker heraus. Auf diese Weise erlebt man die ganze Entwicklung mit den Schauspielern zusammen. Jeder von ihnen spielt zuerst eine Hauptrolle, dann eine Nebenrolle und versinkt zuletzt wieder in der „Großen Geschichte“ – oder umgekehrt. So bekommt man eine vollständige, fast rituelle Erzählung, in der jeder König auch noch für eine besondere Art der Herrschaft steht.

Das Ganze zeigt nicht nur den „Großen Mechanismus“, sondern ist auch ein Essay über die Machtausübung, die ein zentrales Problem sowohl für das Individuum als auch für die Gesellschaft darstellt. Eine Gesellschaft ohne Machtausübung existiert nicht, aber wo Macht ist, gibt es auch Korruption und Probleme für das Individuum, das diese Macht ausübt. Das sehen wir genauso in der heutigen – nicht nur: belgischen – Politik. In diesen Stücken von Shakespeare können wir künstlerisch formulieren, wie Macht funktioniert und was sie bei dem Einzelnen anrichtet.

Und diese Aspekte der Macht ließen sich besser darstellen, indem man den ganzen Zyklus inszenierte?

Der Zyklus beginnt mit einem Königtum, das sich noch vollkommen von Gott legitimiert weiß. Richard Deuxième zieht die Konsequenzen aus diesem Gottesgnadentum und glaubt, daß er sich alles erlauben kann, selbst den Mord an seinem Onkel und das Einziehen der Besitzungen seines Vetters. So setzt er den Mechanismus in Gang, der sich zuletzt gegen ihn kehrt. Denn aufgrund des ihm angetanen Unrechts kommt Bolingbroke zum Aufstand. Im Verlauf der zwölfstündigen Marathonvorstellung landet man schließlich bei einer völlig unlegitimierten Herrschaft. King Dirty Rich fragt sich beim Regieren nur noch, was er sich erlauben kann, und zuletzt kämpft er bloß noch gegen sich selbst. So beschreiben wir einen Bogen, der zugleich die Geschichte der Macht ist.

Es ist bemerkenswert, daß Sie, ausgehend von Richard III., *eine Gesamtinterpretation aller acht Stücke anbieten und damit einen roten Faden der Geschichte entwerfen. Umso auffallender, als in Kritik und Forschung eher die Tendenz vorherrscht, die Stücke als getrennte „Essays“ zu betrachten, als „petits récits“, die gerade nicht durch eine einheitliche Sichtweise verbunden sind. Und da kommen Lanoye und Perceval auf einmal mit einem zusammenhängenden Zyklus, mit einer „Großen Geschichte“?*

Darum haben wir *SCHLACHTEN!* auch als Stück „nach Shakespeare“ angekündigt. Es ging uns nicht darum, eine wörtliche Übersetzung oder Inszenierung zu liefern. *SCHLACHTEN!* ist eine tiefgreifende Bearbeitung, und in den Händen anderer hätte der Text vielleicht eine ganz andere Geschichte ergeben. Ich kann hier nur unsere Geschichte erzählen, was wir darin entdeckt und dann rekonstruiert haben. Diesen Doppelaspekt von De- und Rekonstruktion gibt es beim Bearbeiten immer. Das gilt auch für die Sprache. Natürlich sind wir mit dem Abbruchhammer und der Kettensäge herangegangen. Aber wenn jemand anders auf andere Weise einen interessanten Text und eine fesselnde Vorstellung zustande bringt, bin ich natürlich auch einverstanden. Als Kritik an unserer Arbeit interessiert mich das nicht.

Das war keine Kritik an der Bearbeitung. Es geht mir auch nicht um Originaltreue, es ist nur ein merkwürdiges Phänomen, daß Perceval und Sie ausgerechnet in dieser Zeit postmoderner Zersplitterung mit einer „Großen Geschichte" kommen – oder sie in Shakespeares Stücke hineinprojizieren.

Ich glaube, daß Luk Perceval in diesen Texten nicht nur nach einer „Großen Geschichte", sondern auch nach einer Kunstform gesucht hat, die quer zur heutigen Zeit liegt, gerade was die Zersplitterung und die Geschwindigkeit angeht. Durch unsere Striche kommt die Geschichte ziemlich schnell voran, aber es ist keine wirklich rasante Dramaturgie. Wir haben uns die Zeit genommen, alles gut zu erklären und einzuführen, und die Momente der Stille spielen eine große Rolle. Außerdem verbringt man als Zuschauer einen ganzen Tag im Theater – alles Aspekte, die eher quer zum Zeitgeschmack liegen und gerade dadurch einen Mehrwert ergeben. Eines der schönsten Komplimente für mich als Autor war, daß bei den Proben fast alles, was das moderne Theater auszumachen scheint (riesige Verwandlungskulissen, gewaltige Vorhänge, viele Requisiten usw.), nach und nach einfach wegfiel. Alles konzentrierte sich auf die Sprache und die Darstellung der Texte. Auch das entspricht nicht unbedingt dem modernen Usus in der Dramaturgie.

Ein weiteres Problem der Bearbeitung war, auch wenn das banal klingt, daß in den Stücken so viele Schlachten vorkommen. Die haben wir auf ein Minimum beschränkt. Zuallererst wollte Luk Perceval noch die Kavallerie engagieren, die sollte von einer Seite der Bühne zur anderen galoppieren. Auch für die Schlacht von Agincourt hatten wir zuerst die wildesten Ideen: Das sollte eine Art Rugby-Match mit echtem Schlamm werden, aber schon bald stellte sich heraus, daß das absolut nicht funktionierte.

Die Kämpfe finden in der Sprache statt, die wichtigsten Gefechte sind Schlachten mit Worten. Ich glaube, das muß auch so sein, und zwar aus zwei Gründen: Erstens sind Kämpfe mit richtigen Waffen auf der Bühne kaum noch Theater – das ist Action, aber kein Drama. Das wirkliche Drama ist das, was vor oder nach so einem Zweikampf oder einer Schlacht gesagt wird. Außerdem weiß jeder Shakespeare-Regisseur, daß alle kreativen Lösungen für solche Keilereien irgendwann schon mal dagewesen sind. Zweitens, wenn man nun doch Action-Theater machen will, zieht man im Vergleich zu *James Bond* oder *Titanic* immer den Kürzeren, denn ein größeres Spektakel als im Film kann man auf der Bühne sowieso nicht bieten. In dem Sinne ist das Theater heute herausgefordert, kreativer zu sein als vor hundert Jahren, denn damals konnte man das Publikum mit großen Kulissen und Feuer auf der Bühne wirklich noch verblüffen. In unserer Bearbeitung ist das nun alles weggefallen.

Das Ganze wurde also auf ein Minimum reduziert und wurde stilisiert?

Ja, und das Schöne ist, daß die Requisiten und Bewegungen, die noch übrigbleiben, gerade dadurch viel mehr Bedeutung bekommen. Der eine Nachttopf, die eine Rüstung – das wirkt jetzt alles viel stärker. Ich entdecke in Luk Percevals Regie immer wieder wichtige Dinge, die einem auf den ersten Blick nicht auffallen. Am Ende von *Margaretha di Napoli* zum Beispiel liegen auf dem großen Tisch im Zentrum drei Leichen, blutüberströmt – das gehört zu diesem Operndrama. Aber nicht zufällig sind die drei Schauspieler, die die Ermordeten gespielt haben, die gleichen, die im folgenden Stück als die drei Brüder aus dem Publikum kommen, gewissermaßen auferstehen und sich an der Frau rächen, die immer noch auf der Bühne ist, an Margaretha.

Die SCHLACHTEN! *beruhen auf einer sehr drastischen Bearbeitung. Sie haben schon gesagt, daß sich das Drama in der Sprache selbst abspielt, aber Sie haben auch viele Episoden streichen müssen. Was waren dabei Ihre Kriterien, wie haben Sie entschieden, was Sie streichen und was Sie behalten wollten?*

Es war ein langer Prozeß des Überarbeitens und Weiterfeilens. Luk Perceval hat mit mir gearbeitet, wie ein Regisseur meistens mit seinen Schauspielern arbeitet, das heißt, er gibt ihnen einen Text, um damit auf der Bühne etwas zu machen. Danach gibt er seine Anmerkungen und kritisiert, um am nächsten Tag mit ihnen weiter zu arbeiten. Das Dumme für mich als Autor ist nur, daß eine Aufforderung, „etwas damit zu machen", mich drei bis vier Wochen kostet. Am Schluß wußte ich, worauf wir hinaus wollten, aber von *Richard Deuxième* hatten wir, glaube ich, sieben verschiedene Versionen, an denen dann noch weiter gefeilt wurde. Und nach den ersten Try-Outs in Belgien habe ich den ganzen Zyklus noch einmal überarbeitet. Für die Buchausgabe habe ich dann noch eine Lese-Version gemacht. Und auch die deutsche Fassung hat sich wieder verändert. Ich muß zugeben, wenn ich den ursprünglichen Vertrag jetzt noch einmal lese, versinke ich im Boden vor Scham über unseren Optimismus, der eher auf Blauäugigkeit und mangelnder Sachkenntnis beruhte. Zwölf Monate hatten wir eingeplant, herausgekommen ist eine Arbeit von zwei Jahren und mehr.

Die ersten Entwürfe sprachen noch von vier Teilen an vier Abenden, die Dreiteilung – auch thematisch – ist also nichts, was von Anfang an festgestanden hätte. Ein paar prinzipielle Richtlinien gab es natürlich: Die Schlachten so weit wie möglich streichen, die Personen klarer voneinander abgrenzen und ihnen jeweils unverwechselbare Namen geben. Dieses Streben nach Klarheit war bestimmt eine der Leitlinien, so wie wir uns nach und nach auch immer mehr auf alles konzentriert haben, was der „Großen Geschichte" diente.

Es ist auffällig, daß das erste Stück, Richard Deuxième, *dem Shakespeareschen Stück noch sehr nahe steht. Vielleicht nicht sprachlich, aber der Handlungsablauf folgt dem englischen Vorbild sehr direkt. Unmittelbar danach, in* Heinrich 4, *spult sich alles viel schneller ab, und ein gewisser Desintegrationsprozeß tritt ein.*

Schon bevor wir überhaupt mit der Arbeit anfingen, war es unsere Absicht, ganz traditionell zu beginnen. Zunächst folgt die Bearbeitung dem Original also noch sehr genau, um sich nach und nach immer weiter von ihm zu entfernen, je weiter, je lieber. In der Regie wird dieser Aspekt noch betont. Die gesamte Bearbeitung – und das war auch unsere Absicht – muß sich (auch sprachlich) von dem, was man von Shakespeare erwartet, zu dem hinbewegen, was man zunächst nicht erwartet.

Die Schlachtenszenen haben Sie radikal herausgeworfen. Nun fällt auf, daß die historischen Bezüge größtenteils aus dem Zyklus verschwunden sind. Militärische Abenteuer werden auf Slapstick-Szenen oder persönliche Fehden reduziert. Auch die Passagen, in denen explizit über Geschichte nachgedacht wird, sind zumeist gestrichen. War das eine bewußte Entscheidung?

Es gibt dafür zwei Gründe, die ich grob skizzieren kann. Zuerst die Frage der historischen Fakten: Wir gingen davon aus, daß die englische Geschichte auf dem Kontinent längst nicht so bekannt ist wie in England selbst. Für mich bedeutete das eher eine Freiheit als einen Zwang, denn die Engländer können diesen historischen Konnotationen nicht entkommen. Für uns sind Richmond und Kent Zigarettenmarken, für die Engländer sind es existierende Grafschaften mit einem realen historischen Hintergrund. Wir benutzen diese Namen eher allegorisch, und so werden, meiner Meinung nach, die meisten Shakespeare-Stücke bei uns auch rezipiert. Unsere Prinzip bestand darin, diese realen Bezüge weitgehend zu streichen, damit das Publikum sich einer Art theatralischem Niemandsland gegenübersieht statt einem historischen England.

Wichtiger als das existierende Königreich war uns dabei die Insellage Englands. Während der Arbeit wurde die Insel für uns immer mehr zu einer Art einsamer Felsen, auf dem die patriarchalen Strukturen versuchen, sich gegen die Einflüsse von außen – vor allem die Frau – zu behaupten. Alle Frauen, die im Stück eine einigermaßen wichtige Rolle spielen, kommen aus Frankreich, wobei Frankreich eher für einen mythischen Ort rätselhafter Gefahren steht. So will Der Fünfte Heinrich es unterwerfen, und er holt sich von dort seine Braut. Diese Braut wird nicht zufällig von derselben Schauspielerin gespielt, die später die Rolle der Margaretha di Napoli übernimmt. Margaretha kommt schließlich aus Italien, der „Steigerung" Frankreichs und zugleich Wiege der Renaissance: mit ihren rasanten Veränderungen, dem Primat des Künstlerischen und der zentralen Stellung des Menschen statt Gottes.

Alle Aufstände dagegen finden in Irland stand. Schottland – der „Hohe Norden" – haben wir völlig weggelassen, so daß „Irland" zu einer Art Signalwort wird. In *Richard Deuxième* zum Beispiel gibt es diese Szene, wo der König, Zither spielend wie Kaiser Nero, seinem Klub von Kunst-Tunten ein Gedicht von Paul Snoek vorträgt: *Dies müßte sein das Leben einzig:/Ein übergoldner Mann, geschaffen seiner/Schönheit wegen und nichts sonst.* In der Lese-Version habe ich ihm außerdem noch das Gedicht 'Wartend auf die Barbaren' von Kaváfis in den Mund gelegt. Dies wird nun durch die Nachricht vom Aufstand in Irland unterbrochen, und der König ruft tatsächlich: *Nein, nicht schon wieder! Immer dieses Irland!/Die Rebellion verpestet mir den Dichterton.* Auf diese Weise haben wir aus den historischen Fakten etwas Allegorisches, eine *Theater*wirklichkeit gemacht.

Der zweite Grund für dieses Verschwinden des Historischen ist, daß wir alles, was sonst unter „low life" firmiert, in unserer Bearbeitung weggelassen haben. In einigen Fällen mit blutendem Herzen, aber erstens hatten wir sowieso schon viel Stoff zu bewältigen und zweitens – weil wir ja ohnehin eher allegorisch und symbolisch arbeiteten – wäre durch die „low life"-Szenen eine Verdoppelung der Geschichte entstanden.

Auf die Sphäre des „low-life" zu verzichten, war relativ einfach, bis auf zwei Personen: Jack Cade und natürlich Falstaff, der das schwierigste Problem der ganzen Bearbeitung war. Wir haben es gelöst, indem wir uns fragten, warum es in bestimmten Stücken – besonders in *Heinrich 4* – so wenig Frauen gibt: Eine Königin kommt nicht vor; die Mutter des fünften Heinrich ist quasi nicht-existent. Eine andere Frage war: Was sucht der Kronprinz in all den Bordellen, warum läßt er sich – in den Worten seines Vaters – so tief mit dem Pöbel ein? Das muß einen Grund haben, er muß dort etwas suchen, was er in der Umgebung seines Vaters vermißt. Außerdem fand ich die Originalszenen, etwa die, in denen Falstaff den Straßenraub plant, ziemlich schwach. Ich glaube, daß Humor dem Zahn der Zeit viel schneller zum Opfer fällt als echtes Drama. Wenn man ihn wörtlich übersetzt, wirkt er nicht, und man kommt nie über eine traditionelle englische Inszenierung hinaus: Der gemütliche Fettwanst, der auf die Bühne kommt und all die West End-Tricks abspult, um das Spiel einigermaßen lebendig und witzig zu halten.

Ich fing an, mir Gedanken zu machen, was wir heute wohl subversiv finden würden. Vor allem, wenn man Heinrich 4 mehr in den Vordergrund rückt als in den ursprünglichen Stücken, weil die Rolle von Gesetz und Ordnung dort zum großen Teil vom Lord-Richter eingenommen wird. Diesen Richter haben wir nun fallen lassen und mit der Figur des Vaters zusammengelegt. Dadurch wurde die Rolle noch härter, wodurch man fast automatisch eine pervertierte Negation von allem bekommt, was in irgendeiner Form Weiblichkeit ausdrückt, die dadurch selbst zur Travestie wird: Mutter, Mätresse, Freundin, Jungfrau, Göttin, Königin – und sie ist nicht nur gnädig, sondern macht dabei auch noch Witze, dies alles neben den extrem autoritären bis faschistischen Ansprachen Heinrichs 4. So entstand also unser Konzept für die Falstaff-Figur.

Sie stellen also den Transvestiten „La Falstaff" auf die Bühne, der das „low life", das Subversive und Weibliche vertreten soll. Für den Zuschauer steht die Figur aber recht unvorbereitet als ein großes Klischee da, das einfach gesetzt und kaum aus dem dramaturgischen Kontext entwickelt wurde.

Das sehe ich im Prinzip genauso, nur ist das meiner Meinung nach nicht negativ.

Impliziert die Tatsache, daß La Falstaff in Der Fünfte Heinrich *plötzlich die Rolle des Chors übernimmt, nicht auch, daß sie vom System geschluckt wird? Die subversive Figur wird jetzt zum Erzähler der Haupt- und Staatsaktion?*

So könnte man es sagen: Es ist ja kein Zufall, daß La Falstaff plötzlich in Versen zu reden beginnt, was sie vorher nicht getan hat. Aber um noch einmal auf die vorherige Frage nach der dramatischen Setzung und mangelnden Entwicklung der Figur einzugehen: In *Heinrich 4* bekommt La Falstaff ja durchaus Raum zu improvisieren und sich vorzustellen. Wenn wir diesen Weg weiter gingen und La Falstaff noch mehr Raum und Text gaben, funktionierte die Figur nicht mehr. Das kommt daher, denke ich, weil alle Personen auf der Bühne weniger dramatische Figuren als vielmehr Alpträume Heinrichs 4 sind, der weiß, daß er die Krone unrechtmäßig erworben hat. Wer ist dieser Mensch, der seinen Sohn mit allem bedroht, was weiblich ist und ihn vom Regieren abhält? – Es ist der gleiche Schauspieler, der zuvor Richard Deuxième gespielt hat!

Frankreich nimmt in Ihrer Geschichte fast eine Symbolfunktion ein. Warum wird dann jedesmal, wenn Franzosen auftreten oder wir etwas von Frankreich hören, eine totale Parodie oder Slapstick-Szene daraus gemacht?

Hier liege ich ganz auf einer Linie mit der Shakespeare-Tradition in England. Ich habe mehrere Aufführungen der Royal Shakespeare Company gesehen: Vor kurzem noch hat die Truppe in Antwerpen *The Battle for the Throne* gespielt, das waren die letzten zwei Stücke aus *Heinrich VI*. Wenn man da den französischen Hof sieht, ist das der reinste „Cage aux Folles"! Schon bei Shakespeare selbst findet man das, zum Beispiel in der Art, wie der Dauphin gezeichnet wird: So läßt er den Kronprinzen einen Sattel benutzen, auf dem man nur im Amazonen-Sitz reiten kann – wie eine Frau also. So wird für den unfrivolen, kernigen Otto-Normal-Engländer das mysteriöse, weibliche Frankreich heraufbeschworen. Wenn ich dann in einer Geschichte von Frankreich erzählen soll, in der die Frau und das Weibliche unterdrückt werden, lande ich in der Tat – vor allem in der Vorstellungswelt La Falstaffs, deren geliebter Heinzi an den französischen Hof geht – bei Slapstick und Tuntenshow. Später, bei den York-Brüdern, die ihre ganzen Redensarten und Verhaltensweisen aus amerikanischen Filmen beziehen, vergehen auch keine zwei Sätze ohne das Wort „faggot", und sind alle Frauen „bitches". Da ist es nur normal, daß man am französischen Hof die Schwester des Königs nicht einmal zu sehen bekommt und daß Louis selbst eine Art Kabarett-Version von Rainier von Monaco wird.

Auffällig ist die eigentümliche Sprache der Bearbeitung. Sie beginnen mit französischen Wendungen, die eine mittelalterlich-geweihte Atmosphäre um Richard Deuxième evozieren, um schließlich über eine moderne Literatursprache auf amerikanischen Slang überzugehen, der am Ende sogar vorherrscht. Manchmal habe ich den Eindruck, daß ungefähr zwei Fünftel des Textes Englisch sind.

Ich denke, das wirkt nur so. Nur die York-Brüder und die Mitglieder ihrer Gang sprechen in diesem Idiom. Aber ihre Sprache – wie sie selbst – ist so dominant, daß sie alles andere zu überwuchern scheint. Für mich hat diese hybride Sprache viel mit dem Vorgang der Imperialisierung von Sprache zu tun, aber auch mit Flandern und meiner Stellung als belgischer Schriftsteller. Wenn man zum Beispiel etwas Archaisch-Belgisches darstellen will, landet man – für mein Gefühl – automatisch bei einer Vermischung von altertümlichem Flämisch und Französisch. Außerdem – soweit stimmt die Sprachentwicklung im Stück dann auch historisch – wurde an den Fürstenhöfen früher viel mehr Französisch gesprochen als Englisch, selbst am englischen Hof. Englisch war damals nicht die Lingua Franca, als die wir es heute kennen. Es sind auch die besonderen Eigenschaften Richard Deuxièmes (denken Sie nur an seine Frivolität, seine Überfeinerung und die Parallelen mit Ludwig II. von Bayern), die sich mit dem Französischen sehr schön wiedergeben lassen.

Beim „Niederenglisch" des dritten Teils nun muß man meiner Meinung nach klar zwischen *Eddy the King* und *Dirty Rich Modderfocker* unterscheiden. Das Wort „Modderfocker" (im Niederländischen mit zwei „k") spielt dabei eine ganz zentrale Rolle – ich komme gleich darauf zurück. In *Eddy the King* ist die Szene, in der es darum geht, wer Herzog von Gloster werden soll, eine fast wörtliche Paraphrase des Streits um „Mr. Pink" in Tarantinos *Reservoir Dogs*. Nun braucht man den Film nicht gesehen zu haben, auch so funktioniert die Szene. Der ganze *Eddy* bewegt sich in einer Atmosphäre von Tarantino, Elmore Leonard, amerikanischem Slang, Motown-Zitaten und so weiter. Wenn man dann zu *Dirty Rich* geht, finde ich, daß sich das Ganze – schon im Anfangsmonolog – wieder viel mehr einer europäischen Dramaturgie annähert. Und damit meine ich besonders eine Dramaturgie à la Schwab, Rainald Goetz oder *Le Sapeurlot*, bei der die Sprache weniger logisch-abbildend als plastisch benutzt wird – oder als Treibholz in diesem Fall – aus der sich zwar noch Bilder ergeben, die aber immer mehr auseinanderfallen.

Schwabs Sprache benutzt keinen traditionellen Satzbau mehr, den wir sofort begreifen könnten. Er hat sich eine eigene Sprache aus assoziativen Klängen und Wortfolgen geschaffen. So ist auch Rich Modderfocker jemand, der das Wort „Modderfocker" nicht mehr als eine Black English-Floskel aus amerikanischen Filmen benutzt, sondern buchstäblich ein „Mother-Fucker", wobei „focker / fokker" genauso für „Liebe" oder „körperlich lieben" wie für die absolute Erniedrigung steht. Auch das fand ich an dem Wort interessant. Seine wichtigsten Schlachten schlägt er mit der Überfrau, seiner Mutter, der einzigen, die es noch wagt, ihm klipp und klar die Meinung zu sagen. Und er zerfällt immer mehr. Eigentlich wäre er am liebsten gar nicht geboren, und nun will er sich wenigstens auflösen, wieder aufgehen im „Modder", für mich gleichzeitig „Mutter" und „Erde". Ungefähr so wie in dem berühmten Muttergedicht von Hugo Claus: „Ich bin nicht, bin nur in deiner Erde..."

Das Schönste, was mir jemand über dieses Zerfallen gesagt hat, stammt von Jan Decleir, dem Dirty Rich der flämischen Produktion: „Schau, eigentlich ist es ganz einfach: Dem Mann ist sein Vater-Land schon egal. Er hat einfach keins mehr. Sein Vater ist tot, er hat die absolute Macht. Und er tötet auch noch seine Mutter, indem er die Sprache tötet – es ist doch kein Zufall, daß unsere Sprache Muttersprache heißt. Er kämpft buchstäblich gegen seine Mutter, so sehr, daß schließlich auch die Sprache dran glauben muß." Zuerst kann man den Wutausbrüchen Richs noch folgen, denn er benutzt eine Syntax, die wir trotz der Sprachvermischung noch begreifen. Dennoch beginnt in diesen Wutausbrüchen – noch immer in Versform – der Zerfallsprozeß. Zuletzt, an den dramaturgisch zentralen Stellen, löst Rich selbst die Versform auf und beginnt in Wortfolgen und Klängen zu reden, die sich nur noch assoziativ begreifen lassen, die nur noch auf einer irrationalen Ebene als Sprache zu verstehen sind – die im extremsten Fall also sogar „Un-Sprache" sein dürfen, so daß Rich in einem Ozean von Sprache versinkt und nur ab und zu noch ein paar Sätze spricht, die man sofort begreift. In solchen Momenten hört man dann zum Beispiel *Sweet Mother, die mich in die Welt geschissen. /Die Feigheit deiner Liebe ließ mich leben, /Wo wahre Liebe mich erdrosselt hätt'.* Um die Sätze herum aber liegt Sprachmüll, Sprachschaum: Rich löst sich auf, und weil der ganze Zyklus eher symbolisch-literarisch arbeitet, fand ich, daß sich das auch in der Sprache ausdrücken mußte.

Die erste Stelle, an der sich der Verfall erkennen läßt, ist nicht zufällig der Moment, als seine kleinen Neffen das erste und letzte Mal auf die Bühne kommen. Die beiden verkörpern alles, was ihn auf der Welt erniedrigt: Es sind schöne, makellose

Jungen, denen alles in die Wiege gelegt wurde und die geliebt werden. In dem Moment entgleitet die Sprache ihm völlig. Die zweite wichtige Stelle ist, als er die Neffen nicht nur getötet hat, sondern sie auch noch aufißt. Ein Teil der Regieanweisung stammt wörtlich von Schwab: *King Richard gekrönt im vollen Ornat; Knurren, Seufzer, Schmatzen. Rich knabbert, lutscht und wühlt knurrend und grunzend an und in zwei schon ziemlich ausgefressenen Kinderkadavern herum, aus denen die Rippenknochen nackt herausragen.* Danach kommt diese Litanei, ein Klagegesang auf die Zerstörung, den ich nicht so hätte schreiben können, wenn ich die klassische Versform und die grammatisch-logische Sprache beibehalten hätte.

Vielleicht kann man es so ausdrücken: Was ich literarisch versucht habe, läßt sich mit einem Museum vergleichen, das man über die klassizistische Abteilung mit Kunst und Kitsch – die Welt Richard Deuxièmes – betritt und in dem man schließlich in einem Saal mit Kunst landet, die einen zum Widerspruch herausfordert, wo die umgedrehten Pißbecken an der Wand hängen und in den Ecken Treibholz herumliegt, von dem die Hälfte der Besucher sagen: „Ja, aber das ist doch ganz normales Treibholz?“ und die Kritiker: „Nein, nein, das ist *Kunst*.“ Genau das habe ich versucht, mit Sprache zu erreichen. Am Ende des Stücks hat das Englische für mich immer weniger die Konnotation von echtem Englisch, man hört eher das Sprachgewirr, das uns heute überall umgibt: Schalten Sie nur den Fernseher ein, oder das Radio. Wir leben in einem Sprachaquarium, das – je nach dem, wie man's betrachtet – sehr reich und differenziert oder sehr verschmutzt ist. Ich benutze dieses Aquarium, um anhand der Figur des Dirty Rich – er ist der modernste von all den Königen – durch Sprache existentielle Angst und Zerstörung auszudrücken.

Der ganze Zyklus ist ein einziges Spiel mit Sprache, Registern und selbst verschiedenen Sprachen – hat dies die Übersetzung ins Deutsche nicht ungeheuer erschwert? Niederländisch ist doch eine viel wendigere Sprache, in der es außerdem viel mehr Reime gibt.

Ich glaube, der Eindruck täuscht: Meiner Meinung nach ist das Deutsche genauso wendig wie das Niederländische. Das Lustige ist, daß die beiden deutschen Übersetzer mir genau das gleiche über ihre Muttersprache sagten, was ich selbst vor drei Jahren über meine Sprache im Verhältnis zum Englischen dachte: Man empfindet die Ausgangssprache immer von vorn herein schon als eleganter, poetischer, knapper und so weiter... Ich fürchte, das ist der Fluch eines jeden Bearbeiters oder Übersetzers, daß er sich immer einem schon „fertigen“ Produkt gegenübersieht: Da funktioniert alles, da laufen die Sätze so gut und es ist so aus einem Stück, daß es einen einschüchtern kann. Die deutschen Übersetzer – Klaus Reichert und Rainer Kersten – haben meiner Meinung nach aber die Vorurteile widerlegt, die man so oft mit der deutschen Sprache verbindet: Sie sei so schwerfällig, so humorlos, streng und steif, Sie wissen schon... Ich finde, daß *SCHLACHTEN!* genau das Gegenteil beweist. Das Deutsche besitzt – vor allem in Versform – eine Expressivität, die anderen Sprachen fehlt. Das macht aus ihm eine ideale Theatersprache. Ich bin nicht der einzige, der das denkt. Während der ersten Leseproben hat Luk Perceval mich die ganze Zeit damit gepiesackt: „Findest du nicht, Tom – auf Deutsch klingt's doch viel besser?"

In der flämischen Version enthielt SCHLACHTEN! *viele gesellschaftliche und politische Anspielungen auf Flandern und Belgien, und auch aus der niederländischsprachigen Literatur wurde nach Herzenslust zitiert. Ergeben sich da für das deutsche Publikum nicht große Verständnisschwierigkeiten?*

Ich glaube nicht, weil die Übersetzer und der Dramaturg jedesmal nach Äquivalenten aus der deutschsprachigen Literatur und Wirklichkeit gesucht haben. Ich hätte es übrigens auch Unsinn gefunden, wenn sie das nicht getan hätten und unserer Bearbeitung in allen Punkten buchstabengetreu gefolgt wären. Auch sie mußten einige Dinge verändern, und ich habe sie dabei ermutigt. Warum auch nicht? Perceval und ich haben selbst monatelang an Texten herumgebastelt, die von keinem geringeren als von Shakespeare stammten, und wer sind wir denn, jetzt für jedes Komma unserer Bearbeitung Unantastbarkeit zu verlangen? Das gleiche gilt für die Regie. Der Regisseur Perceval ist auch nicht immer allem gefolgt, was seine beiden Bearbeiter – er selbst und ich – sich am Schreibtisch ausgedacht hatten. Scheinbare Respektlosigkeit ist vielleicht die einzige Art, richtig mit Theatertexten umzugehen. Ein Theatertext ist kein Dogma, kein Monument – er ist eine Partitur. Natürlich freue ich mich, daß der gesamte Text der ursprünglichen Bearbeitung jetzt auch auf Deutsch erscheint, als Lesedrama in Buchform. Aber gleichzeitig behalten doch die Worte von Hamlet ihre Gültigkeit: *The play's the thing.* Die Vorstellung, um die geht es doch letztlich. Ich habe nur den Text dazu geliefert. Ohne Luk Percevals Regie, ohne die Herkulesarbeit der Schauspieler wäre *SCHLACHTEN!* nichts! Das ist kein Anfall von Bescheidenheit – mehr ein Zeichen von Realismus. Oder genauer: Ein Beweis der Liebe fürs Theater.

Die Autoren

Tom Lanoye

Tom Lanoye wurde 1958 in Sint-Niklaas (Belgien) geboren, studierte Niederlandistik, Anglistik und Soziologie an der Universität Gent und beendete sein Studium mit einer Arbeit über den niederländischen Autor Hans Warren. Während seines Studiums publizierte er erste literarische Arbeiten in Studentenzeitschriften und im Selbstverlag. Als Autor, Performer, Übersetzer und Kolumnist lebt er in Antwerpen. Bekannt wurde er auch mit seinem Kabarett „Jamboree". Ab 1985 trat er mit seinem ersten umfangreichen Programm auf, das auf seinem Erzählband „Metzgerssohn mit schriller Brille" beruhte. Sein Roman „Pappschachteln" erschien bereits in mehreren Auflagen.

Eine seiner größten Arbeiten in letzter Zeit war die Neuübersetzung der Shakespeareschen Königsdramen und ihre Bearbeitung für das Theater. Derzeit in Vorbereitung ist sein neuer Roman „Zwarte tranen".

Tom Lanoye schreibt regelmäßig politische und kulturkritische Kolumnen für das belgische satirische Wochenblatt „Humo".

Bibliographie

- De glazen klomp (Lyrik), 1983
- Rozengeur en manenschijn (Essays), 1983
- In de piste (Lyrik), Bagger (Lyrik), 1984
- Een slagerszoon met een brilletje (Erzählungen), 1985
- Het circus van de slechte smaak (satirische Kritiken), 1986
- Alles moet weg (Roman), 1988
- Vroeger was ik beter (Essays), 1989
- Hanestaart (Lyrik), 1990
- Kartonnen dozen (Roman), 1991
- Doen! (Kolumnen/Essays), 1992
- De schoonheid van een total loss (Schauspiel), 1993
- Spek en bonen (satirische Kritiken), 1994
- Het goddelijk monster (Roman), 1997
- Ten oorlog/SCHLACHTEN! (Schauspiel, Bearbeitung der Königsdramen von William Shakespeare, gemeinsam mit Luk Perceval), 1997

Luk Perceval

Luk Perceval, geboren 1957, absolvierte sein Studium am Koninklijk Conservatorium Antwerpen. Nachdem er einige Jahre als Schauspieler bei der Koninklijke Nederlandse Schouwburg von Antwerpen war, gründete er 1984 zusammen mit Guy Joosten eine eigene Truppe, die Blauwe Maandag Compagnie und begann zu inszenieren. Er wurde zu einem wichtigen Vertreter der sogenannten „Flämischen Welle", die versuchte, das erstarrte Repertoiretheater neu zu beleben.

Ab 1991 leitete Luk Perceval die Blauwe Maandag Compagnie allein, die sich nach und nach zu einem festen Ensemble entwickelte. Geprägt wurde die Arbeit und die Ästhetik der Gruppe vor allem durch die Intensität des Spiels und die Beteiligung aller an der konzeptionellen Vorbereitung der Stücke und Projekte. Für jede Produktion entwickelten Luk Perceval und die Blauwe Maandag Compagnie einen eigenen Stil. So waren einmal die theatralischen Forschungsreisen durch hohe Expressivität gekennzeichnet (zum Beispiel bei „Joko"), ein anderes Mal durch die Verwendung strenger ritueller Formen („All for Love").

In der Theatersaison 1997/98 gründete Perceval Het Toneelhuis, eine Fusion von Blauwe Maandag Compagnie und Koninklijk Nederlandse Schouwburg in Antwerpen, deren Künstlerischer Leiter er seitdem ist. Ziel dieser Initiative ist es, eine künstlerische Plattform für Theaterexperimente junger flämischer und niederländischer Theatermacher zu schaffen.

Als Regisseur wurde Luk Perceval mehrfach ausgezeichnet und häufig mit seinen Produktionen zum jährlichen Theaterfestival der Niederlande und Belgiens eingeladen. Luk Perceval ist weiterhin auch als Schauspieler, Lichtdesigner, Dozent und Autor tätig.

Inszenierungen

– „De geschiedenis van Don Quichote door Cide Hamete Benengeli, waarin verhaald wordt hetgeen men erin zal ervaren“ von Cervantes/Blauwe Maandag Cie/Antwerpen 1984
– „Cucaracha – of ons kleiner lot van verbijstering“/Blauwe Maandag Cie/Antwerpen 1985
– „Merkwaardige paren“ von Gray Lucas /Blauwe Maandag Cie/zusammen mit Guy Joosten/Antwerpen 1985
– „Alles Liebe“ von Lope de Vega/Reizend Volkstheater/zusammen mit Guy Joosten/Antwerpen 1985
– „Othello“ von William Shakespeare/Blauwe Maandag Cie/zusammen mit Guy Joosten/Brüssel 1986
– „Pinokkio“ von Collodie/Nederlands Toneel Gent/Gent 1987
– „De Meeuw“ von Anton Tschechow/Blauwe Maandag Cie/Brüssel 1988
– „Strange Interlude“ von Eugene O'Neill/Blauwe Maandag Cie/Groningen 1990
– „Voader“ von August Strindberg/Blauwe Maandag Cie/Turnhout 1990
– „Ivanov“ von Anton Tschechow/Het Nationale Toneel/Den Haag 1991
– „Wilde Lea“ von Nestor De Tière/Blauwe Maandag Cie/Gent 1991
– „Boste“ von Arne Sierens/Blauwe Maandag Cie/zusammen mit Johan Dehollander /Gent 1992
– „Repetitie/I“ von Ingmar Bergmann/Blauwe Maandag Cie/Borgerhout 1992
– „All for Love“ von Benno Barnard nach John Dryden/Blauwe Maandag Cie/Gent 1993
– „Joko Fête son Anniversaire“ von Roland Topor/Blauwe Maandag Cie/Gent 1993
– „O'Neill (En geef ons de schaduwen)“ von Lars Norén/Blauwe Maandag Cie/Gent 1994
– „Ten oorlog“ von William Shakespeare/Blauwe Maandag Cie/Gent 1997
– „Voor het pensioen“ von Thomas Bernhard/Blauwe Maandag Cie/Gent 1998
– „Franciska“ von Frank Wedekind/Het Toneelhuis/Antwerpen 1998

Rainer Kersten

Rainer Kersten, geboren 1964 in Bebra (Nordhessen), studierte in Berlin und Amsterdam Germanistik, Romanistik und Niederlandistik. Seit 1990 lebt er wieder an der Spree und arbeitet vornehmlich als Übersetzer aus dem Niederländischen. Wichtige Übersetzungen seither: Tom Lanoye, „Pappschachteln" und „Metzgerssohn mit schriller Brille" (Roman und Erzählungen, Claassen, Hildesheim 1993 und 1995); Arnon Grünberg, „Blauer Montag" und „Statisten" (Romane, diogenes, Zürich 1997 und 1999). Arbeitet zur Zeit an einem Buch über mittelalterliche Eßkultur.

Klaus Reichert

Klaus Reichert, geboren 1938 in Fulda. Studium moderner und alter Sprachen in Marburg, London, Berlin und Frankfurt; 1964–1968 Lektor in den Verlagen Insel und Suhrkamp (Frankfurt). Seit 1975 Professor für Anglistik und Amerikanistik an der Goethe-Universität Frankfurt; seit 1993 Direktor des neugegründeten Zentrums zur Erforschung der Frühen Neuzeit der Universität Frankfurt; Gastprofessuren in Italien und den USA. Zahlreiche Bücher und Aufsätze zur Literatur der Renaissance und der Moderne sowie zur Übersetzungstheorie und -praxis.

Bibliographie (Auswahl)

Herausgeber: Frankfurter Ausgabe der Werke von James Joyce (7 Bde.); Werke von Virginia Woolf (bisher 17 Bde.); das lyrische und erzählerische Werk von H. C. Artmann (14 Bde.).

Übersetzungen vor allem poetischer Texte: Shakespeare (Timon von Athen, Maß für Maß, Der Kaufmann von Venedig), Lewis Carroll, James Joyce, John Cage, Robert Creeley u. a. Zuletzt: Das Hohelied Salomos (aus dem Hebräischen).

Auszeichnungen: 1969 Teil des belgischen Staatspreises für Übersetzung für Paul van Ostaijen (Gedichte, Frankfurt 1966); 1983 Wieland-Preis für Übersetzung von John Cage; 1996 Hessischer Kulturpreis für Wissenschaft

Veröffentlichungen zu Shakespeare:

- Fortuna oder die Beständigkeit des Wechsels, Suhrkamp, Frankfurt 1985
- Der fremde Shakespeare (Vorträge und Aufsätze aus 20 Jahren), Hanser, München 1998

Nachweise

Camille Paglia, geboren 1947, amerikanische Geisteswissenschaftlerin. Aus: »Vamps and Tramps«. Essays. Vintage Books, New York 1994.

Heiner Müller (1929-1996), deutscher Schriftsteller. Aus: »Leben Gundlings Friedrich von Preußen Lessings Schlaf Traum Schrei«. Theaterstück. In: Müller, Herzstück. Rotbuch, Berlin 1983.

Johann Wolfgang von Goethe (1749-1832), deutscher Dichter. Aphorismus. Erstmals in: Goethes Werke, Ausgabe letzter Hand. Stuttgart 1827-1830. Band 22.

»De Vlaamse Leeuw« (»Der Flämische Löwe«), flämische Nationalhymne aus dem Jahr 1847. Text: H. van Peene, Musik K. Miry. Für diese Ausgabe übersetzt von Klaus Reichert.

Anna Bijns (1493-1575), flämische Dichterin. Das Zitat entstammt den Gedichten »Ongebonden best, weeldig wijf zonder man« und »Ongebonden best, weeldig man zonder wijf«. Für diese Ausgabe übersetzt von Rainer Kersten.

Frank McCourt, geboren 1930, irischer Schriftsteller. Aus: »Angela's Ashes«. Scribner, New York 1996.

Ned Miller, geboren 1925, amerikanischer Country-Musiker. Aus dem Titel »From a Jack to a King« (1957).

Werner Schwab (1958-1994), österreichischer Schriftsteller. Aus: »Mein Hundemund«. Theaterstück. In: Schwab, Fäkaliendramen. Literaturverlag Droschl, Graz-Wien 1991.

Hugo Claus, geboren 1929, belgischer Schriftsteller und Maler. Das Gedicht »Die Mutter« ist dem Band: Hugo Claus, Spuren. Gedichte. Aus dem Flämischen von Rosemarie Still. Verlag Kleinheinrich, Münster 1994, entnommen. Wir danken für die freundliche Abdruckgenehmigung.

ICE-T, amerikanischer Hip-Hop-Musiker. Aus dem Titel »New Jack Hustler« (1991).

Klaus Reichert, Die Ratte frißt die Ratte. Originalbeitrag für das Programmbuch Salzburger Festspiele/Deutsches Schauspielhaus.

Tom Lanoye/Jozef de Vos, Ein Spiel mit der Sprache. In: Documenta, tijdschrift voor theater, 1998/2, Gent (Bearbeitung Wilfried Schulz, Übersetzung Rainer Kersten).

Theaterbibliothek im Verlag der Autoren

Konrad Bayer, *Theatertexte*

Augusto Boal, *Mit der Faust ins offene Messer.* Deutsch von Henry Thorau

Walter Boehlich, *1848*

Karlheinz Braun (Hrsg.), *MiniDramen. 111 Stücke von 111 Autoren*

Ken Campbell, *Mr. Pilks Irrenhaus.* Deutsch von Brigitte Landes

Daniil Charms, *Theater!.* Übersetzt und hrsg. von Peter Urban

Hugo Claus, *Freitag / Visite / Winterabend.* Drei Stücke. Deutsch von Rosemarie Still

Pierre Corneille, *Der Cid / Spiel der Illusionen.* Zwei Stücke. Deutsch von Simon Werle

Stefan Dähnert, *Herbstball*

Wolfgang Deichsel, *Werke*
Band 1: *Etzel*
Band 2: *Der hessische Molière*
Band 3: *Frankenstein I. Aus dem Leben der Angestellten*
Band 4: *Frankenstein II. Die Zelle des Schreckens*
Band 5: *Loch im Kopf*
Band 6: *Komiker*

Ernst-Jürgen Dreyer, *Die goldene Brücke*

Helmut Eisendle, *Die Gaunersprache der Intellektuellen*

Hans Magnus Enzensberger, *Nieder mit Goethe! / Requiem für eine romantische Frau.* Zwei Stücke

István Eörsi, *Hiob proben und andere Stücke.* Drei Stücke. Deutsch von Hans Skierecki und Katharina Hill

Rainer Werner Fassbinder, *Sämtliche Stücke in einem Band*

– *Die Stücke in Einzelbänden*

Ludwig Fels, *Der Affenmörder*

– *Soliman / Lieblieb*

– *Sturmwarnung*

Dario Fo, *Comica Finale.* Frühe Farcen. Deutsch von Renate Chotjewitz-Häfner

– *Diebe, Damen, Marionetten.* Deutsch von Renate Chotjewitz-Häfner und Peter O. Chotjewitz

– *Hilfe, das Volk kommt!* Deutsch von Peter O. Chotjewitz

– *Johan vom Po entdeckt Amerika.* Deutsch von Peter O. Chotjewitz

– *Der Papst und die Hexe.* Deutsch von Renate Chotjewitz-Häfner

– *Wer einen Fuß stiehlt, hat Glück in der Liebe.* Deutsch von Peter O. Chotjewitz

Jean Genet, *Splendid's / Sie.* Zwei Stücke. Deutsch von Peter Handke und Peter Krumme

Wilfried Happel, *Das Schamhaar / Mordslust.* Zwei Stücke

Gert Jonke, *Opus 111.* Ein Klavierstück

Bernard-Marie Koltès, *Roberto Zucco / Tabataba.* Zwei Stücke. Deutsch von Simon Werle

– *Prolog und andere Texte.* Deutsch von Simon Werle

– *Rückkehr in die Wüste.* Deutsch von Simon Werle

– *Sallinger.* Deutsch von Corinna Frey und Simon Werle

Fitzgerald Kusz, *Stücke aus dem halben Leben*

– *Let it be* . Drei Stücke von der Liebe

– *Schweig Bub! / Letzter Wille.* Zwei Stücke

Labiche / Botho Strauß, *Das Sparschwein*

Tom Lanoye & Luk Perceval, *SCHLACHTEN!* Nach den Rosenkriegen von William Shakespeare. Deutsch von Rainer Kersten und Klaus Reichert

Dea Loher, *Adam Geist*

– *Fremdes Haus*

– *Olgas Raum / Tätowierung / Leviathan.* Drei Stücke

– *Manhattan Medea / Blaubart – Hoffnung der Frauen.* Zwei Stücke

Molière, *Der Menschenfeind / Der Tartuffe.* Zwei Stücke. In deutsche Verse übertragen von Simon Werle

Libuše Moníková, *Unter Menschenfressern.* Ein dramatisches Menu in vier Gängen

Elfriede Müller, *Die Bergarbeiterinnen / Goldener Oktober. Zwei Stücke*

Georges Perec, *Die Gehaltserhöhung / Die Kartoffelkammer* Zwei Stücke. Deutsch von Eugen Helmlé

Klaus Pohl, *Das Alte Land*

– *Heißes Geld*

– *Karate-Billi kehrt zurück / Die schöne Fremde.* Zwei Stücke

– *La Balkona Bar / Hunsrück.* Zwei Stücke

Jean Racine, *Phädra / Andromache.* Zwei Stücke. Deutsch von Simon Werle

Gerlind Reinshagen, *Himmel und Erde*

Friederike Roth, *Ritt auf die Wartburg / Klavierspiele.* Zwei Stücke

Gerhard Rühm, *Theatertexte*

Scène 1. Neue französische Theatertexte. Fünf Stücke. Hrsg. von Renate Schäfer und dem Bureau du Théâtre, Berlin

Hansjörg Schneider, *Der Irrläufer*

Georg Seidel, *Carmen Kittel / Königskinder.* Zwei Stücke

– *Villa Jugend.* Das dramatische Werk in einem Band

Hjalmar Söderberg, *Gertrud / Abendstern.* Zwei Stücke. Übersetzt und herausgegeben von Walter Boehlich

Susan Sontag, *Alice im Bett.* Deutsch von Wolfgang Wiens

Vladimir Sorokin, *Dysmorphomanie / Das Jubiläum.* Zwei Stücke. Deutsch von Peter Urban

– *Pelmeni / Hochzeitsreise.* Zwei Stücke. Deutsch von Barbara Lehmann

Kerstin Specht, *Lila / Das glühend Männla / Amiwiesen.* Drei Stücke

– *Carceri / Mond auf dem Rücken / Der Flieger.* Drei Stücke

– *Königinnendramen: Die Froschkönigin / Schneeköniginnen / Die Herzkönigin.* Drei Stücke

Theaterteksten. Sieben Stücke aus Flandern und den Niederlanden Hrsg. von Paul Binnerts und Alex Mallems

Friedrich Karl Waechter, *F.K. Waechters Erzähltheater.* Zehn Stücke

Theresia Walser, *Kleine Zweifel / Das Restpaar.* Zwei Stücke

– *King Kongs Töchter*

Urs Widmer, *Jeanmaire – Ein Stück Schweiz*

– *Die lange Nacht der Detektive*

– *Nepal / Der neue Noah.* Zwei Stücke

– *Der Sprung in der Schüssel / Frölicher – ein Fest.* Zwei Stücke

– *Stan und Ollie in Deutschland / Alles klar.* Zwei Stücke

– *Top Dogs*

– *Die schwarze Spinne / Sommernachtswut.* Zwei Stücke

– *Züst oder Die Aufschneider*

– *Das Theater.* Sämtliche Stücke. Acht Bände in Kassette

Karst Woudstra, *Das stille Grauen eines Wintertages in Ostende / Strand.* Zwei Stücke. Deutsch von Jochen Neuhaus

Theorie, Essay, Kritik

Rolf Boysen, *Nachdenken über Theater.* Essays, Gespräche. Hrsg. von Michael Schäfermeyer

Dario Fo, *Kleines Handbuch des Schauspielers.* Deutsch von Peter O. Chotjewitz

Hans-Thies Lehmann, *Postdramatisches Theater*

Heiner Müller, *Gesammelte Irrtümer.* Interviews, Texte und Gespräche aus zwanzig Jahren. Drei Bände in Kassette
(Auch einzeln lieferbar)

Botho Strauß, *Versuch, ästhetische und politische Ereignisse zusammenzudenken.* Essays und Theaterkritiken

– *Der Gebärdensammler.* Texte zum Theater. Hrsg. von Thomas Oberender